1984

1984

1ª reimpressão

Tradução: **Renan Bernardo**
Preparação: **Sylvia Skallák**
Revisão: **Tássia Carvalho e Guilherme Summa**
Capa: **Renato Klisman · @rkeditorial**
Arte, projeto gráfico e diagramação: **Francine C. Silva**

Impressão: **COAN**

Dados Internacionais de Catalogação na Publicação (CIP)
Angélica Ilacqua CRB-8/7057

O89m Orwell, George, 1903-1950
1984 / George Orwell; tradução de Renan Bernardo. – São Paulo: Excelsior, 2021.
320 p.
ISBN 978-65-87435-18-3
1. Ficção inglesa I. Título II. Bernardo, Renan
20-3224 CDD 823

GEORGE ORWELL

1984

EXCELSIOR
BOOK ONE

São Paulo
2021

PARTE UM

GUERRA É PAZ
GUERRA É PAZ
GUERRA É PAZ
GUERRA É PAZ
GUERRA É PAZ

CAPÍTULO 1

Era um dia claro e frio de abril, e os relógios soavam treze badaladas. Winston Smith, com o queixo cravado no peito em um esforço para escapar do vento excruciante, entrou rapidamente pelas portas de vidro das Mansões do Triunfo. No entanto, não foi tão rápido a ponto de impedir que uma lufada de poeira grumosa o acompanhasse.

O salão cheirava a repolho cozido e tapetes velhos de pano trançado. Em uma das pontas, um pôster colorido, grande demais para exposição em interiores, fora pregado na parede. Mostrava simplesmente um rosto enorme, com mais de um metro de largura: um homem com cerca de quarenta e cinco anos, de traços elegantemente ríspidos e um bigode preto e encorpado. Winston se dirigiu até as escadas. Não adiantava tentar usar o elevador. Mesmo em dias melhores, ele raramente funcionava e, no momento em questão, a eletricidade era cortada durante o dia. Era parte da estratégia econômica de preparação para a Semana do Ódio. O apartamento ficava no sétimo andar, e Winston, que tinha trinta e nove anos e úlcera varicosa no tornozelo direito, subiu devagar, parando para descansar várias vezes no caminho. Em cada andar, do lado oposto à porta do elevador, o pôster com o rosto enorme encarava da parede. Era uma daquelas fotos tão artificiais que os olhos seguiam conforme a pessoa andava. O GRANDE IRMÃO ESTÁ VIGIANDO VOCÊ, sinalizava a legenda abaixo da foto.

Dentro do apartamento, uma voz afável lia uma lista de valores relacionada à produção de ferro-gusa. A voz saía de uma placa metálica e longa, semelhante a um espelho embaçado que constituía parcialmente a superfície da parede à direita. Winston acionou um interruptor e a voz diminuiu, apesar de ainda ser possível distingui-la. A iluminação do instrumento (o telemonitor, como era chamado) podia ser diminuída, mas não havia jeito de desligá-lo por completo. Winston foi até a janela: uma figura ínfima e delicada, a magreza de seu corpo apenas enfatizada pelo macacão azul que era o uniforme do partido. Os cabelos eram muito claros, o rosto naturalmente corado, a pele encrespada por sabonetes ásperos, navalhas cegas e o frio do inverno que tinha terminado havia pouco tempo.

Lá fora, e mesmo através da janela fechada, o mundo parecia frio. Na rua, pequenos redemoinhos de vento espiralavam poeira e papéis rasgados, e ainda que o sol brilhasse e o céu fosse de um azul bronco, nada parecia ter cor, à exceção dos pôsteres colados em todo canto. O rosto de bigode preto encarava, em todas as esquinas. Havia um na casa à frente, do outro lado da rua. O GRANDE IRMÃO ESTÁ VIGIANDO VOCÊ, a legenda dizia, enquanto os olhos escuros encaravam fundo os de Winston. Na rua, outro pôster, rasgado em um canto, oscilava sem parar com o vento, cobrindo e descobrindo alternadamente a palavra SOCING. Ao longe, um helicóptero planava em meio aos telhados, pairando por um instante como uma mosca-varejeira, e disparando novamente com um voo curvo. Era a patrulha da polícia, bisbilhotando a janela das pessoas. No entanto, as patrulhas não importavam. Apenas a Polícia Ideológica importava.

Atrás de Winston, a voz do telemonitor ainda balbuciava sobre ferro-gusa e o cumprimento – além das metas – do Nono Plano Trienal. O telemonitor recebia e transmitia ao mesmo tempo. Se Winston emitisse qualquer som mais alto do que um sussurro, o aparelho o capturaria; além disso, se ele permanecesse dentro do campo de visão que a placa de metal ordenava, poderia ser visto além de escutado. Claro que não havia maneira de saber quando se estava sendo vigiado em dado momento. Permaneciam no terreno da suposição a frequência, ou o sistema, com que a Polícia Ideológica se conectava a cada dispositivo individual. Era até concebível que assistissem a todo mundo o tempo inteiro. De qualquer maneira, porém, eles podiam se conectar a qualquer dispositivo quando bem quisessem. Era preciso viver – e as pessoas assim viviam, na prática, já que o hábito virava instinto – presumindo que se escutava cada som emitido e se examinava cada movimento esboçado, exceto no escuro.

Winston manteve as costas viradas para o telemonitor. Era mais seguro, ainda que até mesmo as costas das pessoas pudessem ser reveladoras, como ele bem sabia. A um quilômetro dali seu lugar de trabalho se agigantava – o Ministério da Verdade, imenso e branco acima da paisagem encardida. Ele pensou com vago desgosto: aquela era Londres, capital da Pista de Pouso Um, o terceiro distrito mais populoso da Oceania. Tentou puxar na memória alguma lembrança de infância que provasse que Londres sempre fora assim. Existiam desde sempre aquelas vistas de casas do século XIX apodrecidas? As fachadas escoradas por barrotes de madeira, as janelas remendadas com papelão e os telhados com telhas galvanizadas, os muros dos quintais arruinados e arqueados em diferentes direções? E os locais bombardeados, onde a poeira soprava pelo ar e as salgueirinhas se espalhavam sobre montes de entulho? E aqueles lugares onde as bombas haviam detonado um espaço ainda maior, e agora casebres miseráveis se alastravam como galinheiros? Mas não adiantou. Ele não conseguiu se lembrar. Não restava nada de sua infância, exceto uma série de cenários ofuscantes sem nada no fundo e em sua maioria incompreensíveis.

O Ministério da Verdade – Minifato em novidioma (novidioma era a língua oficial da Oceania. Para um relato sobre sua estrutura e etimologia, consulte o Apêndice) – era espantosamente diferente de qualquer outro prédio à vista. Era uma estrutura piramidal enorme de concreto branco e brilhante que se elevava, andar por andar, até trezentos metros de altura. Da posição de Winston era possível ler, realçados na fachada branca em letras elegantes, os três slogans do Partido:

GUERRA É PAZ
LIBERDADE É ESCRAVIDÃO
IGNORÂNCIA É PODER

O Ministério da Verdade continha, dizia-se, três mil cômodos acima do solo, além das ramificações correspondentes abaixo dele. Espalhadas por Londres havia apenas outras três construções de tamanho e aparência similares. Elas apequenavam tanto a arquitetura ao redor que, do telhado das Mansões do Triunfo, era possível ver todas as quatro ao mesmo tempo. Elas eram a base dos quatro Ministérios nos quais a integralidade do aparato governamental era dividida. O Ministério da Verdade lidava com as notícias, o entretenimento, a educação e as belas-artes. O Ministério da Paz lidava com a guerra. O Ministério do Amor mantinha a lei e a ordem. E o Ministério da Prosperidade era responsável por assuntos econômicos. Seus nomes em novidioma eram: Minifato, Minipaz, Miniamor e Miniprospe.

O Ministério do Amor era o mais assustador. Não havia janela alguma ali. Winston nunca estivera no Ministério do Amor, nem a um quilômetro de distância. Era um lugar impossível de entrar a não ser em incursões oficiais e, mesmo assim, apenas passando por um labirinto emaranhado por arame farpado, portas de aço e metralhadoras ocultas. Até mesmo as ruas que levavam até suas fronteiras mais externas eram patrulhadas por guardas de rosto coberto em uniformes pretos e armados com tonfas retráteis.

Winston se virou bruscamente. Moldou sua feição em busca de expressar o otimismo inibido que era aconselhável ao encarar o telemonitor e cruzou a sala até a cozinha diminuta. Ao sair do Ministério àquela hora do dia, ele tinha sacrificado o almoço no refeitório. E sabia que não havia comida na cozinha, exceto um pedaço de pão mofado que teria de ser guardado para o café da manhã seguinte. De uma estante, pegou uma garrafa de líquido incolor com um simples rótulo branco no qual se lia GIM DO TRIUNFO. Dela emanava um cheiro enjoativo e gorduroso, parecido com o de licor chinês. Winston serviu o equivalente a uma xícara de chá quase cheia, preparou-se para o impacto e bebeu tudo como se fosse uma dose de remédio.

Instantaneamente, seu rosto se enrubesceu e lágrimas escorreram de seus olhos. A bebida era como ácido nítrico, e a pessoa ao consumi-la tinha a sensação de ser espancada na nuca com um bastão de borracha. No momento seguinte, contudo, a queimação na barriga desapareceu e o mundo pareceu mais alegre. Ele pegou um cigarro, retirando-o de um pacote amassado em que estava escrito CIGARROS DO TRIUNFO e, sem querer, segurou-o na vertical, deixando o tabaco cair no chão. Teve mais sucesso com o seguinte. Foi para a sala e se sentou em uma mesinha à esquerda do telemonitor. Abriu a gaveta e pegou uma caneta bico de pena em um suporte, um tinteiro e um livro grosso, do tamanho de uma agenda, com a contracapa vermelha e a capa texturizada.

Por alguma razão, o telemonitor da sala jazia em uma posição incomum. Em vez de estar na parede dos fundos, como era de praxe, de onde o equipamento podia comandar toda a sala, estava na parede maior, oposta à janela. Em um dos lados, havia um recanto estreito, onde Winston estava sentado e que na época da construção dos apartamentos provavelmente fora planejado com o objetivo de acomodar prateleiras de livros. Sentado no recanto e se mantendo para trás, Winston conseguia permanecer fora do alcance do telemonitor. Podia ser ouvido, claro, mas se permanecesse naquela posição não poderia ser visto. Em parte, a geografia atípica da sala fora um dos fatores que o motivaram a fazer o que estava prestes a fazer.

Mas ele também tinha se motivado pelo livro que acabara de retirar da gaveta. Era um livro estranhamente bonito. O papel liso e macio, um pouco amarelado pelo tempo, era de um tipo não mais fabricado havia pelo menos quarenta anos. Todavia, Winston podia supor que o livro era muito mais velho do que isso. Ele o encontrara na vitrine de uma lojinha de bugigangas em um bairro pobre da cidade (mas não se lembrava de qual bairro exatamente), e imediatamente fora possuído por uma sensação intensa de comprá-lo. Os membros do Partido não podiam frequentar lojas normais ("negociar no livre mercado", como diziam), mas a regra não era estritamente mantida, porque havia vários objetos, como cadarços e lâminas de barbear, que era impossível conseguir em qualquer outro canto.

Ele deu uma olhadela para os dois lados na rua, entrou furtivamente na loja e comprou o livro por dois dólares e cinquenta. Na hora, não tinha noção de qual uso faria do objeto. Sentira-se culpado ao levá-lo para casa em sua maleta. Mesmo sem nada escrito nele, era uma posse comprometedora.

O que estava prestes a fazer era começar um diário. Não era ilegal (nada era ilegal, já que não existiam mais leis), mas, se ele fosse detectado, era praticamente certo que seria punido com a morte ou, pelo menos, vinte e cinco anos em um campo de trabalho forçado. Winston encaixou uma ponteira na estrutura da caneta e passou a língua para tirar o excesso. A pena era um instrumento arcaico, raramente usado até mesmo para assinaturas, e ele tinha adquirido uma às escondidas e com certa dificuldade. Simplesmente porque sentia que o papel bonito e macio merecia que escrevessem nele com uma caneta de verdade e não que o rabiscassem com um lápis. Na verdade, o homem não estava acostumado a escrever à mão. Costumava ditar tudo no falescreva, exceto no caso de notas bem curtas, o que obviamente era impossível dado seu objetivo atual. Ele mergulhou a caneta na tinta e hesitou por um segundo. Um tremor perpassou sua barriga. Manchar o papel era o ato decisivo. Em letras desajeitadas, escreveu:

4 de abril de 1984.

Ele se recostou. Um sentimento de completo desamparo o acometeu. Para começar, não tinha certeza de que o ano era 1984. Devia ser por volta dessa data, já que ele estava certo de que tinha trinta e nove anos, e acreditava ter nascido em 1944 ou em 1945. Mas já não era possível especificar qualquer data com precisão de um ou dois anos.

Uma pergunta lhe ocorreu: para quem ele estava escrevendo aquele diário? Para o futuro, para aqueles que ainda não nasceram. Pensou por um instante sobre a data duvidosa na folha, mas parou de súbito, indagando-se sobre a palavra DUPLOPENSAR, em novidioma. Pela primeira vez, entendeu a magnitude do que tinha feito. Como alguém era capaz de se comunicar com o futuro?

Era naturalmente impossível. Ou o futuro seria igual ao presente, o que faria com que ninguém lhe desse atenção, ou o futuro seria diferente, e o dilema era irrelevante.

Por um tempo, ele permaneceu fitando a folha, embasbacado. O telemonitor passara a emitir uma música militar estridente. Era estranho pensar que parecia não só ter perdido o poder de se expressar, mas também ter se esquecido do que pretendia escrever originalmente. Ele se preparara para aquele momento durante semanas e nunca imaginara que precisaria de algo além de coragem. A escrita em si seria fácil. Tudo o que precisava fazer era transferir para a folha o monólogo interminável e incansável que ruminava em sua cabeça havia anos, literalmente. Agora, no entanto, até o monólogo havia secado. Além disso, sua úlcera varicosa começou a incomodar em um nível insuportável. Ele não se atrevia a coçá-la porque, quando o fazia, ela inflamava. Os segundos se passavam. Ele não estava consciente de nada a não ser a branquidão da folha à sua frente, a coceira acima do tornozelo, a música alta e a leve embriaguez causada pelo gim.

De repente, começou a escrever em puro pânico, vagamente ciente do que estava sendo colocado no papel. Sua caligrafia diminuta e infantil espalhou-se por todos os cantos da página, abandonando primeiro as letras maiúsculas e depois até os pontos-finais:

> *4 de abril de 1984. Noite passada fui ao cinema. Só filmes de guerra. Um muito bom sobre um navio cheio de refugiados sendo bombardeado em algum lugar no Mediterrâneo. A audiência se impressionou com as cenas de um homem muito gordo tentando nadar para longe de um helicóptero que o perseguia, primeiro você o via se debatendo na água como uma toninha, depois você o via através da mira das armas dos helicópteros, e então ele aparecia cheio de buracos e o mar ao redor dele se transformava em rosa enquanto ele afundava de repente como se os buracos tivessem deixado água entrar. depois você via um bote salva-vidas cheio de crianças com um helicóptero pairando sobre ele. tinha uma mulher de meia-idade talvez judia sentada no bote com um*

garotinho de cerca de três anos nos braços. garotinho gritando assustado e escondendo a cabeça nos seios da mulher como se estivesse tentando entrar nela e a mulher passando os braços em volta dele e confortando ele ainda que ela estivesse muito assustada também, o tempo todo cobrindo ele o máximo que dava como se pensasse que o braço dela pudesse protegê-lo das balas. aí o helicoptero jogou uma bomba de 20 quilos no meio do barco que explosao incrivel e o barco virou po. depois uma cena fantastica do braço do garoto girando e girando e girando no ar um helicoptero com uma camera na ponta deve ter seguido ele e depois teve um monte de aplauso dos assentos do partido mas uma mulher na parte dos proletarios começou a fazer zona e gritar e dizer que nao deviam mostrar aquilo na frente das crianças nao deviam nao era certo na frente das crianças nao nao era ate a policia expulsa-la eu nao acho que tenha acontecido nada de ruim com ela ninguem se importa com o que os proletarios dizem tipico comportamento dos proletarios eles nunca ——

Winston parou de escrever, em parte porque ficou com cãibras. Não sabia o que o fizera cuspir aquele monte de lixo. Mas a parte estranha era que, enquanto o fazia, uma lembrança totalmente diferente se clareou em sua mente, e ele quase se sentiu em condições de escrevê-la. Percebeu que a causa de ele ter decidido tão de repente vir para casa e começar o diário naquele dia fora um outro incidente.

Acontecera naquela manhã, no Ministério. Se é que algo tão nebuloso poderia ser considerado um acontecimento.

Eram quase onze da manhã. No Departamento de Documentação, onde Winston trabalhava, estavam arrastando as cadeiras para fora dos cubículos e agrupando-as no centro do salão, de frente para o grande telemonitor, preparando-as para os Dois Minutos de Ódio. Winston estava pegando um lugar em uma das fileiras do meio quando duas pessoas que ele conhecia apenas de vista, e com as quais nunca havia falado, entraram inesperadamente na sala. Uma delas era uma garota com quem ele frequentemente esbarrava nos corredores. Ele não sabia seu nome, mas sabia que trabalhava no Departamento de Ficção. Provavelmente (já que a tinha visto algumas vezes com mãos oleosas e uma chave inglesa) a garota tinha alguma profissão relacionada à parte mecânica de uma das máquinas de escrever romances. Sua aparência era destemida, com cerca de vinte e sete anos, cabelos grossos, rosto sardento e um jeito atlético e ligeiro. Uma faixa vermelha e delgada, símbolo da Liga Juvenil Antissexo, dava várias voltas ao redor da cintura de seu macacão, apertada o bastante para realçar o contorno de seus quadris. Winston não gostara dela desde quando a vira pela primeira vez. Ele sabia o motivo. Era por causa da atmosfera de quadras de hóquei, banhos gelados, caminhadas comunitárias e cabeça equilibrada que ela possuía. Ele desgostava de praticamente todas as mulheres, mas especialmente das jovens e bonitas. Eram sempre as mulheres, sobretudo as jovens, as adeptas mais fanáticas do Partido, as cuspidoras de slogans e as espiãs amadoras e censuradoras do inortodoxia. Mas aquela garota em particular lhe dava a impressão de ser ainda mais perigosa do que a maioria. Certa vez, quando se esbarraram no corredor, ela dera uma olhada de soslaio que pareceu rasgá-lo, e por um momento ele se encheu de pânico. Até chegou a pensar que ela poderia ser uma agente da Polícia Ideológica. Era bem improvável, claro. Ainda assim, sempre que ela chegava perto, ele sentia uma inquietude peculiar, misturada com medo e hostilidade.

A outra pessoa era um homem chamado O'Brien, membro do Partido Interno e cujo cargo era tão importante e vago que Winston só tinha uma noção básica de sua natureza. Um sussurro momentâneo percorreu o grupo de pessoas ao redor das cadeiras quando eles viram o uniforme preto de um membro do Partido Interno se aproximando. O'Brien era um homem grande e parrudo, de pescoço volumoso e com um rosto brutal, rude e bem-humorado. Apesar da aparência exagerada, ele possuía certo charme. Tinha a mania curiosamente cativante de ajustar os óculos no nariz, de algum modo indefinido e estranhamente civilizado. Era um gesto que, se alguém ainda pensava daquela forma, poderia remeter a um nobre do século XVIII oferecendo uma caixinha de rapé a alguém. Talvez Winston já tivesse visto O'Brien uma dúzia de vezes em uma dúzia de anos. Sentia-se instigado por ele, mas não só porque ficava intrigado com o contraste entre o jeito refinado de O'Brien e seu físico de lutador premiado. Era muito mais em virtude de uma crença secreta (ou talvez não uma crença, mas uma esperança) de que a ortodoxia política de O'Brien não era perfeita. Algo em seu rosto sugeria isso de forma irresistível. Talvez não fosse sequer a inortodoxia que estava estampada em seu rosto, mas simplesmente inteligência. De qualquer forma, sua aparência era a de uma pessoa com quem seria possível conversar, se desse para fugir do telemonitor e encontrá-lo a sós. Winston nunca fizera o mínimo esforço para verificar aquela suposição. Era óbvio que não havia maneira de fazê-lo. Naquele momento, O'Brien olhou o relógio de pulso, viu que eram quase onze horas e, evidentemente, decidiu permanecer no Departamento de Documentação até os Dois Minutos de Ódio acabarem. Ele se sentou numa cadeira na mesma fileira de Winston, a um lugar de distância. Uma moça baixinha de cabelos loiro-escuros que trabalhava no cubículo ao lado de Winston se sentou entre eles. A garota de cabelos escuros se sentou imediatamente atrás.

No momento seguinte, um discurso medonho e esmerilhado, tal qual uma máquina monstruosa funcionando sem lubrificação, surgiu no grande telemonitor na outra ponta da sala. Era um barulho de ranger os dentes e arrepiar os pelos da nuca. O Ódio começara.

Como de praxe, a face de Emmanuel Goldstein, o Inimigo do Povo, apareceu na tela. Houve sibilos esparsos entre a audiência. A mulher baixinha de cabelos loiro-escuros deu um gritinho de medo e nojo. Goldstein era o renegado e subversivo que dada vez, havia muito tempo (ninguém se lembrava exatamente há quanto tempo), tinha sido um dos líderes do Partido, quase no mesmo nível do próprio Grande Irmão. Ele se envolvera em atividades contrarrevolucionárias, fora condenado à morte e misteriosamente escapara e desaparecera. A programação dos Dois Minutos de Ódio variava diariamente, mas não havia uma em que Goldstein não era o personagem principal. Ele era o traidor primordial, o primeiro contestador da pureza do Partido. Todos os crimes subsequentes contra o

Partido, todas as traições, os atos de terrorismo, as heresias e as divergências surgiam diretamente dos ensinamentos dele. Em algum lugar, ele ainda estava vivo e incubando suas conspirações: talvez do outro lado do oceano, sob a proteção de seus financiadores, talvez (como dizia o rumor) em algum esconderijo na própria Oceania.

Winston engoliu em seco. Não conseguia enxergar o rosto de Goldstein sem uma mistura dolorosa de emoções. Era um rosto magro de feições judias, com um emaranhado de cabelos brancos e um pequeno cavanhaque. Era um rosto sagaz e, ainda assim, odioso, com uma espécie de tolice senil no fino nariz pontudo, no qual os óculos se apoiavam. Lembrava o rosto de uma ovelha. A voz também era dotada de uma característica ovina. Goldstein estava discursando seus ataques venenosos sobre as doutrinas do Partido, tão exagerados e perversos que uma criança poderia notar. Ainda assim, plausíveis o bastante para passar a sensação alarmante de que outras pessoas, aquelas com a cabeça fora do lugar, poderiam ser seduzidas por eles. Ele ofendia o Grande Irmão, denunciava a ditadura do Partido, exigia o encerramento imediato do tratado de paz com a Eurásia, clamava por liberdade de expressão, liberdade de imprensa, liberdade de reunião, liberdade de pensamento. Gritava, colérico, que a revolução fora traída. Tudo isso num discurso rápido e cheio de palavras, uma espécie de paródia do estilo habitual dos oradores do Partido. Empregava até mesmo palavras em novidioma, mais ainda do que os próprios membros do Partido usariam na vida real. O tempo inteiro, para que ninguém tivesse dúvidas sobre a realidade dos absurdos ilusórios de Goldstein, as infindáveis colunas do exército eurasiático marchavam atrás de sua cabeça. Fileira atrás de fileira, os rostos asiáticos sérios e impassíveis se aproximavam do limite da tela e sumiam, mas eram logo substituídos por outros exatamente iguais. A marcha rítmica das botas dos soldados formava o som de fundo para a voz balida de Goldstein.

Menos de trinta segundos depois do início do Ódio, exclamações incontroláveis de fúria eram bradadas por metade das pessoas na sala. O rosto arrogante na tela e o temível poder do exército eurasiático atrás dela eram demais para aguentar. Só ver ou pensar em

Goldstein já era suficiente para produzir medo e raiva automaticamente. Ele era um constante objeto de ódio, mais do que a Eurásia ou a Lestásia, já que, quando a Oceania estava em guerra com um desses Poderes, ela geralmente estava em paz com o outro. Mas o estranho era que, ainda que Goldstein fosse odiado e desprezado por todo mundo, ainda que todos os dias, mil vezes por dia, em palanques, nos telemonitores, em jornais e revistas, e que suas teorias fossem refutadas, destruídas e ridicularizadas, levadas ao escrutínio da população para que as visse como o lixo deplorável que eram… Apesar de tudo isso, sua influência nunca parecia decrescer. Sempre parecia haver novos idiotas à espera de serem seduzidos por ele. Não havia um dia em que espiões e terroristas não eram desmascarados pela Polícia Ideológica. Goldstein era comandante de um vasto exército sombrio, uma rede secreta de conspiradores dedicada a derrubar o Estado. "Irmandade" era o nome que davam a isso. Também havia rumores de um livro atemorizante, um compêndio de todas as heresias, cujo autor era Goldstein, e que circulava clandestinamente em alguns lugares. Era um livro sem título. Quando as pessoas se referiam a ele, chamavam-no de O LIVRO. Mas as pessoas só sabiam disso por intermédio de rumores bem vagos. Nem a Irmandade nem O LIVRO eram assuntos que qualquer membro do Partido mencionaria se tivesse como evitá-los.

No segundo minuto, o Ódio evoluiu para um frenesi. Pessoas pulavam em seus lugares, gritando a plenos pulmões na tentativa de afogar a voz enlouquecida de ovelha que emanava da tela. A mulher baixinha de cabelos loiro-escuros ficou rosada, sua boca se abria e se fechava como a de um peixe. Até o rosto robusto de O'Brien corou. Ele estava sentado bem ereto na cadeira, o peito largo inflava e estremecia como se estivesse se preparando para levar um caixote no mar. A moça de cabelos escuros atrás de Winston começou a gritar:

– Porco! Porco! Porco!

De súbito, ela pegou um pesado dicionário de novidioma e o arremessou contra a tela. Ele bateu no nariz de Goldstein e caiu. A voz continuou, incansável. Em um momento de lucidez, Winston percebeu que gritava junto aos demais, batendo os pés violentamente nas pernas da cadeira. A parte horrível dos Dois Minutos de Ódio não era o fato de as pessoas serem obrigadas a fingir. Pelo contrário, era impossível não se unir à multidão. Com trinta segundos, qualquer fingimento sempre se tornava desnecessário. Um êxtase abominável de medo e vingança, um desejo de matar, de torturar, de esmagar crânios com um martelo parecia fluir por todo o grupo como uma corrente elétrica. Contra a própria vontade, tal corrente convertia pessoas em lunáticas raivosas aos prantos. E, mesmo assim, a fúria das pessoas era uma emoção abstrata e sem direção, que podia ser alternada de um objeto a outro como apagar uma vela e acender outra. Em determinado momento, o ódio de Winston já não estava mais direcionado a Goldstein. Pelo contrário, era contra o Grande Irmão, o Partido e a Polícia Ideológica. Nesses momentos, seu coração se voltava ao herege solitário e escarnecido na tela, o único guardião da verdade e da sanidade em um mundo de mentiras. No instante seguinte, Winston estava de volta com a multidão, e tudo que falavam de Goldstein parecia ser verdade. Nessas horas, sua aversão secreta ao Grande Irmão se transformava em adoração, e o Grande Irmão se agigantava, um protetor sem medo, invencível, resistindo como uma montanha contra as hordas da Ásia. E Goldstein, apesar de seu isolamento, seu desamparo e de toda a dúvida que permeava sua própria existência, parecia um encantador funesto, capaz de destruir a própria estrutura da civilização simplesmente com a voz.

Era possível também, em alguns momentos, direcionar seu ódio de modo voluntário. De repente, como se fizesse um esforço violento para acordar durante um pesadelo, Winston conseguiu transferir seu ódio do rosto na tela para a mulher de cabelos escuros atrás de si. Alucinações vívidas e belas lampejaram em sua mente. Ele a esfolaria até a morte com uma tonfa de borracha. Ele a amarraria nua a uma estaca e a encheria de flechas, como São Sebastião. Ele a violaria e cortaria sua garganta no instante do clímax. Melhor ainda, com aquele ódio direcionado ele descobriu o PORQUÊ de odiá-la. Odiava-a porque ela era jovem, bela e assexuada. Porque queria ir para a cama com ela e isso nunca aconteceria.

Porque, ao redor de sua cintura atlética e atraente, que parecia convidativa para ser abraçada, havia apenas a faixa vermelha odiosa, o símbolo agressivo da castidade.

O Ódio chegou ao ápice. A voz de Goldstein se transformou no balido de uma ovelha de fato e, por um instante, o rosto se transfigurou em uma ovelha. Então, derreteu-se na figura de um soldado eurasiático que parecia avançar, enorme e impiedoso; sua submetralhadora rugia, as balas pareciam escapar da superfície da tela. Algumas pessoas na fileira da frente realmente se jogaram para trás em seus assentos. Mas, ao mesmo tempo, fazendo com que todos dessem um longo suspiro de alívio, a figura hostil se derreteu para formar o rosto do Grande Irmão com cabelos e bigode negros, emanando poder e uma calma misteriosa. Um rosto tão vasto que quase ocupava toda a tela. Ninguém escutava aquilo que o Grande Irmão estava dizendo. Eram apenas palavras de encorajamento, o tipo de discurso proferido antes de uma batalha, indistinguível sob a ótica individual, mas restaurando a confiança só pelo fato de estar sendo dito. Então, o rosto do Grande Irmão desbotou-se de novo, e os três slogans do Partido apareceram em letras grandes:

GUERRA É PAZ
LIBERDADE É ESCRAVIDÃO
IGNORÂNCIA É PODER

Mas o rosto do Grande Irmão pareceu persistir por vários segundos na tela, como se o impacto que causara nos olhos de todos fosse vívido demais para se dissipar de imediato. A mulher baixinha de cabelos loiro-escuros se jogou por sobre o encosto da cadeira à sua frente. Com um murmúrio trêmulo que soou como "meu salvador!", ela estendeu os braços em direção à tela. Depois enterrou o rosto nas mãos. Era evidente que estava rezando.

Naquele momento, o grupo inteiro desatou a entoar um cântico rítmico, lento e profundo.

– Irmão! ... Irmão! – Várias vezes, bem devagar, com uma longa pausa entre o primeiro "irmão" e o segundo.

Era um som intenso e murmurante, estranhamente bestial, no qual parecia ouvir-se a batida de pés desnudos e a vibração de tambores. Mantiveram o ritmo por cerca de trinta segundos. Era um refrão normalmente ouvido em momentos de emoção arrebatadora. Era em parte uma espécie de hino para a sabedoria e a majestade do Grande Irmão, mas também um ato de auto-hipnose, um afogamento deliberado da consciência através do fragor rítmico. Winston sentiu um frio na barriga. Nos Dois Minutos de Ódio, ele não conseguia deixar de se unir ao delírio da multidão, mas aquele cântico sub-humano – Irmão! ... Irmão! – sempre o enchia de horror. É claro que ele cantava junto. Era impossível não cantar. Dissimular seus sentimentos, controlar suas feições e fazer o que todos estavam fazendo eram reações instintivas. Mas houve um espaço de alguns segundos nos quais a expressão em seus olhos poderia tê-lo traído. E foi precisamente nesse momento que o ato significativo aconteceu – se é que de fato aconteceu.

Por um instante, seu olhar se encontrou com o de O'Brien. O'Brien tinha se erguido. Havia tirado os óculos e os ajeitava no nariz com um gesto característico. No entanto, por uma fração de segundo, seus olhares se cruzaram e, por mais curta que tenha sido, Winston soube (sim, ele SOUBE!) que O'Brien estava pensando o mesmo que ele. Uma mensagem inconfundível fora trocada. Era como se suas mentes tivessem sido abertas, com os pensamentos fluindo de uma para outra através dos seus olhos. *Estou com você*, O'Brien parecia ter lhe falado. *Sei exatamente o que está sentindo. Entendo seu desprezo, seu ódio, seu nojo. Mas não se preocupe. Estou do seu lado!* E o relampejo de inteligência se exauriu. O rosto de O'Brien se tornou tão inescrutável quanto o dos outros.

Isso foi tudo, e ele já não tinha mais tanta certeza se sequer havia acontecido. Tais incidentes nunca apresentavam continuação. Só serviam para manter viva a crença ou a esperança de que outros além dele mesmo eram os inimigos do Partido. Talvez os rumores de vastas conspirações secretas fossem reais no fim das contas. E, talvez, a Irmandade realmente existisse! Apesar das incontáveis prisões, confissões e execuções, era impossível ter certeza de que a Irmandade não era apenas um mito. Em certos dias ele acreditava nisso, em outros não. Não havia evidências, apenas vislumbres efêmeros que podiam significar qualquer coisa ou nada: trechos de conversas entreouvidas, pichações quase apagadas nas paredes dos banheiros... Até mesmo quando dois estranhos se encontravam podia haver um pequeno movimento das mãos que parecesse um sinal de identificação. Tudo suposição. Era mais provável que tivesse imaginado tudo. Ele voltou ao seu cubículo sem olhar para O'Brien de novo. A ideia de dar prosseguimento ao contato momentâneo sequer passou por sua cabeça. Seria absurdamente perigoso, mesmo que soubesse como proceder. Por um segundo ou dois, eles haviam trocado uma olhadela equivocada. Fim da história. Mas mesmo aquilo fora um evento memorável na solidão reclusa em que se era obrigado a viver.

Winston se remexeu e ajeitou as costas. Arrotou. O gim subiu de seu estômago.

Seus olhos focaram novamente o papel. Descobriu que, enquanto devaneava em solidão, escrevera como se fosse um ato automático. E não era mais a mesma caligrafia espasmódica e desajeitada de antes. Sua caneta tinha deslizado prazerosamente pelo papel macio, escrevendo em grandes e perfeitas letras maiúsculas:

FORA GRANDE IRMÃO
FORA GRANDE IRMÃO
FORA GRANDE IRMÃO
FORA GRANDE IRMÃO
FORA GRANDE IRMÃO

Várias e várias vezes, enchendo metade da página.

Ele não pôde conter uma pontada de pânico. Era irracional, já que aquelas palavras específicas não eram mais perigosas do que o ato inicial de começar um diário, mas por um momento ele se sentiu tentado a rasgar as folhas arruinadas e abandonar tudo de uma vez.

Não fez isso, contudo, pois sabia que seria inútil. Não fazia diferença ele ter escrito FORA GRANDE IRMÃO ou não. Não fazia diferença ter seguido adiante com o diário ou não. A Polícia Ideológica o pegaria do mesmo jeito. Ele cometera (assim o seria, mesmo que não tivesse encostado a caneta no papel) o crime principal que continha todos os outros crimes. Chamava-se "crimideológico". O crimideológico não era algo que pudesse ser escondido para sempre. Você poderia até se esquivar com sucesso por dado tempo, talvez até por anos, mas o capturariam cedo ou tarde.

Era sempre à noite – as prisões invariavelmente aconteciam à noite. O puxão repentino que o acordava, a mão áspera balançando seu ombro, as luzes fulgurando em seus olhos, o círculo de rostos implacáveis ao redor da cama. Na maioria dos casos, não havia julgamento nem registros da prisão. As pessoas simplesmente desapareciam, sempre durante a noite. Seu nome era removido dos documentos, cada registro de tudo que já tinham feito era apagado, sua única existência era negada e, depois, esquecida. A pessoa era abolida, aniquilada. VAPORIZADA era o termo popular.

Por um momento, Winston foi possuído por uma espécie de pavor. Começou a escrever em um garrancho apressado e desconexo:

> *Vao me atirar nao me importo vao me atirar na nuca nao me importo fora grande irmao eles sempre atiram na nuca eu nao me importo fora grande irmao...*

Ele se recostou na cadeira, ligeiramente envergonhado de si, e abaixou a caneta. No momento seguinte, sobressaltou-se em desespero. Uma batida na porta.

Já? Ele se sentou, quieto como um camundongo, na esperança fútil de que quem quer que estivesse ali fosse embora depois de uma única tentativa. Mas não, a batida se repetiu. A pior coisa seria postergar. Seu coração batia como um tambor, mas seu rosto provavelmente estava inexpressivo por causa do hábito. Ele se levantou e andou arduamente até a porta.

LIBERDADE É ESCRAVIDÃO
LIBERDADE É ESCRAVIDÃO
LIBERDADE É ESCRAVIDÃO
LIBERDADE É ESCRAVIDÃO
LIBERDADE É ESCRAVIDÃO

CAPÍTULO 2

Ao colocar a mão na maçaneta, Winston notou que deixara o diário aberto na mesa. FORA GRANDE IRMÃO estava escrito em suas páginas, em letras quase suficientemente grandes para serem legíveis do outro lado da sala. Ter feito aquilo fora uma atitude inacreditavelmente estúpida. Ele se deu conta de que, mesmo em pânico, não quisera manchar o papel macio fechando o livro com a tinta ainda úmida.

Prendeu a respiração e abriu a porta. Na mesma hora, uma onda de alívio percorreu seu corpo. Uma mulher descorada e abatida de cabelos lisos e rosto enrugado estava parada do lado de fora.

– Ei, camarada – ela disse em uma voz meio tristonha e aborrecida. – Pensei ter ouvido você entrando. Você se importaria de dar uma olhada na pia da nossa cozinha? Ela tá entupida e...

Era a sra. Parsons, esposa de um vizinho do mesmo andar. ("Sra." era uma palavra desaprovada pelo Partido – era recomendado chamar todo mundo de "camarada" –, mas com algumas mulheres usava-se o termo instintivamente). A sra. Parsons era uma mulher com cerca de trinta anos que parecia bem mais velha. A impressão que ela passava era a de haver poeira em suas rugas. Winston a seguiu pelo corredor. Aqueles bicos de reparo eram uma irritação praticamente diária. As Mansões do Triunfo eram apartamentos velhos, construídos em 1930 ou por volta disso, e estavam caindo aos pedaços. O gesso se desprendia do teto e das paredes, os canos estouravam em qualquer geada mais intensa, água pingava pelo telhado sempre que nevava e o sistema de aquecimento funcionava em racionamento, isso quando não parava por completo devido a razões econômicas. Reparos, exceto o que se podia fazer por conta própria, tinham de ser ratificados por comitês desinteressados que podiam muito bem postergar por dois anos até mesmo o conserto de uma janela.

– Claro que só estou pedindo porque Tom não está em casa – justificou a sra. Parsons distraidamente.

O apartamento dos Parsons era maior do que o de Winston, e encardido de uma maneira diferente. Tudo tinha um aspecto maltratado e negligenciado, como se o lugar tivesse sido visitado por um animal grande e violento. Bugigangas esportivas – tacos de hóquei, luvas de boxe, uma bola de futebol furada, uma bermuda do avesso – espalhavam-se pelo chão. Na mesa, havia uma pilha de pratos sujos e livros de exercícios marcados com orelhas. As paredes ostentavam bandeiras vermelhas tanto da Liga dos Jovens como dos Espiões, além de um pôster gigante do Grande Irmão. O típico cheiro de repolho cozido pairava no ar, comum ao prédio inteiro, mas misturado com o odor mais agressivo do suor de alguém que não estava ali no momento – dava para notar na primeira fungada, ainda que fosse difícil explicar como. Em um quarto, alguém improvisando com um pente e um pedaço de papel higiênico tentava se manter afinado com a música militar que ainda soava do telemonitor.

– São as crianças – disse a sra. Parsons, dando uma olhadela apreensiva para a porta. – Elas não saíram hoje. E é claro que...

Ela tinha o hábito de cortar as frases no meio. A pia da cozinha estava cheia quase até o limite com uma água esverdeada e suja da qual emanava um fedor horrendo de repolho. Winston se ajoelhou e analisou o joelho do cano. Ele odiava usar as mãos. Também odiava se curvar, o que podia muito bem lhe provocar uma tosse. A sra. Parsons lançou-lhe um olhar impotente.

– Claro que, se Tom estivesse em casa, ele consertaria isso bem rápido – disse ela. – Ele ama essas coisas. Ele é tão bom em tarefas manuais... É sim, o Tom.

Tom Parsons era colega de trabalho de Winston no Ministério da Verdade. Um homem gordinho, mas ativo, de uma estupidez paralisante, uma maçaroca de entusiasmos estúpidos – um daqueles operários devotados e sem objeções de quem a estabilidade do Partido dependia mais do que da Polícia Ideológica. Aos trinta e cinco anos, ele acabara de ser despejado da Liga dos Jovens contra a própria vontade. E, antes de se graduar na Liga, tinha conseguido permanecer com os Espiões por um ano além da idade máxima permitida. No Ministério, era empregado em alguma vaga de subordinado que não requeria inteligência, mas, por outro lado, era líder no Comitê de Esportes e em todos os outros comitês engajados em organizar caminhadas comunitárias, manifestações espontâneas, campanhas de poupança financeira e atividades voluntárias de modo geral. Ele falava com um orgulho tímido, entre baforadas de seu cachimbo, que visitara o Centro Comunitário toda noite ao longo dos últimos quatro anos. Um odor opressivo de suor, espécie de testemunho inconsciente de seu vigor, seguia-o aonde quer que fosse, até mesmo impregnando o ar quando ele saía do recinto.

– Você tem uma chave-inglesa? – indagou Winston, mexendo com a porca no joelho do cano.

– Uma chave-inglesa... – repetiu a sra. Parsons, imediatamente esmaecendo. – Não tenho a menor ideia. Talvez as crianças...

As pisadas de botas e outro sopro forte no pente soaram quando as crianças entraram correndo na sala. A sra. Parsons trouxe a chave-inglesa. Winston deixou escorrer a água e, com nojo, removeu o chumaço de cabelos humanos que estava entupindo o cano. Limpou os dedos da melhor maneira que podia na água gelada da torneira e voltou para a sala.

– Mãos ao alto! – gritou uma voz furiosa.

Um menino bonito e de aparência obstinada, com nove anos, saltara de trás da mesa e o ameaçava com uma pistola de brinquedo. Sua irmã menor, cerca de dois anos mais nova, imitava o gesto com um pedaço de madeira. Ambos trajavam bermudas azuis, camisetas cinza e cachecol vermelho, o uniforme dos Espiões. Winston levantou as mãos acima da cabeça, mas com um gesto desconfortável devido ao comportamento perverso do menino, como se aquilo não fosse só uma brincadeira.

– Você é um traidor! – gritou o menino. – Você é um transgressor ideológico! É um espião eurasiático! Vou atirar em você, vou vaporizar você, vou enviá-lo para as minas de sal!

Logo estavam os dois pulando ao redor dele, gritando:

– Traidor! Transgressor ideológico!

A menina imitava o irmão a cada movimento. Era ligeiramente assustador, equivalente à fofura de filhotes de tigre que logo cresceriam e aprenderiam a comer humanos. Havia uma espécie de ferocidade calculada nos olhos do garoto, um desejo evidente de socar ou chutar Winston, e a percepção de quase ter tamanho para fazê-lo. Ainda bem que não era uma pistola de verdade, Winston pensou.

O olhar da sra. Parsons saltava nervosamente de Winston para as crianças, indo e voltando. Na iluminação melhor da sala de estar, ele notou que havia mesmo poeira nas rugas da mulher.

– Elas são tão barulhentas – comentou ela. – Estão chateadas porque não puderam assistir ao enforcamento. Com certeza é isso. Estou ocupada demais para levá-las, e Tom não vai chegar do trabalho a tempo.

– Por que não podemos ver o enforcamento? – rugiu o menino com a voz potente.

– Quero ver o enforcamento! Quero ver o enforcamento! – a menininha cantava, ainda saltitando pela sala.

Winston lembrou-se de que alguns prisioneiros eurasiáticos, culpados de crimes de guerra, seriam enforcados no Parque naquela noite. Acontecia cerca de uma vez por mês e era um espetáculo popular. As crianças sempre imploravam para ir. Ele se despediu da sra. Parsons e foi até a porta. Mas não dera seis passos no corredor quando algo o acertou na parte de trás do pescoço, um golpe extremamente doloroso. Foi como se um cabo em brasa tivesse sido espetado nele. Girou e se deparou com a sra. Parsons arrastando o filho para dentro de casa enquanto o garoto guardava um estilingue.

– Goldstein! – berrou o menino quando a porta foi fechada. Mas o que mais chocou Winston foi o olhar de impotência e pavor no rosto cinzento da mulher.

De volta ao seu apartamento, Winston passou pelo telemonitor e se sentou à mesa, ainda esfregando o pescoço. A música do telemonitor parara. Em vez dela, uma voz militar brusca estava lendo, com uma espécie de prazer brutal, uma descrição dos armamentos da nova Fortaleza Flutuante que acabara de ancorar entre a Islândia e as Ilhas Feroe.

Com aqueles filhos, Winston pensou, aquela mulher miserável deve levar uma vida de terror. Em um ou dois anos, eles a vigiariam dia e noite em busca de sintomas de inortodoxia. Na atualidade, quase todas as crianças eram terríveis. O pior de tudo era que, mediante organizações como os Espiões, elas eram sistematicamente transformadas em pequenos selvagens incontroláveis. Isso evitava que esboçassem quaisquer tendências de rebelião contra a disciplina do Partido. Pelo contrário, elas veneravam o Partido e tudo conectado a ele. As canções, as procissões, as bandeiras, as caminhadas, os treinamentos com réplicas de fuzis, a vociferação de slogans, o culto ao Grande Irmão – era tudo um jogo glorioso para elas. Toda a sua ferocidade era externada contra os inimigos do Estado, os imigrantes, os traidores, os terroristas e os transgressores ideológicos. Era quase normal que as pessoas com mais de trinta anos tivessem medo dos próprios filhos. E com razão, já que era raro se passar uma semana sem que o *The Times* não publicasse um parágrafo descrevendo como algum pequeno bisbilhoteiro – "herói-mirim" era o termo geralmente utilizado – escutara alguma frase comprometedora e denunciara os pais à Polícia Ideológica.

A dor causada pelo golpe do estilingue se atenuara. Winston pegou a caneta, sem entusiasmo, ponderando se havia algo a acrescentar no diário. De súbito, começou outra vez a pensar em O'Brien.

Anos atrás – quantos anos? Sete, provavelmente –, ele sonhara que estava andando em uma sala completamente escura. E alguém sentado perto dele dissera, quando ele passou por perto:

– Nos encontraremos no lugar onde não há escuridão.

Aquilo fora dito de um jeito muito quieto, quase casual – uma afirmação, não uma ordem. Winston continuara caminhando sem parar. O mais curioso era que, no sonho, as palavras não o impressionaram tanto. Fora apenas mais tarde, e gradativamente, que elas ganharam uma certa importância. Agora, Winston não conseguia se lembrar se fora antes ou depois do sonho que ele vira O'Brien pela primeira vez. Também não conseguia se lembrar de quando identificara a voz no sonho como sendo de O'Brien. De qualquer forma, a identificação estava feita. Era O'Brien quem falara com ele no escuro.

Winston nunca fora capaz de confirmar se O'Brien era amigo ou inimigo – mesmo após os olhares naquela manhã, ainda era impossível. Isso também não parecia ter tanta importância. Havia um elo de entendimento entre eles, mais importante do que afeto ou partidarismo. *Nos encontraremos no lugar onde não há escuridão*, ele dissera. Winston não sabia o que aquilo significava, apenas que aconteceria, de uma forma ou de outra.

A voz do telemonitor pausou. Um clarim, claro e notável, soou pelo ar estagnado. A voz continuou, áspera:

– Atenção! Atenção, por favor! Uma notícia acaba de chegar da linha de frente na costa do Malabar. Nossas tropas no sul da Índia conquistaram uma vitória gloriosa. Estou autorizado a compartilhar que a ação aqui noticiada pode muito bem aproximar a guerra de seu fim. Segue a notícia completa...

Más notícias, pensou Winston. Após uma descrição sangrenta da aniquilação de um exército eurasiático, com números assombrosos de mortos e prisioneiros, chegou o anúncio de que, a partir da semana seguinte, a quota de chocolate seria reduzida de trinta gramas para vinte.

Winston arrotou de novo. O efeito do gim estava passando, deixando uma sensação de vazio. O telemonitor – talvez para celebrar a vitória, talvez para fazer os ouvintes se esquecerem do chocolate perdido – iniciou "Por ti, Oceania". Era preciso se levantar e prestar atenção, mas Winston estava invisível na posição atual.

"Por ti, Oceania" terminou e deu lugar a uma música mais leve. Winston se deslocou até a janela, mantendo as costas viradas para o telemonitor. O dia ainda estava frio e claro. Em determinado lugar ao longe, uma bomba explodiu com um impacto seco e reverberante. Atualmente, cerca de vinte ou trinta delas caíam em Londres por semana.

Na rua, o vento açoitava o pôster rasgado, e a palavra SOCING aparecia de modo intermitente. Socing. Os princípios sagrados do Socing. O novidioma, o duplopensar, a mutabilidade do passado. Winston se sentiu caminhando em florestas no fundo do oceano, perdido em um mundo desumano onde ele era o monstro. Estava sozinho. O passado estava morto e o futuro era inconcebível. Que certeza ele tinha de que sequer um único humano vivo estava do seu lado? E de que forma saberia que o domínio do Partido não duraria PARA SEMPRE? Como uma resposta, lembrou-se dos três slogans na fachada branca do Ministério da Verdade:

GUERRA É PAZ

LIBERDADE É ESCRAVIDÃO

IGNORÂNCIA É PODER

Ele pegou do bolso uma moeda de vinte e cinco centavos. Nela, também estavam inscritos os três slogans em letras pequenas e claras. O outro lado da moeda exibia o rosto do Grande Irmão. Mesmo na moeda, os olhos eram capazes de o seguir. Em moedas, estampas, capas de livros, bandeiras, pôsteres e invólucros de pacotes de cigarro. Em todo lugar. Sempre aqueles olhos vigiando e a voz cativante. Dormindo ou acordado, trabalhando ou comendo, dentro dos lugares ou fora, no banho ou na cama – não havia fuga. Ninguém possuía nada, a não ser os poucos centímetros cúbicos dentro do próprio crânio.

O sol mudara de posição, e as janelas abundantes do Ministério da Verdade, sem a luz incidente sobre elas, pareciam austeras como as frestas de uma fortaleza. Seu coração fraquejou ante a vastidão em formato de pirâmide. Era absolutamente intransponível, não podia ser invadida. Ele se perguntou mais uma vez para quem escrevia o diário. Para o futuro, para o passado – para uma época que poderia ser imaginária. À sua frente não estava a morte, mas a aniquilação. O diário seria reduzido a cinzas, e ele a vapor. Apenas a Polícia Ideológica leria o que ele escrevera antes de apagarem-no da existência e da memória. Como alguém podia fazer um apelo ao futuro se nenhum resquício sobreviveria no âmbito físico, nem mesmo palavras anônimas rabiscadas em um pedaço de papel?

O telemonitor soou catorze badaladas. Ele deveria partir em dez minutos. Deveria estar de volta ao trabalho às catorze e trinta.

Curiosamente, o badalar da hora parecia ter lhe dado nova motivação. Ele era um fantasma solitário proferindo verdades que ninguém escutaria. Mas, enquanto as proferisse, de alguma maneira obscura a continuidade não se romperia. Levar adiante a herança humana não era questão de ser ouvido, mas de manter a sanidade. Winston voltou à mesa, molhou a caneta na tinta, e escreveu:

> *Para o futuro ou para o passado, para um tempo em que o pensamento é livre, quando as pessoas são diferentes umas das outras e não vivem sozinhas – para um tempo em que a verdade existe e o que é feito não pode ser desfeito. Saudações da era da uniformidade, da era da solidão, da era do Grande Irmão, da era do duplopensar!*

Ele já estava morto, refletiu. Parecia que dera o passo decisivo após começar a formular seus pensamentos. As consequências de cada ato estavam incluídas no ato em si. Ele escreveu:

> *O crimideológico não implica morte.*
> *O crimideológico* É *a morte.*

Agora que se reconhecera como um homem morto, era importante se manter vivo pelo máximo de tempo possível. Dois dedos de sua mão direita estavam manchados de tinta. Era exatamente o tipo de detalhe que poderia denunciar alguém. Um fanático fuxiqueiro no Ministério (uma mulher, provavelmente: alguém como a baixinha de cabelos loiro-escuros ou a garota de cabelos escuros do Departamento de Ficção) poderia se perguntar por que ele andara escrevendo no intervalo do almoço. Por que usara uma caneta arcaica? O QUE ele estivera escrevendo? E, então, cochichar sobre isso no local apropriado. Ele foi ao banheiro e cuidadosamente escovou a tinta com o sabonete escuro e pedregoso que ralava a pele tal qual uma lixa e que, portanto, era ideal para a finalidade que desejava.

Winston guardou o diário de volta na gaveta. Era inútil pensar em escondê-lo, mas poderia pelo menos garantir que saberia se sua existência fosse descoberta. Um fio de cabelo em algumas páginas era óbvio demais. Com a ponta do dedo, pegou um grão de poeira branca distinguível e o depositou no canto da capa, de onde provavelmente cairia se alguém mexesse no livro.

IGNORÂNCIA É PODER
IGNORÂNCIA É PODER
IGNORÂNCIA É PODER

CAPÍTULO 3

Winston sonhava com a mãe.

Ele pensou que devia ter dez ou onze anos quando ela desaparecera. Fora uma mulher alta e escultural, bastante taciturna e branda, de magníficos cabelos claros. Do pai, Winston tinha a recordação mais vaga de um homem de pele escura e magro que usava óculos, sempre vestido com roupas escuras e arrumadas (Winston se lembrava particularmente das solas ultrafinas de seus sapatos). Os dois evidentemente desapareceram em um dos primeiros grandes expurgos dos anos 1950.

Naquele instante do sonho, a mãe estava sentada com a irmã caçula de Winston nos braços, em algum lugar bem abaixo de onde Winston estava. Ele não se recordava da irmã, exceto como uma bebê frágil e minúscula, sempre quieta, com olhos grandes e vigilantes. Ambas o encaravam. Elas estavam em algum lugar subterrâneo – o fundo de um poço, talvez, ou um túmulo bem profundo –, mas era um lugar que, mesmo já bem abaixo da posição de Winston, ainda se movia mais para baixo. Elas estavam no salão de jantar de um navio que naufragava, olhando para ele através da água escurecida. Ainda havia ar no salão. Elas podiam vê-lo e ele podia vê-las, mas as duas afundavam cada vez mais nas águas verdes que, em breve, encobririam-nas para sempre. Winston estava em terra firme, com luz e ar, enquanto elas estavam sendo sugadas para a morte. E estavam lá embaixo porque ele estava ali em cima. Ele sabia e elas sabiam, e dava para enxergar a compreensão em seus rostos. Não havia censura nas faces ou nos corações delas, apenas o entendimento de que deveriam morrer para que ele vivesse, e que isso era parte da inevitável ordem dos eventos.

Ele não se lembrava do que acontecera, mas sabia que, no sonho, as vidas da mãe e da irmã tinham sido sacrificadas pela sua. Era um daqueles sonhos que, ainda que dotados de uma característica onírica, eram a continuação da vida intelectual, em que a pessoa se tornava ciente de fatos e concepções que pareciam novos e valiosos mesmo depois de acordar. O que Winston percebeu foi que a morte de sua mãe, quase trinta anos antes, fora trágica e melancólica de um jeito que hoje não era mais possível. Ele se deu conta de que a tragédia pertencia aos tempos antigos, a um tempo em que ainda havia privacidade, amor e amizade, e quando os membros de uma família eram unidos sem precisar de motivos. A lembrança de sua mãe lhe partiu o coração porque ela morreu amando-o quando ele era jovem e egoísta demais para amá-la de volta, e porque, de algum modo que não se lembrava, ela se sacrificara por uma noção de dedicação individual e inalterável. Isso não seria mais possível hoje. Hoje havia medo, ódio e sofrimento, mas nenhuma dignidade na emoção, nenhuma infelicidade profunda e complexa. Tudo isso ele visualizava nos olhos grandes da mãe e da irmã, que o fitavam através da água esverdeada, centenas de metros debaixo d'água e afundando ainda mais.

De repente, Winston viu-se em uma relva curta e fofa, em uma noite de verão quando os raios oblíquos do sol douravam o solo. O cenário com que se deparava era tão recorrente em seus sonhos que ele nunca tivera certeza se já o vira antes no mundo real. Em seus devaneios, chamava-o de Campo Dourado. Era um pasto batido e abocanhado por coelhos, cortado por uma trilha e salpicado de montículos de terra. Na sebe irregular do outro lado do campo, os galhos dos olmos balançavam gentilmente ante a brisa, as folhas se agitando em grupos densos como o cabelo de uma mulher. Nas proximidades, mas ainda fora de vista, havia um riacho claro e de águas morosas, onde escalos nadavam em charcos sob os salgueiros.

A moça de cabelos escuros vinha pelo campo na direção dos salgueiros. Ela arrancou as próprias roupas com o que parecia ser um único puxão brusco, jogando-as com desdém para o lado. Seu corpo era branco e suave, mas não despertava desejo algum em Winston. Na verdade, ele praticamente não o olhou. O que o acometeu naquele momento foi admiração pela maneira como descartou as roupas. Com elegância e descuido, o gesto parecia capaz de aniquilar toda uma cultura, todo um sistema de ideias, como se o Grande Irmão, o Partido e a Polícia Ideológica pudessem ser obliterados por um único e esplêndido movimento com o braço. Era mais um gesto que pertencia aos tempos antigos. Winston acordou com a palavra "Shakespeare" na boca.

O telemonitor emitia um assobio ensurdecedor que continuou no mesmo tom por trinta segundos. Eram sete e quinze, hora de acordar para quem trabalhava em escritórios. Winston saltou da cama – pelado, já que um membro do Partido Externo recebia anualmente apenas três mil cupons para roupas, e um pijama custava seiscentos – e pegou uma camiseta puída e uma bermuda que estavam penduradas em uma cadeira. No momento seguinte, estava curvado com uma crise violenta de tosse que quase sempre o acometia logo após acordar. Ela tirava tanto o seu ar que ele só conseguia respirar de novo deitando de costas e dando profundas arfadas. Suas veias incharam com o esforço para tossir, e a úlcera varicosa começou a coçar.

– Grupo de trinta a quarenta anos! – gralhou uma voz feminina penetrante. – Grupo de trinta a quarenta anos! Em seus lugares, por favor. Trinta a quarenta!

Winston apressou-se e parou em frente ao telemonitor, no qual já aparecera a imagem de uma mulher jovem e magra, ainda que musculosa, vestida com blusão e tênis de ginástica.

– Braços dobrando e alongando! – ela bradou. – No mesmo ritmo que eu. UM, dois, três, quatro! UM, dois, três, quatro! Vamos, camaradas, mais vigor! UM, dois, três, quatro! UM, dois, três, quatro!

A dor causada pelo acesso de tosse não fora suficiente para tirar a impressão deixada pelo sonho, e os movimentos ritmados do exercício a restauraram. Winston fingiu a expressão de satisfação soturna que era considerada apropriada durante as Sacudidas Corporais. Conforme mexia os braços para frente e para trás de forma mecânica, fez um esforço para se lembrar do período nebuloso que fora sua primeira infância. Era extraordinariamente difícil. Qualquer lembrança antes do final dos anos 1950 era desbotada. Como não existiam gravações físicas para relembrar, até mesmo o esboço da própria vida perdia a nitidez. Era possível recordar grandes eventos que provavelmente nunca aconteceram, recordar detalhes de incidentes sem conseguir absorver seu contexto, e havia os longos períodos em branco que não dava para especificar do que se tratava. Tudo fora diferente naquela época. Até os nomes dos países e seus formatos no mapa tinham sido diferentes. Pista de Pouso Um, por exemplo, não tivera esse nome antigamente. Era chamada de Inglaterra ou Grã-Bretanha, ainda que Winston tivesse quase certeza de que Londres sempre se chamara Londres.

Winston definitivamente não conseguia se lembrar de um tempo em que seu país não estivesse em guerra. Ainda assim, era evidente que houvera um intervalo significativo de paz durante sua infância, porque uma de suas primeiras lembranças era de um ataque aéreo que surpreendera todo mundo. Talvez na época que a bomba atômica caíra em Colchester. Ele não se lembrava do ataque propriamente dito. Contudo, lembrava-se da mão de seu pai agarrando a sua conforme corriam para baixo, mais e mais e mais, para algum lugar bem fundo na terra, descendo e descendo uma escadaria em espiral que retinia sob seus pés e que o cansou tanto que ele começara a chorar e precisaram parar a fim de descansar. A mãe, com seu jeito brando e devaneador, ficara bem para trás. Ela carregava sua irmãzinha – ou talvez apenas um pacote de lençóis. Winston não tinha certeza se a irmã já era nascida na época. Por fim, chegaram a um lugar barulhento e abarrotado, que ele notara ser uma estação de metrô.

Havia pessoas sentadas por todo o chão lajeado, e outras aglomeradas em beliches de ferro, umas em cima das outras. Winston, a mãe e o pai encontraram um cantinho no chão. Perto deles, um homem e uma mulher idosos estavam sentados lado a lado em um beliche. O velho trajava um terno escuro e em bom estado, com um chapéu de pano preto jogado para trás nos cabelos excessivamente brancos. O rosto estava corado e os olhos azuis lacrimejavam. Fedia a gim, que parecia expirar da pele em vez de suor. Dava para imaginar que as lágrimas em seus olhos eram apenas gim. Mas, ainda que ligeiramente bêbado, ele estava passando por algum luto genuíno e insuportável. Com seus pensamentos de criança, Winston entendera que acontecera algo terrível, que ultrapassava o perdão e que jamais teria solução. Ele também tivera a impressão de saber o que era. Alguém que o idoso amava – uma netinha, talvez – morrera. A cada poucos minutos, o velho repetia:

– A gente não devia ter confiado neles. Falei, num falei, Xuxu? É isso que acontece quando se confia neles. Eu disse o tempo todo. A gente não devia ter confiado nos canalhas.

Mas Winston não lembrava mais em quais canalhas eles não deviam ter confiado.

Por volta daquele dia em diante, a guerra fora literalmente contínua, embora não sempre a mesma guerra. Por vários meses durante a sua infância houvera conflitos bem confusos nas ruas da própria Londres, alguns dos quais ele se lembrava com nitidez. No entanto, determinar a história de todo o período e saber quem lutava contra quem seria completamente impossível, já que não havia registros, falados ou escritos, de nenhum outro alinhamento além do atual. Nesse momento, por exemplo, em 1984 (se era realmente 1984), a Oceania estava em guerra com a Eurásia e aliada com a Lestásia. Em nenhum discurso, público ou privado, admitia-se que os três poderes já pudessem ter se alinhado de modo distinto em outro momento. Na realidade, como Winston bem sabia, havia apenas quatro anos desde que a Oceania estivera em guerra com a Lestásia e aliada com a Eurásia. Aquele era meramente um pedaço de conhecimento secreto que Winston possuía, já que sua memória não estava satisfatoriamente sob controle. Oficialmente, a mudança de aliados nunca ocorrera. A Oceania estava em guerra com a Eurásia. Logo, a Oceania sempre estivera em guerra com a Eurásia. O inimigo do momento sempre representava o mal absoluto, e qualquer acordo passado ou futuro com ele era impossível.

Winston refletiu pela milésima vez enquanto forçava os ombros dolorosamente para trás (com as mãos no quadril, ele girava o corpo a partir da cintura; um exercício que supostamente era bom para os músculos das costas). O mais assustador era que podia ser tudo verdade. Se o Partido podia meter a mão no passado e mudar um evento específico, então ELE NUNCA ACONTECERA – aquilo, com certeza, era mais aterrorizante do que meramente tortura e morte, não?

O Partido afirmava que a Oceania nunca estivera aliada com a Eurásia. Ele, Winston Smith, sabia que a Oceania estivera aliada com a Eurásia até quatro anos antes. Mas onde aquele conhecimento existia? Apenas em sua própria consciência – a qual, era provável, logo seria aniquilada. E se todas as outras pessoas aceitassem a mentira imposta pelo Partido – se todos os registros narrassem a mesma história –, então a mentira entrava para a História e se tornava verdade. "Quem controla o passado", dizia o slogan do Partido, "controla o futuro, e quem controla o presente controla o passado." Ainda assim, o passado, que era alterável por natureza, nunca fora alterado. O que quer que fosse verdade agora seria a verdade permanente. Era bem simples. Era preciso apenas uma série ininterrupta de vitórias sobre a memória do indivíduo. "Controle da realidade" era como o chamavam. Em novidioma, "duplopensar".

– Descansar! – gritou a instrutora, com um pouco mais de bom humor.

Winston abaixou os braços e vagarosamente encheu os pulmões de ar. Sua mente vagou para o mundo labiríntico do duplopensar. Saber e não saber. Estar consciente da verdade inquestionável ao mesmo tempo que se conta mentiras cuidadosamente construídas. Ter duas opiniões contraditórias e simultâneas, saber que são mutuamente excludentes e, ainda assim, acreditar em ambas. Usar lógica contra a lógica. Repudiar os bons costumes enquanto os reivindica. Acreditar que a democracia era impossível e que o Partido era o guardião da democracia. Esquecer o que fosse necessário esquecer, mas recordar em momento oportuno para depois esquecer de novo.

E, acima de tudo, aplicar o mesmo processo ao próprio processo. Era a sutileza final: conscientemente induzir a inconsciência. Mais uma vez, tornar-se inconsciente da hipnose que acabara de praticar. Até mesmo entender a palavra "duplopensar" envolvia duplopensar.

A instrutora pediu atenção novamente.

– E agora vamos ver quem consegue tocar no próprio dedão! – ela disse com entusiasmo. – Sem dobrar os joelhos, por favor, camaradas. UM, dois! UM, dois!

Winston abominava aquele exercício, que sempre lhe causava dores dos calcanhares até as nádegas, e em geral terminava com outro acesso de tosse. A sensação meio agradável se esvaiu de seus pensamentos. O passado, refletiu, não fora apenas alterado, mas destruído. Como era possível estabelecer até mesmo o fato mais óbvio se não existia registro algum, a não ser a própria memória? Tentou se lembrar do ano em que ouvira falar do Grande Irmão pela primeira vez. Devia ter sido em algum momento dos anos 1960, mas era impossível ter certeza. Nos anais do Partido, claro, o Grande Irmão aparecia como o líder e guardião da Revolução desde seus primeiros dias. Suas façanhas foram sendo gradualmente empurradas para trás no passado até que se estendiam no mundo fabuloso dos anos 1930 e 1940, quando os capitalistas com seus estranhos chapéus cilíndricos ainda perambulavam pelas ruas de Londres em reluzentes carros motorizados e carruagens com janelas envidraçadas. Não havia como saber qual parte dessas lendas era verdade ou inventada. Winston não conseguia se lembrar nem a data em que o Partido surgira. Ele pensava não haver escutado a palavra "Socing" antes dos anos 1960, mas era possível que na sua forma em velhidioma – "Socialismo Inglês" – tenha sido ainda mais cedo. Tudo se evaporava em uma névoa. Às vezes, é claro, era possível perceber uma mentira completa. Não era verdade, por exemplo, que o Partido inventara os aviões, conforme explicações dos livros de História. Ele se lembrava de aviões desde cedo em sua infância. Mas era impossível provar. Não havia evidências. Apenas uma vez em sua vida Winston segurara nas mãos uma prova documental e irrefutável da falsificação de um fato histórico. E na ocasião...

– Smith! – gritou a voz rabugenta no telemonitor. – Winston Smith, número 6079! Sim, VOCÊ! Vire-se mais, por favor! Você pode fazer melhor do que isso. Você não está tentando. Mais pra baixo, por favor! ASSIM tá melhor, camarada. Agora o grupo todo, relaxem e me observem.

Um suor repentino e ardente escorrera por seu corpo. Sua face permanecia completamente inescrutável. Nunca demonstre desânimo! Nunca demonstre ressentimento! Um brilho singelo nos olhos poderia entregar alguém. Winston continuou assistindo enquanto a instrutora levantava os braços sobre a cabeça – não de um jeito gracioso, mas com notável destreza e eficiência – e se curvou à procura de enfiar a ponta dos dedos da mão embaixo dos dedos do pé.

– ASSIM, camaradas! É DESSA FORMA que quero ver vocês fazendo. Olhem de novo. Eu tenho trinta e nove anos e já tive quatro filhos. Agora olhem. – Ela se curvou mais uma vez. – Vocês podem ver que os MEUS joelhos não estão dobrados. Todos vocês podem fazer isso, se quiserem – ela adicionou à medida que se ajeitava. – Qualquer pessoa com menos de quarenta e cinco anos é perfeitamente capaz de tocar os dedos do pé. Não somos todos que temos o privilégio de lutar no front, mas pelo menos podemos nos manter em forma. Lembrem-se dos rapazes no front de Malabar! E dos marinheiros nas Fortalezas Flutuantes! Só imaginem o que ELES precisam enfrentar. Agora, tentem novamente. Melhorou, camarada, ficou MUITO melhor – ela acrescentou de maneira encorajadora quando Winston, com uma esticada enérgica, conseguiu tocar os dedos do pé sem dobrar os joelhos pela primeira vez em vários anos.

CAPÍTULO 4

Nem mesmo a proximidade do telemonitor impedira Winston de dar um suspiro profundo e involuntário quando seu dia de trabalho começou. Ele puxou o falescreva em sua direção, soprou a poeira do bocal e colocou os óculos. Depois, desenrolou e juntou quatro rolos de papel já disponíveis no tubo pneumático do lado direito de sua mesa.

Nas paredes do cubículo, havia três orifícios. À direita do falescreva, um pequeno tubo pneumático para mensagens escritas. À esquerda, um maior para jornais. E na parede lateral, ao alcance de Winston, uma abertura vasta e alongada com proteção de arames. Esta era para o descarte de papel. Existiam milhares ou dezenas de milhares de aberturas semelhantes a essas por toda a construção, não apenas nas salas, mas a curtas distâncias uma da outra em todos os corredores. Por algum motivo, as aberturas eram conhecidas pelo apelido de lacunas de memória. Quando alguém sabia que algum documento deveria ser destruído ou até mesmo encontrasse um pedaço de papel em algum lugar, era automático levantar a tampa da lacuna de memória mais próxima e descartá-lo. Lá dentro, o objeto seria sugado em uma corrente de ar quente até as enormes fornalhas ocultas em alguma parte do prédio.

Winston examinou os quatro pedaços de papel que desenrolara. Cada um continha uma mensagem de uma ou duas linhas no jargão abreviado – não era novidioma, mas consistia, em sua maior parte, de palavras em novidioma – que era utilizado no Ministério para finalidades internas. Winston leu:

> *times 17/3/84 discurso gi malreportagem áfrica retificar*
> *times 19/12/83 estimativas p3a 4º trimestre 83 malimpressão verificar edição atual*
> *times 14/2/83 miniprospe malcitação chocolate retificar*
> *times 3/12/83 reportagem ordemdia gi duplomaisnãobom cita impessoas reescrever completamente cimanível antespreencher*

Levemente satisfeito, Winston separou a quarta mensagem. Era uma tarefa complexa que exigiria responsabilidade, então era melhor tratar dela por último. As outras três eram rotineiras, ainda que a segunda provavelmente fosse exigir buscas entediantes em listas de valores.

Winston selecionou "números anteriores" no telemonitor e requisitou as edições apropriadas do *The Times*, que deslizaram para fora do tubo pneumático minutos depois. As mensagens recebidas referiam-se a artigos ou a notícias as quais, por dado motivo, era preciso alterar ou, como dizia o termo oficial, retificar. Por exemplo, no *The Times* de 17 de março aparecia que o Grande Irmão, em seu discurso do dia anterior, previra que o front no sul da Índia permaneceria tranquilo, mas que logo haveria uma ofensiva eurasiática no norte da África. Mas o que acontecera foi que o Alto Comando Eurasiático lançara uma ofensiva no sul da Índia, deixando o norte da África em paz. Era, portanto, necessário reescrever um parágrafo do discurso do Grande Irmão, de modo que o novo discurso o colocasse prevendo o que de fato acontecera. Além disso, no *The Times* de 19 de dezembro foram publicadas as estimativas de produção de vários itens de consumo do quarto trimestre de 1983, que também fora o sexto trimestre do Nono Plano Trienal. A edição mais recente continha uma declaração com a quantidade real de produção, que dava a entender que as estimativas estavam grosseiramente erradas em todos os casos. O trabalho de Winston era retificar os valores originais para que estivessem de acordo com os que vieram depois. Já a terceira mensagem se tratava de um erro bem simples que poderia ser corrigido em minutos. Um tempo antes, em fevereiro, o Ministério da Prosperidade emitira uma promessa (um "acordo categórico", como dizia o termo oficial) de que não haveria redução na cota de chocolate durante 1984. Na verdade, como Winston bem sabia, a cota de chocolate seria reduzida de trinta gramas para vinte no fim da semana vigente. Ele só precisaria substituir a promessa original por um aviso de que provavelmente seria necessário reduzir a cota em determinado momento de abril.

Tão logo Winston resolveu cada uma das mensagens, anexou as correções feitas no falescreva nos respectivos exemplares do *The Times* e os empurrou para dentro do tubo pneumático. Em seguida, com um movimento quase automático, amassou a mensagem original e todas as notas que fizera e as descartou na lacuna de memória para serem devoradas pelas chamas.

Winston não sabia pormenores sobre o que acontecia no labirinto invisível para onde os tubos pneumáticos levavam, mas tinha certa noção. Assim que todas as correções necessárias em alguma edição do *The Times* eram preparadas e agrupadas, a edição era reimpressa, a cópia original aniquilada e substituída pela versão corrigida. O processo de alteração contínua não acontecia apenas com jornais, mas também com livros, periódicos, panfletos, pôsteres, folhetos, filmes, músicas, desenhos animados, fotografias – e qualquer tipo de literatura ou documento que representasse alguma significância política ou ideológica. Dia após dia, e praticamente minuto após minuto, o passado era atualizado. Dessa forma, cada previsão do Partido poderia ser considerada correta com a devida evidência documental. Nenhuma notícia ou opinião que conflitasse com as necessidades do momento poderiam permanecer gravadas. Toda a história era um palimpsesto, raspado e regravado quantas vezes fossem necessárias. Uma vez feita a alteração, era impossível provar que qualquer falsificação fora aplicada. O maior setor do Departamento de Documentação, bem maior do que aquele no qual Winston trabalhava, consistia só de pessoas cujas funções eram rastrear e coletar todos os exemplares de livros, jornais e outros documentos já suplantados e que deveriam ser destruídos. Uma edição do *The Times* podia ter sido reescrita uma dúzia de vezes para ajustar um alinhamento político ou corrigir profecias errôneas do Grande Irmão. Mas ainda estaria arquivada com a sua data original, e nenhuma outra cópia existiria para provar o contrário. Os livros também eram recolhidos e reescritos várias e várias vezes, relançados sem qualquer admissão de que mudanças tivessem sido feitas. Até mesmo as instruções escritas que Winston recebia, e que jogava no lixo assim que utilizava, nunca afirmavam ou implicavam que era necessário cometer uma falsificação. As referências eram sempre sobre deslizes, equívocos, erros de impressão ou de citação, e era necessário corrigi-los pelo bem da precisão.

Na verdade, Winston pensou enquanto reajustava os números do Ministério da Prosperidade, aquilo nem sequer era uma falsificação. Tratava-se meramente da substituição de um absurdo por outro. A maioria do material não possuía qualquer conexão com algo do mundo real, nem mesmo o tipo de conexão que existia em uma mentira descarada. As estatísticas eram tão fantasiosas tanto na versão original quanto na versão retificada. Grande parte do tempo era preciso inventá-las na hora. Por exemplo, a estimativa do Ministério da Prosperidade previra a produção de 145 milhões de pares de botas para o trimestre. A produção real foi informada como 62 milhões. Winston, ao reescrever a estimativa, alterou-a para 57 milhões para dar espaço para a reivindicação de que a cota teria superado a meta. De qualquer forma, 62 milhões não era mais verdade do que 57 milhões ou 145 milhões. Era provável que nenhuma bota tivesse sido produzida. Mais provável ainda era que ninguém soubesse dizer quantas haviam sido produzidas. Muito menos se importavam. Tudo que se sabia era que, a cada trimestre, um número astronômico de botas era produzido no papel, enquanto talvez metade da população da Oceania andava descalça. E era assim com todos os tipos de fatos, importantes ou não. Tudo escorria para um mundo das sombras onde, enfim, até a data do ano atual se tornara incerta.

Winston observou o outro lado do corredor. Em outro cubículo, Tillotson, um homem baixo e certinho, com a barba por fazer, trabalhava sem parar. Havia um jornal dobrado em seu colo e ele falava próximo ao bocal do falescreva. Tinha o ar de que estava tentando manter o que dizia um segredo entre ele e o telemonitor. Tillotson levantou a cabeça e lançou um olhar hostil para Winston através dos óculos.

Winston mal conhecia Tillotson e não tinha ideia de que tipo de trabalho ele fazia. As pessoas no Departamento de Documentação não falavam muito sobre suas profissões. O corredor comprido e sem janelas incluía uma fila dupla de cubículos, onde soava um farfalhar incessante de papel e o burburinho de vozes falando no falescreva. Havia, talvez, uma dúzia de pessoas sobre quem Winston não sabia sequer o nome, ainda que as visse todo dia se apressando nos corredores e bracejando nos Dois Minutos de Ódio. Ele sabia que, no cubículo vizinho ao seu, a mulher baixinha de cabelos loiro-claros labutava dia e noite, rastreando e removendo da imprensa o nome de pessoas que haviam sido vaporizadas e que eram, portanto, consideradas como se nunca tivessem existido. Havia certa conveniência nisso, já que o próprio marido dela fora vaporizado uns dois anos antes. Alguns cubículos adiante, estava um ser manso, ineficaz e sonhador chamado Ampleforth, com orelhas bem peludas e um talento surpreendente para lidar com rimas e métricas. Seu emprego era relacionado à produção de versões truncadas – textos definitivos, como as chamavam – de poemas que haviam se tornado ideologicamente ofensivos, mas que deveriam ser mantidos nas antologias por dado motivo. Aquele corredor, com cerca de cinquenta trabalhadores, era apenas um subsetor, uma única célula na enorme complexidade do Departamento de Documentação. Em frente, acima e abaixo havia outras multidões de trabalhadores engajados em uma quantidade exorbitante de empregos. Havia as grandes impressoras com subeditores, especialistas em tipografia e uma rede de estúdios altamente equipados para a fraude de fotografias. Havia o setor de teleprogramas com seus engenheiros, produtores e equipes de atores especialmente escolhidos por suas habilidades de imitar outras vozes. Havia os exércitos de escriturários de referências, cuja profissão era apenas elaborar listas de livros e periódicos que deveriam ser recolhidos. Havia também os vastos depósitos nos quais os documentos corrigidos eram armazenados e, também, as fornalhas ocultas que destruíam os exemplares originais. E em algum lugar, bem anônimo, ficavam os cérebros diretores que coordenavam todo o esforço e estabeleciam as políticas que definiam quais fragmentos do passado seriam preservados, falsificados ou completamente extintos.

O Departamento de Documentação, afinal, era apenas uma das ramificações do Ministério da Verdade, cuja principal função não era reconstruir o passado, mas suprir os cidadãos da Oceania com jornais, filmes, livros didáticos, programações do telemonitor, peças, romances – com todo tipo imaginável de informação, instrução ou entretenimento, de uma estátua a um slogan, de um poema lírico a uma dissertação em biologia, de um livro de soletrar para crianças a um dicionário de novidioma. E o Ministério não precisava apenas suprir as necessidades multifacetadas do Partido, mas também repetir toda a operação em um nível inferior para os proletários. Havia uma série de departamentos separados para o proletariado: literatura, música, teatro e entretenimento. Neles, eram produzidos jornais fajutos contendo quase nada além de esportes, crime e astrologia, mas também romances de banca de jornal, filmes recheados de sexo e músicas sentimentais compostas inteiramente de forma mecânica em um tipo especial de caleidoscópio conhecido como versificador. Havia também todo um subsetor – Pornosetor, em novidioma – que produzia o tipo mais desprezível de pornografia. O material era enviado em pacotes selados e nenhum membro do Partido que não trabalhasse com ela possuía autorização para consumi-la.

Três mensagens surgiram no tubo pneumático enquanto Winston trabalhava, mas eram questões triviais, e ele as resolvera antes de a sessão do Dois Minutos de Ódio o interromper. Concluído o Ódio, Winston voltou para o seu cubículo, pegou o dicionário de novidioma da estante, afastou o falescreva, limpou os óculos e se preparou para a tarefa principal daquela manhã.

O maior prazer da vida de Winston era o trabalho. A maior parte era uma rotina entediante, mas que incluía algumas tarefas tão difíceis e complexas que era possível se perder nelas como se estivesse quebrando a cabeça com um problema de matemática. Eram falsificações delicadas, sem nenhum guia de como resolvê-las, a não ser o próprio conhecimento acerca dos princípios do Socing e uma projeção das expectativas do Partido sobre o que seria feito. Winston era bom nesse tipo de tarefa. Uma vez, ele até fora encarregado da retificação dos principais artigos do *The Times*, escritos inteiramente em novidioma. Desenrolou a mensagem que separara mais cedo. Nela, lia-se:

> *times 3/12/83 reportagem ordemdia gi duplomaisnãobom cita impessoas reescrever completamente cimanível antespreencher*

Em velhidioma (ou inglês padrão), ela poderia ser escrita como:

> *A reportagem da Ordem do Dia do Grande Irmão no* The Times *de 3 de dezembro de 1983 é extremamente insatisfatória e faz referência a pessoas que não existem. Reescrevê-la por completo e enviar o rascunho para um nível mais alto de autoridade antes de preencher no documento.*

Winston leu o artigo problemático. A Ordem do Dia do Grande Irmão parecia ter sido principalmente voltada a louvar o trabalho de uma organização conhecida como CCFF, que fornecia cigarros e outros alentos para os marinheiros nas Fortalezas Flutuantes. Um certo Camarada Withers, membro proeminente do Partido Interno, fora escolhido para uma menção honrosa e ganhara uma condecoração, a Ordem de Notável Mérito, Segunda Classe.

Três meses depois, a CCFF fora dissolvida sem nenhum motivo informado. Podia-se presumir que Withers e seus colaboradores estavam em descrédito, mas não houvera notícias sobre o assunto na imprensa ou no telemonitor. Era o esperado, já que era incomum que detratores políticos fossem levados a julgamento ou até mesmo denunciados publicamente. Os grandes expurgos eram exibições especiais que ocorriam cerca de uma vez a cada dois anos.

Envolviam milhares de pessoas e eram julgamentos públicos de traidores e transgressores ideológicos que faziam confissões odiosas de seus crimes e, depois, eram executados. Mais comumente, pessoas que incorriam no desgosto do Partido apenas desapareciam e nunca mais se ouvia falar delas. Ninguém tinha a menor ideia do que acontecia. Em determinados casos, podiam nem mesmo estar mortas. Cerca de trinta pessoas que Winston conhecera pessoalmente, sem contar seus pais, haviam desaparecido em dado momento.

Com gentileza, Winston coçou o nariz com um clipe de papel. No cubículo do outro lado, o Camarada Tillotson ainda se curvava no falescreva, cheio de suspeitas. Tillotson levantou a cabeça por um instante. De novo, a olhada hostil através dos óculos. Winston conjecturou se o Camarada Tillotson estaria fazendo a mesma tarefa que ele. Era perfeitamente possível. Um trabalho tão meticuloso nunca seria confiado a apenas uma pessoa. Por outro lado, entregá-lo a um comitê seria admitir abertamente que uma confecção de fatos estava sendo feita. Era provável que, naquele exato instante, até uma dúzia de pessoas estivessem trabalhando em versões concorrentes das palavras verdadeiras do Grande Irmão. Em seguida, algum líder dentro do Partido Interno selecionaria uma delas, a reeditaria e iniciaria os processos complexos de referência cruzada que seriam necessários. Então, a mentira escolhida entraria para os registros permanentes e se tornaria verdade.

Winston não sabia por que Withers estava em descrédito. Talvez corrupção ou incompetência. Talvez o Grande Irmão estivesse apenas se livrando de um subordinado muito popular. Talvez alguém suspeitara que Withers ou um de seus colaboradores estavam envolvidos com tendências hereges. Ou, ainda – o mais provável –, tudo estava acontecendo porque expurgos e vaporizações eram parte necessária da mecânica do governo. A única pista de verdade estava na expressão "cita impessoas", que indicava que Withers já estava morto. Não era razoável presumir isso com pessoas presas. Às vezes, os presos eram liberados por um ou dois anos antes de sua execução. De maneira muito ocasional, determinada pessoa que se acreditara falecida há muito tempo reapareceria em um julgamento público, no qual ela comprometeria centenas de outras pessoas ao dar um último testemunho, logo antes de desaparecer, dessa vez para sempre. Withers, contudo, já era uma IMPESSOA. Não existia. Nunca existira. Winston decidiu que não seria suficiente reverter a tendência do discurso do Grande Irmão. Era melhor alterá-lo para algo totalmente independente do assunto original.

Ele poderia transformar o discurso na denúncia habitual de traidores e transgressores ideológicos, mas era um pouco óbvio. Inventar uma vitória no front ou um triunfo de superprodução no Nono Plano Trienal poderia complicar demais os registros. Era preciso uma fantasia pura. De repente, veio à sua mente, pronta para ser usada, a imagem de um certo Camarada Ogilvy, que morrera recentemente em circunstâncias heroicas em uma batalha. Havia ocasiões em que o Grande Irmão dedicava sua Ordem do Dia para celebrar algum membro do Partido, operário e humilde, cujas vida e morte eram consideradas exemplo a ser seguido. Hoje, ele comemoraria o Camarada Ogilvy. É claro que não havia uma pessoa chamada Camarada Ogilvy, mas certas frases e umas duas fotos falsificadas seriam o suficiente para fazê-lo existir.

Winston pensou um pouco, então puxou o falescreva em sua direção e começou a ditar no estilo familiar do Grande Irmão. Militar e pedante, fácil de imitar por causa do artifício de fazer perguntas e respondê-las de imediato. *Que lições aprendemos com este fato, camaradas? Tal lição, que também é um dos princípios fundamentais do Socing, é a seguinte…* Fácil de imitar.

Aos três anos, o Camarada Ogilvy recusara todos os brinquedos a não ser um tambor, uma submetralhadora e um protótipo de helicóptero. Aos seis anos, ele se juntara aos Espiões, um ano antes do normal, após uma mudança personalizada nas regras. Aos nove, fora líder da tropa. Aos onze, denunciara o tio para a Polícia Ideológica após escutar uma conversa de possível tendência criminosa. Aos dezessete, fora organizador de bairro da Liga Juvenil Antissexo. Aos dezenove, projetara uma granada que fora adotada pelo Ministério da Paz e, após o primeiro uso, matara trinta e um prisioneiros eurasiáticos de uma só vez. Aos vinte e três, Ogilvy morrera em ação.

Perseguido por jatos inimigos ao sobrevoar o oceano Índico com mensagens importantes, Ogilvy amarrara a metralhadora ao corpo, usando-a como lastro, e saltara do helicóptero em alto-mar com as mensagens. Um fim, comentara o Grande Irmão, impossível de contemplar sem sentir inveja. O Grande Irmão também fizera observações a respeito da pureza e da obstinação na vida do Camarada Ogilvy. Ele fora um completo abstêmio e não fumante, seu único lazer fora uma hora diária na academia. Também fizera um voto de celibato, crendo que o casamento e a responsabilidade de uma família eram incompatíveis com a devoção ao trabalho vinte e quatro horas por dia. Não fora afeito a conversas, exceto quando o assunto tratava dos princípios do Socing, e nenhum objetivo de vida com exceção da derrota do inimigo eurasiático e a caça a espiões, terroristas, transgressores ideológicos e traidores em geral.

Winston ponderou se premiaria o Camarada Ogilvy com uma Ordem de Notável Mérito. Decidiu que não, devido ao excesso de referências cruzadas que seria necessário para tal.

Mais uma vez, Winston fitou seu rival, no outro cubículo. Algo parecia indicar que Tillotson estava envolvido na mesma tarefa que ele. Não havia maneira de saber qual das duas soluções seria efetivamente adotada, mas ele foi acometido por uma profunda convicção de que seria a sua. O Camarada Ogilvy, impensado há uma hora, agora era um fato. Curioso como era possível criar pessoas mortas, mas não vivas. O Camarada Ogilvy, que nunca existira no presente, agora existia no passado, e, quando a falsificação fosse esquecida, ele existiria de forma tão autêntica e baseada em evidências como Carlos Magno ou Júlio César.

CAPÍTULO 5

No refeitório de pé-direito baixo, que ficava bem fundo no subterrâneo, a fila do almoço marchava com vagarosidade. O salão já estava lotado e extremamente barulhento. Da grade no balcão, soprava o vapor de ensopado, com um odor metálico e azedo, incapaz de superar os vapores do Gim do Triunfo. No lado mais distante do salão, situava-se um pequeno bar, um mero buraco na parede, onde o gim podia ser comprado a dez centavos a dose.

– O homem que eu estava procurando! – verbalizou uma voz atrás de Winston.

Ele se virou. Era seu amigo, Syme, que trabalhava no Departamento de Pesquisa. Talvez "amigo" não fosse exatamente a palavra certa. Não se tinha amigos, apenas camaradas. Mas havia alguns camaradas cuja companhia era mais agradável do que a de outros. Syme era filólogo, um especialista em novidioma, e membro da enorme equipe de profissionais envolvidos na compilação da *Décima Primeira Edição do Dicionário de Novidioma*. Era um homem pequeno, mais baixo do que Winston, de cabelos negros e olhos grandes e protuberantes com uma expressão melancólica e zombeteira ao mesmo tempo. Parecia perscrutar o rosto das pessoas com atenção ao falar com elas.

– Queria lhe perguntar se você tem umas lâminas de barbear – disse ele.

– Nenhuma! – rebateu Winston, como se estivesse se apressando em razão de se sentir culpado. – Tentei em todos os cantos. Não existem mais.

Todo mundo pedia lâminas de barbear. Na verdade, Winston tinha duas não usadas que estava guardando. Havia escassez delas há meses. Sempre havia algum item básico que as lojas do Partido não conseguiam fornecer. Às vezes, eram botões; outras vezes, lã de costura ou cadarços. No momento, eram as lâminas de barbear. Só era possível obtê-las vasculhando furtivamente o "livre" mercado, ou nem mesmo assim.

– Estou usando a mesma lâmina há seis semanas – Winston mentiu.

A fila marchou mais um passo. Quando pararam, Winston se virou e encarou Syme de novo. Cada um pegou uma bandeja de metal engordurada de uma pilha na ponta do balcão.

– Você foi ver os prisioneiros enforcados ontem? – perguntou Syme.

– Estava trabalhando – respondeu Winston, indiferente. – Devo ver no cinema, eu acho.

– Um substituto bem inadequado – replicou Syme.

Seus olhos zombeteiros analisaram o rosto de Winston. *Conheço você*, pareciam dizer. *Vejo você por dentro. Sei muito bem por que não foi ver os prisioneiros enforcados.* De um jeito intelectual, Syme era venenosamente ortodoxo. Falava com uma satisfação desagradável e exultante sobre ataques de helicóptero a vilarejos inimigos, julgamentos e confissões de transgressores ideológicos, execuções nos porões do Ministério do Amor. Falar com ele era uma questão de desviá-lo desses assuntos e segurá-lo, se possível, nas tecnicidades do novidioma, que era onde ele se tornava competente e interessante. Winston virou a cabeça ligeiramente para o lado à procura de evitar o escrutínio dos grandes olhos negros.

– Foi um bom enforcamento – contou Syme, pensativo. – Acho que estraga quando amarram os pés. Gosto de vê-los chutando. Acima de tudo, no fim, a língua saltando pra fora e ficando azul, um azul bem forte. Eu me apego a esses detalhes.

– Próximo, por favor! – gritou o proletário de avental branco, segurando uma concha.

Winston e Syme empurraram as bandejas sob a grade. Em cada uma, foi despejado rapidamente o almoço regimental – uma tigela de metal com um ensopado cinzento e rosado, uma fatia de pão, um cubo de queijo, uma caneca de Café do Triunfo sem leite e um tablete de sacarina.

– Tem uma mesa ali, debaixo daquele telemonitor – avisou Syme. – Vamos pegar um pouco de gim no caminho.

O gim foi servido em canecas de porcelana sem alça. Os dois serpentearam pelo salão abarrotado e depositaram as bandejas na mesa de ferro. No canto dela, alguém deixara uma poça de ensopado, um lamaçal fedorento que parecia vômito. Winston pegou sua caneca de gim, parou por um instante a fim de tomar coragem e bebeu o líquido com gosto de óleo. Ao secar as lágrimas, percebeu que estava com fome. Começou a engolir colheradas do ensopado. No meio da maçaroca havia algo esponjoso e rosado que provavelmente era algum tipo de carne. Nenhum dos dois se pronunciou de novo até esvaziarem as tigelas. Na mesa à esquerda de Winston, um pouco atrás dele, alguém falava rápido e sem parar, uma tagarelice desagradável que soava quase como um pato grasnando, capaz de dilacerar a barulheira geral do salão.

– Como está a criação do Dicionário? – perguntou Winston, levantando a voz devido ao barulho.

– Devagar... – respondeu Syme. – Estou nos adjetivos. É fascinante.

Syme se alegrara de imediato ante a menção ao novidioma. O filólogo empurrou sua tigela para o lado, pegou sua fatia de pão delicadamente com uma das mãos e o queijo com a outra. Curvou-se na mesa para conseguir falar sem gritar.

– A *Décima Primeira Edição* é a edição definitiva – disse ele. – Estamos deixando a língua em sua forma final, a forma que ela vai ter quando ninguém falar nenhuma outra língua. Quando terminarmos, pessoas como você vão precisar aprender tudo de novo. Aposto que você acha que nossa principal tarefa é inventar novas palavras. Nem um pouco! Estamos destruindo palavras às dezenas, aos milhares, todos os dias. A *Décima Primeira Edição* não conterá uma única palavra que ficará obsoleta antes de 2050.

Syme deu uma mordida voraz no pão e engoliu alguns pedaços. Depois, continuou falando com uma paixão arrogante. Seu rosto magro e moreno se animara. Seus olhos perderam a expressão zombeteira e adquiriram um brilho quase sonhador.

– A destruição de palavras é linda. Claro que a maior perda é nos verbos e adjetivos, mas há centenas de substantivos que podem ser eliminados também. Não apenas os sinônimos, mas os antônimos também. Afinal, qual justificativa para a existência de uma palavra que é simplesmente o oposto de outra? Pense em "bom", por exemplo. Qual a necessidade de uma palavra como "ruim"? "Nãobom" funciona tão bem quanto ela. Melhor, porque é um oposto exato, enquanto a outra não o é. Ou, se você precisar de uma versão mais forte de "bom", qual o sentido de se ter uma série de palavras vagas e inúteis como "excelente", "esplêndido" e todas as outras? "Maisbom" já tem o mesmo significado, ou "duplomaisbom", se quiser algo ainda mais forte. Claro que já utilizamos essas formas, mas na versão final do novidioma não haverá alternativa. No fim das contas, toda a noção de bom e mau será contemplada por apenas seis palavras. Na verdade, apenas uma palavra. Não vê a beleza disto, Winston? – Syme parou para refletir por um instante e adicionou: – Foi ideia do G.I. originalmente, é claro.

Uma ânsia entediante se abateu com agilidade sobre o semblante de Winston após a menção ao Grande Irmão. Mesmo assim, Syme detectou no mesmo instante uma certa falta de entusiasmo.

– Você não possui uma apreciação genuína pelo novidioma, Winston – concluiu Syme, quase triste. – Mesmo ao escrever em novidioma, você ainda está pensando em velhidioma. Li algumas das reportagens que você escreve ocasionalmente no *The Times*. São boas o suficiente, mas são traduções. No seu coração, você preferiria se ater ao velhidioma, com toda a sua imprecisão e seu espectro inútil de significados. Você não compreende a beleza existente na destruição de palavras. Você sabia que o novidioma é o único idioma do mundo cujo vocabulário fica mais curto a cada ano?

Winston não sabia, é claro. Ele sorriu, tentando ser simpático, mas sem confiar em si para falar. Syme mordeu outro pedaço do pão escurecido, mastigou um pouco e prosseguiu:

– Você não enxerga que todo o propósito do novidioma é estreitar o pensamento? No fim, vamos fazer o crimideológico literalmente impossível porque não haverá palavras para expressá-lo. Toda ideia necessária será expressada em apenas uma palavra, de significado estritamente definido; todos os seus outros significados extintos e esquecidos. Na *Décima Primeira Edição* já não estamos longe disso. Mas o processo continuará muito depois que morrermos. A cada ano, menos palavras, e a extensão da consciência sempre um pouco menor. Mesmo agora, é claro, não há motivo ou desculpa para cometer um crimideológico. É meramente uma questão de autodisciplina, de controle da realidade. Mas, no fim, não haverá necessidade nem mesmo disso. A Revolução estará completa quando a língua estiver perfeita. – Syme acrescentou com uma satisfação mística: – O novidioma é o Socing e o Socing é o novidioma. Já lhe ocorreu, Winston, que, no mais tardar em 2050, não existirá um ser humano vivo capaz de entender a conversa que estamos tendo agora?

– Exceto... Winston começou, receoso, e parou.

Estava na ponta da língua falar "exceto os proletários", mas ele pensou duas vezes. Não estava certo se aquela afirmação seria inortodoxa de alguma forma. Syme, contudo, adivinhara o que ele estava prestes a falar.

– Os proletários não são seres humanos – Syme disse, descuidado. – Em 2050, ou provavelmente antes, todo o real conhecimento do velhidioma terá desaparecido. Toda a literatura do passado terá sido destruída. Chaucer, Shakespeare, Milton e Byron existirão apenas em versões em novidioma, suas obras não só alteradas para algo diferente, mas transformadas no oposto do que costumavam ser. Até mesmo a literatura do Partido mudará. Os slogans mudarão. Como é possível existir um slogan que diz "liberdade é escravidão" quando o conceito de liberdade fora abolido? Todo o panorama do pensamento será diferente. Na verdade, não haverá pensamento da maneira como o compreendemos agora. Ortodoxia significa não pensar – não precisar pensar. Ortodoxia é inconsciência.

Um dia desses, Winston pensou com profunda e repentina convicção, *Syme será vaporizado.* Ele é inteligente demais. Enxerga tudo muito claramente e fala muito claramente. O Partido não gosta de pessoas assim. Um dia, ele vai desaparecer. Está escrito no rosto dele.

Winston terminara seu pão e queijo. Virou-se um pouco para o lado na cadeira para beber o café. Na mesa à sua esquerda, o homem de voz estridente ainda falava impiedosamente. Uma jovem, talvez sua secretária, sentada de costas para Winston, ouvia-o e parecia concordar avidamente com tudo que falava. De tempos em tempos, Winston escutava afirmações como "Acho que você está tão certo! Concordo com você", proclamadas em uma voz feminina boba e juvenil. Mas a outra voz nunca cessava, nem por um instante, mesmo quando a garota falava. Winston conhecia o homem de vista, ainda que não soubesse nada além de que ele possuía algum cargo importante no Departamento de Ficção. Tinha por volta de trinta anos, pescoço largo e uma bocarra veloz. Sua cabeça pendia ligeiramente para trás e, devido ao ângulo em que estava sentado, seus óculos refletiam a luz e mostravam apenas dois discos brancos em vez de olhos. A impossibilidade de distinguir uma palavra da sequência de sons que o homem expectorava era ligeiramente espantosa. Apenas uma vez Winston reconheceu uma frase – "eliminação completa e permanente do goldsteinismo" – cuspida com bastante rapidez e, como parecia, toda de uma só vez, como frase solidificada em uma folha de papel. De resto, era só um barulho, um *quá-quá-quá*. Mesmo assim, ainda que não fosse possível ouvir o que o homem falava, era possível inferir, sem dúvidas, a natureza do assunto. Ele podia estar condenando Goldstein e exigindo medidas mais severas contra transgressores ideológicos e terroristas. Podia estar fulminando as atrocidades do exército eurasiático. Podia estar louvando o Grande Irmão e os heróis no front do Malabar. Não fazia diferença. O que quer que fosse, dava para ter certeza de que cada palavra era pura ortodoxia, puro Socing. Conforme Winston encarava o rosto sem olhos com a mandíbula se mexendo rápido, para cima e para baixo, ele teve a sensação estranha de que o homem não era um ser humano de verdade, mas uma espécie de boneco. Não era o cérebro do homem que falava, mas a laringe. O que saía dele consistia de palavras, mas não era um discurso propriamente dito. Era um barulho proclamado em inconsciência, como o grasnar de um pato.

Syme ficara em silêncio por um momento e traçava linhas com o cabo da colher na poça de ensopado. A voz na outra mesa grasnava com rapidez, facilmente audível apesar do ruído ao redor.

– Tem uma palavra em novidioma – comentou Syme. – Não sei se você a conhece. PATOFALAR, grasnar como um pato. É uma daquelas palavras interessantes que têm dois significados contraditórios. Aplicada a um oponente é uma ofensa, mas aplicada a alguém com quem você concorda é um elogio.

Com certeza, Syme será vaporizado, Winston pensou de novo. Ele ponderou com um pouco de tristeza, ainda que bem soubesse que Syme o desprezava. O filólogo era perfeitamente capaz de denunciar Winston como transgressor ideológico se visse qualquer motivo para fazê-lo. Havia algo sutilmente errado com Syme. Faltava-lhe algo: discrição, desinteresse ou um tipo de estupidez protetora. Não dava para afirmar que ele era inortodoxo. Ele acreditava nos princípios do Socing, venerava o Grande Irmão, comemorava vitórias e odiava hereges, não só com sinceridade, mas também com fanatismo inesgotável e informações tão atualizadas que não era comum aos membros ordinários do Partido. Ainda assim, um ar fugaz de má reputação sempre lhe cercava. Abordava assuntos que era melhor não abordar, lia muitos livros, frequentava o Café Castanheira, covil de pintores e músicos. Não havia leis, nem mesmo leis não redigidas, que impedissem alguém de frequentar o Café Castanheira, mesmo que o lugar fosse considerado agourento. Os antigos líderes do Partido, em descrédito, costumavam se reunir lá antes de serem enfim expurgados. O próprio Goldstein, alegava-se, fora visto lá algumas vezes, anos ou décadas antes. O destino de Syme não era difícil de prever. Ainda assim, era óbvio que, se Syme compreendesse, mesmo que por três segundos, a natureza das opiniões secretas de Winston, ele o trairia no mesmo instante para a Polícia Ideológica. Qualquer pessoa o faria, na verdade, mas Syme mais do que a maioria. Fanatismo não era suficiente. Ortodoxia era inconsciência.

Syme levantou a cabeça.

– Aí vem o Parsons – disse Syme.

Algo em seu tom de voz parecia adicionar "aquele babaca". Parsons, o vizinho de Winston nas Mansões do Triunfo, estava realmente vindo na direção deles pelo salão – um homem atarracado, de tamanho médio, com cabelos claros e cara de sapo. Aos trinta e cinco, já exibia camadas de gordura no pescoço e na cintura, mas seus movimentos eram ágeis e infantis. Toda a sua aparência era a de um garotinho que aumentara tanto de tamanho que se tornara impossível não o visualizar com as bermudas azuis, a camiseta cinza e o cachecol vermelho dos Espiões, ainda que estivesse usando o macacão regimental. Ao observá-lo, sempre se via a imagem de joelhos roliços e mangas de camiseta dobradas sobre braços rechonchudos. Parsons realmente vestia bermudas quando uma caminhada comunitária ou qualquer outra atividade física lhe dava uma desculpa para fazê-lo. Ele saudou Winston e Syme com um alegre "Opa, opa!" e sentou-se à mesa, emanando um cheiro intenso de suor. Gotículas se destacavam por toda a sua face rosada. Sua capacidade de suar era extraordinária. No Centro Comunitário, sempre dava para adivinhar quando ele participara de uma partida de tênis de mesa só de olhar a umidade na raquete. Syme pegara um pedaço de papel onde jazia uma longa coluna de palavras e o estudava com um lápis entre os dedos.

– Olha só ele trabalhando na hora do almoço – disse Parsons, cutucando Winston. – Que dedicação, não é? O que você tem aí, garotão? Algo inteligente demais pra mim, aposto. Smith, meu rapaz, vou te falar por que estou atrás de você. É aquela assinatura que você esqueceu de me dar.

– Qual assinatura? – perguntou Winston, automaticamente pensando em dinheiro. Cerca de um quarto do salário deveria ser reservado para assinaturas voluntárias, tão numerosas que era difícil manter o controle.

– Para a Semana do Ódio. Sabe? O fundo que vai de porta em porta. Sou o tesoureiro do nosso quarteirão. Estamos pedindo um esforço generalizado. Vamos montar um espetáculo tremendo. Olha só, não vai ser culpa minha se as velhas Mansões do Triunfo não tiverem o maior conjunto de bandeiras da rua. Você me prometeu dois dólares.

Winston encontrou e passou duas notas amassadas e encardidas, as quais Parsons registrou em seu pequeno caderno, com a caligrafia elegante de um analfabeto.

– A propósito, garotão – disse ele. – Ouvi dizer que o meu pestinha atirou em você com o estilingue ontem. Dei umas boas broncas nele por isso. Falei com ele que vou tirar o estilingue se fizer de novo.

– Acho que ele estava um pouco triste por não ter ido à execução – comentou Winston.

– É, bom… Como posso dizer? Passa a ideia certa, não é? São pestinhas levados, os dois, mas olha, são dedicados! Só pensam nos Espiões e na guerra, é claro. Quer saber o que a minha menina fez sábado passado, quando a tropa dela estava em uma caminhada em Berkhamsted? Ela e duas outras meninas fugiram da caminhada e passaram a tarde seguindo um estranho. Ficaram atrás dele por duas horas, bem no meio da mata. Aí, quando chegaram em Amersham, o denunciaram para as patrulhas.

– Por que fizeram isso? – perguntou Winston, um pouco chocado. Parsons continuou, triunfante:

– Minha menina garantiu que era um espião inimigo. Ele poderia ter chegado de paraquedas, por exemplo. Mas o negócio é o seguinte, garotão: o que você acha que a fez ir atrás dele, em primeiro lugar? Ela viu que ele estava usando sapatos engraçados. Disse que nunca tinha visto alguém usando sapatos daquele tipo antes. Então, era provável que fosse um imigrante. Bem esperta pra uma molequinha de sete anos, não é?

– O que aconteceu com o homem? – perguntou Winston.

– Ah, isso eu não saberia dizer, claro. Mas não ficaria surpreso se… – Parsons gesticulou como se mirasse um fuzil e estalou a língua imitando um disparo.

– Boa – disse Syme, distraidamente, sem levantar a cabeça do pedaço de papel.

– Claro que não podemos nos dar ao luxo de correr riscos – concordou Winston, obediente.

– O que quero dizer é que tem uma guerra acontecendo – disse Parsons.

Como se fosse uma confirmação, um clarim soou do telemonitor sob a cabeça do trio. Contudo, não era a proclamação de uma vitória militar dessa vez, mas apenas um anúncio do Ministério da Prosperidade.

– Camaradas! – gritou uma voz jovial e vibrante. – Atenção, camaradas! Temos notícias gloriosas para vocês! Vencemos a luta pela produção! Os resultados homologados da produção de todos os tipos de itens de consumo mostram que o padrão de vida subiu mais de vinte por cento no último ano. Nesta manhã, aconteceram manifestações espontâneas irresistíveis por toda a Oceania, com trabalhadores saindo das fábricas e escritórios, desfilando pelas ruas com bandeiras e bramindo gratidão ao Grande Irmão pela vida nova e feliz que sua sábia liderança nos concedeu. Aqui estão alguns dos números homologados. Alimentação...

A expressão "vida nova e feliz" aparecia diversas vezes. Era uma das favoritas do Ministério da Prosperidade, ultimamente. Parsons, a atenção desviada pelo clarim, escutava com certa solenidade embasbacada e tédio doutrinado. Não conseguia acompanhar os números, mas estava ciente de que eram motivo de satisfação. Puxara um cachimbo enorme e sebento, já cheio pela metade com tabaco queimado. Com a cota de tabaco a cem gramas por semana, era raro conseguir encher um cachimbo por completo. Winston fumava um Cigarro do Triunfo, segurando-o horizontalmente com bastante cuidado. A nova cota não começaria até o dia seguinte, e ele possuía apenas quatro cigarros sobrando. No momento, Winston se desligara dos outros barulhos ao redor e prestava atenção ao que era transmitido através do telemonitor. Pelo visto, houvera manifestações para agradecer ao Grande Irmão pelo aumento da cota de chocolate para vinte gramas por semana. E no dia anterior mesmo, Winston lembrou, fora anunciado que a cota seria REDUZIDA para vinte gramas por semana. Era possível engolir isso, mesmo quando tinham se passado apenas vinte e quatro horas? Sim, era possível. Parsons engolia com facilidade, com a estupidez de um animal.

O ser sem olhos na outra mesa engolia com fanatismo e paixão, com um desejo furioso de rastrear, denunciar e vaporizar quem quer que sugerisse que na semana anterior a cota fora de trinta gramas. Syme também engolia – de um jeito mais complexo, que envolvia duplopensar. Estaria Winston SOZINHO em posse de uma lembrança?

As estatísticas imaginárias continuaram a ser cuspidas do telemonitor. Comparado com o ano anterior, havia mais comida, mais vestuário, mais moradia, mais mobiliário, mais panelas, mais combustível, mais navios, mais helicópteros, mais livros, mais bebês – mais de tudo, exceto doença, crime e insanidade. Ano após ano, minuto após minuto, todos e tudo deslanchavam rapidamente em uma curva ascendente. Como Syme fizera antes, Winston remexia com a colher o molho esbranquiçado que escorria pela mesa, desenhando uma linha longa em um padrão. Meditou, ressentido, sobre a consistência palpável da vida. Fora sempre dessa forma? A comida sempre tivera o mesmo gosto? Lançou um olhar pelo refeitório. O teto baixo, o salão lotado, as paredes encardidas do contato com uma quantidade incontável de pessoas; mesas e cadeiras de metal desgastado, arrumadas tão próximas umas às outras que as pessoas sentavam com os cotovelos encostados; colheres tortas, bandejas amassadas, canecas esbranquiçadas e grosseiras; todas as superfícies engorduradas, sujeira em cada ranhura; e um cheiro azedo que mesclava gim e café ruins, ensopado com gosto de ferrugem e roupas sujas. Havia uma espécie de protesto no estômago e na pele das pessoas, o tempo todo, um sentimento de que um direito havia sido arrancado delas. Era verdade que Winston não se lembrava de nada muito diferente. Em qualquer época que pudesse se lembrar com exatidão, nunca houvera muito para comer. Ninguém tinha meias ou roupas íntimas que não estivessem repletas de buracos; a mobília sempre fora surrada e quebradiça; os quartos eram providos com pouco aquecimento; os trens do metrô eram lotados e as casas estavam caindo aos pedaços; o pão, escurecido; o chá, uma raridade; o café, com gosto de sujeira; e os cigarros, insuficientes – nada era barato e abundante, exceto o gim sintético. Ainda que, obviamente, a sensação piorasse ao passo que o corpo envelhecia, tudo aquilo não seria sinal de que aquela realidade NÃO era natural? Como poderia ser, se as pessoas sentiam um mal-estar com o desconforto, a sujeira e a escassez, os invernos intermináveis, as meias grudentas, os elevadores que nunca funcionavam, a água gelada, o sabonete áspero, os cigarros que se desfaziam e a comida com seus sabores malignos e esquisitos? Por que alguém só consideraria aquela situação intolerável se possuísse uma recordação antiga de que um dia as coisas foram diferentes?

Winston olhou pelo refeitório novamente. Quase todos eram feios e continuariam feios mesmo se vestissem algo diferente do macacão azul uniformizado. No canto mais distante da sala, sozinho em uma mesa, sentava-se um homem baixo, parecido com um besouro, que bebia de uma xícara de café. Seus olhos diminutos lançavam olhadelas desconfiadas de lado a lado. Como era fácil, Winston pensou, não olhar ao redor e acreditar que o tipo físico definido como ideal pelo Partido – jovens altos e musculosos e mulheres de seios volumosos, todos loiros, vigorosos, bronzeados e despreocupados – existia e até predominava. Na verdade, até onde Winston sabia, a maioria das pessoas em Pista de Pouso Um era baixa, soturna e deselegante. Era curioso como pessoas como aquele homem-besouro se proliferavam nos Ministérios: homenzinhos atarracados, corpulentos desde a infância, com pernas curtas, de movimentos sorrateiros e de rostos inescrutáveis e redondos com olhos bem pequeninos. Era o tipo que parecia prosperar mais sob o domínio do Partido.

O anúncio do Ministério da Prosperidade terminou com mais um toque do clarim e cedeu lugar a uma música estridente. Parsons, atiçado a um entusiasmo vago pelo bombardeio de números, tirou o cachimbo da boca.

– O Ministério da Prosperidade fez mesmo um bom trabalho este ano – comentou ele, meneando a cabeça com convicção. – A propósito, Smith, meu garotão, suponho que você não tenha lâminas de barbear que possa me dar, não?

– Nenhuma – respondeu Winston. – Estou usando a mesma lâmina há seis semanas.

– Ah, bem... Só pensei em confirmar mesmo, garotão.

– Desculpe – disse Winston.

A voz grasnada da outra mesa, que se silenciara temporariamente durante o anúncio do Ministério, começara mais uma vez, mais alto do que nunca. Por algum motivo, Winston pensou na sra. Parsons, com seus cabelos ondulados e poeira nas rugas. Dali a dois anos, aquelas crianças a denunciariam à Polícia Ideológica. A sra. Parsons seria vaporizada. Syme seria vaporizado. Winston seria vaporizado. O'Brien seria vaporizado. Parsons, por outro lado, nunca seria vaporizado. O ser sem olhos de voz grasnada nunca seria vaporizado. Os pequenos homens-besouro que se aligeiravam pelos corredores labirínticos dos Ministérios também nunca seriam vaporizados. E a garota de cabelos escuros, a garota do Departamento de Ficção – ela também nunca seria vaporizada. Ele tinha a impressão de saber, instintivamente, quem sobreviveria e quem morreria, embora o que quer que garantisse a sobrevivência não fosse tão fácil de enxergar.

Naquele momento, Winston foi arrancado de seu devaneio como se por um puxão violento. A garota na mesa ao lado se virara parcialmente e o encarava. Era a garota de cabelos escuros. Ela o olhava de soslaio, mas com uma intensidade esquisita. No momento que seus olhos se encontraram, ela virou o rosto outra vez.

Winston começou a suar nas costas. Uma sensação intensa de horror o perpassou. Foi rápida, mas deixou uma inquietação persistente. Por que ela o vigiava? Por que ela continuava o seguindo? Infelizmente, ele não conseguia recordar se ela já estava na mesa quando ele chegou, ou se chegara depois. De qualquer modo, no dia anterior, durante os Dois Minutos de Ódio, ela se sentara bem atrás dele sem nenhum motivo aparente para fazê-lo. Era muito provável que seu objetivo verdadeiro fosse escutá-lo e se certificar de que ele estava gritando alto o suficiente.

Seu pensamento de antes retornou: provavelmente ela não era de fato integrante da Polícia Ideológica, mas era exatamente o espião amador o maior perigo de todos. Winston não sabia por quanto tempo ela estivera olhando para ele, mas talvez uns cinco minutos e, durante aquele tempo, era possível que sua feição não estivesse perfeitamente sob controle. Era terrivelmente perigoso deixar que os pensamentos fluíssem em qualquer local público ou ao alcance de um telemonitor. Uma sutileza poderia entregar a pessoa. Um tique nervoso, um olhar inconsciente de ansiedade, um hábito de balbuciar consigo mesmo – tudo que sugerisse anormalidade e motivos para esconder algo. De qualquer maneira, esboçar uma expressão inapropriada no rosto (parecer incrédulo quando uma vitória era anunciada, por exemplo) era uma ofensa passível de punição. Havia até mesmo uma palavra para isso em novidioma: CRIMEXPRESSÃO.

A garota virara de costas para ele novamente. Talvez ela não o estivesse seguindo, afinal. Talvez tenha sido coincidência que ela se sentara tão perto dois dias seguidos. Seu cigarro se apagara, e ele o depositou com cuidado na ponta da mesa. Terminaria de fumá-lo depois do trabalho, se conseguisse manter o tabaco nele. Provavelmente, a pessoa na mesa ao lado era uma espiã da Polícia Ideológica e, talvez, Winston estivesse nos porões do Ministério do Amor em três dias. Mas uma guimba de cigarro não podia ser desperdiçada. Syme dobrara seu pedaço de papel e o enfiara no bolso. Parsons se pusera a falar de novo.

– Garotão, eu já contei – Parsons começou, rindo com o cachimbo na boca – sobre a vez em que os meus dois moleques colocaram fogo na saia da mulher do mercado velho porque a viram enrolar salsichas em um pôster do G.I.? Esgueiraram-se por trás dela e usaram uma caixa de fósforo pra atear fogo. Acho que ela se queimou seriamente. Pestinhas, não é? Mas muito dedicados! É um treinamento de primeira linha esse que dão aos Espiões hoje em dia... Melhor do que na minha época, inclusive. Qual vocês acham que foi a última coisa que deram pra eles? Cornetas acústicas para ouvir através de fechaduras! Minha menina trouxe uma pra casa outro dia. Até tentou na nossa porta da sala e descobriu que podia ouvir duas vezes melhor do que se colocasse o ouvido direto na fechadura. Veja bem, claro que é só um brinquedo. Ainda assim, passa a noção correta, não é?

Naquele momento, o telemonitor emitiu um assobio lancinante. Era o sinal para voltar ao trabalho. Todos os três ficaram prontamente de pé para se unir à bagunça ao redor dos elevadores. O tabaco que restara no cigarro de Winston caiu no chão.

CAPÍTULO 6

Winston escrevia em seu diário:

> *Foi há três anos. Foi numa noite escura, em uma viela perto de uma das grandes estações de trem. Ela estava parada perto de uma porta, debaixo de um poste que quase não iluminava. Tinha um rosto jovial, muito maquiado. Foi principalmente a maquiagem que me atraiu, com sua branquidão, como se fosse uma máscara, e os lábios reluzentes e rubros. As mulheres do Partido nunca usavam maquiagem. Não havia ninguém mais na rua, e nenhum telemonitor. Ela disse dois dólares. Eu –*

Era muito difícil prosseguir naquele momento. Winston fechou os olhos e os pressionou com os dedos, tentando expulsar a visão recorrente. Tinha uma tentação quase incontrolável de gritar uma série de palavrões a plenos pulmões. Ou de bater a cabeça na parede, de chutar a mesa e arremessar o tinteiro pela janela – de expressar alguma atitude violenta ou barulhenta ou dolorosa que pudesse exterminar o pensamento que o atormentava.

O maior inimigo, ele refletiu, era o próprio sistema nervoso. A qualquer momento, a tensão estava sujeita a se traduzir em algum sintoma visível. Winston pensou em um homem pelo qual passara na rua havia algumas semanas; um homem de aparência bem ordinária, um membro do Partido, entre trinta e cinco e quarenta anos, alto e magro, carregando uma maleta. Estavam a metros um do outro quando o lado esquerdo da face do sujeito se contorceu bruscamente em um espasmo. Aconteceu de novo assim que passaram um pelo outro. Era apenas uma contração, uma palpitação, rápida como o clique de uma câmera, mas obviamente comum. Winston se lembrou de ter pensado, no dia: aquele miserável está acabado. E o mais assustador era o fato de o ato ser, muito possivelmente, inconsciente. O maior perigo de todos era falar dormindo. Não havia forma de se proteger contra isso, até onde Winston sabia.

Respirou fundo e continuou escrevendo:

> *Entrei com ela pela porta e atravessamos um quintal até uma cozinha de porão. Havia uma cama encostada na parede e um abajur na mesa, com a iluminação muito baixa. Ela –*

Os dentes de Winston estavam cerrados. Queria cuspir. Além da mulher na cozinha de porão, ele também pensou em Katharine, sua esposa. Winston era casado – fora casado. Provavelmente, ainda era casado. Até onde sabia, sua esposa não estava morta. Ele pareceu respirar novamente o odor abafado da cozinha subterrânea, um cheiro composto de insetos, roupas sujas e perfumes baratos e imorais, mas sedutores mesmo assim, porque mulher nenhuma do Partido usava perfume, ou poderia ser imaginada fazendo-o. Apenas os proletários usavam perfume. Na sua cabeça, o cheiro era inseparavelmente misturado com o de fornicação.

Encontrar aquela mulher fora seu primeiro lapso em cerca de dois anos. Encontrar-se com prostitutas era proibido, claro, mas era uma daquelas regras que dava para tomar coragem e quebrar de vez em quando. Era perigoso, mas não questão de vida ou morte. Ser pego com uma prostituta podia significar cinco anos em um campo de trabalho forçado. Não mais, se não se cometesse nenhuma outra ofensa. E era bem fácil, se desse para evitar ser pego no flagra.

Os bairros mais pobres eram infestados de mulheres prontas para se vender. Algumas poderiam até ser compradas por uma garrafa de gim, que os proletários supostamente não podiam beber. Veladamente, o Partido era até mesmo inclinado a encorajar a prostituição como válvula de escape para instintos que não podiam ser suprimidos por completo. Uma mera devassidão não importava tanto, desde que fosse furtiva e frígida, e apenas envolvesse as mulheres de uma classe desprezada e desfavorecida. O crime imperdoável era a promiscuidade entre membros do Partido. Entretanto – ainda que fosse um dos crimes que os acusados nos grandes expurgos quase sempre confessavam –, era difícil imaginar aquele tipo de coisa acontecendo.

O objetivo do Partido não era só prevenir homens e mulheres de formar lealdades que ele poderia não ser capaz de controlar. Seu propósito real, não declarado, era extirpar todo o prazer do ato sexual. O inimigo era mais o erotismo do que o amor, tanto dentro como fora do casamento. Todos os casamentos entre membros do Partido tinham de ser aprovados por um comitê formado para tal propósito e – ainda que o princípio nunca fosse claramente explicitado – a permissão era sempre recusada se o casal em questão passasse a impressão de sentir atração física um pelo outro. O único propósito reconhecido do casamento era gerar crianças para o serviço do Partido. A relação sexual era para ser vista como operação minoritária e ligeiramente nojenta, como uma lavagem intestinal. Isso também nunca era abordado de forma óbvia, mas de uma maneira indireta que era esfregada em cada membro do Partido da infância em diante. Havia até mesmo organizações como a Liga Juvenil Antissexo, que defendia o completo celibato para ambos os sexos. Todas as crianças deveriam ser geradas por inseminação artificial (INSART, em novidioma) e paridas em instituições públicas. Isso, Winston sabia, não era para ser levado totalmente a sério, mas se encaixava bem na ideologia geral do Partido. O Partido estava tentando matar o instinto sexual ou, se não fosse possível, distorcê-lo e torná-lo sujo. Winston não sabia o motivo, mas parecia natural que fosse assim. E com as mulheres, os esforços do Partido tinham sido amplamente bem-sucedidos.

Winston pensou novamente em Katharine. Devia fazer nove... dez... quase onze anos desde que haviam se separado. Era estranha a raridade com que pensava nela. Conseguia se esquecer por vários dias de que um dia fora casado. Os dois estiveram juntos por apenas quinze meses. O Partido não permitia o divórcio, mas encorajava a separação nos casos em que crianças não fossem geradas.

Katharine era uma mulher alta, de cabelos claros e jeito suntuoso, muito rija. Tinha uma face destemida e aquilina, que dava para chamar de nobre até se descobrir que não havia praticamente nada dentro dela. Muito cedo em sua vida de casado, Winston se convenceu – embora isso pudesse estar relacionado ao fato de que ele a conhecia mais intimamente do que qualquer outra pessoa – de que Katharine tinha, sem dúvida, a mente mais estúpida, ordinária e vazia que ele já encontrara. Ela não possuía pensamento algum que não fosse um slogan, e não havia imbecilidade que não fosse capaz de engolir se o Partido assim o demandasse. *A vitrola humana*, ele a apelidara em sua cabeça. Ainda assim, poderia ter aguentado viver com ela se não fosse por um aspecto: o sexo.

Assim que Winston a tocava, Katharine parecia se retrair e endurecer. Abraçá-la era como envolver um ídolo de madeira. E o mais estranho era que, mesmo quando ela o apertava contra o seu corpo, Winston sentia que, ao mesmo tempo, ela o empurrava com toda a força. A rigidez de seus músculos passava aquela impressão. Ela permanecia deitada com os olhos fechados, sem resistir ou cooperar, apenas SUBSERVIENTE. Era extraordinariamente constrangedor e, após certo tempo, horrível. Mas, mesmo assim, ele teria suportado viver com ela se ambos tivessem decidido permanecer celibatários. Curiosamente, fora Katharine quem recusara a proposta. Eles deviam, segundo ela, gerar uma criança se pudessem. Então, o teatro continuou, uma vez por semana, de forma bem regular, sempre que não era impossível. Ela mesma costumava lembrá-lo às manhãs de algo que deveria ser feito à noite, e que não deveria ser esquecido. Ela tinha dois nomes para o ato. Um era "fazer um bebê" e o outro era "o nosso dever com o Partido" (sim, ela realmente usava a expressão). Logo, Winston começara a ter um sentimento de completo pavor quando o dia chegava. Com sorte, nenhuma criança aparecera, e no fim, Katharine aceitara desistir. Logo depois, os dois se separaram.

Winston suspirou baixo. Pegou a caneta e escreveu:

Ela se jogou na cama e, prontamente, sem nenhuma preliminar, da forma mais brutal e repulsiva que se pode imaginar, arrancou as saias. Eu –

Winston se imaginou sob a luz tênue do abajur, com o odor de insetos e perfume barato adentrando suas narinas, e um sentimento de derrota e ressentimento no peito, misturado à lembrança do corpo pálido de Katharine, congelado para sempre pelo poder hipnótico do Partido. Por que sempre tinha de ser dessa forma? Por que ele não podia ter uma mulher, em vez de se submeter àquelas escapadas imundas com intervalos de anos entre si? Mas um romance de verdade era praticamente impensável. As mulheres do Partido eram todas iguais. A castidade estava profundamente enraizada nelas como lealdade ao Partido. O sentimento natural era amputado delas por um condicionamento prematuro e cuidadoso, por jogos e água gelada, pelo lixo que era incutido na escola, nos Espiões e na Liga dos Jovens, em sermões, desfiles, canções, slogans e músicas militares. Sua intuição lhe dizia que deveria haver exceções, mas seu coração não acreditava nisso. Eram todas inexpugnáveis, como o Partido desejava que fossem. E o que Winston queria, até mais do que ser amado, era quebrar aquela parede de virtude, mesmo que apenas uma vez na vida. O ato sexual, executado com sucesso, era uma rebelião. O desejo era crimideológico. Até mesmo ter avivado Katharine, se ele tivesse sido capaz, teria sido como uma sedução, mesmo que ela fosse sua esposa.

Mas o restante da história precisava ser posto no papel. Ele escreveu:

Acendi o abajur. Quando a vi na luz —

Depois das trevas, a luz febril da lâmpada de parafina parecera muito clara. Pela primeira vez, conseguira ver a mulher direito.

Dera um passo na direção dela, mas parara, cheio de desejo e horror. Estava apreensivamente ciente do risco de ter vindo. Era perfeitamente possível que as patrulhas fossem pegá-lo na saída. Podiam estar até aguardando atrás da porta. Se ele saísse sem sequer fazer o que viera fazer...!

Aquilo deveria ser escrito, confessado. O que ele vira, de súbito, sob a luz do abajur, fora que a mulher era VELHA. A maquiagem estivera tão engessada em seu rosto que parecia ser capaz de rachar como uma máscara de papelão. Havia chumaços brancos em seus cabelos, mas o detalhe mais aterrador fora que sua boca abrira um pouco, revelando nada mais do que uma imensidão cavernosa. Não tinha dentes.

Winston escreveu apressadamente, em garranchos:

> *Quando a vi na luz, era uma mulher bem velha, com cinquenta anos no mínimo. Mas dei um passo adiante e prossegui com o ato mesmo assim.*

Winston apertou os dedos nas pálpebras mais uma vez. Enfim escrevera, mas não fazia diferença. A terapia não funcionara. A vontade de gritar palavrões a plenos pulmões continuava, mais forte do que nunca.

CAPÍTULO 7

"Se há esperança", Winston escreveu, "ela está nos proletários."

Se existisse esperança, ela TINHA de estar nos proletários porque apenas naquela massa profusa e negligenciada, que consistia de 85% da população da Oceania, é que poderia ser gerada à força para destruir o Partido. Não era possível derrubar o Partido por dentro. Seus inimigos, se ele tivesse inimigos, não tinham maneiras de se reunir ou mesmo de se identificarem entre si. Mesmo se a lendária Irmandade existisse, como muito bem poderia, era inconcebível que seus membros fossem capazes de se encontrar em números maiores que dois ou três ao mesmo tempo. Rebelião significava olhar nos olhos, subir a voz e, no mínimo, sussurrar uma palavra ocasionalmente. Mas os proletários, se pudessem ter consciência de sua força, não teriam necessidade de conspirar. Precisavam apenas se erguer e se sacudir como cavalos espantando moscas. Se assim quisessem, podiam estraçalhar o Partido amanhã pela manhã. Mais cedo ou mais tarde, eles certamente pensariam nisso, não? E, mesmo assim…

Winston lembrou como, certa vez, estivera em uma rua lotada quando um grito poderoso de centenas de vozes femininas ecoara de uma viela um pouco adiante. Fora um grito assombroso de raiva e desespero, um intenso e penetrante "aaaaaaaaah!" que vibrara pelo ar como a reverberação de um sino. Seu coração saltara. *Começou!*, ele pensara. *Uma revolta! Os proletários estão se rebelando, finalmente!* Quando ele alcançou a ruela, vira uma multidão de duzentas ou trezentas mulheres se aglomerando ao redor das barracas do mercado de rua, seus semblantes trágicos como se fossem passageiras condenadas em um navio naufragando. Naquele momento, o desespero generalizado se partira em uma turba de brigas localizadas. Tudo indicava que uma das barracas estava vendendo panelas de estanho. Eram objetos frágeis e de má qualidade, mas panelas de qualquer tipo eram sempre difíceis de se conseguir. E o estoque acabara inesperadamente. As mulheres vitoriosas, empurradas e acotoveladas pelas derrotadas, tentavam fugir com suas panelas enquanto muitas outras berravam em volta da barraca, acusando o vendedor de favoritismo e de ter mais panelas guardadas em algum lugar. Estourara uma nova explosão de gritos. Duas mulheres encorpadas, uma delas com os cabelos caindo no rosto, apossaram-se da mesma panela e tentavam arrancá-la uma da mão da outra. Por instantes, ambas puxaram a panela até que o cabo se soltou. Winston as observara, enojado. Mesmo assim, por um breve momento, quão assustador fora o poder que reverberara daquele grito proveniente de algumas centenas de bocas! Por que os proletários não podiam gritar dessa forma por algo que de fato importava?

Ele escreveu:

> *Até que se tornem conscientes, nunca vão rebelar-se e, até que se rebelem, não podem se tornar conscientes.*

Aquilo, Winston refletiu, quase podia ser a transcrição de um dos livros didáticos do Partido. O Partido clamava, obviamente, ter libertado os proletários. Antes da Revolução, eles foram horrivelmente oprimidos pelos capitalistas, eram famintos e castigados, as mulheres forçadas a trabalhar em minas de carvão (as mulheres ainda trabalhavam em minas de carvão, na verdade) e as crianças vendidas para as fábricas aos seis anos. Mas, ao mesmo tempo, fiel aos Princípios do duplopensar, o Partido ensinava que os proletários eram naturalmente inferiores e deveriam ser mantidos sob controle, como animais, mediante a aplicação de algumas regras básicas. Na realidade, sabia-se muito pouco a respeito dos proletários. Não era preciso saber muito. Se continuassem trabalhando e procriando, suas outras atividades não tinham importância. Abandonados, como gado liberado nas planícies da Argentina, os proletários retornaram a um estilo de vida que lhes parecia natural, como um padrão ancestral. Nasciam, cresciam na sarjeta, começavam a trabalhar aos doze anos, amadureciam rapidamente em um período de beleza e desejo sexual, casavam-se aos vinte anos, atingiam a meia-idade aos trinta e morriam, em sua maioria, aos sessenta. O que preenchia sua mente era o trabalho físico intenso, o cuidado do lar e das crianças, brigas fúteis com vizinhos, filmes, futebol, cerveja e, sobretudo, jogos de azar. Mantê-los sob controle não era difícil. Alguns agentes da Polícia Ideológica sempre circulavam entre eles, espalhando falsos rumores, marcando e eliminando os poucos indivíduos que apresentavam potencial de se tornarem perigosos. Mas não existiam tentativas para doutriná-los com a ideologia do Partido. Não era desejável que os proletários possuíssem fortes sentimentos políticos. Tudo que era necessário deles era um patriotismo primitivo, para o qual podia se apelar sempre que fosse preciso fazê-los aceitar mais horas de trabalho e cotas reduzidas. Mesmo quando ficavam descontentes, como acontecia algumas vezes, sua insatisfação não levava a lugar algum porque, por não serem esclarecidos, conseguiam focar apenas em injustiças menores e específicas. Invariavelmente, não notavam os males superiores. A maioria dos proletários nem sequer possuía telemonitores em casa. Até mesmo a polícia civil raras vezes interferia em suas vidas. A criminalidade em Londres era altíssima. Havia mundos e submundos de ladrões, criminosos, prostitutas, traficantes e estelionatários de todo tipo. Mas, como tudo isso acontecia entre os proletários, não era relevante. Em todas as questões de moralidade, permitia-se que seguissem seu código ancestral. O puritanismo sexual do partido não lhes era imposto. A promiscuidade não era punida e o divórcio permitido. Até cultos religiosos seriam autorizados se os proletários mostrassem qualquer sinal de que precisavam ou desejavam fazê-los. Estavam abaixo de qualquer suspeita. Como dizia o slogan do Partido: "Os proletários e os animais são livres".

Winston se abaixou e coçou sua úlcera varicosa. Começara a incomodar de novo. O pensamento sempre chegava na impossibilidade de saber como fora a vida antes da Revolução. Winston tirou da gaveta o exemplar de um livro de História para crianças, que pegara emprestado da sra. Parsons. Pôs-se a copiar um trecho em seu diário:

> *Nos dias antigos (diz-se), antes da gloriosa Revolução, Londres não era a cidade maravilhosa que conhecemos hoje. Era um lugar escuro, sujo e miserável onde dificilmente alguém se alimentava o suficiente, onde centenas a milhares de pobres não tinham sapatos para calçar ou tetos sobre suas cabeças. Crianças da sua idade precisavam trabalhar doze horas por dia para os mestres malvados que as açoitavam com chicotes, caso trabalhassem muito devagar. Eles alimentavam-nas apenas com migalhas de pão velho e água. Entre toda essa pobreza extrema, havia apenas algumas casas grandes e belas, habitadas por homens ricos que tinham até trinta empregados para cuidar do lar. Esses homens ricos eram chamados capitalistas. Eram gordos e feios, de expressão vil, como a figura na outra página. Você pode notar que seu traje inclui um casaco preto e comprido, que era chamado de sobretudo, e um chapéu reluzente e esquisito com formato de chaminé, chamado de cartola. Esse era o uniforme dos capitalistas, e ninguém mais podia usá-lo. Os capitalistas possuíam tudo no mundo, e todas as outras pessoas eram suas escravas. Eles possuíam todas as terras, todas as casas, todas as fábricas e todo o dinheiro. Se alguém os desobedecesse, poderia ir para a prisão ou perder o emprego e morrer de fome. Quando alguma pessoa comum falava com um capitalista, era preciso se encolher e se curvar, tirar o chapéu e chamá-lo de "senhor". O chefe de todos os capitalistas era chamado de Rei, e —*

Mas Winston conhecia o restante do catálogo. Haveria menções aos bispos vestindo batinas de linho, os juízes usando togas com pele de arminho, o pelourinho, a berlinda, a esteira, o chicote de tiras, o Banquete do Senhor Prefeito e a prática do beija-pé com o Papa. Havia também algo chamado *JUS PRIMAE NOCTIS*, que provavelmente não seria mencionado em um livro para crianças. Era a lei segundo a qual todo capitalista tinha o direito de dormir com qualquer mulher que trabalhasse em uma de suas fábricas.

Como Winston podia saber o que era mentira? Inclusive, PODIA ser verdade que o ser humano médio estava melhor agora do que antes da Revolução. A única evidência contrária era o protesto mudo nos próprios ossos, a sensação instintiva de que as condições de vida eram intoleráveis e que, em algum outro momento, devia ter sido diferente. Ocorreu a Winston que a grande característica da vida moderna não era sua crueldade e insegurança, mas simplesmente a frivolidade, a melancolia e a apatia. Observando ao redor, a vida não apresentava qualquer semelhança com as mentiras transmitidas nos telemonitores nem com os ideais que o Partido tentava alcançar. Grande parte da vida, até para um membro do Partido, era neutra e apolítica, questão de labutar em profissões monótonas, lutar por um cantinho no metrô, costurar uma meia desgastada, mendigar tabletes de sacarina e poupar bitucas de cigarro. O ideal do Partido era algo imenso, assustador e resplandecente – um mundo de aço e concreto, de máquinas monstruosas e armas aterrorizantes –, uma nação de guerreiros e fanáticos marchando em perfeita sincronia, todos com o mesmo pensamento, gritando os mesmos slogans, perpetuamente trabalhando, lutando, triunfando e perseguindo – três milhões de pessoas com o mesmo rosto. A realidade era composta de cidades imundas e decadentes nas quais pessoas subnutridas circulavam em todos os cantos com sapatos furados e moravam em casas do século XIX remendadas, que sempre fediam a repolho e banheiros sujos. Winston pensou em Londres, vasta e arruinada, a cidade de um milhão de latas de lixo. Misturada com a visão, Winston pensou na sra. Parsons, uma mulher de rosto enrugado e cabelos ondulados, apalpando, impotente, um cano entupido.

Winston se abaixou e coçou o tornozelo mais uma vez. Dia e noite, os telemonitores torturavam os ouvidos com estatísticas provando que nos tempos atuais as pessoas tinham mais comida, mais roupas, moradias mais decentes, melhores atividades de lazer – que viviam mais, trabalhavam menos, eram mais robustas, saudáveis, fortes, felizes, inteligentes e educadas do que as pessoas de cinquenta anos antes. Nenhuma palavra dita podia ser provada ou refutada, jamais. O Partido alegava, por exemplo, que na atualidade 40% dos proletários adultos eram letrados. Antes da Revolução, dizia-se, o valor era de apenas 15%. O Partido alegava que a taxa de mortalidade infantil era de apenas cento e sessenta para cada mil indivíduos, enquanto antes da Revolução era de trezentas – e assim por diante. Era como uma única equação com duas incógnitas. Podia até ser que cada palavra nos livros de História, até mesmo aquelas que todos aceitavam sem se questionar, fosse pura fantasia. Até onde Winston tinha noção, podia nunca ter existido uma lei chamada *JUS PRIMAE NOCTIS*, qualquer tipo de criatura chamada capitalista, ou mesmo um chapéu conhecido como cartola.

Tudo se desvanecia em uma névoa. O passado era obliterado, a obliteração esquecida, e a mentira se tornava verdade. Apenas uma vez na vida, Winston dispusera – APÓS o evento, isso que importava – de evidência concreta e inegável de um ato de falsificação. Ele a segurara na mão por no máximo trinta segundos. Devia ter sido por volta de 1973 – de qualquer modo, havia sido na época em que ele e Katharine se separaram. Mas a data realmente relevante fora sete ou oito anos antes disso.

A história começava de verdade no meio dos anos 1960, o período dos grandes expurgos nos quais os líderes originais da Revolução foram apagados em definitivo. Em 1970, não restava nenhum, exceto o próprio Grande Irmão. Todo o restante fora exposto como traidores e contrarrevolucionários. Goldstein fugira e estava se escondendo ninguém sabia onde. Quanto aos demais, uns só desapareceram, enquanto a maioria fora executada após grandiosos julgamentos públicos, nos quais confessaram seus crimes. Entre os últimos sobreviventes estavam três homens, chamados Jones,

Aaronson e Rutherford. Os três foram presos por volta de 1965. Como era comum, eles desapareceram por um ano ou mais, de modo que ninguém sabia se estavam vivos ou mortos. E, de repente, foram trazidos para se autoincriminarem da maneira usual. Confessaram haver trabalhado com a equipe de inteligência inimiga (naquela época, o inimigo era a Eurásia também), desvio de dinheiro público, assassinato de vários membros confiáveis do Partido, intrigas contra a liderança do Grande Irmão – que haviam começado bem antes da Revolução – e atos de terrorismo que culminaram na morte de centenas de milhares de pessoas. Após a confissão, foram perdoados, reintegrados ao Partido e gratificados com empregos que soavam importantes, mas que eram apenas sinecuras. Todos os três escreveram artigos longos e odiosos para o *The Times*, analisando os motivos de sua deserção e prometendo reparar os erros cometidos.

Certo tempo após a libertação, Winston avistara os três no Café Castanheira. Ele se lembrava da fascinação horrorizada com que observara os três de soslaio. Eram homens muito mais velhos do que ele, relíquias de um mundo antigo, praticamente os últimos grandes personagens que restaram dos dias heroicos do Partido. O glamour de conflitos secretos e da guerra civil ainda pairava suavemente sobre os três. Winston tinha a sensação, ainda que naquela época fatos e datas já estivessem ficando nebulosos, de que aprendera seus nomes anos antes de ouvir falar no Grande Irmão. Mas os três também eram criminosos, inimigos, intocáveis, prestes a ser condenados à extinção em um ou dois anos, com a mais absoluta certeza. Ninguém que um dia caíra nas mãos da Polícia Ideológica escapava no fim. Eram cadáveres aguardando para voltar ao túmulo.

Não havia ninguém nas mesas próximas ao trio. Não era esperto sequer ser visto no mesmo bairro de tais sujeitos. Estavam sentados em silêncio diante de taças de gim aromatizadas com cravo, a especialidade da cafeteria. Dos três, a aparência de Rutherford fora a que mais impressionara Winston. Rutherford fora, um dia, um famoso caricaturista, cujas ilustrações brutais ajudaram a inflamar a opinião pública antes e durante a Revolução. Mesmo na atualidade, em intervalos extensos, suas obras apareciam no *The Times*.

Eram simplesmente uma imitação de seu traço anterior, mas sem vida e pouco convincentes. Eram sempre um reaproveitamento de temas antigos – favelas, crianças famintas, brigas de rua, capitalistas com cartolas. Mesmo nas barricadas, os capitalistas pareciam não abrir mão de suas cartolas, como se fizessem um esforço incansável para restabelecer o passado. Rutherford era um homem monstruoso, com uma cabeleira grisalha oleosa e lábios grossos, cujo rosto se franzia e encrespava. Em dado momento da vida, devia ter sido absurdamente forte. Agora seu corpo imenso era flácido, cheio de protuberâncias, chacoalhando por todos os lados. Ao olhá-lo, tinha-se a impressão de ele estar rachando, como uma montanha em erosão.

Eram quinze horas, a hora solitária na cafeteria. Winston não se lembrava por que fora à cafeteria naquele horário. O lugar estava parcialmente vazio. Uma música estridente tinia no telemonitor. Os três homens estavam sentados em seu canto, quase imóveis e em silêncio. Sem que ninguém pedisse, o garçom trouxe novas taças de gim. Havia um tabuleiro de xadrez na mesa ao lado deles, com as peças arrumadas, mas o jogo intocado. Então, por talvez um minuto, algo aconteceu nos telemonitores. A música que tocava mudou, e o tom também se alterou. Era como se a nova música tivesse se apoderado da anterior – mas era algo difícil de descrever. Uma nota peculiar, ruidosa, triturada e provocativa. Winston pensou em um termo para ela: uma nota amarela. Então, uma voz no telemonitor começou a cantar:

Debaixo da castanheira, sob seus ramos
Nós dois nos delatamos
Por lá eles vão, por aqui nós vamos
Debaixo da castanheira, sob seus ramos

Os três homens nem sequer se moveram, mas, quando Winston fitou novamente o rosto arruinado de Rutherford, ele notou seus olhos cheios de lágrimas. Winston estremeceu, sem saber POR QUAL motivo, ao observar que tanto Aaronson como Rutherford tinham o nariz quebrado.

Um tempo depois, todos os três foram presos novamente. Parecia que tinham se envolvido em novas conspirações tão logo foram libertados. No segundo julgamento, confessaram todos os antigos crimes mais uma vez, junto a uma série de novos. Foram executados, e a condenação foi gravada nos registros do Partido, um alerta para a posteridade. Cerca de cinco anos depois, em 1973, Winston desenrolava um maço de documentos que acabara de sair do tubo pneumático e os separava em sua mesa. Foi quando se deparou com um fragmento de papel que evidentemente fora enfiado no meio dos outros e, depois, esquecido. No instante em que o desdobrara sobre a mesa, percebeu sua importância. Era a metade de uma página rasgada do *The Times*, de uns dez anos antes – a parte de cima, que incluía a data – e continha uma fotografia de representantes do Partido em dada incumbência em Nova York. Destacados no meio do grupo estavam Jones, Aaronson e Rutherford. Não havia como confundi-los, até mesmo porque seus nomes estavam na legenda sob a foto.

A questão era que, em ambos os julgamentos, todos os três confessaram estar em solo eurasiático naquela data. Eles haviam voado de uma base aérea secreta no Canadá para um ponto de encontro em algum lugar na Sibéria. Lá, deliberaram com membros do Estado-Maior eurasiático, para quem traíram importantes segredos militares. A data ficara na memória de Winston porque era o solstício de verão; mas toda a história também devia estar registrada em inúmeros outros lugares. Havia apenas uma conclusão possível: as confissões eram mentiras.

É claro, aquilo não era bem uma descoberta. Já na época, Winston não pensava que as pessoas exterminadas nos expurgos haviam de fato cometido os crimes pelos quais estavam sendo acusadas. Mas tratava-se de uma evidência concreta, um fragmento do passado abolido, como um fóssil que aparece no estrato rochoso errado e destrói uma teoria geológica. Era o suficiente para pulverizar o Partido, se a foto de alguma forma pudesse ser publicada para o mundo, e sua relevância levada a público.

Ele continuou trabalhando. Tão logo percebeu o conteúdo e o significado da foto, Winston a cobriu com outra folha de papel.

Com sorte, quando a desenrolou, a foto estava com o verso voltado para o telemonitor.

Colocou seu bloco de notas no joelho e empurrou a cadeira para trás, afastando-se o máximo possível do telemonitor. Manter o semblante inexpressivo não era difícil, e até mesmo a respiração podia ser controlada com um pouco de esforço. Contudo, era impossível controlar as batidas do coração, e o telemonitor era sensível o bastante para ouvi-las. Ele deixou passar o que julgou serem dez minutos, atormentado pelo medo de que um acidente – uma lufada de vento soprando repentinamente em sua mesa, por exemplo – pudesse traí-lo. Então, sem descobrir a foto, jogou-a na lacuna de memória junto aos outros resíduos de papel. Dentro de um minuto, talvez, ela teria se extinguido em cinzas.

Isso fora há dez ou onze anos. Hoje provavelmente ele teria guardado a fotografia. Era curioso o fato de que tê-la segurado em mãos parecia fazer diferença até mesmo agora, quando a própria fotografia, assim como o evento gravado nela, era apenas uma recordação. Winston ponderou se o poder do Partido acerca do passado teria diminuído porque uma evidência que não mais existia HAVIA EXISTIDO um dia.

Mas hoje, supondo que pudesse ser recriada das cinzas, a foto talvez não fosse mais uma evidência. Na época em que havia feito a descoberta, a Oceania já não estava mais em guerra contra a Eurásia, e deve ter sido aos agentes da Lestásia que os três homens mortos traíram seu país. Desde então, outras mudanças ocorreram – duas ou três, Winston não lembrava quantas. Era bem possível que as confissões tivessem sido reescritas tantas vezes que os fatos originais já não tinham mais a menor importância. O passado não apenas mudava, mas mudava de maneira contínua. O que mais o afligia com uma sensação de estar vivendo um pesadelo era que ele nunca entenderia por que tal engodo fora praticado. As vantagens imediatas de se falsificar o passado eram óbvias, mas a razão final era misteriosa. Ele pegou a caneta mais uma vez e escreveu:

Eu entendo COMO*: eu não entendo* POR QUÊ.

Winston se questionou, como fizera muitas vezes antes, se era um lunático. Talvez ser um lunático fosse simplesmente ser a única pessoa com determinada opinião. Uma vez, fora considerado loucura acreditar que a Terra girava em torno do Sol; hoje, era acreditar que o passado permanecia inalterável. Winston poderia estar SOZINHO com aquela crença e, se era o único, logo, era um lunático. Mas o pensamento de ser louco não o perturbava muito: o mais aterrorizante era que ele também podia estar errado.

Pegou o livro de História para crianças e mirou o retrato do Grande Irmão no frontispício. Os olhos hipnóticos encaravam os seus. Era como uma força imensurável que o pressionava – algo penetrando no crânio, esmurrando o cérebro, arrancando as crenças com o medo, quase o persuadindo a negar a evidência dos próprios sentidos. No fim, o Partido anunciaria que dois mais dois somam cinco e seria preciso acreditar. Era inevitável que fizessem tal afirmação, mais cedo ou mais tarde: a própria lógica do Partido a requeria. Não era apenas a validez da experiência que era tacitamente negada pela filosofia do Partido, mas a própria existência de uma realidade externa. O bom senso era a heresia das heresias. E o mais aterrador não era que eles matariam quem pensasse diferente, mas que podiam estar certos. Porque, afinal, como saber que dois mais dois somam quatro? Ou que a força da gravidade funciona? Ou que o passado é imutável? O que acontece se tanto o passado como o mundo externo existem apenas na mente, e se a própria mente é controlável?

Mas, não! A coragem de Winston pareceu se fortalecer por vontade própria. A face de O'Brien, não invocada por nenhuma associação específica, elevou-se em sua mente. Ele sabia, com mais certeza do que antes, que O'Brien estava do seu lado. Ele estava escrevendo o diário por O'Brien – PARA O'Brien. Era como uma carta interminável que ninguém leria, mas que seria endereçada a uma pessoa específica e por isso era pertinente.

O Partido instruía a rejeitar a evidência dos próprios olhos e ouvidos. Era o comando final e mais essencial. O coração de Winston desalegrou-se à medida que refletia sobre o poder monstruoso que o cercava, a facilidade com que qualquer intelectual do Partido o sobrepujaria no debate, os argumentos sutis que ele não seria capaz de compreender, muito menos responder. Ainda assim, estava certo! Os outros estavam errados e ele estava certo. O óbvio, o tolo e o verdadeiro precisavam ser defendidos. Truísmos são verdadeiros, apegue-se a isso! O mundo concreto existe, suas leis não mudam. A pedra é dura; a água, molhada; e objetos sem apoio caem na direção do centro da Terra. Com a sensação de estar falando com O'Brien, e de que estava demonstrando um axioma importante, Winston escreveu:

> *Liberdade é a liberdade de dizer que dois mais dois somam quatro. Com isso estabelecido, todo o restante é consequente.*

CAPÍTULO 8

De determinado lugar ao fim de uma passagem, o cheiro de café torrado – café de verdade, não Café do Triunfo – flutuava pela rua. Winston parou involuntariamente. Por cerca de dois segundos, ele retornou ao mundo parcialmente esquecido de sua infância. Então, uma porta bateu, parecendo cortar o cheiro de maneira abrupta, tal qual um som.

Winston andara vários quilômetros pela rua, e sua úlcera varicosa latejava. Fora a segunda vez em três semanas que faltara a uma noite no Centro Comunitário: um ato imprudente, já que era certo que o número de comparecimentos ao Centro era cuidadosamente conferido. A princípio, um membro do Partido não dispunha de tempo livre e nunca estava sozinho, exceto na cama. Presumia-se que, quando não estava trabalhando, comendo ou dormindo, estaria participando de algum tipo de recreação comunitária. Fazer qualquer coisa que sugerisse gosto pela solidão, até mesmo caminhar sozinho, era sempre ligeiramente perigoso. Havia uma palavra para isso em novidioma: VIDAPESSOAL, que significava individualismo e excentricidade. Mas naquela noite, ao sair do Ministério, o ar ameno de abril o instigou. O céu exibia o azul mais intenso que ele já vira naquele ano e, de repente, a noite longa e barulhenta no Centro, os jogos exaustivos e chatos, os sermões e a camaradagem hipócrita untados com gim pareceram intoleráveis. Por impulso, Winston se afastou do ponto de ônibus e vagou pelo labirinto de Londres, primeiro em direção ao sul, depois para o leste, e então de novo para o norte, perdendo-se em ruas desconhecidas sem se importar para onde estava indo.

"Se há esperança", Winston escrevera no diário, "ela está nos proletários." As palavras continuavam retornando, a afirmação de uma verdade mística e um absurdo palpável. Ele estava em algum lugar no meio das favelas amarronzadas e indistintas ao redor do que um dia fora a Estação de São Pancras. Caminhava por uma rua de paralelepípedos com casinhas de dois andares cujas entradas surradas davam direto para a calçada, passando a impressão de que eram buracos de rato. Havia poças de água suja em algumas brechas entre os paralelepípedos. Entrando e saindo das portas mal iluminadas, e seguindo para becos estreitos que se abriam em outras entradas dos dois lados, as pessoas se aglomeravam em grande quantidade – jovens maduras com lábios grosseiramente pintados com batom, marmanjos caçando as garotas, e mulheres capengas e volumosas que demonstravam como as garotas ficariam dali a dez anos. Também havia criaturas curvadas que circulavam com pés inchados e crianças maltrapilhas descalças brincando em poças, levando broncas das mães. Talvez um quarto das janelas na rua estivessem quebradas ou remendadas com tábuas. A maioria das pessoas não prestava atenção a Winston; algumas o fitavam com curiosidade reservada. Duas mulheres enormes conversavam do lado de fora de uma porta, os braços rosados como tijolos cruzados sobre os aventais. Winston entreouviu excertos da conversa quando passou perto.

– "Sim", falei com ela, "tudo muito bonito", falei. "Mas, se tivesse no meu lugar, ia fazer a mesma coisa que fiz, é fácil criticar", falei, "mas tu não tem os mesmos problemas que eu tenho".

– É – disse a outra. – É isso mesmo. É isso aí mesmo.

De súbito, as vozes estridentes cessaram. As mulheres o perscrutaram com um silêncio hostil quando ele passou. Todavia, não era exatamente hostilidade; era uma espécie de cautela, um enrijecimento momentâneo, como se um animal desconhecido estivesse passando. O macacão azul do Partido podia não ser uma visão comum nesse tipo de rua. Inclusive, não era sábio ser encontrado em tais lugares, a não ser que houvesse questões específicas para resolver no local. Se esbarrasse nas patrulhas, elas podiam pará-lo. "Posso ver seus documentos, camarada? O que está fazendo aqui? Que horas saiu do trabalho? Este é o seu caminho para casa?" – e daí em diante. Não que houvesse alguma regra contra voltar para casa por um caminho diferente, mas era o suficiente para chamar atenção se a Polícia Ideológica descobrisse.

De repente, toda a rua entrou em comoção. Soaram gritos de alerta por todos os lados. As pessoas dispararam porta adentro como coelhos. Uma moça saltou de uma porta ligeiramente à frente de Winston, agarrou uma criança brincando em uma poça, jogou o avental em torno dela e saltou de volta para dentro, tudo em um único movimento. No mesmo instante, um homem com um terno preto que parecia um acordeão de tão amassado emergiu de um beco e correu na direção de Winston, apontando para o céu, agitado.

– Caldeirão! – ele gritou. – Olha lá, chefe! Vai estourar! Abaixa rápido!

"Caldeirão" era um apelido que, por algum motivo, os proletários davam para os mísseis. Winston rapidamente se jogou de cara no chão. Os proletários estavam quase sempre certos quando anunciavam um aviso desse tipo. Pareciam possuir certo tipo de instinto que os alertava com segundos de antecedência sobre a vinda de um míssil, ainda que os mísseis supostamente viajassem mais rápido do que o som. Winston usou os braços a fim de proteger a cabeça. Um rugido pareceu fazer a calçada pulsar; uma rajada de objetos luminosos tamborilou em suas costas. Quando se levantou, percebeu que estava coberto com os fragmentos da janela mais próxima.

Retomou a caminhada. A bomba demolira um grupo de casas a duzentos metros adiante na rua. Plumas negras de fumaça se elevavam no céu, e abaixo delas, uma nuvem de poeira, no meio da qual uma multidão já se formava em torno das ruínas. Havia uma pilha de entulho no caminho à sua frente, e no meio dela, Winston vislumbrou uma camada vermelho-viva. Quando se aproximou, notou que era uma mão humana cortada na altura do punho. Além do toco ensanguentado, a mão estava tão embranquecida que parecia um molde de gesso.

Winston chutou a mão na sarjeta e, à procura de evitar a multidão, virou à direita em outra rua. Em três ou quatro minutos, estava fora da área afetada pelo míssil, e a vida sórdida e alvoroçada das ruas continuava como se nada tivesse acontecido. Eram quase vinte horas, e as lojas de bebida que os proletários frequentavam ("pubs", como eram conhecidas) estavam abarrotadas de clientes. Das portas sujas de vaivém, abrindo e fechando sem parar, emergiu o cheiro de urina, serragem e cerveja azeda. Em um ângulo formado pela fachada protuberante de uma casa, amontoavam-se três homens. O do meio segurava um pedaço dobrado de jornal, que era analisado pelos outros dois homens por cima dos ombros do primeiro. Mesmo antes de se aproximar e ver a expressão em seus rostos, Winston conseguia perceber o interesse deles, expressado em cada traço da posição em que estavam. Obviamente, os três liam alguma notícia séria. Winston estava a poucos passos do trio quando o grupo se desfez e dois deles começaram a discutir de um jeito violento. Por um momento, pareceram prestes a se socar.

– Você não escuta direito o que eu tô falando, caramba? Tô dizendo que nenhum número terminando em sete saiu por mais de catorze meses!

– Sim, saiu sim!

– Não, não saiu! Lá em casa tenho todos eles há mais de dois anos escritos num pedaço de papel. Anoto direitinho. E vou te falar, não tem um terminando em sete...

– Tem, sim, um sete JÁ SAIU! Posso até te falar o maldito número. Terminava em quatro, zero, sete. Foi em fevereiro, na segunda semana de fevereiro.

– Fevereiro é a tua mãe! Tenho tudo anotado. E vou te falar, nenhum número...

– Para com a palhaçada! – esbravejou o terceiro homem.

Falavam sobre a Loteria. Winston olhou para trás após caminhar mais uns trinta metros. Ainda estavam discutindo, com expressões vigorosas e excitadas. A Loteria, que concedia generosos prêmios semanais, era o único evento público a que os proletários prestavam atenção genuína. Era provável que, para milhões de proletários, a Loteria fosse o principal, se não o único motivo para continuar vivendo. Era a alegria, a imprudência, o sedativo e o estímulo intelectual de suas vidas. Quando se tratava da Loteria, mesmo as pessoas que mal sabiam ler e escrever pareciam capazes de cálculos complexos e façanhas surpreendentes de memorização. Havia todo um clã que ganhava a vida simplesmente vendendo sistemas, previsões e amuletos da sorte. Winston não tinha nada a ver com o funcionamento da Loteria, que era gerenciada pelo Ministério da Prosperidade, mas ele sabia (na verdade, todo mundo no Partido sabia) que os prêmios, em sua maioria, eram imaginários. Apenas pequenas somas eram concedidas de verdade, e os vencedores dos grandes prêmios eram pessoas que não existiam. Na ausência de qualquer intercomunicação real entre uma parte e outra da Oceania, não era impossível de se planejar isso.

Mas, se havia esperança, ela estava nos proletários. Era preciso se agarrar a tal ideia. Quando colocada em palavras, soava razoável: era quando se olhava para os seres humanos transitando pela rua que ela se tornava um ato de fé. A rua na qual virara desembocava em uma descida. Winston foi acometido pela sensação de já ter estado naquele bairro antes e de haver uma rua principal não muito distante. De algum lugar à frente, veio o ruído de vozes gritando. A via dobrava bruscamente, terminando em um lance de degraus que levava a um beco rebaixado na rua, no qual vendedores exibiam vegetais passados. Naquele momento, Winston lembrou onde estava. O beco conduzia até a rua principal e, na curva seguinte, a menos de cinco minutos de distância, ficava a lojinha de bugigangas onde ele comprara o livro em branco que se tornara seu diário. E, numa pequena papelaria não muito longe, ele comprara a caneta bico de pena e o tinteiro.

Winston parou por um instante no topo dos degraus. Do lado oposto do beco, havia um pequeno pub esquálido, cujas janelas pareciam ter congelado, mas estavam apenas cobertas de poeira. Um homem muito idoso e curvado, mas ativo, com um bigode branco que despontava para a frente como os de um camarão, empurrou a porta de vaivém e entrou. Conforme Winston assistia, ocorreu-lhe que o velho, que devia ter pelo menos oitenta anos, fora um homem de meia-idade quando a Revolução acontecera. O velho e alguns de seus semelhantes eram os últimos elos que ainda existiam com o mundo extinto do capitalismo. No próprio Partido, não havia tantas pessoas cujas ideias tinham sido formadas antes da Revolução. A geração mais antiga fora, em sua maioria, exterminada nos grandes expurgos dos anos 1950 e 1960, e os poucos sobreviventes tinham há muito sido aterrorizados e se rendido mentalmente. Se havia alguém vivo capaz de transmitir um relato verdadeiro das condições de vida na primeira metade do século haveria de ser um proletário. De repente, o trecho do livro de História que copiara em seu diário retornou à sua mente, e um impulso enlouquecido o acometeu. Ele entraria no pub, se apresentaria ao velho e o questionaria. Diria: "Conte-me sobre a sua vida de garoto. Como era naquela época? As coisas eram melhores do que agora, ou piores?".

Apressadamente, para não ter tempo de sentir medo, Winston desceu os degraus e cruzou o beco. Era uma loucura, claro. Como sempre, não havia regra definida que proibisse de falar com proletários e de frequentar seus pubs, mas era um ato muito incomum para passar despercebido. Se as patrulhas aparecessem, Winston poderia fingir desmaio, mas era improvável que acreditassem nele. Empurrou a porta, e um cheiro medonho e gorduroso de cerveja azeda atingiu seu nariz. Quando entrou, o som das vozes foi reduzido à metade. Pelas costas, podia sentir que todos encaravam seu macacão azul. Um jogo de dardos no lado oposto do salão fora interrompido por talvez uns trinta segundos. O velho que Winston seguira estava no bar, imerso em alguma discussão com o barman, que era um homem jovem, largo e forte, de nariz adunco e braços musculosos. Vários outros, ao redor deles e com copo na mão, assistiam à cena.

– Te perguntei com educação, não foi? – disse o velho, levantando os ombros de modo provocativo. – Tá me dizendo que tu não tem uma pinta no maldito pub?

– O que diabos É uma pinta? – retrucou o barman, curvando-se para a frente com a ponta dos dedos no balcão.

– Olha só pra ele! Se acha barman e não sabe o que é uma pinta! Ora, uma pinta é metade de um quarto, e quatro quartos é um galão. Vou te ensinar o alfabeto agora.

– Nunca ouvi falar nisso – disse o barman, abruptamente. – Um litro e meio litro é tudo o que servimos. Dá uma olhada nos copos na estante aí na sua frente.

– Quero uma pinta – insistiu o velho. – Tu podia me preparar uma pinta rapidinho. Não tinha esses litros idiotas quando eu era jovem.

– Quando você era jovem todos nós vivíamos na copa das árvores – retrucou o barman, observando os demais clientes.

Risadas estrondosas ecoaram pelo pub, e a inquietude causada pela entrada de Winston parecia ter se dissipado. A face do ancião, com uma barba branca por fazer, ficou corada. Ele se virou, balbuciando, e esbarrou em Winston. Winston o segurou gentilmente pelo braço.

– Posso lhe pagar uma bebida? – perguntou Winston.

É muito gentil – agradeceu o velho, ajeitando os ombros novamente. Ele parecia não ter notado o macacão azul de Winston. – Pinta! – ele rugiu para o barman. – Uma pinta de breja!

O barman serviu duas metades de litro de cerveja escura em copos grandes que ele enxaguara em um balde sob o balcão. A cerveja era a única bebida que dava para comprar nos pubs dos proletários. Supostamente, os proletários não podiam beber gim, ainda que na prática conseguissem obtê-lo de modo bem fácil. O jogo de dardos estava a toda novamente, e o grupo de homens no bar se pusera a falar sobre bilhetes de loteria. A presença de Winston tinha sido esquecida por ora. Havia uma mesa de cedro perto de uma janela, na qual Winston e o velho podiam conversar sem medo de que alguém os entreouvisse. Era terrivelmente perigoso, mas não havia telemonitores no salão, algo que Winston confirmara assim que entrou.

– Ele podia ter enchido uma pinta – resmungou o velho enquanto se aprumava na cadeira com seu copo. – Meio litro não é muito. Não satisfaz. E um litro é coisa demais. Provoca minha bexiga. Sem falar no preço.

– O senhor deve ter visto grandes mudanças desde que era jovem – arriscou Winston.

O olho azul-claro do velho se moveu do jogo de dardos para o bar, e do bar para o banheiro masculino, como se tivesse sido no salão que ocorreram as grandes mudanças.

– A cerveja era melhor – disse ele, por fim. – E mais barata! Quando eu era jovem era quatro centavos a pinta. Cerveja suave. A gente chamava de breja. Isso foi antes da guerra, claro.

– Que guerra foi essa? – perguntou Winston.

– Todas as guerras – replicou o velho, vagamente. Ele ergueu o copo e ajeitou os ombros de novo. – À tua saúde!

No pescoço magro do velho, o pomo de adão fez um movimento rápido para cima e para baixo, e a cerveja sumiu. Winston foi ao bar e trouxe mais dois copos contendo meio litro cada. O velho pareceu ter esquecido seu preconceito contra beber um litro inteiro.

– O senhor é muito mais velho do que eu – disse Winston. – Já devia ser adulto antes de eu ter nascido. Você com certeza lembra como era nos velhos tempos, antes da Revolução. Pessoas da minha idade não sabem muito dessa época. Apenas lemos nos livros, e o que dizem nos livros pode não ser verdade. Eu queria sua opinião sobre isso. Os livros de História dizem que a vida antes da Revolução era completamente diferente de agora. Havia uma opressão angustiante, injustiças, pobreza pior do que qualquer coisa que podemos imaginar. Aqui em Londres, a maioria do povo não tinha o suficiente para comer durante toda a vida. Metade nem sequer tinha calçados. Trabalhavam doze horas por dia, saíam da escola aos nove anos, dormiam dez pessoas no mesmo quarto. E, simultaneamente, havia alguns poucos indivíduos, apenas uns milhares – os capitalistas, como eram conhecidos –, que eram ricos e poderosos. Possuíam tudo o que havia para possuir. Viviam em grandes mansões com trinta empregados, dirigiam seus carros motorizados e carruagens com quatro cavalos, bebiam champanhe, vestiam cartolas…

O semblante do velho avivou-se.

– Cartolas! – disse ele. – Que coincidência você falar delas. Pensei nelas ontem, sei lá por quê. Tava só pensando que eu não via uma cartola há anos. Escafederam-se todas, foi sim. A última vez que usei uma foi no enterro da minha cunhada. E isso foi… Bom, sei lá em qual data, mas deve ter sido bem uns cinquenta anos atrás. Claro que ela foi só alugada pra ocasião.

– A questão não são as cartolas – explicou Winston, pacientemente. – A questão é: esses capitalistas... Eles, alguns advogados, padres e outros que dependiam deles, foram os senhores da Terra. Tudo existia para o seu benefício. Vocês, as pessoas comuns e trabalhadoras, eram suas escravas. Eles podiam fazer o que quisessem com vocês. Podiam enviá-los pro Canadá como se fossem gado. Podiam dormir com suas filhas, se assim quisessem. Podiam ordenar que vocês fossem açoitados com algo chamado chicote de tiras. Vocês tinham de tirar o chapéu quando passavam. Todo capitalista andava com um grupo de lacaios que...

O velho avivou-se de novo.

– Lacaios! – disse ele. – Aí tá uma palavra que não escuto há um tempão. Lacaios! Isso me traz memórias, traz sim. Há uma cacetada de anos atrás, lembro que ia pro Hyde Park nas tardes de domingo pra escutar os sujeitos fazendo discurso. Exército da Salvação, católicos romanos, judeus, indianos... todo tipo de gente. E tinha um cara... Bom, sei lá o nome do sujeito, mas era um palestrante bem enérgico mesmo. Dava muitos discursos! "Lacaios!", ele dizia. "Lacaios da burguesia! Bajuladores da classe dominante!" Parasitas era outro termo que ele usava. E hienas, com certeza chamava eles de hienas. Claro que tava falando do Partido Trabalhista, você sabe.

Winston tinha a impressão de que estavam conversando sobre assuntos diferentes.

– O que quero mesmo saber é o seguinte – insistiu Winston. – O senhor acha que tem mais liberdade agora do que naquela época? O senhor é tratado mais como um ser humano? Nos dias antigos, as pessoas ricas, aquelas no topo...

– A Câmara dos Lordes[1] – adicionou o velho, pensativo.

– A Câmara dos Lordes, pode ser. O que quero saber é: essas pessoas podiam tratá-lo como inferior só porque eram ricas e você pobre?

1 A Câmara dos Lordes ("House of Lords", em inglês) é a Câmara superior do Parlamento do Reino Unido, análoga ao Senado brasileiro. (N.T.)

É um fato, por exemplo, que era preciso chamá-las de "senhor" e tirar o chapéu quando passavam?

O velho pareceu refletir profundamente. Bebeu cerca de um quarto de sua cerveja antes de responder.

– Sim – disse ele. – Gostavam que abaixassem o chapéu pra eles. Meio que mostrava respeito. Eu não concordava, mas fiz bastante. Tinha que fazer.

– E era comum... Aqui vou citar o que li em livros de História: era comum que essas pessoas e seus empregados empurrassem os outros para o meio-fio?

– Uma delas me empurrou certa vez – contou o velho. – Lembro como se fosse ontem. Era a noite da Boat Race.[2] Eles ficavam muito barulhentos na noite da Boat Race. E aí eu esbarrei num jovem na avenida Shaftesbury. Parecia bem cavalheiro, de camisa social, cartola e sobretudo preto. Ele tava meio que ziguezagueando pela calçada, e esbarrei nele sem querer. Ele disse: "Por que não olha por onde anda?". Eu falei: "A calçada tem seu nome?". Ele disse: "Arranco sua cabeça feia se vier com desaforo pra cima de mim". Eu disse: "Você tá bêbado. Vou dar queixa de você rapidinho". E, pode acreditar, ele meteu a mão no meu peito e me deu um empurrão, e quase me jogou debaixo dum ônibus. Eu era jovem naquela época, ia jantar ele no soco, mas...

Winston foi tomado por uma sensação de desamparo. A memória do velho era apenas uma pilha de lixo cheia de detalhes. Dava para questioná-lo o dia todo sem conseguir qualquer informação séria. As histórias contadas pelo Partido podiam ainda ser verdade, de certa forma. Podiam inclusive ser completamente verdadeiras.

Winston fez uma última tentativa.

– Talvez eu não tenha sido claro – Winston insistiu. – O que estou tentando dizer é o seguinte: o senhor está vivo há bastante tempo; o senhor viveu metade da sua vida antes da Revolução. Em 1925, por exemplo, o senhor já era adulto. Então conseguiria dizer, com base no que consegue lembrar, se a vida em 1925 era melhor ou pior do que agora? Se pudesse escolher, preferiria viver agora ou naquela época?

---

2 A Boat Race é uma corrida de barcos a remo disputada anualmente no rio Tâmisa, em Londres, entre as universidades de Oxford e Cambridge. (N.T.)

Pensativo, o velho encarou o alvo do jogo de dardos. Terminou a cerveja, mais devagar do que antes. Quando falou novamente, foi com um ar tolerante e filosófico, como se abrandado pela cerveja.

– Sei o que tu quer que eu diga – o velho disse. – Quer que eu diga que preferia ser jovem de novo. A maioria das pessoas diz que prefere ser jovem, se tu perguntar. Tu tem saúde e força quando é jovem. Quando tu chega no meu tempo de vida, nunca tá bem. Tenho alguma coisa podre nos pés e minha bexiga é uma porcaria. Me tira da cama seis ou sete vezes de madrugada. Por outro lado, ser velho tem muitas vantagens. Tu não tem as mesmas preocupações. Não tem mais problemas com mulheres, e isso é ótimo. Já faz quase trinta anos que não tenho mulher, se tu quer saber. Nem quis, na verdade.

Winston se encostou no parapeito da janela. Não adiantava tentar. Estava quase comprando mais cerveja quando o velho se levantou de repente e entrou no banheiro do salão. O meio litro extra já estava em ação. Winston encarou seu copo vazio por um ou dois minutos, e mal notou quando seus pés o levaram de volta à rua. Refletiu, aquela questão simples e crucial em sua cabeça: "A vida era melhor antes da Revolução?". Em vinte anos, ninguém mais seria capaz de respondê-la. Na prática, não dava para respondê-la nem mesmo agora, já que os poucos sobreviventes dispersos do mundo antigo eram incapazes de comparar uma época com a outra. Lembravam-se de milhões de miudezas: uma briga com um colega de trabalho, a busca por uma bomba para encher o pneu de bicicletas, a expressão no rosto de uma irmã há muito falecida, as rajadas de poeira em uma manhã com ventania setenta anos antes. Mas todos os fatos relevantes estavam fora do escopo de sua visão. Eram como formigas, aptas a ver objetos pequenos, mas não os grandes. E, quando a memória falhava e registros escritos eram falsificados – quando isso acontecia, a declaração do Partido de que haviam melhorado as condições da vida humana tinham de ser aceitas porque não existia, e nunca mais existiria, padrão algum capaz de testar aquela hipótese.

Naquele momento, sua linha de raciocínio foi interrompida de súbito. Ele parou e olhou para cima. Estava em uma rua estreita, com algumas poucas lojinhas de fachadas soturnas em meio a moradias.

Logo acima de sua cabeça estavam penduradas três bolas de metal descoloridas, que pareciam ter sido douradas um dia. Winston achou que conhecia o lugar. É claro! Ele estava em frente à lojinha de bugigangas onde comprara o diário.

Uma pontada de medo o atravessou. Em primeiro lugar, fora um ato suficientemente imprudente comprar o livro, e ele jurara nunca mais se aproximar do local. Mesmo assim, no momento em que se permitira o devaneio, seus pés o trouxeram de volta ali por conta própria. Era precisamente contra aqueles impulsos suicidas que ele esperava se proteger quando começara a escrever o diário. Ao mesmo tempo, observou que, mesmo que já fossem quase vinte e uma horas, a loja permanecia aberta. Com a sensação de que seria menos visível ali dentro do que caminhando na calçada, Winston entrou na loja. Se questionado, poderia alegar que estava tentando comprar lâminas de barbear.

O dono acabara de acender um candeio pendurado, que emanava um cheiro seboso, mas agradável. Era um homem com cerca de sessenta anos, frágil e curvado, humilde, com um nariz longo e olhos mansos distorcidos por óculos espessos. Seu cabelo era quase alvo, mas suas sobrancelhas eram hirsutas e ainda negras. Seus óculos, seu jeito gentil e irrequieto, e o fato de estar vestindo um casaco puído de veludo negro conferiam-lhe um aspecto vago de intelectualidade, como se ele tivesse sido um estudioso, ou talvez um músico. Sua voz era suave, lânguida, e seu sotaque menos degradado em comparação com o da maioria dos proletários.

– Reconheci você na calçada – disse o homem de imediato. – Você é o cavalheiro que comprou o álbum de recordações da moça. Tinha um papel lindo. Papel vergê era como chamavam. Não fabricam papel assim há uns... arriscaria dizer que há uns cinquenta anos. – Ele fitou Winston por cima dos óculos. – Há algo específico que eu possa fazer por você? Ou você só estava dando uma olhada?

– Estava de passagem – respondeu Winston, vagamente. – É só uma visita rápida. Não quero nada específico.

– Que bom – disse o homem –, porque acho que não conseguiria agradá-lo. – Ele fez um gesto indulgente com as mãos macias.

– Sabe como é, a loja está vazia de certa forma. Cá entre nós, o comércio de antiguidades já não existe. Não tem mais demanda nem estoque. Mobília, porcelana, vidro... foi tudo quebrando aos poucos. E, obviamente, os objetos de metal foram todos derretidos. Há anos não vejo um castiçal de latão.

De fato, o interior diminuto da loja estava desconfortavelmente abarrotado, mas não havia quase nada de valor, por menor que fosse. O espaço para circulação era bem restrito porque incontáveis molduras empoeiradas se empilhavam por todo lado. Na janela, havia bandejas com porcas e parafusos, cinzéis desgastados, canivetes com lâminas quebradas, relógios oxidados que nem sequer davam a impressão de ainda funcionarem, e várias outras quinquilharias. Apenas em uma mesinha, no canto, havia uma pilha de bugigangas que podiam conter algo interessante – caixas de rapé envernizadas, broches de ágata e afins. Quando Winston caminhou até a mesa, identificou um objeto esférico e liso, que brilhava de maneira tênue à luz do candeio. Ele o pegou.

Era um pedaço de vidro pesado, curvado em um lado e achatado no outro, quase formando um hemisfério. O objeto revelava uma suavidade peculiar, como a de uma gota de chuva, tanto na cor como na textura do vidro. No centro, amplificado pela superfície curva, havia algo estranho, rosado e convoluto, lembrando uma rosa ou uma anêmona-do-mar.

– O que é isto? – perguntou Winston, fascinado.

– Isto aí é um coral – disse o homem. – Deve ter vindo do oceano Índico. Costumavam engastá-los em vidro. Isto aí não foi produzido há menos de cem anos. Pela aparência, até mais.

– É lindo – comentou Winston.

– É lindo – repetiu o dono da loja, apreciativo. – Mas não são muitos que comentariam isso hoje em dia. – Ele tossiu. – Bom, se quiser comprá-lo, vai custar quatro dólares. Lembro quando um objeto assim teria custado umas oito libras, e oito libras era... Bom, não tenho ideia, mas era muito dinheiro. Mas quem se importa com antiguidades de verdade atualmente? Mesmo com as poucas que restam...

Winston pagou imediatamente os quatro dólares e enfiou o objeto desejado no bolso. O que o atraiu nele não era tanto a beleza, mas o aspecto que ele parecia demonstrar, de algo pertencente a uma era tão diferente da atual. O vidro liso com aparência de gota de chuva não se parecia com nenhum outro que ele vira antes. O objeto era duplamente atrativo por causa de sua aparente inutilidade, ainda que Winston pudesse imaginar que um dia fora usado como peso de papel. Era bem pesado em seu bolso, mas felizmente não deixava protuberância. Era um objeto exótico, até mesmo comprometedor, para um membro do Partido ter em posse. Qualquer item antigo ou bonito era sempre ligeiramente suspeito. O velho ficara notavelmente mais alegre depois de receber os quatro dólares, e Winston percebeu que o homem teria aceitado três ou até mesmo dois dólares.

– Há outro cômodo lá em cima que pode interessá-lo – disse o homem. – Não tem muito, só algumas coisas. Vamos precisar de luz se formos subir.

Ele acendeu outro candeio e, de costas curvadas, seguiu devagar pelas escadas desgastadas e através de um corredor apertado, até chegar em um quarto que não dava para a rua, mas para um quintal pavimentado e uma selva de chaminés. Winston notou que a mobília ainda estava arrumada como se a sala fosse utilizada como moradia. Havia uma faixa de carpete no chão, um ou outro quadro na parede e uma poltrona funda e desleixada de frente para a lareira. Um relógio de vidro antiquado com mostrador de doze horas tique-taqueava sobre o apoio da lareira. Sob a janela, ocupando quase um quarto da sala, havia uma cama enorme com um colchão.

– Moramos aqui até minha esposa morrer – disse o velho, meio sentido. – Estou vendendo a mobília aos poucos. Esta cama de mogno é maravilhosa, ou pelo menos seria, se desse pra tirar os cupins. Mas arrisco dizer que você a acharia um pouco desconfortável.

O dono da loja segurou o candeio no alto para iluminar todo o quarto e, na fraca luz cálida, o lugar parecia estranhamente convidativo. Passou pela cabeça de Winston que provavelmente seria bem fácil alugá-lo por uns dólares semanalmente, se ele fosse ousado o bastante para correr o risco. Era uma ideia louca e impossível, a ser abandonada assim que cogitada; mas o quarto despertou nele uma espécie de nostalgia, de memória ancestral. Ele parecia saber exatamente como era se sentar em um lugar como aquele, em uma poltrona diante de uma lareira, com os pés na grade de proteção e uma chaleira no fogão. Completamente sozinho e seguro, sem ninguém o vigiando, nenhuma voz perseguidora, nenhum som exceto o chiado da chaleira e o agradável tique-taque do relógio.

– Não tem telemonitor! – Winston murmurou.

– Ah – disse o velho. – Nunca tive um desses. Muito caros. E nunca senti a necessidade, acho. Olha, esta mesa articulada no canto é ótima. Claro que seria preciso trocar as dobradiças para usar as abas.

Havia uma pequena estante de livros no outro canto, e Winston gravitara em direção a ela. Não continha nada além de tranqueiras. A busca e a destruição dos livros fora feita com a mesma precisão tanto nos bairros proletários quanto em qualquer outro lugar. Era bem improvável que existisse, em qualquer lugar da Oceania, a cópia de um livro impresso de um tempo anterior a 1960. O velho, ainda carregando o candeio, parou em frente a uma imagem emoldurada em pau-rosa, pendurada do outro lado da lareira, oposto à cama.

– Agora, se você tiver interessado em gravuras antigas... – o velho disse, comedido.

Winston se aproximou a fim de examinar a ilustração. Era um entalhe em aço de uma construção oval com janelas retangulares e uma pequena torre na frente. Havia uma grade ao redor da construção, e na parte de trás, o que parecia uma estátua. Winston encarou-a por alguns segundos. Parecia vagamente familiar, embora não se recordasse da estátua.

– O quadro está fixo na parede – disse o velho. – Mas eu poderia desaparafusar pra você.

– Conheço esse prédio – disse Winston, finalmente. – É uma ruína agora. É bem no meio da rua onde fica o Palácio da Justiça.

– Isso mesmo. Perto dos Tribunais de Justiça. Foi bombardeado em... Já faz muitos anos. Chegou a ser uma igreja, a São Clemente dos Dinamarqueses. – Ele sorriu, indulgente, como se estivesse ciente de dizer algo ligeiramente ridículo, e adicionou: – Da laranja e do limão, a semente, bradam os sinos de São Clemente!

– O que é isso? – perguntou Winston.

– Ah… "Da laranja e do limão, a semente, bradam os sinos de São Clemente". Era uma rima de quando eu era garoto. Não me recordo como é o restante, mas sei como ela termina: "Na beira da cama acendo uma vela, olha a cabeça que lá vem a serra". Era um tipo de dança. As pessoas levantavam os braços para outras passarem por baixo, e quando chegava em "Olha a cabeça que lá vem a serra", elas abaixavam para segurar as outras. Era só com nomes de igrejas. Tinha todas as igrejas de Londres; todas as principais, no caso.

Winston imaginou a qual século pertencia a igreja de São Clemente dos Dinamarqueses. Era sempre complicado determinar a idade de uma construção em Londres. Qualquer obra grande e deslumbrante, se tivesse aparência razoavelmente conservada, era automaticamente considerada como se tivesse sido construída depois da Revolução. Enquanto qualquer construção que fosse obviamente de uma data mais antiga era atribuída a um período sombrio chamado época medieval. Não se considerava que os séculos de capitalismo tivessem produzido algo de valor. Não dava mais para aprender História por meio da arquitetura, assim como não era possível aprender pelos livros. Estátuas, inscrições, epitáfios, o nome de ruas – qualquer coisa que revelasse um pouco do passado fora sistematicamente alterada.

– Nunca soube que havia tido uma igreja – Winston disse.

– Tem muitas que restaram, na verdade – esclareceu o dono da loja –, ainda que hoje sirvam para outros propósitos. Como dizia a rima mesmo? Ah! Lembrei!

– Da laranja e do limão, a semente,
bradam os sinos de São Clemente,
Me deves um vintém, um trocadinho,
bradam os sinos de São Martinho…

– Só lembro até este ponto. Um vintém era uma moedinha de cobre, algo de valor semelhante a um centavo.

– Onde era a Igreja de São Martinho? – perguntou Winston.

– São Martinho? Ainda está de pé. É na Praça do Triunfo, ao lado da pinacoteca. Um prédio com um alpendre triangular, pilares na frente e um lance largo de escadas.

Winston conhecia bem o lugar. Era um museu utilizado para vários tipos de exibições propagandistas – modelos em escala de mísseis, de Fortalezas Flutuantes, esculturas de cera ilustrando atrocidades dos inimigos e outras peças do gênero.

– O nome antigo era São Martinho do Campo – complementou o homem. – Mas não lembro de nenhum campo nessa região.

Winston não comprou o quadro. Teria sido uma posse ainda mais absurda do que o peso de papel, e impossível de levar para casa, a não ser que a gravura fosse removida da moldura. Mas Winston protelou mais um pouco, conversando com o homem que, como Winston descobrira, não se chamava Weeks – como alguém poderia haver inferido ao observar a inscrição na fachada da loja –, mas Charrington. Ao que tudo indicava, o sr. Charrington era um viúvo com sessenta e três anos e morara na loja por trinta anos. Durante aquele tempo, pretendera mudar o nome na fachada, mas nunca chegara a fazê-lo. Conforme conversavam, a rima ressoava na cabeça de Winston. *Da laranja e do limão, a semente, bradam os sinos de São Clemente, me deves um vintém, um trocadinho, bradam os sinos de São Martinho!* Era estranho, mas, quando se falava o trecho em voz alta, a impressão era de realmente escutar sinos, os sinos de uma Londres perdida que ainda existia em um ou outro lugar, transformada e esquecida. Winston parecia ouvi-los badalando, um campanário ilusório seguido do outro. Até onde conseguia recordar, ele nunca escutara sinos de igreja na vida real.

Winston se afastou do sr. Charrington e desceu as escadas sozinho, de forma que o dono da loja não o visse fazendo reconhecimento da rua antes de sair. Ele já decidira que, dentro de um intervalo apropriado – um mês, talvez –, arriscaria revisitar a loja. Talvez não fosse mais perigoso do que esquivar-se de uma noite no Centro Comunitário. A parte mais grave de sua insensatez fora primeiro vir até a loja depois de comprar o diário, mesmo sem saber se podia confiar no proprietário. Contudo…

Sim, ele pensou de novo, ele voltaria. Compraria mais quinquilharias bonitas. Compraria a gravura de São Clemente dos Dinamarqueses, retiraria da moldura e a levaria para casa escondida sob seu macacão. Arrancaria o restante daquele poema da memória do sr. Charrington. Até mesmo o projeto louco de alugar o quarto no andar superior passou momentaneamente pela sua cabeça. Por talvez cinco segundos, a exaltação o deixou descuidado, e ele saiu da loja sem dar mais de uma olhadela pela janela. Até começara a entoar, de modo improvisado:

– Da laranja e do limão, a semente,
bradam os sinos de São Clemente,
Me deves um vintém...

De repente, seu coração congelou e uma dor torturante espalhou-se por seu abdome. Alguém de macacão azul vinha pela rua, a menos de dez metros de distância. Era a garota do Departamento de Ficção, a garota de cabelos escuros. A luz estava fraca, mas não havia como confundi-la. Ela o encarou direto nos olhos e apertou o passo, fingindo não reconhecê-lo.

Por alguns segundos, Winston permaneceu paralisado. Então, virou à direita e começou a andar rápido, sem notar que estava indo para o lado errado. De qualquer maneira, uma pergunta havia sido respondida. Não restava dúvida de que a garota o espiava. Ela devia tê-lo seguido porque não era crível que, por puro acaso, ambos tivessem resolvido caminhar pela mesma viela obscura, na mesma noite, a quilômetros de qualquer quarteirão habitado por membros do Partido. Era coincidência demais. Se ela era realmente uma agente da Polícia Ideológica ou apenas uma espiã amadora operando por oficiosidade – não importava. Já bastava que ela estivesse observando. Provavelmente ela também o vira entrar no pub.

Ficou difícil prosseguir. A cada passo, o peso do vidro no seu bolso batia contra a coxa, e Winston estava quase decidido a puxá-lo e jogá-lo no lixo. O pior era a dor de barriga. Por alguns minutos, sentiu que morreria se não chegasse a um banheiro logo.

Mas não haveria banheiros públicos em um lugar assim. Então, o espasmo passou, deixando uma dor incômoda.

A rua era um beco sem saída. Winston parou, indagando-se sobre o que deveria fazer, então se virou e se voltou. Ao passo que dobrou a esquina, ocorreu-lhe que a garota passara por ele há uns três minutos. Se corresse, provavelmente a alcançaria. Poderia segui-la até que chegassem a algum lugar isolado e bater com uma pedra na cabeça dela. Até o peso de papel no seu bolso seria pesado o suficiente. Abandonou a ideia no mesmo instante, porque até o pensamento de esboçar qualquer esforço físico era intolerável. Não conseguiria correr nem golpear alguém. Além disso, a garota era jovem e vigorosa, e saberia como se defender. Winston também cogitou se apressar rumo ao Centro Comunitário e lá permanecer até o local fechar, como se para obter um álibi parcial para a noite. Mas também era impossível. Uma estafa forte o acometeu. Tudo o que queria era chegar em casa logo, sentar-se e ficar quieto.

Já passavam das vinte e duas horas quando Winston chegou no apartamento. As luzes seriam apagadas na central às vinte e três e trinta. Ele entrou na cozinha e sorveu uma dose de Gim do Triunfo. Então, seguiu para a mesa no recanto da parede, sentou-se e retirou o diário da gaveta. Mas não o abriu de imediato. No telemonitor, uma enfática voz feminina berrava uma canção patriótica. Ele observou a capa texturizada do livro, tentando calar a voz de sua consciência, sem sucesso.

Eles vinham à noite, sempre à noite. O mais apropriado era se suicidar antes que chegassem até você. Sem dúvida, algumas pessoas faziam isso. Muitos dos desaparecimentos eram, na realidade, suicídios. Mas era necessária uma coragem desesperadora para se matar em um mundo onde armas de fogo ou qualquer veneno rápido e fatal eram completamente impossíveis de se obter. Winston refletiu com espanto acerca da inutilidade biológica da dor e do medo, na traição do corpo humano, que sempre congelava as pessoas, deixando-as inertes no momento exato que se requeria esforço especial. Ele poderia ter silenciado a garota de cabelos escuros se houvesse agido rápido: mas exatamente por causa do perigo extremo ele perdera a capacidade de agir. Percebeu que, em momentos de crise, nunca se luta contra um inimigo externo, mas sempre contra o próprio corpo. Até agora, apesar do gim, a dor incômoda em sua barriga impossibilitava seu raciocínio. E é assim, ele se deu conta, em todas as situações trágicas ou heroicas. No campo de batalha, na câmara de tortura, em um navio prestes a naufragar... Os problemas contra os quais se luta são sempre esquecidos porque o corpo passa a preencher todo o universo e, mesmo quando não se está paralisado de medo ou gritando de dor, a vida é uma luta a todo momento contra a fome, o frio, a insônia, contra uma azia ou uma dor de dente.

Winston abriu o diário. Era importante escrever algo. A mulher no telemonitor iniciara uma música nova. Sua voz parecia furar o cérebro de Winston como cacos de vidro. Ele tentou pensar em O'Brien, por quem e para quem o diário estava sendo escrito, mas só conseguiu pensar no que aconteceria com ele se a Polícia Ideológica o levasse. Não importava se o matariam instantaneamente. Ser morto era o esperado. Mas antes da morte (ninguém falava disso, mas todo mundo sabia), havia uma rotina de confissões a ser enfrentada: rastejar-se no chão, implorar por clemência, ouvir os ossos se quebrando, os dentes se partindo e sentir os hematomas debaixo do couro cabeludo.

Por que era preciso passar por isso, já que o fim era sempre o mesmo? Por que não abreviar dias ou semanas da vida? Ninguém escapava da detecção, e ninguém deixava de confessar. Ao sucumbir para o crimideológico, era certo que a morte viria. Por que, então, aquele horror, que não mudava nada, tinha de estar no futuro?

Winston tentou, com mais sucesso do que antes, invocar a imagem de O'Brien. *Nos encontraremos no lugar onde não há escuridão*, O'Brien lhe dissera. Winston sabia o que significava, ou pelo menos achava que sabia. O lugar onde não havia escuridão era o futuro hipotético, que não dava para ver, mas que se podia compartilhar de forma mística, através da presciência. Mas com a voz do telemonitor triturando seus ouvidos, ele não conseguiu seguir a linha de raciocínio. Colocou um cigarro na boca. Metade do tabaco caiu em sua língua, um pó amargo e difícil de cuspir. O rosto do Grande Irmão pairou em sua cabeça, substituindo o de O'Brien. Como fizera dias antes, Winston tirou uma moeda do bolso e a olhou. A face o encarava, dura, calma e protetora: mas que tipo de sorriso se escondia sob o bigode felpudo? Como o badalar de um sino após um funeral, as palavras voltaram:

GUERRA É PAZ
LIBERDADE É ESCRAVIDÃO
IGNORÂNCIA É PODER

PARTE DOIS

GUERRA É PAZ
GUERRA É PAZ
GUERRA É PAZ
GUERRA É PAZ

CAPÍTULO 1

Era o meio da manhã, e Winston deixara seu cubículo a fim de ir ao banheiro.

Uma figura solitária caminhava até ele, vindo da extremidade oposta do corredor longo e iluminado. Era a garota de cabelos escuros. Quatro dias haviam se passado desde o encontro do lado externo da loja de bugigangas. Conforme ela se aproximava, Winston notou que seu braço direito estava em uma tipoia, imperceptível à distância por ser da mesma cor do macacão. Provavelmente quebrara a mão enquanto girava um dos grandes caleidoscópios onde a trama dos romances era "elaborada". Era um acidente comum no Departamento de Ficção.

Estavam a cerca de quatro metros de distância um do outro quando a garota tropeçou e caiu com o rosto no chão. Emitiu um grito agudo. Provavelmente tinha caído em cima do braço machucado. Winston parou. Ela ficou de joelhos; sua face adquirira uma cor amarela leitosa, sobre a qual os lábios pareciam ainda mais vermelhos. Seus olhos fixaram-se nos dele com uma expressão de súplica que parecia mais medo do que dor.

Uma emoção curiosa agitou o peito de Winston. À sua frente, encontrava-se uma inimiga que almejava matá-lo. À sua frente, também, estava um ser humano, sentindo dor e talvez com um osso quebrado. Ele instintivamente se mexeu para ajudá-la. No momento que a vira cair em cima do braço machucado, fora como se tivesse sentido a dor no próprio corpo.

– Você se machucou? – perguntou ele.

– Não foi nada... Meu braço... Vai ficar bom logo.

Ela falou como se seu coração tivesse disparado. Estava extremamente pálida.

– Não quebrou nada?

– Não, estou bem. Doeu por um instante, mas só.

A garota estendeu-lhe a mão saudável, e ele a ajudou a se levantar. Ela recuperou um pouco da cor na face, parecendo bem melhor que antes.

– Não foi nada – repetiu. – Só bati forte com meu pulso. Obrigada, camarada!

Com isso, ela seguiu rápido para onde estava indo como se nada tivesse acontecido. Todo o incidente devia ter levado menos de meio minuto. Não deixar os sentimentos transparecerem no semblante era um hábito que já se tornara instinto e, de qualquer modo, ambos estavam bem em frente a um telemonitor quando ela caíra. Ainda assim, fora bem difícil não trair uma surpresa momentânea porque, nos dois ou três segundos durante os quais a ajudou a se levantar, a garota enfiara algo em sua mão. Não havia dúvidas de que havia feito isso de propósito. Era algo pequeno e fino. Quando passou pela porta do banheiro, Winston enfiou o objeto no bolso e o sentiu com a ponta dos dedos. Era um pedaço de papel quadrado e dobrado.

No mictório, conseguiu desdobrá-lo com mais alguns gestos. Obviamente, devia haver algum tipo de mensagem nele. Por um instante, cogitou entrar em uma das cabines e lê-lo de uma vez. Mas seria uma loucura, como bem sabia. Era o lugar onde, com certeza, os telemonitores observavam incessantemente.

Voltou ao seu cubículo, sentou-se e jogou o pedaço de papel casualmente entre os outros na mesa. Colocou os óculos e puxou o falescreva. *Cinco minutos*, ele pensou, *cinco minutos no mínimo!* Seu coração batia muito forte no peito. Felizmente, a mensagem na qual estava trabalhando era rotineira: a retificação de uma longa lista de valores que dispensava atenção mais minuciosa.

O que quer que estivesse escrito no papel, deveria ter algum significado político. Winston imaginava duas possibilidades. A primeira, muito mais provável, era que a garota era agente da Polícia Ideológica, como ele temia. Não tinha ideia de por que a Polícia Ideológica entregaria suas mensagens daquela maneira, mas talvez tivessem seus motivos. As palavras no papel podiam ser uma ameaça, uma convocação, uma ordem para cometer suicídio ou uma armadilha de algum tipo. Mas havia outra possibilidade, mais irrealista, que continuava aparecendo em sua mente, ainda que tentasse suprimi-la, em vão: a de que a mensagem não viera da Polícia Ideológica, mas de algum tipo de organização secreta. Talvez a Irmandade existisse, no fim das contas! Talvez a garota fosse parte dela! Claro que a ideia era absurda, mas viera à sua cabeça no mesmo instante que sentira o pedaço de papel na mão. Apenas alguns minutos depois que a explicação mais provável, a de que era uma mensagem da Polícia Ideológica, ocorrera a ele. E ainda que seu intelecto lhe avisasse que a mensagem significava a morte, não era naquilo que acreditava. A esperança irracional persistia, e seu coração palpitava, e foi com dificuldade que manteve a voz firme enquanto murmurava números no falescreva.

Winston enrolou todo o pacote do trabalho e o enfiou no tubo pneumático. Oito minutos se passaram. Reajustou os óculos, suspirou, e puxou o próximo lote de tarefas, com o pedaço de papel logo em cima. Abriu-o. Nele, estava escrito, em letras grandes e infantis:

EU TE AMO.

Por vários segundos, Winston permaneceu muito estarrecido até mesmo para jogar a mensagem incriminadora na lacuna de memória. Quando o fez, ainda que soubesse dos perigos de demonstrar interesse em excesso, leu-a mais uma vez, apenas para ter certeza de que as palavras estavam realmente lá.

Foi muito difícil trabalhar pelo restante da manhã. Pior do que ter de focar em uma série de tarefas mesquinhas era ter de disfarçar sua agitação para o telemonitor. Sentia como se um fogo queimasse em sua barriga. O almoço no refeitório lotado, quente e barulhento foi uma tormenta. Esperou conseguir ficar sozinho por um tempo durante a refeição, mas, por azar, o imbecil do Parsons eclodiu na cadeira ao seu lado, o fedor de suor quase derrotando o odor metálico do ensopado, e tagarelou sobre as preparações para a Semana do Ódio. Ele estava particularmente empolgado com um modelo de papel machê com dois metros de largura da cabeça do Grande Irmão, que estava sendo montado para a ocasião pela tropa de Espiões de sua filha. O mais irritante era que, com a troada de vozes, Winston mal conseguia escutar o que Parsons dizia e tinha de pedir constantemente que repetisse alguma afirmação estúpida. Apenas uma vez ele viu a garota, em uma mesa com duas outras garotas na outra ponta do salão. Ela parecia não tê-lo visto, e ele não olhou novamente na direção dela.

A tarde foi mais suportável. Logo após o almoço, chegou uma tarefa complicada e delicada, que necessitaria de várias horas e de toda a sua atenção. Consistia em falsificar uma série de relatórios de produção de dois anos antes, de modo a descreditar um membro proeminente do Partido Interno, que agora estava sob desconfiança. Era o tipo de afazer no qual Winston era bom, e por mais de duas horas conseguiu retirar a garota de seus pensamentos. Então, uma imagem do rosto dela voltou à sua mente e, com ela, um desejo pujante e intolerável de estar sozinho. Até que pudesse encontrar-se desacompanhado seria impossível pensar no que acontecera. Aquela noite seria uma de suas noites no Centro Comunitário. Winston devorou outra refeição sem sabor no refeitório, apressou-se para o Centro, participou da babaquice solene de "grupo de discussão", jogou duas partidas de tênis de mesa, tomou várias taças de gim e assistiu a meia hora de uma palestra intitulada "O Socing e sua relação com o xadrez". Sua alma murchou de tédio, mas pelo menos não tivera nenhum impulso para faltar à noite no Centro. Ao ver as palavras EU TE AMO, o desejo de continuar vivo retornara, e se arriscar, mesmo que um pouco, parecia estupidez. Foi apenas às vinte e três horas, quando Winston estava em casa e na cama – no escuro, onde era possível se safar do telemonitor, contanto que se permanecesse em silêncio – que ele conseguiu pensar sem interrupções.

Precisava resolver um problema físico: como entrar em contato com a garota e marcar um encontro. Já não considerava a possibilidade de ela estar preparando uma armadilha. Sabia que não era o caso por causa de sua agitação inconfundível ao passar a nota. Obviamente, ela estava assustada demais, como deveria. A ideia de que recusaria suas investidas também não passou pela cabeça de Winston. Havia cinco noites que contemplara a ideia de abatê-la com uma pedra, mas isso não tinha importância agora. Imaginou-a nua, com seu corpo jovem, da forma que a vira em seu sonho. Imaginou-a uma idiota como todas as outras, a cabeça preenchida com mentiras e ódio, de jeito frígido. Um nervosismo o acometeu tão logo pensou que podia perdê-la... Aquele corpo branco e vigoroso podia lhe escapar! O que Winston mais temia era que ela pudesse mudar de ideia caso ele não entrasse em contato com agilidade. Mas a dificuldade física de se encontrarem era enorme. Era como tentar se mover no xadrez depois de já estar em xeque. Para onde quer que se virasse, o telemonitor estaria olhando. Na verdade, todos os meios possíveis de comunicação com ela lhe ocorreram nos cinco minutos após ler a nota; mas agora, com tempo para pensar, Winston considerou uma a uma, como se separasse uma fileira de ferramentas em uma mesa.

Obviamente, o tipo de encontro que acontecera pela manhã não poderia se repetir. Se ela trabalhasse no Departamento de Documentação teria sido comparativamente simples, mas ele tinha apenas uma ideia muito vaga de onde ficava o Departamento de Ficção, e não tinha pretexto para visitá-lo. Se soubesse onde ela vivia e que horas saía do trabalho, poderia se planejar para encontrá-la no caminho para casa; mas tentar segui-la até sua casa não era seguro porque significaria ter de ficar parado do lado de fora do Ministério, o que provavelmente seria suspeito. Enviar uma carta pelo correio estava fora de cogitação. Através de um procedimento que sequer era segredo, todas as cartas eram abertas antes de chegar a seus destinatários. Na verdade, poucas pessoas escreviam cartas. Quando se precisava enviar uma mensagem, eram impressos cartões-postais com uma lista longa de frases, e era preciso riscar aquelas que não se aplicavam. De qualquer maneira, Winston não sabia o nome da garota, muito menos seu endereço. Por fim, decidiu que o lugar mais seguro era o refeitório. Se conseguisse encontrá-la sozinha em uma mesa em algum lugar no meio do salão, não muito próximo dos telemonitores e com o ruído de conversas ao redor – se essas condições persistissem por trinta segundos, seria possível trocar algumas palavras.

Por uma semana depois disso, a vida se tornou um sonho irrequieto. No dia seguinte, ela não apareceu no refeitório até Winston já estar de saída, após o sinal ter tocado. Provavelmente, fora alocada a um turno mais tarde. Os dois se cruzaram sem se olhar. Um dia depois, ela estava no refeitório no horário habitual, mas com três outras garotas e exatamente debaixo de um telemonitor. Então, por três dias terríveis ela nem sequer apareceu. Todo o seu corpo e sua mente pareciam ter sido afligidos com uma sensibilidade incontrolável, uma transparência que tornava agonizante cada movimento, som, contato ou palavra proferida ou escutada. Mesmo dormindo, Winston não conseguiu fugir completamente da visão dela. Não tocou no diário durante esse tempo. Se havia algum conforto, era no trabalho, onde conseguia esquecer até de si, determinadas vezes por dez minutos seguidos. Não tinha ideia do que acontecera com a garota. Não havia perguntas que pudesse fazer. Poderia ter sido vaporizada, cometido suicídio ou sido transferida para a outra ponta da Oceania. Pior e mais provável, poderia simplesmente ter mudado de ideia e decidido evitá-lo.

No dia seguinte, ela reapareceu. Seu braço não estava mais na tipoia e havia uma faixa de esparadrapo em volta do punho. O alívio de vê-la foi tão grande que Winston não conseguiu resistir e a encarou por vários segundos. No próximo dia, quase conseguiu falar com ela. Quando entrou no refeitório, a garota estava em uma mesa bem afastada da parede e completamente sozinha. Era cedo e o lugar não estava muito cheio. A fila andou até Winston ficar bem perto do balcão, então parou por dois minutos porque alguém na sua frente reclamava por não ter recebido seu tablete de sacarina. Mas ela ainda estava sozinha quando Winston pegou a bandeja e partiu em direção à sua mesa. Andou casualmente, os olhos buscando algum lugar em uma mesa perto dela, que estava a uns três metros dele. Mais dois segundos seriam suficientes. Então, uma voz o chamou.

– Smith!

Ele fingiu não escutar.

– Smith! – A voz repetiu, mais alto. Não tinha jeito. Winston se virou. Um homem loiro com cara de palerma chamado Wilsher, que Winston mal conhecia, convidou-o com um sorriso para se sentar no lugar vago em sua mesa. Não era seguro recusar. Depois de ser reconhecido, não podia apenas sentar numa mesa com uma garota sozinha. Era muito suspeito. Sentou-se com um sorriso amigável em frente a Wilsher. A tez loira e palerma o encarou. Winston se imaginou enfiando uma picareta bem no meio dela. Minutos depois, a mesa da garota se encheu de gente.

Mas ela deve tê-lo visto vindo em sua direção, e talvez tenha entendido. No dia seguinte, ele chegou cedo. E lá estava ela, no mesmo lugar e na mesma mesa, sozinha mais uma vez. A pessoa imediatamente à frente de Winston na fila era um homem-besouro baixinho, ágil, com o rosto reto e olhinhos desconfiados. Quando Winston saiu do balcão com sua bandeja, viu o homenzinho se dirigir direto para a mesa da garota. Suas esperanças morreram de novo. Havia um lugar livre a uma mesa de distância, mas algo na aparência do homenzinho sugeria que ele estaria bastante preocupado com o próprio conforto para escolher a mesa vazia. Com o coração apertado, Winston continuou andando. Não adiantava, a não ser que conseguisse se aproximar dela sozinha. Naquele momento, um baque forte soou pelo salão. O homenzinho estava estirado no chão. Sua bandeja voara, e duas trilhas de sopa e café escorriam pelo chão. Ele se pôs de pé com um olhar maligno para Winston, de quem evidentemente suspeitava tê-lo feito tropeçar. Mas estava tudo bem. Cinco segundos depois, com o coração a mil, Winston sentou-se à mesa da garota.

Não a fitou. Abriu a tampa da bandeja e começou a comer imediatamente. Era importante falar de uma vez, antes que outra pessoa chegasse, mas um medo profundo o possuiu. Uma semana se passara desde que ela lhe entregara o bilhete. Ela mudara de ideia, mudara de ideia! Era impossível aquele caso terminar bem; tais coisas nunca aconteciam na vida real. Winston poderia ter desistido por completo de falar, se não tivesse visto Ampleforth, o poeta de orelhas peludas, mancando pelo salão com uma bandeja, procurando um lugar para se sentar. De um jeito aéreo, Ampleforth era apegado a Winston, e certamente se sentaria ao seu lado se o visse. Havia cerca de um minuto para agir. Tanto Winston como a garota continuaram comendo. Era um ensopado aguado – na verdade, uma sopa de feijão branco. Murmurando, Winston se pôs a falar. Nenhum dos dois ergueu a cabeça; sem parar, ambos continuaram ingerindo a comida aguada e, entre colheradas, trocaram umas poucas palavras em vozes inexpressivas.

– A que horas você sai do trabalho?

– Dezoito e trinta.

– Onde podemos nos encontrar?

– Praça do Triunfo, perto do monumento.

– É cheia de telemonitores.

– Não importa se tiver uma multidão.

– Algum código?

– Não. Não se aproxime de mim até me ver no meio de muita gente. E não olhe para mim. Só se mantenha próximo.

– A que horas?

– Dezenove horas.

– Certo.

Ampleforth não viu Winston e se sentou em outra mesa. Winston não falou novamente com a garota e, até onde era possível para duas pessoas sentadas frente a frente na mesma mesa, não se olharam. A garota terminou o almoço sem demora e saiu, enquanto Winston ficou para fumar um cigarro.

Winston chegou na Praça do Triunfo antes da hora combinada. Andou ao redor da base da enorme coluna canelada, no topo da qual uma estátua do Grande Irmão contemplava o sul, em direção ao céu onde ele exterminara os aviões eurasiáticos (foram os aviões lestasiáticos alguns anos antes) na Batalha da Pista de Pouso Um. Na rua adiante, havia a estátua de um homem montado a cavalo, supostamente representando Oliver Cromwell. Cinco minutos depois das dezenove horas, a garota ainda não aparecera. Novamente, o medo profundo o tomou. Ela não viria, mudara de ideia! Winston andou devagar até o lado norte da praça e sentiu uma espécie de prazer enfraquecido ao identificar a Igreja de São Martinho, cujos sinos, quando ela tinha sinos, bradaram "Me deves um vintém, um trocadinho". Então, Winston avistou a garota na base do monumento, lendo ou fingindo ler um pôster que percorria a coluna em espiral. Não era seguro se aproximar até que mais pessoas se aglomerassem. Havia telemonitores por todo o frontão. Mas, naquela hora, o ruído de gritos e o zunido de veículos pesados soou de algum lugar à esquerda. De repente, parecia que todo mundo estava correndo pela praça. A garota ultrapassou agilmente os leões posicionados na base do monumento e se juntou à confusão. Winston a seguiu. Enquanto corria, ouviu gritos dizendo que uma escolta de prisioneiros eurasiáticos estava passando.

Uma densa multidão já bloqueava o lado sul da praça. Winston, em tempos normais o tipo de pessoa que era atraída para longe de confusões, agora se acotovelava, empurrava e se espremia rumo ao centro da aglomeração. Logo, estava a menos de um metro da garota, mas o caminho estava bloqueado por um proletário gigante e uma mulher quase tão grande quanto ele, provavelmente sua esposa, que pareciam formar uma muralha impenetrável de carne. Winston se contorceu para o lado e, com um empurrão violento, conseguiu forçar o ombro entre ambos. Por um instante, parecia que suas entranhas eram trituradas entre os dois quadris musculosos, mas por fim conseguiu passar, suando um pouco. Ficou ao lado da garota, ombro colado com ombro, ambos olhando fixamente para a frente.

Uma longa fileira de caminhões seguia devagar pela rua, com soldados de semblantes austeros e armados com submetralhadoras, de pé em cada canto dos veículos. Neles, homenzinhos asiáticos em uniformes verdes maltrapilhos estavam agachados, presos uns perto dos outros. Suas faces mongólicas tristes miravam a rua com profunda indiferença. Às vezes, quando um caminhão sacudia, escutava-se o tilintar de metal: todos os prisioneiros estavam com grilhões nas pernas. Cargas e mais cargas das faces tristonhas passaram. Winston sabia que os prisioneiros estavam lá, mas só os via intermitentemente. O ombro da garota, e seu braço até o cotovelo, estavam pressionados contra o ombro e o braço de Winston. A bochecha dela estava quase próxima o suficiente para ele sentir seu calor. Ela de imediato tomara controle da situação, assim como fizera no refeitório. Começou a falar na mesma voz inexpressiva de antes, mal movendo os lábios, um mero sussurro submerso no alarido da multidão e no barulho dos caminhões.

– Pode me escutar?

– Sim.

– Você tem folga na tarde de domingo?

– Sim.

– Então escute com atenção. Vai precisar se lembrar. Vá até a Estação Paddington...

Com uma precisão militar que o espantou, ela descreveu a rota que ele deveria seguir. Uma viagem de meia hora de trem; virar à esquerda ao sair da estação; dois quilômetros pela estrada; um portão sem a barra superior; uma trilha pelo campo; uma via com relva alta; um caminho entre arbustos; uma árvore morta repleta de musgo. Era como se ela tivesse um mapa dentro da cabeça.

– Você consegue se lembrar de tudo? – ela murmurou, por fim.

– Sim.

– Esquerda, direita, depois esquerda de novo. O portão não tem a barra superior.

– Sim. A que horas?

– Cerca de quinze horas. Você pode ter que esperar. Vou chegar lá por outro caminho. Tem certeza de que se lembra de tudo?

– Sim.

– Então saia de perto de mim o mais rápido que puder.

Ela nem precisava ter falado. Mas, naquele momento, os dois não conseguiam se libertar da multidão. Os caminhões ainda transitavam e o público os encarava, insaciável. No início, soaram algumas vaias e assobios, mas vindos dos membros do Partido na multidão, e logo pararam. A emoção prevalecente era apenas a curiosidade. Estrangeiros, fossem eles da Eurásia ou da Lestásia, eram considerados animais exóticos. Ninguém os via, literalmente, exceto como prisioneiros, e mesmo assim ninguém conseguia olhá-los por mais do que alguns instantes. Ninguém sabia seu destino, à exceção de uns poucos que eram enforcados como criminosos de guerra. Os outros só desapareciam, possivelmente enviados para os campos de trabalho forçado. As faces mongólicas arredondadas deram lugar a prisioneiros com feições mais europeias, de rostos sujos, barbados e exaustos. Acima das bochechas raquíticas, olhos encaravam os de Winston, às vezes com uma intensidade estranha, e depois desviavam o olhar. A escolta estava terminando. No último caminhão, Winston viu um homem envelhecido, seu rosto uma confusão de cabelos desgrenhados, de pé com os punhos cruzados à sua frente como se acostumado a tê-los algemados. Era quase o momento de Winston e da garota se separarem. Mas, no último instante, enquanto a multidão ainda os espremia, a mão dela pegou a sua, dando um breve aperto.

Não devia ter passado nem dez segundos, mas ainda assim parecia que suas mãos ficaram unidas por bastante tempo. Winston teve tempo de aprender cada detalhe da mão da garota. Explorou os dedos longos, as unhas bem cortadas, a palma endurecida com calos e a carne macia sob o punho. Só de senti-la, reconheceria aquelas mãos ao olhá-las. No mesmo instante, percebeu que não sabia a cor dos olhos dela. Eram castanhos, provavelmente, mas pessoas com cabelos escuros às vezes tinham olhos azuis. Virar a cabeça e contemplá-la seria uma insensatez. Com as mãos fixadas, invisíveis em meio a dezenas de corpos, ambos permaneceram encarando a rua. Em vez dos olhos da garota, os olhos lúgubres do prisioneiro envelhecido encararam Winston através dos chumaços de seus cabelos.

LIBERDADE É ESCRAVIDÃO
LIBERDADE É ESCRAVIDÃO
LIBERDADE É ESCRAVIDÃO
LIBERDADE É ESCRAVIDÃO

CAPÍTULO 2

Winston escolheu o caminho através de salpicos de luz e sombra, passando por brechas douradas sempre que os ramos das árvores forneciam espaço. Na parte inferior da vegetação à sua esquerda, o terreno era brumoso e cheio de campânulas. O ar parecia beijar a pele. Era o segundo dia de maio. De algum lugar bosque adentro, soava o arrulho de pombas.

Estava um pouco adiantado. Não encontrou dificuldades na jornada, e a garota era tão experiente que Winston estava menos assustado do que normalmente estaria. Provavelmente, ela conhecia um lugar seguro. No geral, não dava para presumir que se estaria muito mais seguro no interior do que em Londres. Não havia telemonitores, é claro, mas sempre havia o risco de microfones ocultos, que captavam vozes e as reconheciam; além disso, não era fácil fazer uma viagem sozinho sem atrair atenção. Para distâncias inferiores a cem quilômetros, não era preciso obter autorização no passaporte, mas às vezes havia patrulhas perambulando pelas estações de trem, examinando documentos de qualquer membro do Partido que encontrassem e fazendo perguntas constrangedoras. Contudo, nenhuma patrulha surgira e, na caminhada a partir da estação, Winston se certificara de que não era seguido ao cautelosamente olhar para trás.

O trem viera abarrotado de proletários em ritmo de feriado devido ao clima de verão. O vagão de madeira no qual viajara estava transbordando com uma única e enorme família, que ia desde uma tataravó desdentada até um bebê com um mês de idade indo passar uma tarde com os sogros no interior e, como abertamente contaram a Winston, comprar um pouco de manteiga do mercado clandestino.

O caminho se alargou, e em um minuto Winston chegou na trilha mencionada pela garota, simplesmente uma rota para gado que cortava entre as moitas. Ele não tinha relógio, mas não devia ser quinze horas ainda. As campânulas eram tão densas que era impossível não pisar nelas. Ajoelhou-se e começou a colher algumas, em parte para passar o tempo, mas também com uma vaga ideia de que gostaria de ter algumas flores para entregar à garota quando se encontrassem. Pegou muitas, sentindo o cheiro levemente enjoativo, quando um barulho atrás de si o congelou, o som inconfundível de pés pisoteando galhos. Continuou coletando as campânulas. Era o melhor a se fazer. Podia ser a garota ou podia ter sido seguido. Espiar ao redor era assumir a culpa. Pegou mais uma flor, depois outra. Uma mão pousou delicadamente em seu ombro.

Olhou para cima. Era a garota. Ela meneou a cabeça, um aviso evidente para que permanecesse em silêncio, e então entrou na moita, seguindo rapidamente pela trilha estreita que cortava o bosque. Era óbvio que ela já estivera ali antes porque se desviava das áreas alagadiças como se lhe fosse habitual. Winston a seguiu, ainda segurando seu ramalhete. O que sentiu primeiro foi alívio, mas, à medida que observava o corpo atlético e esbelto se movendo à sua frente, com a faixa rubra na cintura, apertada o bastante para realçar a curva de seus quadris, Winston teve uma profunda noção de sua própria inferioridade. Parecia bem provável que, quando se virasse e o fitasse, ela desistiria. A suavidade do ar e o verde das folhas o intimidavam. Já na caminhada depois da estação, o sol de maio o fizera se sentir sujo e debilitado, uma criatura feita para viver entre quatro paredes, com a poeira fuliginosa de Londres adentrando os poros de sua pele. Ocorreu-lhe que até o momento a garota não o tinha visto à luz do dia em um lugar aberto. Chegaram à árvore morta que ela mencionara. A garota pulou sobre ela e puxou os arbustos para o lado, onde não parecia haver uma abertura. Quando Winston a seguiu, descobriu que estavam em uma clareira natural, uma pequena colina gramada e rodeada por árvores novas e altas que a cercava por completo. A garota parou e se virou.

– Chegamos – avisou ela.

Winston a observava a vários passos de distância. Não se atrevia a aproximar-se.

– Eu não queria falar nada no caminho – disse ela –, para o caso de haver um microfone escondido. Não acho que seja o caso, mas pode ser que tenha. Sempre tem a chance de um daqueles porcos reconhecerem sua voz. Estamos seguros aqui.

Winston ainda não tinha coragem de se aproximar.

– Estamos seguros aqui? – ele repetiu, estupidamente.

– Sim. Olhe as árvores. – Eram pequenos freixos, que certo dia foram cortados e brotaram de novo em uma floresta de estacas, nenhum deles mais grosso do que um punho. – Não há nada grande o bastante para esconder um microfone. Além disso, já estive aqui antes.

Estavam apenas conversando. Ele conseguiu se aproximar. Ela estava parada à sua frente, ereta, com um sorriso no rosto que parecia ligeiramente irônico, como se estivesse se perguntando por que ele fora tão lento. As campânulas cascateavam no chão. Pareciam ter caído por conta própria. Winston pegou a mão dela.

– Você acredita – disse ele – que até agora eu não sabia a cor dos seus olhos? – Eram castanhos, ele notou, um tom claro de castanho sob cílios escuros. – Agora que você viu como sou, você aguenta olhar para mim?

– Sim, facilmente.

– Tenho trinta e nove anos. Tenho uma esposa da qual não tenho como me libertar. Tenho varizes. Tenho cinco dentes postiços.

– Não me importo nem um pouco – disse ela.

No momento seguinte, sem saber de quem partira a iniciativa, a garota estava em seus braços. No início, Winston não sentiu nada a não ser uma completa incredulidade. Aquele corpo jovem colado ao seu, os cabelos escuros encostando em seu rosto… E, sim! Ela tinha virado o rosto e ele beijava aqueles lábios vermelhos. Ela passara os braços por sobre seu pescoço e o chamava de querido, precioso e amor. Ele a puxara para o solo. Era completamente irresistível. Winston poderia fazer o que quisesse. Mas, na realidade, não sentia nada fisicamente além do mero contato. Tudo que sentia era incredulidade e orgulho. Estava feliz por isso estar acontecendo, mas não possuía desejo físico. Era cedo demais, e a jovialidade e a beleza da garota o assustaram. Estava acostumado demais a viver sem mulheres – não sabia o motivo. A garota se levantou e puxou uma campânula do próprio cabelo. Sentou-se, encostando nele, e passou um braço ao redor de sua cintura.

– Não tem problema, amor. Não temos pressa. Temos a tarde toda. Este esconderijo não é magnífico? Descobri quando me perdi uma vez em uma caminhada comunitária. Se alguém se aproximar, dá para ouvir a uns cem metros de distância.

– Qual é o seu nome? – perguntou Winston.

– Julia. Eu sei o seu. É Winston... Winston Smith.

– Como descobriu?

– Acho que sou melhor do que você em descobrir as coisas, amor. Me conta, o que pensava de mim antes do dia que lhe passei o bilhete?

Winston não se sentia tentado a mentir para ela. Contar a parte ruim primeiro era quase uma prova de amor.

– Eu odiava você – respondeu. – Queria estuprá-la e matá-la depois. Há duas semanas pensei seriamente em esmagar sua cabeça com uma pedra. Se quer saber, imaginei que você era da Polícia Ideológica.

A garota gargalhou, deleitada, evidentemente considerando aquilo um tributo à excelência de seu disfarce.

– Não pode ser! A Polícia Ideológica! Você não pensou isso de verdade, pensou?

– Bom, talvez não exatamente isso. Mas pela sua aparência... Por ser jovem, ativa e saudável, sabe? Pensei que provavelmente...

– Pensou que eu era um bom membro do Partido. Pura nas palavras e nas ações. Bandeiras, procissões, slogans, jogos, caminhadas comunitárias e tudo mais. E você pensou que existia uma chance ínfima de denunciá-lo como transgressor ideológico para que o matassem?

– Sim, algo por aí. Muitas jovens são assim, você sabe.

– É esta coisa maldita – disse ela, arrancando a faixa escarlate da Liga Juvenil Antissexo, atirando-a no galho de uma árvore. Então, como se ter tocado na cintura a tivesse lembrado de algo, ela colocou a mão no bolso do macacão e pegou uma barra de chocolate. Partiu em duas metades e deu uma para Winston. Mesmo antes de pegá-la, Winston sentiu pelo cheiro que era um chocolate bem diferente. Era escuro e brilhoso, embrulhado em papel laminado. Chocolates normalmente eram quebradiços, de um marrom embrutecido e com o gosto aproximado da fumaça de um lixão em chamas. Mas, vez ou outra, ele já provara chocolate como o que ela lhe oferecera. A primeira mordida trouxe uma lembrança que não conseguia especificar, mas era poderosa e perturbadora.

– Onde conseguiu isso? – ele indagou.

– Mercado clandestino – respondeu ela, indiferente. – Na verdade, sou esse tipo de garota quando olham para mim. Sou boa nos jogos. Era líder de tropa nos Espiões. Faço trabalho voluntário para a Liga Juvenil Antissexo três noites por semana. Já passei horas e mais horas colando os cartazes nojentos por toda a Londres. Sempre seguro uma das pontas de uma bandeira nas procissões. Sempre pareço alegre e nunca recuso nada. Sempre grite com a multidão, é o que costumo dizer. É a única maneira de estar segura.

O primeiro pedaço de chocolate derreteu na língua de Winston. O sabor era delicioso. Mas ainda havia aquela lembrança flanando em sua consciência, algo que dava para sentir com intensidade, mas irredutível a um formato em particular, tal qual um objeto visto de soslaio. Afastou-a da memória, ciente de que era algo que gostaria de desfazer, mas que não podia.

– Você é muito jovem – disse ele. – Você é dez ou quinze anos mais jovem do que eu. O que a atraiu em um homem como eu?

– Algo no seu rosto. Pensei em arriscar. Sou boa em reconhecer pessoas que não se encaixam. Assim que o vi, soube que estava contra ELES.

"ELES", pelo visto, significava o Partido, sobretudo o Partido Interno, de quem Julia falara com ódio explícito e cheia de escárnio. Isso fez Winston se sentir desconfortável, mesmo ciente de que estavam seguros ali, se é que podiam estar seguros em algum lugar. A impolidez na voz dela era surpreendente. Os membros do Partido não podiam xingar, e o próprio Winston raramente xingava em voz alta. Julia, contudo, parecia incapaz de mencionar o Partido, especialmente o Partido Interno, sem usar alguma das palavras que se via pichadas em becos desleixados. Não desgostava daquilo. Era um mero sintoma da revolta dela contra o Partido e contra seus métodos. De algum modo, parecia natural e saudável, como um cavalo espirrando após sentir o cheiro de feno estragado. Os dois saíram da clareira e caminharam à sombra, quadriculada pela luz do sol, com os braços ao redor da cintura um do outro sempre que era possível andar lado a lado. Percebeu quão mais macia a cintura de Julia parecia depois que removera a faixa. Não falaram nada além de sussurros. Fora da clareira, Julia dissera, era melhor ficarem quietos. Chegaram à borda do bosque. Ela o deteve.

– Não apareça em lugar aberto. Pode ter alguém vigiando. Estaremos seguros embaixo das árvores.

Estavam à sombra de aveleiras. O sol que cortava entre as folhas ainda estava quente em seus rostos. Winston olhou para o campo e teve um choque lento e inusitado de reconhecimento. Já vira o lugar antes. Era um pasto batido e raso, com uma trilha serpenteando montículos de terra. Na sebe irregular do lado oposto do campo, os galhos dos olmos balançavam ante a brisa, de maneira quase imperceptível, suas folhas agitadas em grupos densos como os cabelos de uma mulher. Em algum lugar próximo, mas ainda fora de vista, haveria um riacho com charcos verdejantes onde escalos nadavam?

– Não tem um riacho aqui perto? – ele murmurou.

– Sim, tem um riacho. Na fronteira do campo seguinte, na verdade. Tem peixes nele, bem grandes. Dá pra vê-los se aglomerando nos charcos sob os salgueiros, mexendo as barbatanas.

– É o Campo Dourado... praticamente... – inferiu Winston.

– O Campo Dourado?

– Não é nada. Uma paisagem que vi algumas vezes em sonhos.

– Olha! – Julia sussurrou.

Um tordo pousou em um galho a menos de cinco metros de distância, quase nivelado com suas faces. Talvez não tivesse visto os dois. O animal estava no sol, e os dois na sombra. O tordo abriu as asas, ajeitou-as novamente no lugar, abaixou a cabeça por um instante, como se fazendo uma reverência para o sol, e começou a entoar uma canção. Na quietude do entardecer, o volume era surpreendente. Winston e Julia se abraçaram, fascinados. A música continuou, minuto após minuto, com variações portentosas, nunca se repetindo, quase como se o pássaro estivesse exibindo sua virtuosidade. Às vezes, parava por segundos, abria e fechava as asas, e então inchava o peitoral mosqueado e reiniciava a canção. Winston observou-o com uma espécie de acatamento. Para quem e pelo que aquele pássaro cantava? Nenhum companheiro ou rival o vigiava. O que o fazia se sentar na fronteira de um bosque solitário e entoar sua música para o nada? Winston conjecturou se havia um microfone oculto em algum lugar próximo. Ele e Julia tinham falado apenas em sussurros, e o dispositivo não detectaria o que disseram, mas seria capaz de identificar o tordo. Talvez, na outra ponta do microfone, um homenzinho-besouro estaria ouvindo com interesse – escutando a canção. Mas aos poucos, a cadência da música removeu todas as especulações de sua mente. Era como se houvesse um líquido se derramando sobre ele, sendo misturado à luz do sol que penetrava pelas folhas. Winston parou de pensar e apenas sentiu. A cintura da garota encostada no seu braço era macia e morna. Ele a girou, de forma que ficassem frente a frente; o corpo dela parecia se derreter no seu. Sempre que as mãos de Winston se moviam, o corpo dela parecia tão maleável quanto água. Suas bocas se colaram; era bem diferente dos beijos rígidos que haviam trocado antes. Quando se separaram, ambos suspiraram profundamente. O pássaro se assustou e alçou voo, as asas batendo rápido.

Winston aproximou a boca dos ouvidos de Julia.

– AGORA – sussurrou ele.

– Aqui não – sussurrou ela de volta. – Vamos para o esconderijo. É mais seguro.

Rápidos, com galhos estalando ocasionalmente sob os pés, ambos voltaram pelo caminho até a clareira. Quando entraram no círculo de árvores novas, Julia se virou e encarou Winston. Estavam ambos ofegantes, mas o sorriso reaparecera no canto da boca dela. Ficou parada o encarando por um tempo, então buscou com a mão o zíper do macacão de Winston. Sim! Era quase como no sonho. Quase tão naturalmente como ele imaginara, ela arrancara a própria roupa e, quando as jogou para o lado, fora com aquele mesmo gesto magnífico sob o qual toda uma civilização parecia ser aniquilada. O corpo de Julia cintilou, branco, sob o sol. Mas, por um instante, Winston não olhou; sua atenção se ancorou no rosto coberto de sardas e no sorriso bravo e tênue. Ajoelhou-se diante dela e pegou suas mãos.

– Você já fez isso antes?

– Claro. Centenas de vezes. Bom... dezenas de vezes.

– Com membros do Partido?

– Sim, sempre com membros do Partido.

– Com membros do Partido Interno?

– Não com aqueles porcos, não. Mas há muitos que FARIAM, caso tivessem qualquer oportunidade. Não são tão santos como fazem parecer.

O coração de Winston saltou. Ela fizera dezenas de vezes. Desejava que tivessem sido centenas... milhares. Qualquer coisa que sugerisse corrupção sempre o preenchia com forte esperança. Quem sabe o Partido não era podre debaixo da superfície, seu culto ao sectarismo e à autonegação meramente uma farsa que escondia imoralidade. Se pudesse infectar todos com lepra ou sífilis, o faria com felicidade! Qualquer coisa para deteriorar, enfraquecer, debilitar! Puxou-a de modo que ficassem ajoelhados, cara a cara.

– Escute. Quanto maior o número de homens com quem você transou, mais eu te amo. Você entende isso?

– Sim, perfeitamente.

– Odeio a pureza, odeio a benevolência! Não quero que nenhuma virtude exista em lugar algum. Quero que todo mundo seja corrompido até os ossos.

– Ora, então devo lhe satisfazer, amor. Eu sou corrompida até os ossos.

– Você gosta de fazer isso? Não só comigo. Quero dizer o ato em si.

– Eu venero o ato.

Aquilo era o que ele mais queria escutar. Não apenas o amor de uma pessoa, mas o instinto animal, o simples desejo indiferenciado:

tal era a força que destruiria o Partido. Ele a pressionou contra a relva entre as campânulas caídas. Desta vez, não foi difícil. Logo, a subida e descida de seus peitos desacelerou a uma velocidade normal, e em uma espécie de desamparo prazeroso, os dois se separaram. O sol parecia ter ficado mais quente. Ambos estavam sonolentos. Winston puxou o macacão e cobriu Julia parcialmente com ele. Quase no mesmo instante, adormeceram por praticamente meia hora.

Winston acordou primeiro. Sentou-se e observou o rosto sardento de Julia, ainda tranquilamente adormecido, apoiado na palma da mão. Exceto pela boca, não dava para chamá-la de linda. Analisando de perto, havia uma ruga ou outra em volta dos olhos. Os cabelos escuros e curtos eram extraordinariamente grossos e macios. Ocorreu-lhe que ainda não sabia o seu sobrenome ou onde morava.

O corpo jovem e vigoroso, agora desprotegido pelo sono, despertou em Winston um sentimento protetor e compassivo. Mas a ternura irracional que sentira sob a aveleira, enquanto o tordo cantava, não retornara. Tirou o macacão de cima dela e observou seu corpo liso e alvo. Nos dias antigos, pensou, um homem observava o corpo de uma garota e reconhecia que era desejável. Fim da história. Hoje em dia, não dava para se ter amor ou desejo puros. Nenhuma emoção era pura porque tudo estava misturado ao medo e ao ódio. O abraço dos dois fora uma batalha; o clímax, uma vitória. Era um golpe desferido contra o Partido. Um ato político.

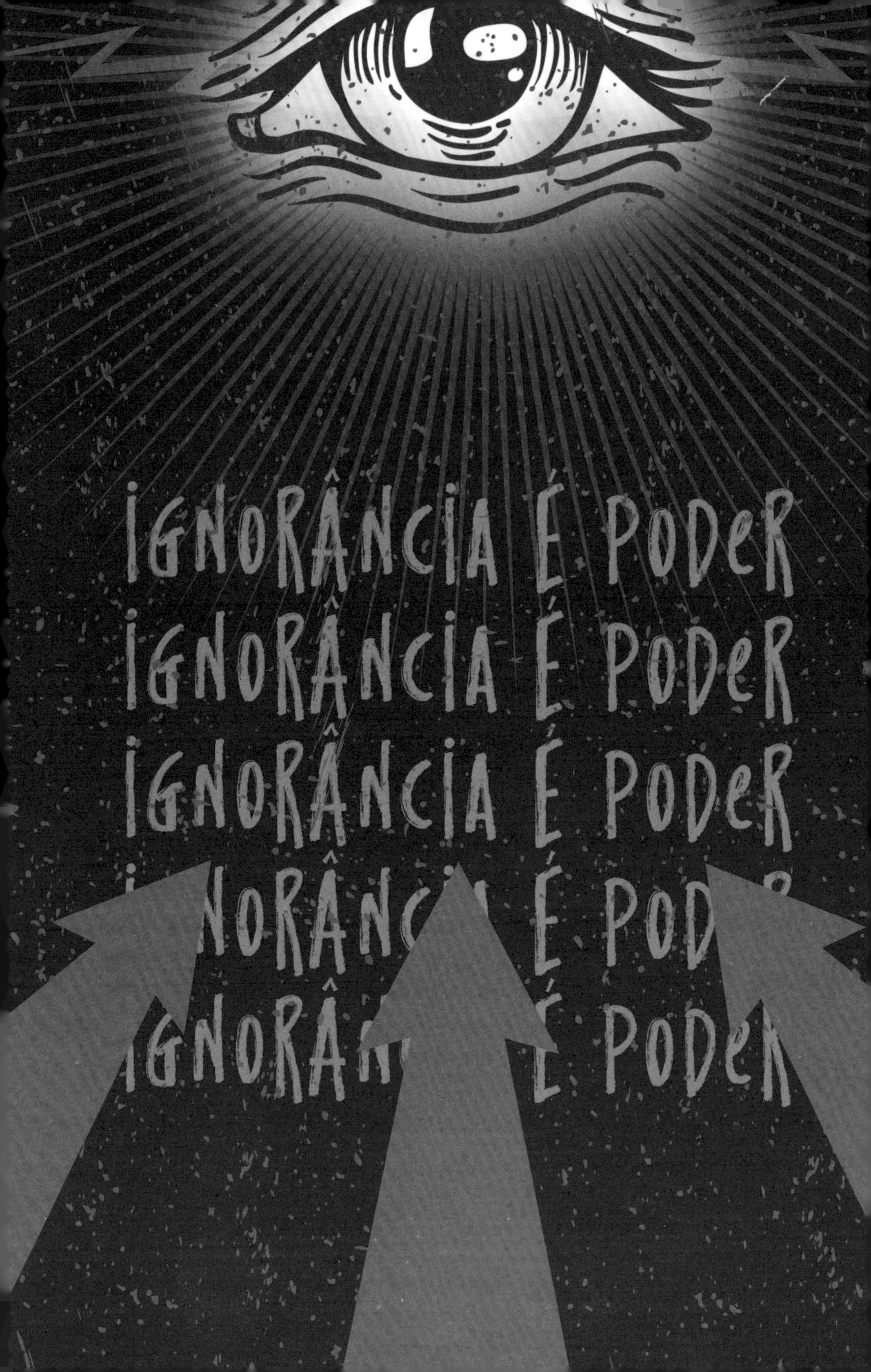
IGNORÂNCIA É PODER
IGNORÂNCIA É PODER
IGNORÂNCIA É PODER

CAPÍTULO 3

– Podemos vir para cá de novo – disse Julia. – Em geral, é seguro usar um esconderijo duas vezes. Mas só depois de um ou dois meses, claro.

Assim que acordara, o comportamento dela mudara. Ficara alerta e metódica, vestira a roupa, amarrara a faixa rubra ao redor da cintura e começara a preparar a jornada de volta. Parecia natural deixar aquela tarefa com ela. Obviamente, ela possuía uma destreza prática que Winston não tinha, e parecia também deter um conhecimento completo das imediações campesinas de Londres, acumulado em incontáveis caminhadas comunitárias. A rota que ela lhe passou era bem diferente da que ele usara para chegar, e o deixava em uma estação de trem diferente.

– Nunca volte por onde veio – ela orientou, como se declarando um princípio geral importante. Ela sairia primeiro, e Winston deveria esperar meia hora antes de partir.

Julia mencionara um lugar onde poderiam se encontrar após o trabalho, quatro noites depois. Era uma rua em um dos quarteirões mais pobres, onde havia um mercado de rua com muita gente e muito barulho. Ela estaria esperando perto das barracas, fingindo procurar cadarços ou linha de costura. Se ela julgasse que a barra estava limpa, assoaria o nariz quando ele se aproximasse; caso contrário, Winston deveria passar direto, sem se falarem. Mas, com sorte, em meio à multidão, seria seguro conversar por uns quinze minutos e combinar outro encontro.

– Agora tenho de ir – ela disse assim que ele decorou as instruções. – Preciso estar de volta às dezenove e trinta. Tenho de dedicar duas horas à Liga Juvenil Antissexo, entregando panfletos ou algo assim. Não é uma lástima? Me dá uma olhada geral, por favor? Tem algum galho no meu cabelo? Tem certeza? Então, até mais, meu amor, até mais!

Julia se jogou em seus braços e o beijou de forma quase violenta. Um momento depois, ela avançou pelas árvores novas e desapareceu no bosque, fazendo bem pouco barulho. E Winston não descobrira seu sobrenome ou endereço. Contudo, não fazia diferença porque era inconcebível que um dia conseguiriam se encontrar entre quatro paredes ou trocar cartas.

Nunca voltaram à clareira no bosque. Durante o mês de maio, houve apenas outra ocasião em que conseguiram fazer amor. Fora em outro esconderijo que Julia conhecia, um campanário em uma igreja arruinada em uma região semideserta, onde uma bomba atômica caíra trinta anos antes. Era um bom esconderijo uma vez que se conseguia chegar lá, mas o caminho era bastante perigoso. Pelo restante do mês, conseguiram apenas se encontrar nas ruas, em um lugar diferente a cada noite e nunca por mais do que meia hora por vez. Na rua, normalmente era possível conversar, ainda que de modo incerto. Conforme andavam pelas ruas lotadas, evitando ficar lado a lado e jamais olhando um para o outro, os dois mantinham uma conversa excêntrica e intermitente que ia e voltava como o feixe de um farol, de repente cortada pela aproximação de um membro uniformizado do Partido ou pela proximidade de um telemonitor. Minutos mais tarde, retomavam no meio de uma frase, apenas para serem cortados de novo quando chegavam a determinado ponto que haviam combinado. No dia seguinte, continuavam como se não tivessem parado, sem nem mesmo apresentações. Julia parecia bem acostumada a esse tipo de conversa, que ela chamava de "conversa parcelada". Também era experiente em falar sem mover os lábios. Apenas uma vez, em quase um mês de encontros noturnos, conseguiram se beijar. Estavam passando em silêncio em uma rua secundária (Julia nunca falava quando estavam longe das ruas principais) quando um rugido ensurdecedor ressoou, a terra tremeu e o ar escureceu. Quando Winston se deu conta, estava caído de lado, machucado e aterrorizado. Um míssil devia ter caído bem próximo. De repente, notou a face de Julia a alguns centímetros da sua, mortalmente pálida, tão branca como giz. Até seus lábios estavam brancos. Ela estava morta! Puxou-a para perto dele e descobriu que estava beijando um rosto vivo e desperto. Mas havia algum tipo de pó em seus lábios. Ambos seus rostos estavam cobertos com reboco de parede.

Havia noites em que chegavam ao ponto de encontro e precisavam passar direto um pelo outro, pois uma patrulha chegava na esquina ou um helicóptero sobrevoava os dois. Mesmo que fosse menos perigoso, ainda seria difícil achar um tempo para se encontrarem. A semana de Winston era de sessenta horas semanais, e a de Julia era ainda maior. Seus dias livres variavam de acordo com a pressão do trabalho e nem sempre coincidiam. Julia, de qualquer forma, raramente dispunha de uma noite completamente livre. Passava um tempo exorbitante comparecendo a palestras e manifestações, distribuindo literatura para a Liga Juvenil Antissexo, preparando bandeiras para a Semana do Ódio, coletando contribuições para as campanhas de poupança financeira e outras atividades do gênero. Valia a pena, ela dizia, era camuflagem. Se as pequenas regras fossem respeitadas, dava para quebrar as grandes. Ela até incentivou Winston a comprometer uma de suas noites para o trabalho em meio período de cuidar de munições, que era feito voluntariamente por membros fanáticos do Partido. Então, uma noite por semana, Winston passava quatro horas em um tédio entorpecente atarraxando pequenos pedaços de metal, que provavelmente eram partes de fusíveis de bombas, em uma oficina mal iluminada e fria na qual o som de martelos batendo se misturava cruelmente com o da música proveniente dos telemonitores.

Quando se encontraram no campanário, as brechas de seus diálogos fragmentados se preencheram. Era uma tarde escaldante. O ar na pequena câmara acima dos sinos era quente e estagnado, com um fedor excruciante de fezes de pombo. Conversaram por horas, sentados no chão poeirento e repleto de galhos, alternando-se entre levantar e observar por entre as frestas a fim de garantir que ninguém estava vindo.

Julia tinha vinte e seis anos. Vivia em um albergue com trinta outras garotas ("Sempre no fedor das mulheres! Como odeio mulheres!", ela disse, divagando) e trabalhava, como Winston adivinhara, nas máquinas de escrever romances do Departamento de Ficção. Gostava do trabalho, que consistia principalmente de controlar e fazer manutenção de um motor elétrico potente, mas complicado. Ela "não era sábia", mas gostava de usar as mãos e se sentia em casa com máquinas. Sabia descrever todo o processo de compor um romance, da diretiva geral emitida pelo Comitê de Planejamento até os retoques finais do Esquadrão da Reescrita. Mas não se interessava pelo produto final. "Não ligo muito para ler", como disse. Os livros eram apenas uma mercadoria que precisava ser produzida, como geleia ou cadarços.

Julia não tinha recordações de nada anterior ao início dos anos 1960, e a única pessoa que conhecera que falava frequentemente dos dias antes da Revolução fora um avô que desaparecera quando ela tinha oito anos. Na escola, Julia fora capitã do time de hóquei e ganhara o troféu de ginástica por dois anos consecutivos. Fora líder de tropa nos Espiões e secretária de uma filial da Liga dos Jovens antes de se juntar à Liga Juvenil Antissexo. Sempre tivera caráter excelente. Até mesmo fora escolhida para trabalhar no Pornosetor (um sinal indelével de boa reputação), a subseção do Departamento de Ficção que produzia pornografia de baixo custo para distribuição entre os proletários. A subseção era apelidada de Casa do Esterco pelas pessoas que trabalhavam lá. Julia permanecera lá por um ano, ajudando a produzir livretos em pacotes lacrados com títulos como "Histórias de palmadinhas" e "Uma noite em um colégio de meninas", que seriam comprados por adolescentes proletários que pensavam estar adquirindo algo ilegal.

– Como são esses livros? – perguntou Winston, curioso.

– Ah, são porcarias pavorosas. São entediantes, na verdade. Há somente seis enredos, mas ficam intercalando entre eles. Claro que só posso falar acerca dos caleidoscópios. Nunca estive no Esquadrão da Reescrita. Não sou uma pessoa literata, amor... nem para isso sou boa.

Winston se espantou com o fato de que todos os trabalhadores do Pornosetor, com exceção dos chefes de departamento, eram mulheres. A teoria era de que homens, cujo instinto sexual era menos controlável em comparação com o das mulheres, corriam grande risco de serem corrompidos pelo lixo que preparavam.

– Nem mesmo gostam de colocar mulheres casadas lá – Julia adicionou. – Supostamente mulheres são puras. A propósito, aqui está uma que não é.

O primeiro relacionamento de Julia ocorreu quando ela tinha dezesseis anos, com um membro do Partido que tinha sessenta e que, posteriormente, cometera suicídio para evitar a prisão.

– Aliás, que sorte – comentou Julia. – Caso contrário, teriam arrancado meu nome da boca dele quando confessasse.

Desde então, houvera vários outros. A vida para ela era bem simples. Você queria se divertir; "eles" – o Partido – queriam impedir; você quebrava as regras da melhor forma possível. Ela parecia achar natural que "eles" quisessem privar os outros dos prazeres da vida, tanto quanto era natural a pessoa tentar evitar ser capturada. Ela odiava o Partido, e o afirmava com as palavras mais grosseiras possíveis, mas não fazia qualquer crítica geral a ele. Exceto quando influenciava sua própria vida, ela não nutria interesse na doutrina do Partido. Winston notou que ela nunca utilizava palavras em novidioma, exceto aquelas que já tinham caído no uso popular. Nunca ouvira sobre a Irmandade e se recusava a crer em sua existência. Qualquer revolta organizada contra o Partido lhe parecia estupidez, sempre fadada ao fracasso. O mais sábio era quebrar as regras e permanecer viva. Winston imaginou vagamente quantas outras pessoas assim como Julia haveria entre a geração mais jovem, que crescera no mundo da Revolução, sem saber nada mais e aceitando o Partido como uma entidade tão inalterável quanto o céu, sem se rebelar contra a sua autoridade, mas simplesmente fugindo dela, como um coelho se esquivando de um cão.

Os dois não discutiram a possibilidade de casar. Era muito remota para ser considerada. Nenhum comitê jamais sancionaria tal casamento, mesmo que de alguma forma pudessem se livrar de Katharine, a esposa de Winston. Era desalentador, até mesmo como devaneio.

– Como sua esposa era? – perguntou Julia.

– Ela era... Você conhece a palavra em novidioma BOMPENSANTE? Que significa naturalmente ortodoxo e incapaz de um pensamento inadequado?

– Não, não conheço a palavra, mas conheço muito bem o tipo de pessoa.

Winston começou a contar a história de sua vida de casado, mas curiosamente Julia parecia já saber as partes principais. Ela descreveu, quase como se já tivesse visto ou sentido aquilo de algum modo, a rigidez do corpo de Katharine quando ele a tocava, a sensação de que ela o empurrava para longe com toda a força, mesmo quando estavam abraçados. Com Julia, não sentia dificuldade em conversar sobre tais assuntos. Katharine, de qualquer forma, já havia deixado de ser uma lembrança dolorosa e se tornara meramente um desgosto.

– Eu poderia ter aguentado isso, se não fosse por um detalhe – disse Winston. Contou a Julia sobre a cerimônia frígida que Katharine o forçava a enfrentar uma noite por semana. – Ela odiava, mas nada a fazia parar. Ela costumava chamar de... Você nem imagina.

– Nosso dever com o Partido – disse Julia, imediatamente.

– Como você sabe?

– Fui à escola também, amor. Educação sexual todo mês para as maiores de dezesseis anos. E no Movimento dos Jovens. Eles esfregam na sua cara durante anos. E arrisco dizer que funciona em muitos casos. Mas é claro que não dá pra ter certeza; as pessoas são tão hipócritas.

Ela começou a expandir o assunto. Com Julia, tudo se resumia à própria sexualidade. Tão logo o assunto era trazido à tona, ela falava com uma ampla perspicácia. Diferente de Winston, ela entendera o cerne do significado do puritanismo sexual do Partido. Não significava apenas que o instinto sexual era capaz de elaborar um mundo próprio fora do controle do Partido, e que, portanto, deveria ser erradicado, se possível. O mais importante era que a privação sexual induzia à histeria, desejável porque podia ser transformada em entusiasmo armamentista e culto ao líder. Ela verbalizou da seguinte forma:

– Quando você faz amor, você usa energia; depois, você se sente feliz e não dá a mínima para mais nada. Eles não podem se dar ao luxo de fazê-lo se sentir assim. Eles o querem explodindo de energia o tempo inteiro. Todas essas marchas para todo lado, comemorações e bandeiras tremulando é basicamente sexo que azedou. Se você está feliz consigo mesmo, por que deveria ficar empolgado com o Grande Irmão, os Planos Trienais, os Dois Minutos de Ódio e todo o restante da imundície deles?

Era bem verdade, Winston refletiu. Havia uma conexão direta e intrínseca entre castidade e ortodoxia política. Como o medo, o ódio e a credulidade tresloucada que o Partido incutia em seus membros poderia ser mantida na medida certa, se não fosse suprimindo algum instinto poderoso e o utilizando como força motriz? O impulso sexual era perigoso para o Partido, e o Partido tirava vantagem disso. Usavam um truque semelhante ao instinto da maternidade e da paternidade. A família não podia ser abolida de verdade, e as pessoas eram encorajadas a gostar dos próprios filhos, quase da maneira antiga. As crianças, no entanto, eram sistematicamente colocadas contra os próprios pais e ensinadas a espioná-los e a reportar seus deslizes. A família se tornara efetivamente uma extensão da Polícia Ideológica. Era um dispositivo pelo qual cada pessoa no mundo podia ser vigiada dia e noite por informantes que as conheciam em seu íntimo.

De repente, sua mente retornou para Katharine. Com certeza, ela o teria denunciado à Polícia Ideológica, caso não tivesse sido estúpida demais para detectar a inortodoxia de suas opiniões. Mas o que realmente fazia com que se lembrasse dela era o calor sufocante da tarde, que fizera sua testa suar. Pôs-se a falar para Julia sobre algo que acontecera, ou melhor, não acontecera, em outra tarde escaldante de verão, onze anos antes.

Acontecera três ou quatro meses depois do casamento. Haviam se perdido em uma caminhada comunitária em algum lugar em Kent. Tinham apenas ficado para trás dos outros por uns minutos, mas se viraram para um lado errado e chegaram à beira de uma antiga pedreira de calcário. Era uma queda brusca de dez ou vinte metros, com pedregulhos no fundo. Não havia ninguém para quem pudessem pedir direções. Tão logo Katharine percebeu que estavam perdidos, ficou irrequieta. Estar longe da multidão barulhenta dos caminhantes, mesmo que por pouco tempo, deixava-a com a sensação de estar fazendo algo errado. Ela queria se apressar por onde tinham vindo e buscar o grupo em outra direção. Naquele momento, Winston percebeu alguns tufos de lisimáquias crescendo nas fendas do penhasco abaixo deles. Um dos tufos tinha duas cores, magenta e vermelho-escuro, aparentemente crescendo na mesma raiz. Winston nunca vira nada do gênero e chamou Katharine para se aproximar e olhar.

– Olha, Katharine! Olha aquelas flores. Aquela moita ali perto do fundo. Está vendo que são de duas cores diferentes?

Ela já se virara para voltar, mas voltou bem aborrecida. Até se curvou sobre o penhasco para ver para onde Winston estava apontando. Ele estava um pouco atrás, e colocou as mãos em sua cintura para segurá-la. Naquele momento, percebeu quão sozinhos os dois estavam. Não havia ninguém em lugar algum, nem uma folha se mexendo, nem mesmo um pássaro acordado. Em um lugar assim, o risco de haver um microfone oculto era muito baixo, e mesmo que houvesse um microfone, ele só detectaria ruídos. Era a hora mais quente e pacata da tarde. O sol fulgurava sobre suas cabeças, e o suor pingava de suas faces. Foi então que veio o pensamento...

– Por que você não deu um empurrão nela? – perguntou Julia. – Eu teria dado.

– Sim, querida, você teria. Eu teria se, na época, fosse a mesma pessoa que sou hoje. Ou talvez não... Não tenho certeza.

– Você se sente culpado por não ter feito isso?

– Sim. No geral, eu me sinto culpado.

Estavam sentados lado a lado no chão poeirento. Puxou-a para mais perto de si. A cabeça de Julia descansou em seu ombro, o aroma agradável de seus cabelos sobrepujando o cheiro de fezes de pombo. Ela era muito jovem, pensou. Ainda esperava algo da vida e não entendia que empurrar uma pessoa inconveniente de um penhasco não resolveria nada.

– Na verdade, não teria feito diferença – disse Winston.

– Então por que se sente culpado por não tê-lo feito?

– Só porque prefiro uma afirmação positiva a uma negativa. Neste jogo que estamos jogando, não vamos vencer. Alguns tipos de falha são melhores do que outros. Só isso.

Ele sentiu os ombros de Julia darem uma sacudida em discordância. Ela sempre o contradizia quando falava algo do gênero.

Não aceitava como uma lei da natureza que o indivíduo era sempre derrotado. De certa forma, Julia sabia que estava condenada, que cedo ou tarde a Polícia Ideológica a pegaria e a mataria, mas, com outra parte da mente, acreditava que era possível construir um mundo secreto no qual se podia viver da forma que se escolhesse. Só era necessário sorte, astúcia e audácia. Não entendia que a felicidade não existia, que a única vitória residia no futuro distante, bem depois que ambos morressem, que a partir do momento que se declarava guerra ao Partido era melhor se considerar um cadáver.

– Nós somos os mortos – disse Winston.

– Não estamos mortos ainda – retrucou Julia, áspera.

– Não fisicamente. Seis meses, um ano... Cinco anos, talvez. Tenho medo da morte. Você é jovem, então provavelmente tem mais medo dela do que eu. Obviamente, devemos adiá-la o máximo que pudermos. Mas faz bem pouca diferença. Enquanto seres humanos forem humanos, vida e morte são a mesma coisa.

– Ah, porcaria! Com quem você preferia dormir? Comigo ou com um esqueleto? Você não gosta de estar vivo? Não gosta de sentir: esta sou eu, esta é minha mão, esta é minha perna. Eu sou real, eu sou sólida, estou viva! Você não gosta DISSO?

Julia se contorceu e pressionou os seios contra Winston. Ele podia senti-los, maduros, mas firmes sob o macacão dela. O corpo parecia despejar parte de sua juventude e vigor no dele.

– Sim, eu gosto – disse ele.

– Então pare de falar sobre morte. E agora escute, amor, temos de decidir sobre nosso próximo encontro. Podemos até voltar à clareira no bosque. Já passou um bom tempo. Mas você deve chegar lá por um caminho diferente dessa vez. Eu planejei tudo. Você pega o trem... Olha, vou desenhar para você.

Com seu jeito prático, Julia desenhou um pequeno quadrado na poeira e, com o galho de um ninho de pombo, começou a desenhar um mapa no chão.

GUERRA É PAZ
GUERRA É PAZ
GUERRA É PAZ
GUERRA É PAZ
GUERRA É PAZ

CAPÍTULO 4

Winston observou o quartinho esquálido no andar superior da loja do sr. Charrington. Ao lado da janela, a enorme cama estava arrumada com cobertores esfarrapados e um travesseiro sem fronha. O relógio antiquado com o mostrador de doze horas tiquetaqueava sobre a lareira. No canto, sobre a mesa articulada, o peso de papel envidraçado que comprara em sua última visita brilhava tênue na escuridão parcial.

No apoio da grade de proteção da lareira, havia um pequeno fogão a óleo, feito de latão corroído, uma panela e duas xícaras, tudo fornecido pelo sr. Charrington. Winston acendeu uma boca do fogão e colocou a panela com água para ferver. Comprara um envelope cheio de Café do Triunfo e tabletes de sacarina. Os ponteiros do relógio marcavam dezessete e vinte. Na verdade, eram dezenove e vinte. Ela chegaria às dezenove e trinta.

Que tolice, que tolice, seu coração continuava insistindo: tolice gratuita, consciente e suicida. De todos os crimes que um membro do Partido podia cometer, este era o mais difícil de esconder. Na verdade, a ideia flutuara em sua mente como uma visão do peso de papel envidraçado espelhado na superfície da mesa articulada. Como Winston previra, o sr. Charrington não criara empecilhos para alugar o quarto. Estava obviamente feliz pelos poucos dólares a mais. E nem pareceu chocado ou ofendido quando ficara óbvio que Winston queria o quarto para um caso amoroso. Em vez disso, o sr. Charrington olhou para o nada e falou sobre trivialidades com um ar tão delicado que dava a impressão de que ficara parcialmente invisível. Privacidade, ele disse, era algo muito valioso. Todo mundo queria um lugar para ficar sozinho de vez em quando. E, quando conseguiam, era educado que todos que soubessem sobre tal lugar continuassem quietos. Ele até mesmo complementou, parecendo quase desaparecer ao falar, que havia duas entradas na casa, uma delas pelo quintal dos fundos, que dava em um beco.

Debaixo da janela, alguém cantava. Winston olhou para baixo, protegido pela cortina de musselina. O sol de junho permanecia alto no céu, e no pátio ensolarado, lá embaixo, uma mulher gigante, robusta como uma pilastra, de fortes antebraços avermelhados e um avental de cânhamo amarrado na cintura, marchava de um lado para o outro entre um tanque e um varal, pendurando vários objetos brancos e quadrados, os quais Winston reconheceu como sendo fraldas de bebê. Sempre que não estava segurando pregadores com a boca, cantava em um poderoso tom contralto:

Era só um desejo inocente.
Passou como um dia de outono,
Provocando olhares, cochichos,
e um sonho ardente!
Largaram meu coração sem dono!

Aquela música estava percorrendo Londres por semanas. Era uma das incontáveis canções similares lançadas por uma subseção do Departamento de Música para o deleite dos proletários. As letras eram compostas praticamente sem intervenção humana em um instrumento conhecido como versificador. Mas a mulher cantava de forma tão afinada que transformava o lixo horroroso em um som quase agradável. Winston escutava a mulher cantando, a sola de seus sapatos raspando na laje, o choro de crianças na rua e, em algum lugar ao longe, o ruído afastado do trânsito. Mesmo assim, o quarto parecia estranhamente silencioso graças à ausência de um telemonitor.

Tolice, tolice, tolice! Winston pensou novamente. Era inimaginável que pudessem frequentar aquele lugar por mais de algumas semanas antes de serem capturados. Mas a tentação de ter um esconderijo verdadeiramente deles, a quatro paredes e próximo de onde moravam, fora o suficiente para que ambos cedessem. Depois do encontro no campanário fora impossível marcar encontros por um tempo. As horas de trabalho aumentaram drasticamente em antecipação à Semana do Ódio. Ainda faltava mais de um mês, mas as preparações complexas e colossais exigidas pelo evento faziam com que todo mundo trabalhasse horas extras. Enfim, ambos conseguiram arranjar uma tarde livre no mesmo dia. Tinham combinado de voltar à clareira no bosque. Na noite anterior, encontraram-se rapidamente na rua. Como de costume, Winston mal olhara para Julia quando caminharam um em direção ao outro na multidão, mas a curta olhada que dera o fizera notar que Julia estava mais pálida do que o normal.

– Não vai dar – murmurara ela tão logo julgara seguro falar. – Amanhã, no caso.

– O quê?

– Amanhã à tarde. Não poderei.

– Por que não?

– Ah, o motivo de sempre. Veio mais cedo desta vez.

Por um instante, Winston ficara com muita raiva. No mês em que a conhecera, a natureza de seu desejo por ela tinha mudado. No início, havia bem pouca sensualidade. Sua primeira noite de amor fora simplesmente uma vontade. Mas, após a segunda vez, foi diferente. O cheiro dos cabelos dela, o sabor de seus lábios e a sensação de sua pele pareciam ter penetrado nele ou impregnado o ar em volta. Ela se tornara uma necessidade física, algo que ele não apenas queria, mas sentia que tinha o direito de possuir. Quando ela disse que não viria, Winston sentira como se estivesse sendo traído. Mas, naquele momento, a multidão os apertara e suas mãos se juntaram por acidente. Ela apertara com rapidez a ponta de seus dedos, de uma maneira que incitava não o desejo, mas afeto. Ocorrera a Winston que, quando alguém vivia com uma mulher, tal desapontamento em particular devia ser um evento normal e recorrente; e uma ternura profunda o acometera de súbito, algo que não sentira antes por ela. Desejara que já fossem casados por dez anos. Desejara estar andando nas ruas com ela, como naquele momento, mas abertamente e sem medo, falando de trivialidades e comprando apetrechos para o lar. Desejara, acima de tudo, que tivessem um lugar onde pudessem ficar sozinhos sem sentir a obrigação de ter de fazer amor sempre que se encontrassem. Não fora exatamente naquele instante, mas no dia seguinte, que a ideia de alugar o quarto do sr. Charrington ocorreu. Quando a sugeriu a Julia, ela aceitou com uma prontidão inesperada. Ambos sabiam que era loucura. Era como se estivessem dando um passo em direção aos próprios túmulos. Conforme aguardava, sentado à beira da cama, Winston pensou novamente nos porões do Ministério do Amor. Era interessante como aquele horror predestinado ia e voltava da mente. Lá estava ele, fixado no futuro, precedendo a morte tanto quanto o número noventa e nove vem antes do cem. Não dava para evitar, apenas adiar. Ainda assim, vez ou outra, através de um ato cônscio e intencional, escolhia-se encurtar o intervalo.

Naquele instante, uma passada rápida soou na escada. Julia entrou no quarto. Carregava uma bolsa de ferramentas grosseira feita de lona marrom, tal qual a vira carregar algumas vezes no Ministério. Aproximou-se para abraçá-la, mas ela se desvencilhou apressadamente, em parte porque ainda estava segurando a bolsa.

– Só um instante – ela disse. – Vou mostrar o que trouxe. Você trouxe aquele Café do Triunfo horroroso? Imaginei. Pode colocá-lo na lata de lixo porque não vamos precisar. Olha aqui.

Ela se ajoelhou, abriu a bolsa e moveu algumas chaves-inglesas e furadeiras que ocupavam a parte superior. Embaixo, havia vários pacotes feitos de papel de qualidade. O primeiro que ela entregou a Winston tinha um aspecto estranho, mas vagamente familiar. Estava repleto de algo arenoso e denso, que esfarelava ao toque.

– Isto não é açúcar? – perguntou Winston.

– Açúcar de verdade. Não sacarina, mas açúcar. E olha esta fatia de pão... Pão branco de verdade, não a porcaria que nós comemos. E aqui um pote de geleia. Tem também uma lata de leite... E olhe! Tenho orgulho disto aqui. Precisei amarrar com um pouco de corda porque...

Mas ela não precisava lhe contar porque amarrara o objeto. O cheiro já se impregnava pelo quarto, um cheiro opulento e intenso que parecia remeter à sua infância, mas que ocasionalmente se sentia até nos dias de hoje, soprando de alguma rua antes de uma porta se fechar ou se espalhando misteriosamente em uma rua abarrotada de pessoas, possibilitando uma fungada rápida, mas logo desaparecendo outra vez.

– É café – Winston murmurou. – Café de verdade.

– É café do Partido Interno – disse ela. – Tem um quilo aqui.

– Como você consegue essas coisas?

– É tudo do Partido Interno. Não há nada que aqueles porcos não tenham... nada. É claro que garçons e serventes surrupiam alguns itens. E, olhe, tem um pacotinho de chá também.

Winston se abaixara ao lado dela. Abriu um canto do pacote.

– É chá de verdade. Não folhas de amora.

– Tem surgido muito chá nos últimos tempos – disse ela, vagamente. – Capturaram a Índia ou algo assim. Mas olha, amor... quero que vire de costas por três minutos. Vá pra lá e se sente no outro lado da cama. Não fique muito perto da janela. E não vire até eu falar.

Winston olhou distraidamente pela cortina de musselina. No jardim, a mulher de braços avermelhados ainda ia e voltava entre o tanque e o varal. Pegou mais dois pregadores da boca e cantou com uma voz profunda:

Dizem que o tempo tudo cura,
Dizem que dá para esquecer;
Mas a lágrima e o sorriso
Sem nenhum aviso
Ainda fazem meu coração bater!

Parecia que a mulher conhecia de cor e salteado toda a canção sentimental. A voz dela flutuou no ar doce de verão, subindo, bem afinada e carregada de uma melancolia lépida. Dava a impressão de que ela ficaria perfeitamente contente se a noite de junho fosse interminável e as roupas para pendurar inacabáveis, se pudesse ficar lá por mil anos, pregando fraldas no varal e cantando músicas ruins. Winston percebeu que nunca escutara um membro do Partido cantando sozinho e por espontânea vontade. Pareceria ligeiramente inortodoxo, uma excentricidade perigosa assim como falar consigo mesmo. Talvez apenas quando as pessoas ficavam próximas do nível da inanição é que surgia a necessidade de cantar.

– Pode se virar agora – disse Julia.

Ele se virou, e por um segundo não a reconheceu. O que esperara era vê-la nua. Mas ela não estava nua. A transformação que acontecera era muito mais surpreendente. Ela pintara o rosto.

Devia ter entrado em alguma loja nos quarteirões de proletários e comprado um conjunto completo de itens de maquiagem. Seus lábios estavam profundamente rubros, suas bochechas rosadas, o nariz empoado; havia até mesmo algum toque sob seus olhos que os fazia brilharem mais. Não tinha sido feito com muita habilidade, mas os padrões de Winston para tais assuntos não eram muito elevados. Nunca antes vira ou imaginara uma mulher do Partido usando cosméticos. A melhoria em sua aparência era estarrecedora. Com umas poucas pinceladas nos lugares certos, ela se tornara não apenas muito mais bela, mas acima de tudo bem mais feminina. Seus cabelos curtos e o macacão pueril simplesmente adicionavam ao resultado. Quando a tomou nos braços, uma essência de violeta sintética penetrou por suas narinas. Recordou-se da escuridão parcial na cozinha subterrânea e da mulher com a boca cavernosa. Era o mesmo perfume que ela utilizara; mas, naquele momento, não parecia importar.

– Perfume também! – Winston exclamou.

– Sim, amor, perfume também. E você sabe o que vou fazer agora? Vou arranjar um vestido de uma mulher de verdade e vesti-lo em vez deste macacão idiota. Vou vestir meias de seda e sapatos de salto alto! Neste quarto, vou ser uma mulher, não uma camarada do Partido.

Arrancaram as roupas e pularam na enorme cama de mogno. Foi a primeira vez que ele se despira na frente dela. Até então, tivera bastante vergonha de seu corpo pálido e emagrecido, com as varizes realçadas nas panturrilhas e a mancha descolorida no tornozelo. Não havia lençol, mas o cobertor no qual se deitaram estava puído e liso, e o tamanho e a elasticidade do colchão os surpreendeu.

– Deve estar cheio de insetos, mas quem se importa? – disse Julia.

Era difícil ver uma cama de casal atualmente, exceto na casa dos proletários. Winston ocasionalmente dormira em uma durante a infância, mas Julia nunca estivera em uma antes, até onde se lembrava.

Os dois caíram no sono por um tempo. Quando Winston acordou, o ponteiro do relógio já se aproximava do nove. Não se mexeu porque Julia estava dormindo com a cabeça na curva de seu braço. A maior parte da maquiagem dela tinha passado para seu próprio rosto e para o travesseiro, mas uma leve marca rosada ainda realçava a beleza das maçãs de seu rosto. Um raio fulvo do sol poente pairava sobre o pé da cama, iluminando a lareira, onde a água na panela fervia rápido. No quintal, a mulher parara de cantar, mas gritos débeis de criança se elevavam pela rua. Winston conjecturou se no passado abolido dormir em uma cama assim fora uma experiência normal, no frescor de uma noite de verão, um homem e uma mulher sem roupas, fazendo amor quando queriam, falando do que quisessem, sem sentir qualquer compulsão para se levantar, simplesmente deitados e ouvindo os sons pacatos do lado de fora. Não houvera um dia em que aquilo parecera normal? Julia acordou, esfregou os olhos e se apoiou nos cotovelos a fim de mirar o fogão a óleo.

– Metade da água evaporou – ela disse. – Vou levantar e preparar café em breve. Temos uma hora. A que horas eles cortam as luzes no seu apartamento?

– Às vinte e três e trinta.

– É às vinte e três no albergue. Mas é preciso chegar antes disso porque… Ei! Sai daqui, seu bicho imundo.

Ela se contorceu de repente sobre a cama, puxou um sapato do chão e o arremessou no canto do quarto, sacudindo o braço de um jeito infantil, exatamente como ele a vira jogar o dicionário em Goldstein naquela outra manhã durante os Dois Minutos de Ódio.

– O que era? – Winston perguntou, surpreso.

– Um rato. Eu o vi meter o nariz nojento pra fora no revestimento da parede. Tem um buraco ali. Acho que o assustei, pelo menos.

– Ratos! – murmurou Winston. – Neste quarto!

– Estão em todo canto – disse Julia, indiferente, deitando-se de novo. – Até na cozinha lá no albergue. Algumas regiões de Londres estão repletas deles. Você sabia que atacam crianças? Pois é, atacam sim. Em algumas ruas, as mães não podem deixar um filho sozinho por dois minutos. São os grandes e marrons que atacam. E o mais nojento é que os imundos sempre...

– PODE PARAR! – disse Winston, cerrando os olhos.

– Amor! Você ficou pálido. Qual é o problema? Ratos fazem você se sentir mal?

– De todos os horrores do mundo... Um rato!

Julia se pressionou contra Winston e passou os braços e pernas ao redor dele, como se para tranquilizá-lo com o calor de seu corpo. Ele não abriu os olhos imediatamente. Por vários momentos, tivera a sensação de voltar ao pesadelo que tinha de tempos em tempos em sua vida. Era quase sempre igual. Estava diante de um véu de escuridão e, do outro lado, havia algo abominável e terrível demais para ser encarado. No sonho, sua sensação mais intensa era de autoengano, porque sabia muito bem o que o aguardava atrás do véu de trevas. Com um esforço tremendo, como se arrancasse uma parte do próprio cérebro, poderia até mesmo atrair a criatura. Sempre acordava sem descobrir o que era, mas de alguma forma estava conectado ao que Julia dizia antes de sua interrupção.

– Desculpe – pediu Winston. – Não é nada. Eu não gosto de ratos, é só isso.

– Não se preocupe, amor, não vamos ter esses imundos por aqui. Vou tapar o buraco com um pouco de cânhamo antes de irmos. Da próxima vez que viermos, vou trazer gesso e fechá-lo corretamente.

O instante macabro de pânico se desvanecia. Sentindo-se ligeiramente envergonhado, Winston se sentou e encostou na cabeceira. Julia levantou da cama, vestiu o macacão e fez café. O cheiro que emanou da panela era tão intenso e atraente que fecharam a janela para que ninguém do lado de fora notasse e ficasse curioso. Melhor ainda do que o gosto era a textura dada ao café pelo açúcar, algo que Winston quase se esquecera após anos de sacarina. Com uma mão no bolso e uma fatia de pão e geleia na outra, Julia caminhou pelo quarto, olhando indiferente para a estante, explicando a melhor maneira de consertar a mesa articulada, afundando-se na poltrona esfarrapada para avaliar se era confortável e examinando o relógio ridículo com mostrador de doze horas com uma espécie de divertimento condescendente. Ela levou o peso de papel para a cama a fim de olhá-lo com uma iluminação melhor. Winston o pegou da mão dela, fascinado, como sempre, pela aparência macia do vidro cujo aspecto era o de uma gota de chuva.

– O que acha que é isto? – perguntou Julia.

– Não acho que é nada... Digo, não acho que alguém tenha usado algum dia. É por isso que gosto dele. É um pequeno pedaço de História, que esqueceram de alterar. É uma mensagem de cem anos atrás, caso saiba lê-la.

– E aquela imagem ali – Julia apontou com o queixo para a gravura na parede oposta –, teria cem anos também?

– Mais. Duzentos, talvez. Não dá para dizer. É impossível descobrir a idade de qualquer coisa hoje em dia.

Julia se levantou para olhar a gravura.

– Foi aqui que aquele imundo meteu o nariz – ela disse, chutando o revestimento da parede logo abaixo do quadro. – O que é esta construção? Eu já a vi antes em algum lugar.

– É uma igreja, ou pelo menos era. O nome era São Clemente dos Dinamarqueses. – O trecho da rima que o sr. Charrington lhe ensinara retornou à sua cabeça, e ele falou quase nostalgicamente: – Da laranja e do limão, a semente, bradam os sinos de São Clemente!

Para sua surpresa, Julia completou:

– Me deves um vintém, um trocadinho,
bradam os sinos de São Martinho...
Vai me pagar ou é fora da lei?
bradam os sinos de Old Bailey...

– Não lembro como continua depois disso. Mas lembro como termina: "Na beira da cama acendo uma vela, olha a cabeça que lá vem a serra!".

Era como uma contrassenha fornecida logo após uma senha. Mas devia haver outro trecho após "os sinos de Old Bailey". Talvez desse para desencavá-lo da memória do sr. Charrington, se ele fosse indagado da maneira apropriada.

– Quem ensinou isto a você? – Winston perguntou.

– Meu avô. Ele costumava recitar para mim quando eu era pequena. Foi vaporizado quando eu tinha oito anos. De qualquer forma, ele se foi. Me pergunto o que seria um limão... – ela adicionou, mudando de assunto. – Eu já vi laranjas. São um tipo de fruta redonda e amarelada com uma casca grossa.

– Eu lembro de limões – disse Winston. – Eram bem comuns nos anos 1950. Tão azedos que faziam você cerrar os dentes só de sentir o cheiro.

– Aposto que aquele quadro tem insetos ali atrás – disse Julia. – Vou tirá-lo e fazer uma boa limpeza algum dia. Acho que está quase na hora de sairmos. Preciso começar a lavar esta maquiagem. Que saco! Vou tirar o batom que ficou no seu rosto depois.

Winston não se levantou por mais alguns minutos. O quarto escurecia. Virou para a luz e ficou encarando o peso de papel envidraçado. O que era infinitamente interessante não era o pedaço de coral, mas o interior do próprio vidro. Havia uma profundidade nele, e mesmo assim era quase tão transparente quanto o próprio ar. Como se a superfície do vidro fosse o limite do céu, enclausurando por inteiro um pequeno mundo com sua atmosfera. Winston sentia que conseguiria entrar no vidro, e que, na verdade, estava dentro dele, junto à cama de mogno, à mesa articulada, ao relógio, à gravura engastada no aço e ao próprio peso de papel. O peso era o quarto onde estava, e o coral era a vida dele e de Julia, fixadas em uma espécie de eternidade no coração do vidro cristalino.

CAPÍTULO 5

Syme desaparecera. Chegou uma manhã em que ele não fora trabalhar. Algumas pessoas descuidadas comentaram sua ausência. No dia seguinte, ninguém mais falou dele. No terceiro dia, Winston foi ao pátio principal do Departamento de Documentação para olhar o quadro de notícias. Um dos avisos tinha uma lista impressa com os membros do Comitê de Xadrez, do qual Syme fizera parte. Estava exatamente como antes – nada fora riscado –, mas havia um nome a menos. Era o suficiente. Syme cessara de existir: nunca existira.

O calor estava abrasivo. No Ministério labiríntico, as salas desprovidas de janelas e com ar-condicionado mantinham sua temperatura normal, mas na rua, o asfalto queimava os pés e o fedor no metrô na hora do rush era um terror. As preparações para a Semana do Ódio estavam a todo vapor, e as equipes de todos os Ministérios trabalhavam horas extras. Procissões, encontros, desfiles militares, palestras, confecção de bonecos de cera, exibições, festivais de filmes, programas do telemonitor – tudo deveria ser preparado; tendas precisavam ser montadas, efígies construídas, slogans inventados, músicas compostas, boatos circulados, fotografias falsificadas. A unidade de Julia no Departamento de Ficção fora movida da produção de romances e estava em uma correria para preparar uma série de panfletos sobre atrocidades. Winston, além de seu trabalho normal, passava longos períodos todos os dias revisando arquivos antigos do *The Times* para alterar e embelezar notícias que seriam citadas nos discursos. Tarde da noite, quando multidões de proletários barulhentos perambulavam pelas ruas, a cidade ganhava uma atmosfera peculiar de agitação. Os mísseis caíam com mais frequência do que antes, e algumas vezes, ao longe, ouviam-se enormes explosões que ninguém conseguia explicar e sobre as quais se espalhavam muitos boatos.

A nova canção que seria o tema da Semana do Ódio (chamada Canção do Ódio) já fora composta e estava sendo transmitida o tempo inteiro nos telemonitores. Tinha um ritmo selvagem e uivante que não podia ser exatamente chamada de música, mas que lembrava as batidas de um tambor. Rosnada por centenas de vozes compassadas com a batida de pés marchando, era uma canção apavorante. Os proletários se apeteceram a ela, e nas ruas, de madrugada, ela competia com a ainda popular "Era só um desejo inocente". Os filhos dos Parsons a tocavam todas as horas do dia e da noite, incessantes, usando um pente e um pedaço de papel higiênico. As noites de Winston se tornaram extremamente ocupadas. Esquadrões de voluntários, organizados por Parsons, preparavam a rua para a Semana do Ódio pregando bandeiras, pintando pôsteres, levantando mastros nos telhados e perigosamente passando fios pela rua para enfeitá-la com bandeirolas. Parsons se vangloriava que as Mansões do Triunfo sozinhas seriam responsáveis por quatrocentos metros de bandeiras. Ele estava em seu elemento natural e feliz como uma criança. O calor e o trabalho manual até mesmo lhe deram um pretexto para usar bermudas e uma camisa aberta à noite. Estava em todo canto ao mesmo tempo, empurrando, puxando, serrando, martelando, improvisando, animando todos com exortações camaradas e soltando de cada prega do corpo o que parecia ser uma quantidade inesgotável de um suor acre.

Um novo pôster aparecera repentinamente por toda a cidade de Londres. Não tinha legendas e representava simplesmente a figura monstruosa de um soldado eurasiático, com três ou quatro metros de altura, marchando adiante com seu rosto mongólico inexpressivo, botas gigantes e uma submetralhadora apoiada no quadril. De qualquer ponto que se olhasse o pôster, o cano da arma, ampliado pela perspectiva, parecia apontar diretamente para a pessoa. Aquele troço fora colado em cada espaço disponível nas paredes da cidade, até mesmo em maior quantidade que os retratos do Grande Irmão. Os proletários, normalmente indiferentes à guerra, estavam sendo açoitados a um de seus delírios periódicos de patriotismo. Como se para harmonizar com o humor geral, os mísseis estavam matando mais pessoas do que o normal. Um caiu em um cinema lotado em Stepney, enterrando várias centenas de vítimas nas ruínas. Toda a população do bairro saiu de casa para um funeral longo e demorado que durou horas e foi, na verdade, um encontro para mostrar indignação. Outra bomba caiu em um terreno baldio que era utilizado como parquinho, e várias crianças foram dilaceradas. Houve manifestações ainda mais raivosas, com uma efígie de Goldstein sendo queimada, centenas de cópias do pôster do soldado eurasiático rasgadas e jogadas ao fogo, e várias lojas saqueadas na confusão. Então, começou a circular um rumor de que espiões direcionavam os mísseis por meio de ondas sem fio, e um casal de idosos suspeitos de serem imigrantes tiveram sua casa incendiada e morreram sufocados.

No quarto sobre a loja do sr. Charrington, quando podiam, Julia e Winston se deitavam lado a lado na cama sem lençol diante da janela aberta, nus para espantar o calor. O rato nunca voltara, mas os insetos se multiplicaram terrivelmente no clima quente. Não importava. Sujo ou limpo, o quarto era o paraíso. Assim que chegavam, salpicavam pimenta comprada no mercado clandestino em todo canto que podiam, arrancavam as roupas e faziam amor com seus corpos suados, para depois cair no sono e acordar para descobrir que os insetos tinham se revoltado e preparavam um contra-ataque.

Quatro, cinco, seis... Os dois se encontraram sete vezes durante junho. Winston cessara com o hábito de beber gim toda hora. Parecia ter perdido a necessidade pela bebida. Engordara, sua úlcera varicosa se aliviara, deixando apenas uma mancha marrom na pele sobre o tornozelo, e seus acessos de tosse ao amanhecer pararam.

O processo de viver deixara de ser intolerável, e ele não tinha mais impulsos de olhar com desprezo para o telemonitor ou de gritar palavrões a plenos pulmões. Agora que dispunham de um esconderijo seguro, quase um lar, não parecia ruim que só pudessem se encontrar com pouca frequência e apenas por umas duas horas por vez. O que importava era saber que o quarto sobre a loja de quinquilharias existia. Saber que estava lá, inviolado, era quase o mesmo que estar nele. O quarto era um mundo, um receptáculo do passado onde animais extintos podiam caminhar. O sr. Charrington, pensou Winston, era outro animal extinto. Ele normalmente parava para conversar com o sr. Charrington por alguns minutos antes de subir para o quarto. O velho parecia sair muito pouco ou nunca, e por outro lado, dava a impressão de quase não ter clientes. Levava uma existência fantasmagórica entre a lojinha escura e uma cozinha ainda menor na parte de trás, onde preparava suas refeições, e que continha, entre outras coisas, um gramofone inacreditavelmente antigo com uma enorme corneta. Parecia feliz com a oportunidade de conversar. Vagando em meio ao seu estoque de miudezas, com seu nariz pontudo, os óculos de armação grossa e os ombros curvados no casaco de veludo, o sr. Charrington sempre exibia o ar vago de um colecionador, não de um vendedor. Com fraca empolgação, remexia em suas bugigangas – uma rolha de garrafa feita de porcelana, a tampa estilizada de uma caixa de rapé, um medalhão de ouropel contendo a mecha de cabelo de algum bebê morto há muito tempo –, mas nunca pedia que Winston comprasse nada, apenas pedia que admirasse. Conversar com ele era como ouvir o tilintar de uma caixa de música desgastada. Ele arrastara do fundo da memória mais fragmentos de rimas esquecidas. Havia uma sobre vinte e quatro melros, outra sobre uma vaca com chifre amassado e ainda uma terceira sobre a morte do pobre Galo Robin. "Me dei conta de que você poderia se interessar", o sr. Charrington falava com uma risadinha depreciativa sempre que recitava um novo trecho. Mas nunca lembrava mais que alguns poucos versos de qualquer rima.

Winston e Julia sabiam que o que estava acontecendo não duraria muito tempo. Havia horas em que a morte iminente era tão palpável quanto a cama onde se deitavam, e os dois se agarravam com uma sensibilidade desesperadora, como uma alma condenada se segurando a uma última fatia de prazer enquanto o relógio marcava seus cinco minutos finais. Mas também havia horas em que não tinham apenas a ilusão de segurança, mas também de permanência. Se ficassem no quarto, ambos sentiam, nenhum mal os acometeria. Chegar lá era difícil e perigoso, mas o quarto em si era um santuário. Foi parecido com o momento em que Winston olhou no centro do peso de papel, tomado pela sensação de que seria possível adentrar aquele mundo de vidro, e que, uma vez lá dentro, o tempo poderia ser pausado. Com frequência, rendiam-se a devaneios acerca de uma fuga. Suas sortes seriam infindáveis, e manteriam seu segredo exatamente daquela forma pelo restante de suas vidas. Ou Katharine morreria e, por intermédio de manobras sagazes, Winston e Julia conseguiriam se casar. Ou cometeriam suicídio juntos. Ou desapareceriam, alterariam suas aparências para se tornarem irreconhecíveis, aprenderiam a falar com sotaques de proletários, arranjariam empregos em uma fábrica e viveriam suas vidas indetectáveis em algum beco. Era tudo um absurdo, como ambos sabiam. Na realidade, não havia saída. Até mesmo o plano mais prático, o suicídio, não tinham intenção de fazer. Aguentar dia após dia, semana após semana, vivendo um presente sem futuro parecia um instinto inexpugnável, como um pulmão puxando o ar enquanto existisse ar disponível.

Às vezes, os dois também falavam sobre se envolver ativamente em um ato de rebelião contra o Partido, mas sem nenhuma noção de como dar os primeiros passos. Mesmo que a mitológica Irmandade fosse real, ainda existia a dificuldade de descobrir um caminho até ela. Winston contara a Julia sobre a estranha intimidade que existia, ou parecia existir, entre ele e O'Brien, e do impulso que sentia às vezes, simplesmente ao estar na presença de O'Brien, de anunciar que era um inimigo do Partido e implorar por ajuda. Curiosamente, Julia não considerara aquilo uma atitude imprudente ao extremo. Estava acostumada a julgar os outros por suas expressões, e parecia natural que Winston acreditasse que O'Brien poderia ser confiável apenas porque notara um brilho singelo em seus olhos. Além disso, Julia tinha como certo que todas ou quase todas as pessoas odiavam secretamente o Partido e quebrariam as regras se julgassem seguro fazê-lo. Mas se recusava a acreditar que existia ou poderia vir a existir uma oposição organizada e difundida. As histórias sobre Goldstein e seu exército secreto, Julia dissera, eram simplesmente balelas que o Partido inventara com finalidades particulares, nas quais era preciso fingir acreditar. Incontáveis vezes, em comícios e manifestações espontâneas do Partido, ela gritava a plenos pulmões em favor da execução de pessoas cujos nomes ela nunca escutara e das quais nem sequer acreditava que tivessem cometido seus supostos crimes. Quando os julgamentos públicos ocorriam, ela ficava nos lugares reservados à Liga dos Jovens, que cercavam os tribunais da manhã até a noite entoando de forma intermitente "Morte aos traidores!". Durante os Dois Minutos de Ódio, Julia se sobressaía ao gritar insultos contra Goldstein. Mesmo assim, tinha apenas a mais vaga ideia de quem era Goldstein e de quais doutrinas ele supostamente representava. Crescera durante a Revolução e era jovem demais para se lembrar das batalhas ideológicas dos anos 1950 e 1960. Nem sequer conseguia conceber a existência de um movimento político independente e, de qualquer modo, o Partido era invencível. Sempre existiria e sempre seria o mesmo. Só era possível rebelar-se contra ele mediante desobediência sigilosa ou, no máximo, atos isolados de violência, como matar alguém ou explodir algo.

De muitas maneiras, Julia era muito mais sagaz do que Winston, e muito menos suscetível à propaganda do Partido. Quando ele mencionava a guerra contra a Eurásia em algum assunto, ela o surpreendia dizendo casualmente que, na opinião dela, não estava acontecendo uma guerra. Os mísseis que caíam todos os dias em Londres eram provavelmente atirados pelo próprio Governo da Oceania, "apenas para manter o povo assustado". Essa era uma ideia que literalmente nunca ocorrera a Winston. Ela também atiçara certa inveja nele ao contar que, durante os Dois Minutos do Ódio, sua maior dificuldade era evitar gargalhadas. Mas ela apenas questionava os ensinamentos do Partido quando eles atrapalhavam sua vida de algum jeito. Constantemente estava pronta para aceitar a mitologia oficial apenas porque a diferença entre verdade e falsidade não parecia importante. Ela acreditava, por exemplo, que o Partido inventara os aviões, como aprendera na escola. (Em seus dias de escola, Winston lembrava, na segunda metade dos anos 1950, era apenas o helicóptero que o Partido clamava ter inventado; uns doze anos depois, quando Julia estava na escola, ele já clamava o avião; mais uma geração, e o Partido estaria clamando o motor a vapor). Quando Winston contou a Julia que os aviões já existiam antes de ele nascer e bem antes da Revolução, ela achou o fato desinteressante. Afinal, de que importava saber quem inventara os aviões? Winston ficara chocado quando descobriu, através de constatação casual, que Julia não recordava que a Oceania, quatro anos antes, estivera em guerra contra a Lestásia e em paz com a Eurásia. É claro que ela considerava toda a guerra uma fraude, mas aparentemente nem sequer notara que o nome do inimigo mudara. "Achei que sempre estivemos em guerra com a Eurásia", ela disse vagamente. Aquilo o assustava um pouco. A invenção dos aviões datava de um período muito anterior ao nascimento dela, mas a transição da guerra acontecera havia apenas quatro anos, bem depois de ela ter se tornado adulta. Ele discutira com ela sobre o assunto por uns quinze minutos. No fim, conseguira forçar sua memória até que ela lembrasse vagamente que um dia o inimigo fora a Lestásia, não a Eurásia. Mas aquilo ainda era insignificante para ela. "Quem se importa?", ela disse, impaciente. "É sempre uma maldita guerra depois da outra, e todo mundo sabe que as notícias são falsas, de qualquer maneira."

Por vezes, Winston conversava com ela sobre o Departamento de Documentação e as falsificações descaradas que ele cometera. Tais fatos não pareciam abalar Julia. Ela não sentia o abismo se abrindo sob os pés ao pensar que mentiras se tornavam verdades. Winston contou a história de Jones, Aaronson e Rutherford, e o importante pedaço de papel que dada vez tivera em mãos. Não a impressionou. Na verdade, inicialmente, Julia falhava em entender qual era o objetivo da história.

– Eram seus amigos? – perguntou.

– Não, nunca os conheci. Eram membros do Partido Interno. Além disso, eram homens bem mais velhos do que eu. Pertenciam aos dias antigos, anteriores à Revolução. Eu mal os conhecia de vista.

– Então, pra que se preocupar? As pessoas são assassinadas o tempo inteiro, não são?

Ele tentou fazê-la compreender.

– Esse foi um caso excepcional. Não foi só questão de alguém ser assassinado. Você percebe que o passado, começando por ontem, foi abolido? Se ele sobrevive em algum lugar é nos poucos objetos sólidos sem nenhuma palavra escrita, como aquele pedaço de vidro ali. Atualmente, não sabemos praticamente nada sobre a Revolução e os anos anteriores a ela. Cada registro foi destruído ou falsificado, cada livro reescrito, cada pintura repintada, cada estátua, rua e construção renomeadas, cada data alterada. E esse processo continua dia após dia e minuto após minuto. A História parou. Nada existe, exceto um presente infinito no qual o Partido está sempre certo. Eu sei, claro, que o passado é falsificado, mas nunca seria capaz de prová-lo, mesmo quando eu mesmo fiz a falsificação. Depois que o ato é perpetrado, não restam evidências. A única evidência está dentro da minha própria mente, e não tenho como saber com certeza se qualquer outro ser humano tem as mesmas recordações que eu. Apenas naquele momento, em toda a minha vida, tive uma evidência concreta após o evento, anos após o evento.

– E de que adiantou?

– De nada, porque a joguei fora minutos depois. Mas, se o mesmo acontecesse hoje, eu a guardaria.

– Bom, eu não! – disse Julia. – Estou pronta para me arriscar, mas só pelo que vale a pena, não por pedacinhos de jornal velho. O que você poderia fazer com a evidência, mesmo que tivesse guardado?

– Não muito, acho. Mas era evidência. Poderia ter plantado dúvidas em alguns cantos, supondo que eu teria coragem de mostrá-la para outras pessoas. Não acredito que podemos alterar nada no nosso tempo de vida. Mas dá para imaginar núcleos de resistência surgindo em determinados lugares – pequenos grupos de pessoas se reunindo e gradualmente crescendo, até mesmo deixando registros para trás, para que as próximas gerações possam levar adiante o que fosse deixado para trás.

– Não me preocupo com a próxima geração, querido. Estou preocupada com NÓS DOIS.

– Você só é uma rebelde da cintura para baixo – disse Winston.

Julia considerou a frase brilhantemente inteligente e passou os braços ao redor dele, deleitada.

Não tinha o menor interesse nas ramificações da doutrina do Partido. Sempre que começavam uma conversa sobre os princípios do Socing, do duplopensar, da mutabilidade do passado, da negação da realidade objetiva e a usar palavras em novidioma, Julia ficava entediada e confusa, e dizia que nunca prestava atenção a tais assuntos. Todo mundo sabia que era tudo porcaria, então para que se preocupar? Ela sabia quando comemorar e quando vaiar, e aquilo era tudo de que precisava saber. Se Winston persistisse falando daqueles assuntos, ela tinha o hábito incômodo de adormecer. Era uma daquelas pessoas que conseguiam dormir a qualquer momento, em qualquer posição. Conversando com ela, Winston percebeu como era fácil demonstrar uma aparente ortodoxia sem ter compreensão alguma do que significava ortodoxia. De certa forma, a visão de mundo do Partido se impunha com mais sucesso em pessoas incapazes de entendê-la. Elas podiam aceitar as mais escandalosas violações da realidade porque nunca entendiam a gravidade das exigências, e não eram suficientemente interessadas em acontecimentos públicos a ponto de notar o que estava acontecendo. Mediante a falta de compreensão, essas pessoas permaneciam sãs. Simplesmente engoliam tudo, e o que engoliam não lhes fazia mal porque não deixava resíduos para trás, assim como um grão de milho passa indigesto pelo corpo de um pássaro.

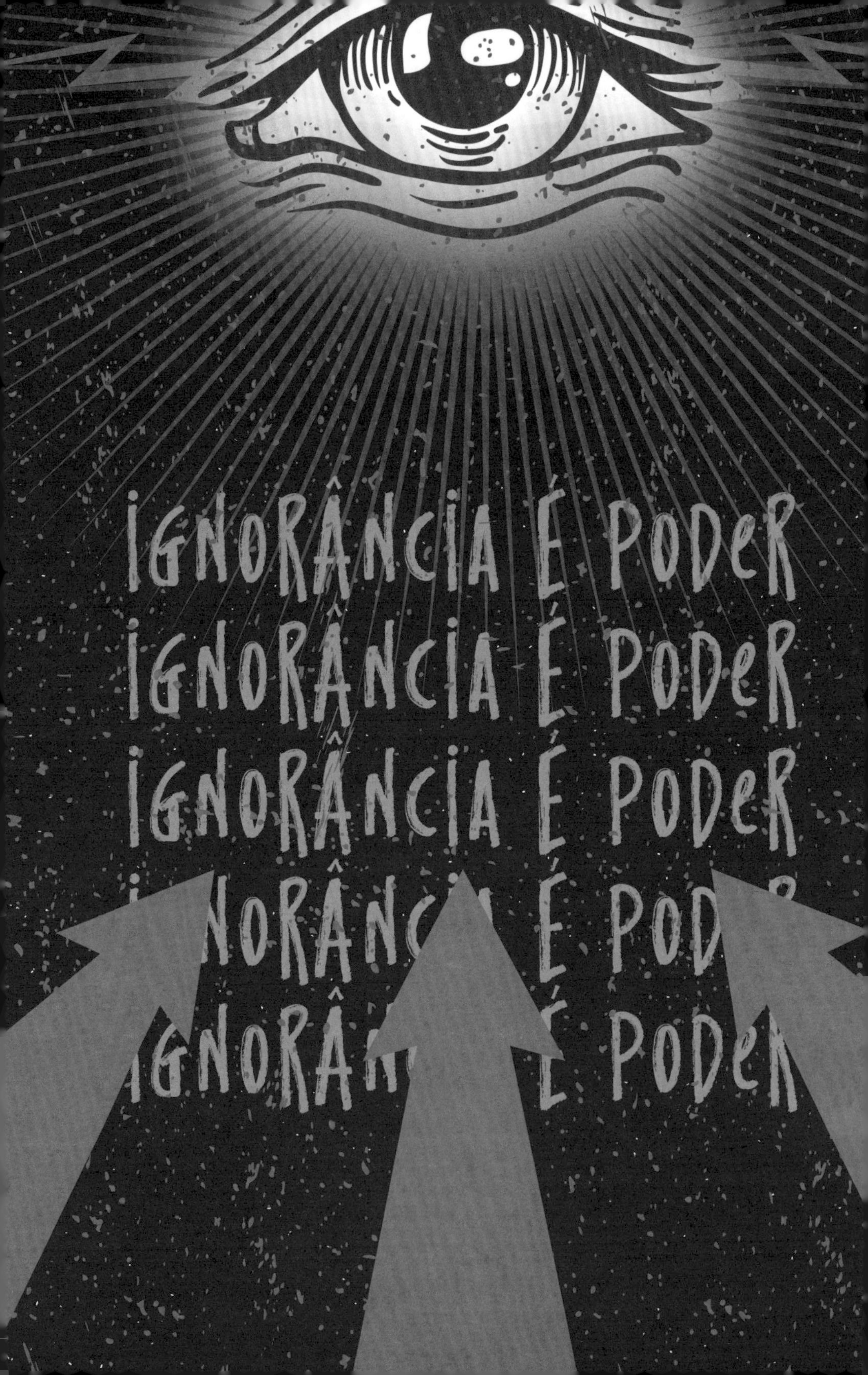
IGNORÂNCIA É PODER
IGNORÂNCIA É PODER
IGNORÂNCIA É PODER

CAPÍTULO 6

Acontecera, finalmente. A mensagem aguardada chegara. Winston parecia ter esperado por ela a vida inteira.

Estava andando pelo longo corredor do Ministério, quase no ponto onde Julia lhe passara o bilhete, quando notara que alguém maior do que ele caminhava logo atrás. A pessoa, quem quer que fosse, tossiu brevemente, sem dúvida um prelúdio para falar alguma coisa. Winston parou abruptamente e se virou. Era O'Brien.

Enfim os dois estavam cara a cara, e parecia que seu único impulso era fugir. Seu coração batia com violência. Teria sido incapaz de falar. O'Brien, contudo, seguiu adiante, repousando a mão por um momento com um gesto amigável no braço de Winston, de modo que ambos passaram a andar lado a lado. O'Brien se pôs a falar com a educação séria e peculiar que o diferenciava da maioria dos membros do Partido Interno.

– Estava esperando uma oportunidade para conversar com você – disse. – Outro dia, estava lendo um dos seus artigos em novidioma no *The Times*. Você tem um interesse acadêmico em novidioma, não?

Winston recuperara em parte o domínio sobre si mesmo.

– Eu não diria acadêmico – falou. – Sou apenas um amador. Não é minha área. Nunca tive nada a ver com a verdadeira construção do idioma.

– Mas você escreve de um jeito bem elegante – elogiou O'Brien. – Esta não é apenas a minha opinião. Estava falando recentemente com um amigo seu que com certeza é um especialista. O nome dele me escapou da memória no momento.

De novo, o coração de Winston latejou. Era inconcebível que não fosse uma referência a Syme. Mas Syme não estava apenas morto, fora abolido, tornara-se uma impessoa. Qualquer referência identificável a ele seria mortalmente perigosa. A frase de O'Brien obviamente devia ser interpretada como um sinal, um código. Ao compartilhar um pequeno ato de crimideológico, tornara ambos cúmplices. Os dois continuaram caminhando devagar pelo corredor, mas O'Brien parou. Ajeitou os óculos no nariz, com a afabilidade curiosa e simpática que sempre expressava naquele gesto.

– O que eu queria dizer mesmo é que notei como você utilizou duas palavras que se tornaram obsoletas no seu artigo. Mas isso só aconteceu recentemente. Você já viu a décima edição do *Dicionário de Novidioma*?

– Não – respondeu Winston. – Achei que não tivesse sido lançada ainda. Ainda estamos usando a nona no Departamento de Documentação.

– A décima edição ainda vai levar uns meses para ser lançada, acredito. Mas algumas cópias antecipadas já estão circulando. Tenho uma. Talvez lhe interesse dar uma olhada?

– Bastante – disse Winston, imediatamente vislumbrando o rumo da conversa.

– Alguns dos novos desenvolvimentos são bem inventivos. A redução no número de verbos... Essa é a parte que vai lhe interessar, acho. Deixe-me ver... Devo mandar um entregador com o dicionário? Talvez não, já que sempre esqueço qualquer coisa do gênero. Será que você pode pegar comigo no meu apartamento em algum momento que seja adequado para você? Espere. Deixe-me passar o meu endereço.

Os dois estavam parados em frente a um telemonitor. Distraidamente, O'Brien apalpou os bolsos e pegou um pequeno caderno com capa de couro e uma caneta dourada. Imediatamente abaixo do telemonitor, em uma posição que ninguém do outro lado do dispositivo pudesse ler o que escrevia, O'Brien anotou um endereço, rasgou a página e a entregou a Winston.

– Normalmente estou em casa à noite – falou. – Se não, meu empregado vai lhe dar o dicionário.

Foi embora, deixando Winston segurando o pedaço de papel, que dessa vez não havia motivos para esconder. Mesmo assim, memorizou cuidadosamente o que estava escrito nele, e algumas horas depois o jogou na lacuna de memória junto a uma resma de outros papéis.

Haviam conversado por cerca de dois minutos, no máximo. Aquele evento poderia ter apenas um significado. Fora planejado como meio de fazer Winston saber o endereço de O'Brien. Isso era necessário porque, exceto fazendo perguntas diretas, era impossível descobrir onde qualquer pessoa vivia. Não havia diretórios de endereço de qualquer tipo. "Se você quer me ver, é aqui onde vai me encontrar", era o que O'Brien estava dizendo. Talvez até houvesse alguma mensagem escondida no dicionário. Mas, de qualquer forma, uma coisa era certa. A conspiração com a qual sonhara existia, e ele chegara na borda mais externa dela.

Sabia que cedo ou tarde obedeceria a convocação de O'Brien. Talvez no dia seguinte, talvez após um longo intervalo – não tinha certeza. O que estava acontecendo era apenas a execução de um processo que começara anos antes. O primeiro passo fora um pensamento secreto e involuntário, e o segundo fora iniciar um diário. Transportara-se do pensamento às palavras, e agora das palavras às ações. O último passo seria algo que aconteceria no Ministério do Amor. Já aceitara aquilo. O fim estava contido no início. Mas era assustador: ou, mais precisamente, era como uma degustação da morte, como estar um pouco menos vivo. Mesmo enquanto falava com O'Brien, quando percebera o significado das palavras, um calafrio tomara o seu corpo. Tinha a sensação de estar pisando no solo úmido ao redor de um túmulo, e não era mais agradável só porque sempre soubera que o túmulo estava lá, aguardando por ele.

GUERRA É PAZ
GUERRA É PAZ
GUERRA É PAZ
GUERRA É PAZ
GUERRA É PAZ

CAPÍTULO 7

Winston acordara com os olhos cheios d'água. Julia se virou sonolenta, grudando nele, murmurando algo que parecia ser "O que foi?".

– Eu sonhei... – ele começou, mas parou. Era complexo demais para colocar em palavras. Havia o sonho em si, e havia uma lembrança conectada a ele que emergira em sua mente segundos após acordar.

Permaneceu deitado com os olhos fechados, ainda saturado na atmosfera do sonho. Era vasta e luminosa, onde toda a sua vida parecia se estender à sua frente como uma paisagem após a chuva de uma noite de verão. Tudo ocorrera dentro do peso de papel, mas a superfície do vidro era o domo do céu, e dentro do domo tudo estava banhado em uma luz clara e límpida que permitia enxergar distâncias intermináveis. O sonho também fora compreendido por – de certa forma, consistira disso – um gesto que sua mãe fizera com o braço, e trinta anos depois a mulher judia também fizera no filme a que ele assistira, tentando proteger o garotinho das balas, antes de o helicóptero destroçar os dois.

– Você sabia – disse Winston – que até agora eu acreditava que tivesse assassinado minha mãe?

– Por que você a assassinou? – perguntou Julia, quase dormindo.

– Eu não a assassinei. Não fisicamente.

No sonho, Winston se lembrara do último vislumbre que tivera da mãe e, momentos depois de acordar, a série de pequenos eventos que tinham a ver com isso retornara. Era uma lembrança que ele devia ter deliberadamente removido de sua consciência ao longo de muitos anos. Não estava certo da data, mas não tinha menos de dez anos na época, talvez doze.

Seu pai desaparecera um pouco antes disso, mas exatamente quanto tempo antes Winston não recordava. Lembrava melhor das circunstâncias turbulentas e apreensivas daquela época: os pânicos periódicos com ataques aéreos e a fuga para as estações de metrô, as pilhas de entulho em todo canto, as proclamações ininteligíveis afixadas em cada esquina, as gangues de jovens com camisetas da mesma cor, as filas enormes nas padarias, os tiros de metralhadora intermitentes ao longe – sobretudo, o fato de que não havia o suficiente para comer. Lembrava-se de longas tardes que passava com outros garotos catando em latas e montes de lixo, pegando talos de folhas de repolho, cascas de batata e, às vezes, até sobras das crostas de pão velho, das quais raspavam cuidadosamente as cinzas. Também se recordava de aguardar caminhões passando em uma determinada rota, carregando ração para gado, e que, ao passarem pelas partes esburacadas na rua, podiam deixar cair partes de bagaço.

Quando o pai de Winston desaparecera, sua mãe não demonstrara surpresa ou passara por nenhum luto penoso, mas houve uma mudança súbita. Parecia ter perdido toda a energia. Era evidente para Winston que ela estava à espera de algo que sabia que aconteceria. Fazia tudo o que era preciso – cozinhava, lavava, costurava, arrumava a cama, varria o chão, tirava a poeira da lareira – sempre muito devagar e fazendo apenas os movimentos necessários, como o manequim de um artista se movendo por conta própria. Seu corpo grande e torneado parecia recair naturalmente em quietude. Por horas seguidas, sentava-se imóvel na cama, amamentando a irmã caçula de Winston, uma criança minúscula de dois ou três anos, doente e muito silenciosa, com um rosto de aparência simiesca em razão da magreza. Muito ocasionalmente, a mãe de Winston o pegava nos braços e o apertava por um longo tempo sem dizer nada. Ele estava ciente, apesar de sua juventude e egoísmo, que isso tinha a ver com o fato não especificado que estava prestes a acontecer.

Winston lembrava o quarto onde viveram, um lugar escuro com um cheiro sufocante e que parecia parcialmente preenchido por uma cama com colcha branca. Havia um fogão a gás de uma única boca sobre o suporte protetor da lareira, uma estante para comida e, no patamar entre as escadas do lado externo, havia uma pia de barro marrom, compartilhada por vários quartos. Lembrava do corpo formoso da mãe se curvando sobre a boca do fogão para remexer algo em uma panela. Acima de tudo, Winston se lembrava de sua fome incessante, além das batalhas agressivas e repulsivas durante as refeições. Perguntava, irritado, à mãe, várias e várias vezes, por que não havia mais comida. Gritava e a atacava (lembrava-se até mesmo do tom de sua voz, que estava começando a engrossar prematuramente, e às vezes explodia de modo peculiar), ou tentava choramingar de um jeito chantagista em um esforço para obter mais do que sua parte. A mãe sempre dava mais para ele. Considerava que ele, "o menino", deveria ter a maior porção; mas não importava o quanto ela desse a mais, Winston sempre continuava demandando. A cada refeição, ela implorava que ele deixasse de ser egoísta e lembrasse que sua irmãzinha estava doente e também precisava comer, mas não adiantava. Ele gritava furioso quando ela parava de colocar comida, tentava puxar a panela e a colher das mãos da mãe, roubava pedaços de comida do prato da irmã. Sabia que estava deixando as duas passarem fome, mas não conseguia se controlar; inclusive sentia que tinha direito de se alimentar melhor. A fome insistente dentro da sua barriga parecia justificar tal atitude. Entre as refeições, se sua mãe não tomasse conta, Winston constantemente tentava furtar do parco estoque de comida na estante.

Certo dia, uma cota de chocolate foi publicada. Não faziam uma publicação assim havia semanas ou meses. Winston se lembrava claramente daquele pedacinho precioso de chocolate. Era um tablete de duas onças (ainda se usava onça como medida naquela época) para ser dividido entre os três. Era óbvio que deveria ser dividido em três partes iguais. De repente, como se estivesse escutando outra pessoa, Winston ouviu a própria voz demandando com uma voz potente que deveria comer o chocolate inteiro. A mãe pediu para não ser ganancioso. Houve uma discussão longa e irritante que não parou, com gritos, choramingo, lágrimas, protestos e barganhas. Sua irmãzinha, agarrada à mãe com ambas as mãos exatamente como um macaquinho, olhou por sobre os ombros para Winston com olhos largos e lúgubres. No fim das contas, a mãe partiu três quartos do chocolate e deu a Winston, dando o que restou à irmã. A garotinha pegou o pedaço e o encarou sem interesse, talvez sem saber o que era aquilo. Winston ficou observando por um tempo. Então, com um salto ágil e repentino, arrancou o pedaço das mãos dela e correu para a porta.

– Winston, Winston! – gritou a mãe atrás dele. – Volta aqui! Devolve o chocolate para sua irmã!

Winston parou, mas não voltou. Os olhos aflitos da mãe estavam fixos no rosto dele. Até naquele momento, enquanto pensava sobre o acontecimento, não sabia o que estava prestes a ocorrer na época. A irmã, ciente de ter sido roubada, começou a chorar baixinho. A mãe passou um braço em volta da criança e pressionou a face minúscula contra os seios. Algo naquele gesto indicou a Winston que sua irmã estava morrendo. Virou-se e desceu as escadas com o chocolate derretendo na mão.

Nunca mais viu a mãe. Depois de ter devorado o chocolate, sentiu-se envergonhado e ficou nas ruas por várias horas até que a fome o levou de volta para casa. Quando chegou, a mãe tinha desaparecido. Estava ficando comum naquela época. Nada havia sumido do quarto, exceto a mãe e a irmã. Não levaram roupas, nem mesmo o sobretudo da mãe. Até hoje, Winston não tinha certeza que ela estava morta. Era perfeitamente possível que tivesse sido meramente enviada a um campo de trabalho forçado. Quanto à sua irmã, ela podia ter sido levada, como o próprio Winston, para uma das colônias para crianças sem lar (chamadas de Centros de Reivindicação) que haviam surgido como resultado da guerra civil, ou podia ter sido enviada ao campo de trabalho forçado junto à mãe, ou simplesmente abandonada para morrer em algum lugar.

O sonho ainda estava vívido em sua mente, especialmente o gesto protetor de envolver nos braços, no qual todo o significado do sonho parecia estar contido. A mente de Winston vagou para outro sonho de dois meses antes. Exatamente como sua mãe se sentara na cama suja com o cobertor branco, a bebê se agarrando a ela, ela também se sentara no navio afundando, bem abaixo dele e submergindo mais a cada minuto, mas ainda olhando para ele através da água escurecida.

Contou a Julia a história do desaparecimento de sua mãe. Sem abrir os olhos, ela se virou e se ajeitou em uma posição mais confortável.

– Imagino que você fosse um porquinho desagradável naquela época – ela disse, distraidamente. – Todas as crianças são porcas.

– Sim. Mas o ponto da história é, na verdade...

Pela respiração dela, era óbvio que cairia no sono novamente. Ele gostaria de continuar falando sobre a mãe. Não supunha, do que podia lembrar, que ela fosse uma mulher incomum, menos ainda uma pessoa inteligente; mas, mesmo assim, possuíra uma espécie de nobreza, um tipo de pureza, simplesmente porque os padrões que ela obedecia eram individuais. Os sentimentos dela pertenciam a ela, e não podiam ser alterados de fora. Não saberia que um ato ineficaz se torna insignificante. Se você amava alguém, você amava alguém, e quando não se tinha nada mais para dar, você continuava amando. Quando o último pedaço do chocolate se fora, a mãe abraçara a bebê. Não adiantava, não mudava nada, não criava mais chocolate, não evitava a morte da bebê ou a dela; mas parecia natural fazê-lo. A mulher refugiada no barco também cobrira o garotinho com o braço, que não seria nada diferente de uma folha de papel contra balas. A atrocidade que o Partido cometera fora persuadir as pessoas de que meros impulsos e sentimentos não tinham importância, ao mesmo tempo que as roubavam de todo o poder sobre o mundo material. Uma vez nas garras do Partido, sentir ou não sentir e fazer ou deixar de fazer literalmente não faziam diferença. O que quer que acontecesse, você desaparecia, e não se ouvia falar mais de você ou de suas ações. Você era retirado do fluxo da História. E, mesmo assim, para as pessoas de apenas duas gerações passadas isso não teria sido tão relevante porque não estavam tentando alterar a História. Eram governadas por lealdades particulares, as quais não questionavam. O que importava eram os relacionamentos individuais, e um gesto completamente espontâneo como um abraço, uma lágrima ou uma palavra dita a um homem moribundo teriam valor próprio. Os proletários, ocorrera repentinamente a Winston, permaneceram em tal condição. Não eram fiéis a um partido, a um país ou a uma ideologia, eram fiéis uns aos outros. Pela primeira vez na vida, Winston não desprezou os proletários ou pensou neles meramente como uma força inerte que um dia ganharia vida para regenerar o mundo. Os proletários permaneceram humanos. Não endureceram por dentro. Apegaram-se às emoções primitivas que ele mesmo teve de reaprender através de um esforço consciente. E, ao pensar naquilo, Winston lembrou, sem aparente relevância, que algumas semanas antes vira uma mão cortada na calçada e a chutara na sarjeta como se fosse o talo de um repolho.

– Os proletários são seres humanos – ele disse, em voz alta. – Nós não somos humanos.

– Por que não? – perguntou Julia, que acordara novamente.

Ele pensou um pouco.

– Já lhe ocorreu – disse – que o melhor para nós talvez fosse sair daqui antes que seja tarde demais e nunca mais nos vermos novamente?

– Sim, querido, já me ocorreu, várias vezes. Mas não vou fazer isso mesmo assim.

– Tivemos sorte – ele disse –, mas ela não deve durar muito mais. Você é jovem. Você parece normal e inocente. Se mantiver distância de gente como eu, pode permanecer viva por mais uns cinquenta anos.

– Não. Já pensei em tudo isso. O que você fizer, eu vou fazer. E não seja tão desanimado. Sou muito boa em continuar viva.

– Podemos ficar juntos por mais seis meses, talvez um ano... Não há como saber. No fim, é certo que nos separaremos. Você percebe como ficaremos completamente sozinhos? Quando eles nos pegarem, não haverá nada, literalmente nada, que qualquer um de nós possa fazer pelo outro. Se eu confessar, matarão você, e se eu recusar a confessar, também matarão você. Nada que eu faça, diga ou evite dizer vai evitar a sua morte por mais de cinco minutos. Nenhum de nós sequer saberá se o outro está vivo ou morto. Ficaremos totalmente sem qualquer tipo de poder. A única coisa que importa é que não devemos trair um ao outro, embora até isso não vá fazer a menor diferença.

– Se você quer dizer confessar – Julia disse –, nós certamente vamos ter de fazer isso. Todo mundo sempre confessa. Não há como evitar. Eles torturam.

– Não quis dizer confessar. Confissão não é traição. O que você diz ou faz não importa: apenas os sentimentos importam. Se eles puderem fazer com que eu deixe de amar você... Essa seria a verdadeira traição.

Julia ponderou a respeito.

– Eles não podem fazer isso – ela disse, após um tempo. – É a única coisa que não podem fazer. Podem fazê-lo dizer qualquer coisa, QUALQUER COISA, mas não podem fazê-lo acreditar. Não podem entrar em você.

– Não – Winston disse, um pouco mais esperançoso. – Não, isso é verdade. Eles não podem entrar em você. Se você puder SENTIR que permanecer humano é valioso, mesmo que não vá dar resultado algum de qualquer forma, você os venceu.

Winston pensou no telemonitor com seu ouvido que nunca dorme. Podiam espiar dia e noite, mas se desse para manter a sanidade, era possível iludi-los. Apesar de toda a sua capacidade, o Partido nunca dominara o segredo de como descobrir os pensamentos de outro ser humano. Talvez aquilo fosse menos verdade uma vez que se estivesse em suas mãos. Ninguém sabia o que acontecia dentro do Ministério do Amor, mas era possível supor: torturas, sedativos, instrumentos delicados que analisavam as reações nervosas, desgaste gradual por privação de sono e solidão, além de questionamentos incessantes. Fatos, de qualquer natureza, não podiam ser escondidos. Podiam ser rastreados através do interrogatório ou podiam ser extirpados pela tortura. Mas, se o objetivo não fosse permanecer vivo, mas humano, que diferença fazia no fim? Não podiam alterar os sentimentos, e ninguém poderia fazê-lo consigo mesmo, nem que quisesse. Podiam revelar cada detalhe dito, feito ou pensado; mas o que estava no fundo do coração, misterioso até para a própria pessoa, permaneceria impregnável.

LIBERDADE É ESCRAVIDÃO
LIBERDADE É ESCRAVIDÃO
LIBERDADE É ESCRAVIDÃO
LIBERDADE É ESCRAVIDÃO
LIBERDADE É ESCRAVIDÃO

CAPÍTULO 8

Conseguiram. Finalmente conseguiram!

A sala em que estavam era comprida e de iluminação tênue. O telemonitor estava ajustado para um murmúrio; a suntuosidade do carpete azul-escuro dava a impressão de se pisar em veludo. Na ponta mais distante da sala, O'Brien estava sentado com uma resma de cada lado. Não se importara em levantar a cabeça quando o empregado convidou Julia e Winston para entrar.

O coração de Winston estava batendo tão forte que duvidou de ser capaz de falar. *Conseguiram, finalmente conseguiram*, era tudo que conseguia pensar. Fora um ato imprudente ir até lá, e uma completa loucura chegarem juntos, ainda que tivessem vindo por rotas diferentes e apenas se encontrado na porta de O'Brien. Mas só para entrar naquele lugar já era necessário esforço mental. Apenas em raras ocasiões era possível enxergar dentro das moradias do Partido Interno, ou até mesmo visitar os quarteirões onde viviam. Toda a atmosfera do grande bloco de apartamentos, a opulência e a amplidão de tudo, os aromas desconhecidos de comida e tabaco de qualidade, os elevadores rápidos e silenciosos subindo e descendo, os empregados de paletó branco se movendo de um lado para o outro – tudo era intimidante. Ainda que tivesse um bom pretexto para estar lá,

Winston era assombrado a cada passo pelo medo de um guarda de uniforme negro surgir repentinamente de algum canto exigindo seus documentos e ordenando que fosse embora. O empregado de O'Brien, no entanto, deixara ambos entrarem sem objeções. Era um homem baixinho de cabelos escuros e paletó branco, com a face inexpressiva em formato losangular, que poderia muito bem ser de um chinês. O corredor pelo qual os guiara tinha carpete macio e paredes de papel creme com revestimento branco, tudo primorosamente limpo. Aquilo também era intimidante. Winston não se lembrava de algum dia haver testemunhado um corredor cujas paredes não eram encardidas do contato com o corpo das pessoas.

O'Brien segurava um pedaço de papel e parecia estudá-lo com atenção. Sua tez robusta estava curvada para baixo, de forma que era possível ver o contorno do nariz, e parecia ao mesmo tempo intimidante e inteligente. Por talvez vinte segundos, não se mexeu. Então, puxou o falescreva e disparou uma mensagem no jargão híbrido dos Ministérios:

– Itens um vírgula cinco vírgula sete aprovados completamente ponto sugestão contida item seis duplomais ridículo quase crimepensar cancelar ponto nãoproceder construçãomente antesadquirir maiscompleto estimativas despesas maquinário ponto fim mensagem.

O'Brien se ergueu deliberadamente da cadeira e veio em direção aos dois pelo carpete que não fazia som ao pisar. Um pouco da aura oficial parecia ter se esvaído dele junto às palavras em novidioma, mas sua expressão era mais sombria do que o normal, como se não tivesse gostado de ser perturbado. O horror que Winston sentiu foi subitamente atravessado por um constrangimento corriqueiro. Parecia bem possível que Winston tivesse só cometido um erro estúpido. Qual evidência possuía, na verdade, de que O'Brien era um conspirador político? Nada além de um olhar e uma única frase equivocada. Além disso, apenas seus próprios devaneios, secretos e concebidos em um sonho. Não podia nem mesmo voltar a fingir que viera buscar o dicionário porque a presença de Julia era impossível de explicar. Quando O'Brien passou pelo telemonitor, um pensamento pareceu lhe ocorrer. Firmou-se, virou para o lado e apertou um interruptor na parede. Soou um estalo alto. A voz parara.

Julia emitiu um ruído baixo, uma espécie de gemido de surpresa. Mesmo em meio ao pânico, Winston estava chocado demais para segurar a língua.

– Você pode desligar! – disse.

– Sim – concordou O'Brien –, nós podemos desligar. Temos esse privilégio.

O'Brien estava de frente para eles. Sua corpulência se elevava sobre ambos, e a expressão em seu rosto era indecifrável. Estava aguardando, um tanto sério, Winston falar algo, mas o quê? Até mesmo naquele momento era bem crível que ele fosse apenas um homem ocupado se perguntando com irritação por que havia sido interrompido. Ninguém se pronunciou. Depois que o telemonitor foi desligado, a sala parecia mortalmente quieta. Os segundos se passavam, pesados. Com dificuldade, Winston continuou com os olhos fixos nos de O'Brien. Então, de repente, o semblante sombrio esboçou os primeiros sinais do início de um sorriso. Com seu gesto característico, O'Brien ajeitou os óculos sobre o nariz.

– Devo falar ou você vai falar? – perguntou ele.

– Eu falarei – disse Winston, imediatamente. – Aquela coisa está realmente desligada?

– Sim, tudo está desligado. Estamos sozinhos.

– Viemos aqui porque...

Pausou, percebendo pela primeira vez a imprecisão de seus motivos. Como não sabia exatamente que tipo de ajuda esperava de O'Brien, não era fácil dizer por que viera. Prosseguiu, ciente de que suas palavras deviam soar hesitantes e pretensiosas:

– Acreditamos que há algum tipo de conspiração, algum tipo de organização secreta trabalhando contra o Partido, e que você está envolvido nela. Queremos nos juntar e trabalhar nela. Somos inimigos do Partido. Desacreditamos nos princípios do Socing. Somos transgressores ideológicos. Somos adúlteros também. Falo isso porque queremos nos colocar à sua disposição. Se quiser nos incriminar de qualquer outra forma, estamos prontos.

Winston parou e olhou por sobre o ombro com a sensação de que a porta fora aberta. E fora. O empregado baixinho de feições asiáticas entrara sem bater. Winston notou que ele carregava uma bandeja com um decantador e taças.

– Martin é um dos nossos – informou O'Brien, apático. – Traga as bebidas aqui, Martin. Coloque na mesa redonda. Temos cadeiras suficientes? Então acho que podemos nos sentar e conversar com calma. Pegue uma cadeira para você, Martin. Isto é um assunto de negócios. Pode deixar de ser um empregado pelos próximos dez minutos.

O homenzinho se sentou, bem à vontade e, ainda assim, com ar de empregado, o ar de um criado desfrutando um privilégio. Winston o observou de soslaio. Percebeu que a vida inteira do homem era atuar, e que ele sentia que era perigoso abandonar sua personalidade falsa mesmo por um instante. O'Brien pegou o decantador pelo gargalo e encheu as taças com um líquido vermelho-escuro. Aquilo atiçou em Winston lembranças ofuscadas de algo que vira havia muito tempo em uma parede ou um cartaz de rua – uma ampla garrafa com luzes elétricas que pareciam se mover para cima e para baixo derramando um líquido em uma taça. Visto do topo, o conteúdo parecia quase negro, mas no decantador brilhava como um rubi. Seu cheiro era agridoce. Winston viu Julia pegar a taça e cheirar, abertamente curiosa.

– Chama-se vinho – explicou O'Brien com um sorriso fraco. – Você já deve ter lido sobre ele em livros, sem dúvida. Acho que não chega muito no Partido Externo. – Seu semblante se tornou grave novamente, e ele ergueu a taça. – Acho adequado começarmos com um brinde. À saúde do nosso Líder: Emmanuel Goldstein.

Winston levantou a taça com avidez. Lera e sonhara com vinho. Como o peso de papel envidraçado ou as rimas parcialmente esquecidas do sr. Charrington, o vinho pertencia ao passado romântico e perdido, aos tempos antigos, como gostava de chamá-lo em seus pensamentos secretos. Por algum motivo, sempre pensara em vinho como tendo um sabor muito doce, como o de geleia de amora, e imediato efeito intoxicante. Na verdade, quando engoliu, o líquido era bem decepcionante. Após anos de gim, mal conseguia sentir o gosto do vinho. Abaixou a taça vazia.

– Então existe uma pessoa chamada Goldstein? – indagou.

– Sim, existe, e ele está vivo. Onde ele está, eu não sei.

– E a conspiração... A organização? É real? Não é só uma invenção da Polícia Ideológica?

– Não, é real. Chamamos de Irmandade. Você nunca vai aprender muito sobre a Irmandade, além do fato de que ela existe e de que você pertence a ela. Vou voltar a esse assunto em breve. – Ele olhou o relógio de pulso. – Não é sábio que membros do Partido Interno desliguem o telemonitor por mais de meia hora. Vocês não deveriam ter vindo juntos, e terão de ir embora separados. Você, camarada – ele curvou a cabeça para Julia –, vai embora antes. Temos cerca de vinte minutos à nossa disposição. Vocês vão compreender que devo começar fazendo certas perguntas. De modo geral, o que estão preparados para fazer?

– O que quer que sejamos capazes de fazer – respondeu Winston.

O'Brien se virara um pouco na cadeira, de forma que encarava Winston. Praticamente ignorou Julia, parecendo considerar que Winston poderia responder por ela. Por um instante, suas pálpebras caíram por sobre os olhos. Começou a fazer perguntas com uma voz baixa e inexpressiva, como se fosse rotina, uma espécie de catecismo no qual a maioria das respostas já eram conhecidas.

– Vocês estão preparados para dar suas vidas?

– Sim.

– Vocês estão preparados para cometer assassinato?

– Sim.

– Cometer atos de terrorismo que podem causar a morte de centenas de pessoas inocentes?

– Sim.

– Trair o país para as forças estrangeiras?

– Sim.

– Vocês estão preparados para trapacear, falsificar, extorquir, corromper a mente de crianças para distribuir drogas formadoras de hábito, encorajar a prostituição, disseminar doenças venéreas e fazer qualquer coisa que cause desmoralização e enfraquecimento do poder do Partido?

– Sim.

– Se, por exemplo, servisse aos nossos interesses jogar ácido sulfúrico no rosto de uma criança, vocês estariam preparados para fazê-lo?

– Sim.

– Estão preparados para perder a própria identidade e viver o restante da vida como garçons ou estivadores?

– Sim.

– Estão preparados para cometer suicídio, se e quando nós ordenarmos?

– Sim.

– Você dois estão preparados para se separarem e nunca mais se verem novamente?

– Não! – Julia interrompeu.

Winston teve a impressão de que um longo tempo se passou antes de responder. Por um momento, parecia que fora privado até mesmo do poder da fala. Sua língua se mexeu sem emitir som algum, formando a sílaba, primeiro de uma palavra, depois de outra, várias vezes. Até falar, Winston não sabia qual palavra estava prestes a dizer.

– Não – disse, finalmente.

– Fizeram bem em me contar – disse O'Brien. – Nós precisamos saber de tudo.

Virou-se para Julia e acrescentou com uma voz mais expressiva:

– Entende que, mesmo que ele sobreviva, pode ser como uma pessoa diferente? Podemos ser obrigados a dar a ele uma nova identidade. O rosto dele, seus movimentos, a forma de suas mãos, a cor de seus cabelos… até mesmo sua voz seria diferente. E você mesma pode se tornar uma pessoa diferente. Nossos cirurgiões podem alterar as pessoas de forma que fiquem irreconhecíveis. Às vezes é necessário. Algumas vezes podemos até amputar um membro.

Winston não conseguiu evitar olhar de soslaio para o rosto mongólico de Martin. Não havia cicatrizes que ele pudesse enxergar. Julia ficara mais pálida, de maneira que suas sardas se tornaram evidentes, mas encarou O'Brien ousadamente. Murmurou algo que parecia ser consentimento.

– Bom. Então esta parte está resolvida.

Havia uma caixa prateada de cigarros sobre a mesa. De um jeito absorto, O'Brien a empurrou para os outros, pegando um para si, então se levantou e se pôs a caminhar com lentidão pela sala, como se pudesse pensar melhor de pé. Eram cigarros muito bons, bastante grossos e bem enrolados, com uma sedosidade pouco familiar no papel. O'Brien conferiu o relógio de pulso outra vez.

– É melhor você voltar para a sua Despensa, Martin – disse. – Vou ligar o telemonitor em quinze minutos. Dê uma boa olhada no rosto destes camaradas antes de ir. Você os verá novamente. Eu, talvez não.

Exatamente como acontecera na porta, os olhos negros do homem baixinho percorreram suas faces. Não havia qualquer vestígio de simpatia em seu jeito. Estava memorizando a aparência de ambos, mas não sentia nenhum interesse, ou pelo menos parecia não sentir nada. Ocorreu a Winston que uma face sintética talvez fosse incapaz de mudar a expressão. Sem falar ou demonstrar qualquer tipo de saudação, Martin saiu, fechando a porta devagar. O'Brien se movia de um lado a outro, uma mão no bolso do macacão preto, a outra segurando o cigarro.

– Vocês devem entender – disse ele – que vão lutar no escuro. Vão estar sempre no escuro. Vão receber ordens e obedecê-las, sem saber o motivo. Daqui a um tempo, vou enviar-lhes um livro no qual aprenderão a verdadeira natureza da sociedade em que vivemos, além da estratégia por meio da qual vamos destruí-la. Quando lerem o livro, vocês serão membros plenos da Irmandade. Mas, entre os objetivos gerais pelos quais lutamos e as tarefas imediatas em curso, vocês não saberão nada. Posso garantir que a Irmandade existe, mas não posso afirmar se somos centenas ou dez milhões de membros. Com o conhecimento de vocês, nunca serão capazes de determinar sequer se ela tem uma dúzia de membros. Terão três ou quatro contatos, renovados de tempos em tempos ao passo que eles desaparecem. Como este foi o primeiro contato de vocês, ele será preservado. Quando receberem ordens, virão de mim. Se acharmos necessário nos comunicarmos com vocês, será através de Martin. Quando finalmente forem capturados, vocês vão confessar.

É inevitável. Mas saberão muito pouco para confessar além de suas próprias ações. Não serão capazes de trair mais do que algumas poucas pessoas sem importância. Provavelmente nem sequer me trairão. Até lá, posso já estar morto ou ter me tornado uma pessoa diferente, com uma face diferente.

O'Brien continuou se movendo de um lado a outro no carpete macio. Apesar do volume de seu corpo, havia uma elegância perceptível em seus movimentos. Era notável até no gesto com que enfiava a mão no bolso ou manipulava o cigarro. O'Brien passava uma impressão de confiança, mais do que de força, e também de compreensão acentuada por ironia. Por mais sério que pudesse ser, não tinha nada da obstinação de um fanático. Quando falara de assassinato, suicídio, doenças venéreas, membros amputados e faces alteradas havia sido com um ar sutil de zombaria. "É inevitável", sua voz parecia dizer. "É o que temos de fazer, sem hesitar. Mas não é o que devemos fazer quando a vida valer a pena novamente." Uma onda de admiração, quase de veneração, fluiu de Winston para O'Brien. No momento, esquecera a figura sombria de Goldstein. Quando se olhava para os ombros largos de O'Brien e sua face contundente, tão rústica e tão civilizada, era impossível acreditar que podia ser derrotado. Não havia artifícios que não pudesse sobrepujar, nenhum perigo que não pudesse prever. Até Julia parecia impressionada. Ela deixara o cigarro se apagar e estava escutando com atenção. O'Brien prosseguiu:

– Vocês já ouviram rumores acerca da existência da Irmandade. Sem dúvida já formaram uma imagem mental de como ela é. Já imaginaram, provavelmente, um enorme submundo de conspiradores se encontrando secretamente em porões, rabiscando mensagens nas paredes, reconhecendo-se mediante senhas ou gestos especiais. Nada do tipo existe. Os membros da Irmandade não têm forma de se reconhecerem entre si, e é impossível para qualquer membro estar ciente da identidade de mais do que alguns poucos. O próprio Goldstein, se caísse nas mãos da Polícia Ideológica, não poderia transmitir uma lista completa de membros ou qualquer informação que os levasse a uma lista completa. Tal lista não existe. A Irmandade não pode ser eliminada porque não é uma organização no sentido ordinário da palavra. Nada a mantém unida exceto a ideia, que é indestrutível. Vocês nunca terão nada para sustentá-los, a não ser a ideia. Não terão camaradagens e encorajamento. Quando forem capturados, não terão ajuda de ninguém. Nós nunca ajudamos nossos membros. No máximo, quando for absolutamente necessário que alguém seja silenciado, ocasionalmente conseguimos infiltrar uma lâmina de barbear na cela de um prisioneiro. Vocês precisarão se acostumar a viver sem resultados e sem esperança. Vão trabalhar por um tempo, vão ser capturados, vão confessar, e depois morrerão. Esses são os únicos resultados que vocês verão. Não há possibilidade que qualquer mudança perceptível aconteça no nosso tempo de vida. Nós somos os mortos. Nossa única vida de verdade está no futuro. Devemos ser parte disso como punhados de poeira e lascas de osso. Mas quão longe está esse futuro, não há como saber. Pode ser daqui a mil anos. No momento, nada é possível, exceto expandir a área de sanidade aos poucos. Não podemos agir coletivamente. Podemos apenas espalhar nosso conhecimento de indivíduo para indivíduo, geração após geração. Diante da Polícia Ideológica, não há outro jeito.

Parou e olhou pela terceira vez para o relógio de pulso.

– É quase hora de você partir, camarada – O'Brien disse para Julia. – Espere. O decantador ainda está cheio pela metade.

Encheu as taças e levantou a sua pela haste.

– Ao que brindaremos desta vez? – indagou, ainda com a mesma sugestão sutil de ironia. – À confusão da Polícia Ideológica? À morte do Grande Irmão? À humanidade? Ao futuro?

– Ao passado – disse Winston.

– O passado é mais importante – concordou O'Brien, grave.

Esvaziaram suas taças, e logo em seguida Julia se levantou para partir. O'Brien pegou uma caixinha do alto de uma prateleira e lhe entregou um tablete liso e branco, o qual pediu que colocasse na língua. Era importante, ele disse, não sair com bafo de vinho. Os ascensoristas no elevador eram bem observadores. Tão logo a porta se fechou, O'Brien pareceu se esquecer da existência dela. Deu mais alguns passos para um lado e para o outro, e depois parou.

– Há detalhes que devemos definir – disse ele. – Acredito que você tenha algum tipo de esconderijo…

Winston explicou sobre o quarto sobre a loja do sr. Charrington.

– Ele serve por enquanto. Mais adiante, devemos arranjar algo diferente para vocês. É importante trocar de esconderijo com frequência. Enquanto isso, enviarei uma cópia d'O LIVRO para vocês assim que possível. – Até O'Brien, Winston notou, parecia pronunciar as palavras como se estivessem em itálico. – O livro de Goldstein, você sabe. Pode ser que demore uns dias até que eu consiga uma cópia. Não há muitas em existência, como você deve imaginar. A Polícia Ideológica as caça e destrói quase tão rapidamente quanto somos capazes de produzi-las. Faz bem pouca diferença. O livro é indestrutível. Se a última cópia desaparecesse, poderíamos reproduzi-la quase palavra por palavra. Você leva uma maleta para o trabalho?

– Por via de regra, sim.

– Como ela é?

– Preta, bem surrada. Com dois fechos.

– Preta, dois fechos, muito surrada… muito bem. Algum dia, em um futuro razoavelmente próximo, não posso precisar uma data, uma das mensagens no seu trabalho matinal conterá uma palavra com erro de impressão, e você precisará requisitar que ela seja repetida. No dia seguinte, você irá trabalhar sem a maleta. Em dado momento durante o dia, na rua, um homem lhe encostará no braço e dirá "acho que você deixou cair sua maleta". Aquela que ele vai lhe entregar conterá a cópia do livro de Goldstein. Você vai devolvê-lo em catorze dias.

Permaneceram em silêncio por um tempo.

– Mais dois minutos antes de você partir – disse O'Brien. – Nos encontraremos de novo… se nos encontrarmos…

Winston levantou a cabeça.

– No lugar onde não há escuridão? – disse, hesitante.

O'Brien assentiu, aparentemente sem surpresa alguma.

– No lugar onde não há escuridão – disse ele, como se reconhecesse a alusão. – E enquanto isso, há algo que queira saber antes de partir? Alguma mensagem? Alguma dúvida?

Winston pensou. Não parecia haver nenhuma outra pergunta que quisesse fazer. Menos ainda, sentiu qualquer impulso de proferir generalidades extravagantes. Em vez de qualquer coisa relacionada diretamente com O'Brien ou com a Irmandade, irrompeu em sua mente uma imagem composta do quarto escuro onde sua mãe passara seus últimos dias, do quartinho sobre a loja do sr. Charrington, do peso de papel envidraçado e da gravura em aço na moldura de pau-rosa. Quase de forma aleatória, ele disse:

– Já ouviu uma rima antiga que começa com "Da laranja e do limão, a semente, bradam os sinos de São Clemente"?

O'Brien assentiu de novo. Com uma espécie de cortesia séria, completou a estrofe:

– Da laranja e do limão, a semente,
bradam os sinos de São Clemente,
Me deves um vintém, um trocadinho,
bradam os sinos de São Martinho,
Vai me pagar ou é fora da lei?
bradam os sinos de Old Bailey...
Quando for um rico felizardo,
bradam os sinos de São Leonardo.

– Você sabe o último verso! – exclamou Winston.

– Sim, eu sei o último verso. E agora receio que seja hora de partir. Mas espere. Melhor lhe dar uma daquelas balas.

Quando Winston se colocou de pé, O'Brien lhe estendeu a mão. Seu aperto vigoroso esmagou os ossos da mão de Winston. Na porta, Winston olhou para trás, mas O'Brien já parecia prestes a esquecê-lo. Estava aguardando com a mão no interruptor que ligava o telemonitor. A metros dele, Winston podia ver a escrivaninha com seu abajur esverdeado, o falescreva e cestas de arame entulhadas de papel. O evento estava terminado. Em trinta segundos, O'Brien voltaria para sua tarefa interrompida, mas importante, em nome do Partido.

IGNORÂNCIA É PODER
IGNORÂNCIA É PODER
IGNORÂNCIA É PODER
NORÂNC É POD
GNORÂN É PODER

CAPÍTULO 9

Winston estava gelatinoso de fatiga. Gelatinoso era a palavra certa. Viera-lhe à mente espontaneamente. Seu corpo parecia não apenas ter a consistência de uma gelatina, mas sua translucidez. Sentia que poderia ver a luz através da mão, se a levantasse. Todo o sangue e a linfa haviam sido drenados de seu corpo pelo excesso de trabalho, deixando apenas uma frágil estrutura de nervos, ossos e pele. Todas as sensações pareciam amplificadas. O macacão esfolava os ombros, a calçada irritava os pés, até mesmo abrir e fechar a mão eram um esforço que fazia as juntas rangerem.

Trabalhara mais de noventa horas em cinco dias. Assim como todo mundo no Ministério. Agora tudo estava finalizado, e ele literalmente não tinha nada para fazer, nenhum tipo de tarefa do Partido, até o dia seguinte pela manhã. Podia passar seis horas no esconderijo e outras nove na própria cama. Devagar, no sol fraco do entardecer, caminhou por uma rua esquálida em direção à loja do sr. Charrington, mantendo um olho atento para patrulhas, mas irracionalmente convencido de que naquela tarde não havia perigo de alguém interferir. A maleta pesada que carregava batia contra seu joelho a cada passo, transmitindo uma sensação de formigamento através da pele de sua perna. Dentro dela estava o livro, que já tinha em mãos havia seis dias e que ainda não abrira ou sequer olhara.

No sexto dia da Semana do Ódio, após as procissões, os discursos, a gritaria, a cantoria, as bandeiras, os pôsteres, os filmes, as esculturas de cera, o rufar dos tambores, o bramido das trombetas, o estrépito de pés marchando, o som esmerilhado das lagartas dos tanques, o rugido da esquadrilha de aviões, a troada das armas... Após seis dias daquilo, fora feito um anúncio. Quando o grande orgasmo estava sendo instigado ao clímax e o ódio generalizado pela Eurásia fervilhara a um ponto de delírio que faria a multidão inquestionavelmente dilacerar os dois mil criminosos de guerra eurasiáticos que seriam enforcados publicamente no último dia da cerimônia – caso conseguissem pôr as mãos neles –, fora anunciado que a Oceania não estava em guerra com a Eurásia, afinal. A Oceania estava em guerra com a Lestásia. A Eurásia era aliada.

Não houvera, claro, nenhuma admissão de que uma mudança ocorrera. Simplesmente, com extrema celeridade, tornara-se fato em todo lugar ao mesmo tempo que a Lestásia era o inimigo, e não a Eurásia. Winston estava participando de uma manifestação em uma das praças centrais de Londres no momento que aconteceu. Era noite, e os rostos brancos e as bandeiras escarlates estavam sinistramente iluminadas por holofotes. A praça estava abarrotada com vários milhares de pessoas, incluindo um grupo de cerca de mil alunos com uniforme dos Espiões. Em uma plataforma drapejada de vermelho, um orador do Partido Interno, um homenzinho curvado com braços desproporcionalmente longos, cabeça enorme e careca com alguns cachos delgados dispersos, estava arengando para a multidão. Era uma figura que lembrava um duende, contorcida de ódio, agarrando o punho do microfone com uma mão. Com a outra mão enorme na ponta de um braço magrela, gesticulava violentamente sobre a cabeça. Sua voz, metalizada pelos amplificadores, berrava um catálogo infinito de atrocidades, massacres, deportações, saques, estupros, tortura de prisioneiros, bombardeamento de civis, propagandas mentirosas, agressões injustas e tratados quebrados. Era quase impossível ouvi-lo sem antes ser convencido por suas palavras e ficar enlouquecido. A cada poucos instantes, a fúria da multidão atingia um limite, e a voz do orador desaparecia em meio aos rosnados bestiais que se elevavam sem controle dos milhares de bocas. Os gritos mais selvagens vinham dos estudantes das escolas. O discurso já ocorria por uns vinte minutos quando um mensageiro se apressou na plataforma e entregou um pedaço de papel na mão do orador. Ele o abriu e leu sem pausar o discurso. Nada mudou em sua voz ou expressão, ou no conteúdo do que falava, mas de repente os nomes ficaram diferentes. Sem nenhuma palavra dita, uma onda de entendimento perpassou a multidão. A Oceania estava em guerra com a Lestásia! No momento seguinte, houve uma comoção extraordinária. Os pôsteres e as bandeiras que decoravam a praça estavam todos errados! Cerca de metade tinha as faces erradas. Era sabotagem! Os agentes de Goldstein estiveram atuando! Houve um interlúdio tumultuoso enquanto pôsteres eram arrancados das paredes e bandeiras rasgadas e pisoteadas. Os Espiões executaram façanhas escalando para os telhados e cortando as bandeirolas que esvoaçavam nas chaminés. Mas, em dois ou três minutos, estava tudo acabado. O orador, ainda agarrado ao punho do microfone, os ombros curvados para a frente, a mão livre rasgando o ar, prosseguira com o discurso. Mais um minuto e os rugidos ferozes de fúria soaram de novo da multidão. O Ódio continuava exatamente como antes, exceto que o alvo mudara.

O que impressionou Winston ao pensar naquilo fora o fato de o orador ter passado de uma linha de pensamento para outra no meio da frase, não apenas sem pausar, mas sem sequer quebrar a sintaxe. Mas, no momento do discurso, Winston tinha outros assuntos com os quais se preocupar. Foi durante a confusão em que os pôsteres foram rasgados que um homem cujo rosto ele não conhecia o cutucou no ombro e disse:

– Com licença, acho que deixou cair sua maleta.

Winston pegou a maleta distraidamente, sem falar. Sabia que levaria dias até que conseguisse uma oportunidade de abri-la. No momento que a manifestação acabou, foi direto para o Ministério da Verdade, ainda que fosse quase vinte e três horas. Toda a equipe do Ministério fez o mesmo. As ordens transmitidas pelos telemonitores, pedindo que voltassem ao trabalho, nem eram necessárias.

A Oceania estava em guerra com a Lestásia, logo, a Oceania sempre estivera em guerra com a Lestásia. Grande parte da literatura política dos cinco anos anteriores se tornara completamente obsoleta. Relatos e registros de todos os tipos, jornais, livros, panfletos, filmes, músicas, fotografias – tudo precisava ser retificado na velocidade da luz. Ainda que não se tenha emitido nenhuma diretiva, sabia-se que o objetivo dos chefes de Departamento era que as referências à guerra contra a Eurásia ou à aliança com a Lestásia não existissem em lugar algum dentro de uma semana. O trabalho foi agonizante, ainda mais porque os processos envolvidos não podiam ser chamados pelos seus nomes verdadeiros. Todo mundo no Departamento de Documentação trabalhou dezoito horas por dia, com dois intervalos de três horas para descansar. Colchões foram trazidos dos porões e espalhados pelos corredores. As refeições consistiam de sanduíches e Café do Triunfo distribuídos em carrinhos por atendentes do refeitório. Toda vez que Winston pausava para um de seus cochilos, tentava deixar a mesa sem nenhum trabalho, e toda vez que acordava com os olhos grudentos e doloridos, encontrava a mesa entulhada de cilindros de papel como se houvesse acontecido uma nevasca deles, espalhando-se pelo chão e parcialmente enterrando o falescreva, de maneira que a primeira tarefa era sempre empilhá-los à procura de liberar espaço. O pior de tudo era que o trabalho estava longe de ser meramente mecânico. Com frequência, era apenas substituir um nome por outro, mas qualquer relato detalhado de eventos demandava apuro e imaginação. Até mesmo o conhecimento geográfico necessário para transferir a guerra de uma parte do mundo para outra era considerável.

No terceiro dia, seus olhos doíam insuportavelmente e seus óculos precisavam ser limpos a cada poucos minutos. Era como se esforçar com uma tarefa física cansativa, algo que se tinha o direito de recusar, mas que provocava uma ansiedade neurótica para terminar. Mesmo quando lembrava, não se incomodou com o fato de que cada palavra que murmurava no falescreva e cada traço do seu lápis eram mentiras deliberadas. Estava tão angustiado quanto os demais no Departamento para que a falsificação saísse perfeita. Na manhã do sexto dia, a chuva de cilindros diminuiu. Por quase meia hora, nada saiu do tubo; então, mais um cilindro, e depois nada. Em todo canto e ao mesmo tempo a carga de trabalho estava aliviando. Um suspiro profundo e secreto, por assim dizer, soou pelo Departamento. Um grande feito, que nunca poderia ser mencionado, fora conquistado. Agora era impossível que qualquer ser humano provasse por evidência documental que uma guerra contra a Eurásia acontecera um dia. Ao meio-dia, foi anunciado inesperadamente que todos os trabalhadores do Ministério estavam liberados até o dia seguinte pela manhã. Winston, ainda carregando a maleta contendo o livro, que permanecera entre os seus pés enquanto trabalhava e sob o corpo enquanto dormia, foi para casa, barbeou-se e quase caiu no sono durante o banho, ainda que a água estivesse um pouco mais do que morna.

Com uma estalada prazerosa das articulações, Winston subiu as escadas da loja do sr. Charrington. Estava cansado, mas não mais sonolento. Abriu a janela, acendeu o pequeno fogão a óleo e colocou uma panela de água para o café. Julia chegaria logo, mas enquanto isso havia o livro. Sentou-se na cadeira desmazelada e soltou os fechos da maleta.

Era um livro preto e pesado, de acabamento amador, sem nome ou título na capa. A impressão também parecia ligeiramente irregular. As páginas estavam carcomidas nas pontas e caíam com facilidade, como se o livro tivesse passado por muitas mãos. Na folha de rosto, estava escrito:

TEORIA E PRÁTICA DO COLETIVISMO OLIGÁRQUICO
por Emmanuel Goldstein

Winston começou a ler:

Capítulo I
Ignorância é Poder

Ao longo da história documentada, e provavelmente desde o fim do Período Neolítico, existiram três tipos de pessoas no mundo. As Altas, as Médias e as Baixas. Elas foram subdivididas de muitas maneiras e dispuseram de inúmeras nomenclaturas diferentes. Seus números relativos, bem como sua atitude com relação ao próximo, variaram de era para era, mas a estrutura principal da sociedade nunca foi alterada. Mesmo após grandes revoltas e mudanças aparentemente irrevogáveis, o mesmo padrão sempre se reafirmou, como um giroscópio que sempre volta ao seu estado de equilíbrio, não importando quão longe ou em que direção ele seja empurrado.

Os objetivos desses grupos são totalmente irreconciliáveis...

Winston parou de ler, principalmente para apreciar o fato de que estava lendo, com conforto e segurança. Estava sozinho: nenhum telemonitor, nenhum ouvido na fechadura, nenhum impulso nervoso de olhar sobre o ombro ou de cobrir a página com a mão. O ar doce do verão soprava em sua bochecha. Em algum lugar ao longe, os gritos indistintos de crianças soaram. No quarto não havia barulho algum, exceto a voz estalada do relógio. Acomodou-se na cadeira e colocou os pés no apoio de proteção da lareira. Era a felicidade, a eternidade. De repente, como se faz às vezes com um livro que se sabe que será lido e relido, Winston abriu em uma página diferente e caiu no Capítulo III. Continuou a leitura:

Capítulo III
Guerra é paz

A divisão do mundo em três grandes superestados foi um evento que podia ser – e, de fato, foi – previsto antes da metade do século XX. Com a absorção da Europa pela Rússia e do Império Britânico pelos Estados Unidos, dois dos três poderes existentes, a Eurásia e a Oceania, já existiam efetivamente. O terceiro, a Lestásia, apenas emergiu como unidade distinta após mais uma década de confrontos caóticos. As fronteiras entre os três superestados são, em alguns casos, arbitrárias, e em outros elas se movem de acordo com os resultados da guerra, mas geralmente seguem linhas geográficas. A Eurásia consiste da região norte de toda a massa continental europeia e asiática, de Portugal ao Estreito de Bering. A Oceania consiste nas Américas, nas ilhas do oceano Atlântico, incluindo as Ilhas Britânicas, na Australásia, e na porção sul da África. A Lestásia, menor do que os outros e de fronteira ocidental menos definida, consiste na China e nos países ao sul dela, além das ilhas do Japão e uma ampla e variável porção da Manchúria, da Mongólia e do Tibete.

Em uma ou outra combinação, esses três superestados estão permanentemente em guerra, e estiveram pelos últimos vinte e cinco anos. A guerra, contudo, não é mais o esforço aniquilador e desesperado que foi nas primeiras décadas do século XX. É uma guerra de objetivos limitados entre combatentes incapazes de destruírem um ao outro, que não possuem razão material para o confronto e não são divididos por nenhuma diferença ideológica significativa. Isso não quer dizer que a forma como a guerra é conduzida, ou a atitude prevalecente com relação a ela, tornou-se menos sangrenta ou mais nobre. Pelo contrário, a histeria da guerra é contínua e universal em todos os países, e atos como estupros, saques, massacres de crianças, condenações de populações inteiras à escravidão e retaliação contra prisioneiros, que muitas vezes se estende a atos de queimá-los ou enterrá-los vivos, são vistos como normais e, quando são cometidos pelo próprio lado e não pelo inimigo, como feitos louváveis. Mas fisicamente a guerra envolve um número muito pequeno de pessoas, a maioria das quais são especialistas altamente capacitados, e ocasiona muito poucas fatalidades. Os confrontos, quando existem, acontecem nas fronteiras parcamente definidas, onde o cidadão comum pode apenas tentar adivinhar onde são situadas, ou nas Fortalezas Flutuantes que protegem pontos estratégicos nas rotas marítimas. Nos centros da civilização, a guerra significa apenas uma redução contínua de bens de consumo e a queda ocasional de um míssil que pode causar algumas dezenas de mortes. A guerra, de fato, mudou seus atributos. Mais exatamente, mudou a ordem de importância dos motivos pelos quais as guerras são travadas. Motivos que já existiam em menor escala nas grandes guerras do início do século XX *tornaram-se importantes e são conscientemente reconhecidos e postos em prática.*

Para entender a natureza da guerra atual – apesar do realinhamento que ocorre de poucos em poucos anos, ela ainda é a mesma guerra –, deve-se entender, em primeiro lugar, que é impossível que ela seja conclusiva. Nenhum dos três superestados pode ser definitivamente conquistado, mesmo pelos dois outros combinados. Eles são uniformemente páreos, e suas defesas naturais são muito eficientes. A Eurásia é protegida por seus vastos espaços de terra, a Oceania pela vastidão do Atlântico e do Pacífico, e a Lestásia pela fecundidade e diligência de seus habitantes. Em segundo lugar, não há mais nada no aspecto material pelo qual se lutar. Com o estabelecimento de economias autocontidas, nas quais produção e consumo se retroalimentam, a corrida por mercados, que foi um motivo importante de guerras anteriores, não existe mais, enquanto a competição por matéria-prima deixou de ser questão de vida ou morte. De qualquer modo, todos os três superestados são tão vastos que podem obter quase toda a matéria de que precisam dentro das próprias fronteiras. Enquanto a guerra tiver um propósito econômico direto, ela é uma guerra por força de trabalho. Entre as fronteiras dos superestados, e nunca em posse permanente de nenhum deles, existe um quadrilátero aproximado com as bordas em Tânger, Brazzaville, Darwin e Hong Kong, contendo cerca de um quinto da população da Terra. É pela posse dessas regiões densamente povoadas e da calota polar ártica que os três poderes estão constantemente lutando.

Na prática, nenhum poder chega a controlar a região disputada por inteiro. Porções dela estão constantemente mudando de mãos, e é a oportunidade de conquistar um ou outro fragmento com algum golpe repentino e pérfido que dita as incontáveis alterações de alinhamento.

Todos os territórios disputados contêm minerais valiosos, e alguns produzem importantes produtos vegetais como a borracha, que em climas mais frios deve ser produzida sinteticamente por métodos comparativamente mais caros. Mas, em especial, todos os territórios contêm uma reserva sem-fim de mão de obra barata. O poder de controle sobre a África equatorial, os países do Oriente Médio, o Sul da Índia ou o arquipélago da Indonésia implica a disposição também de dezenas ou centenas de milhões de trabalhadores laboriosos e mal remunerados. Os habitantes de tais regiões, subjugados mais ou menos abertamente à escravidão, são transmitidos de conquistador para conquistador, e usados como se fossem carvão ou petróleo na corrida para produzir mais armamento, capturar mais territórios, e daí em diante. Deve-se notar que o conflito nunca se move para além das fronteiras das áreas disputadas. As fronteiras da Eurásia variam entre a bacia do rio Congo e a costa norte do Mediterrâneo; as ilhas do oceano Índico e do Pacífico são constantemente capturadas e recap turadas pela Oceania ou pela Lestásia; na Mongólia, a linha divisória entre Eurásia e Lestásia nunca é estável; ao redor do Polo Norte, todos os três poderes clamam enormes porções territoriais que são, na verdade, largamente desabitadas e inexploradas. Mas o equilíbrio de poder sempre permanece aproximadamente o mesmo, e o território que forma o cerne de cada superestado sempre continua inviolado. Além disso, o trabalho dos povos explorados ao longo da linha do Equador não é realmente necessário para a economia global. Não adicionam nada à riqueza do mundo, já que sua produção é utilizada para propósitos de guerra, e o objetivo de se fazer uma guerra é sempre estar em uma posição melhor para quando outra guerra acontecer. Com sua força de trabalho, a população escravizada permite a aceleração do ritmo contínuo da guerra. Todavia, se tais trabalhadores não existissem, a estrutura da sociedade global e o processo pelo qual ela se mantém não seriam essencialmente diferentes.

O objetivo primário da guerra moderna (de acordo com os princípios do DUPLOPENSAR, *tal objetivo é simultaneamente reconhecido e não reconhecido pelas lideranças do Partido Interno) é utilizar os produtos do sistema sem elevar o padrão geral de vida. Desde o fim do século* XIX, *o problema do que fazer com o excedente na produção de bens de consumo se tornou latente na sociedade industrial. No momento, com poucos seres humanos tendo o suficiente até mesmo para se alimentar, esse problema obviamente não é urgente, e poderia nunca ter se tornado urgente, mesmo se nenhum processo artificial de destruição estivesse em prática. O mundo atual é um lugar desnudo, faminto e arruinado se comparado com um mundo que existia antes de 1914, e ainda mais se comparado com o futuro imaginário pelo qual as pessoas daquele período ansiavam. No início do século* XX, *a visão de uma sociedade futura inacreditavelmente rica, desocupada, ordenada e eficiente – um mundo antisséptico brilhante feito de vidro, aço e concreto extremamente branco – era parte da consciência de quase todas as pessoas letradas. A ciência e a tecnologia estavam se desenvolvendo a uma velocidade extraordinária, e parecia natural presumir que continuaria assim. Isso não aconteceu, em parte em razão do empobrecimento causado por uma longa série de guerras e revoluções, e em parte porque o progresso científico e técnico dependia do hábito empírico do pensamento, que não tinha como sobreviver em uma sociedade estritamente regimentada. Como um todo, o mundo é mais primitivo hoje do que era há cinquenta anos. Certas áreas atrasadas progrediram e vários dispositivos, sempre conectados de algum modo à guerra e à espionagem policial, foram desenvolvidos, mas experimentos e invenções pararam, de forma geral. Além disso, as devastações das guerras atômicas dos anos 1950 nunca foram totalmente reparadas. Não obstante, os perigos inerentes ao sistema ainda existem. A partir do momento em que o sistema surgiu, ficou claro para todos os seres pensantes que a necessidade de força humana de trabalho intenso havia desaparecido, provocando impacto extenso na desigualdade social. Se o sistema tivesse sido utilizado deliberadamente para esse fim, a fome, o excesso de trabalho, o lixo, o analfabetismo e as doenças poderiam ter sido eliminados em algumas gerações. E, de fato, sem ser usado para nenhum desses propósitos, mas por intermédio de um processo automático – produzindo riqueza que muitas vezes era impossível não distribuir –, o sistema elevou bastante os padrões de vida do ser humano médio em um período de aproximadamente cinquenta anos no fim do século* XIX *e início do século* XX.

Mas também ficou claro que um aumento generalizado na prosperidade ameaçava destruir – na realidade, era a própria destruição – uma sociedade hierárquica. Em um mundo onde todos trabalhassem poucas horas, tivessem o suficiente para se alimentar, vivessem em uma casa com um banheiro e uma geladeira e possuíssem um carro ou até um avião, a forma mais óbvia, e talvez a mais significativa, de desigualdade já teria desaparecido. Se a prosperidade se tornasse geral, ela não conferiria distinções. Era possível, sem dúvida, imaginar uma sociedade na qual a RIQUEZA, *no sentido de posses e luxos pessoais, fosse igualmente distribuída, enquanto o* PODER *permanecesse nas mãos de uma pequena classe privilegiada. Mas, na prática, tal sociedade não poderia se manter estável. Uma vez que lazer e segurança fossem desfrutados do mesmo modo por todos, a vasta massa de seres humanos normalmente entorpecida pela pobreza se tornaria esclarecida e aprenderia a pensar por conta própria. Uma vez que isso fosse possível, cedo ou tarde perceberiam que a minoria privilegiada não tinha função alguma, e arrancariam tais privilégios dela. No longo prazo, uma sociedade hierárquica só seria possível se baseada em pobreza e ignorância. Retornar ao passado agricultor, como alguns pensadores no início do século XX sonhavam em fazer, não era uma solução prática. Ela conflitava com a tendência em direção à mecanização que se tornara quase instintiva por quase todo o mundo e, além disso, qualquer país que permanecesse industrialmente retrógrado ficaria militarmente indefeso, fadado a ser dominado, de maneira direta ou indireta, por seus rivais mais desenvolvidos.*

Também não era uma solução satisfatória manter a grande massa na pobreza ao restringir a produção de bens. Isso aconteceu em maior escala durante a fase final do capitalismo, aproximadamente entre 1920 e 1940. A economia de muitos países se estagnou, a terra parou de ser cultivada, não houve acréscimo de equipamentos essenciais e grandes parcelas da população foram impedidas de trabalhar e mantidas parcialmente vivas pela caridade do Estado. Mas isso também resultava em fraqueza militar e, como as privações ocasionadas por esse modo de vida eram obviamente desnecessárias, a oposição se tornou inevitável. O problema era como manter as engrenagens da indústria girando sem aumentar a riqueza efetiva do mundo. Bens deveriam ser produzidos, mas não distribuídos. E, na prática, o único meio de conseguir isso foi mediante a guerra contínua.

O ato essencial da guerra é a destruição, não necessariamente de vidas humanas, mas dos produtos do trabalho humano. A guerra é uma forma de destroçar, lançar para o espaço ou afundar nas profundezas do oceano a matéria que poderia ser utilizada para fazer as massas mais confortáveis e, portanto, no longo prazo, inteligentes demais. Mesmo quando as armas da guerra não são realmente destruídas, sua manufatura é uma forma conveniente de ocupar a força de trabalho sem produzir nada que possa ser consumido. Uma Fortaleza Flutuante, por exemplo, tem atrelada a si a força de trabalho necessária para construir várias centenas de navios de carga. No fim das contas, ela é descartada e considerada obsoleta, nunca tendo trazido qualquer benefício material a ninguém e, com mais empenho, outra Fortaleza Flutuante é construída. Em princípio, a guerra é sempre planejada para devorar qualquer excedente apto a existir para além das necessidades mínimas da população. Na prática, as necessidades da população são sempre subestimadas, e o resultado é que sempre há uma escassez crônica de metade dos bens necessários para se viver; porém, isso é visto como vantagem. É uma política deliberada manter até mesmo grupos favorecidos em algum lugar no limiar da dificuldade porque um estado geral de escassez aumenta a importância de pequenos privilégios e, com isso, amplia a distinção entre um grupo e outro. Pelos padrões do início do século XX, *até mesmo um membro do Partido Interno leva uma vida austera e trabalhadora. No entanto, os poucos luxos aproveitados, como seu apartamento bem equipado, o tecido melhor de suas roupas, a qualidade superior da comida, da bebida e do tabaco, os dois ou três empregados e seu carro ou helicóptero particular colocam-no em um mundo diferente de um membro do Partido Externo. E os membros do Partido Externo têm vantagens similares se comparados com a classe desfavorecida conhecida como "proletários". A atmosfera social é a de uma cidade sob cerco, onde a posse de um naco de carne de cavalo faz a diferença entre a riqueza e a pobreza. E, ao mesmo tempo, a consciência de estar em guerra e, portanto, em perigo faz com que entregar o poder a uma pequena casta pareça uma condição natural e inevitável para a sobrevivência.*

A guerra, como será visto, garante a destruição necessária, mas o faz de forma psicologicamente aceitável. Em princípio, seria bem simples desperdiçar a força de trabalho excedente do mundo construindo templos e pirâmides, cavando buracos e os enchendo novamente, ou até mesmo produzindo vastas quantidades de bens apenas para atear fogo neles. Mas isso proporcionaria apenas a motivação econômica e não a base emocional para uma sociedade hierárquica. O que está em discussão neste capítulo não é o estado de espírito das massas, cuja atitude é insignificante enquanto se mantiverem trabalhando, mas o estado de espírito do Partido em si. Espera-se que até o mais humilde membro do Partido seja competente, trabalhador e até mesmo inteligente dentro de seus limites restritos, mas também é necessário que seja um crente e um fanático ignorante cujos ânimos prevalecentes sejam o medo, o ódio, a adulação e o triunfo orgíaco. Em outras palavras, é necessário que ele tenha a mentalidade apropriada para guerras. Não importa se a guerra está realmente acontecendo e, como não é possível existir uma vitória decisiva, não importa se a guerra está indo bem ou mal. Tudo que é preciso é que um estado de guerra exista. A divisão de inteligência que o Partido requer de seus membros, e que é mais facilmente alcançável em uma atmosfera de guerra, é agora quase universal, mas, quanto mais alto socialmente se está, mais acentuado tal estado se torna. É precisamente no Partido Interno que a euforia da guerra e o ódio ao inimigo são mais fortes. Como administrador, é frequentemente necessário que um membro do Partido Interno saiba quando uma notícia sobre a guerra é mentira e, frequentemente, ele pode notar que toda a guerra é uma farsa, que não está acontecendo ou está sendo travada por motivos bem diferentes que os declarados, mas tal conhecimento é facilmente neutralizado pela técnica do DUPLOPENSAR. *Ao mesmo tempo, nenhum membro do Partido Interno hesita sequer por um instante na crença mística de que a guerra é real, predestinada a terminar com a vitória, sendo a Oceania a indiscutível mestre de todo o mundo.*

Todos os membros do Partido Interno acreditam nessa conquista vindoura como uma questão de fé. Ela será alcançada seja por aquisição gradativa de mais territórios, que garantirá preponderância avassaladora de poder, ou por meio de alguma arma nova e ainda desconhecida. A busca por novas armas continua sem cessar e é uma das pouquíssimas atividades em que mentes inventivas e especulativas podem encontrar uma válvula de escape. Na Oceania dos dias atuais, a Ciência, no sentido antigo da palavra, praticamente não existe mais. Em novidioma não há palavra para "Ciência". O método empírico de pensamento, no qual todos os avanços científicos do passado são fundados, é contraditório aos princípios mais fundamentais do Socing. Até mesmo o progresso tecnológico só acontece quando seus produtos podem ser utilizados de alguma forma para diminuir a liberdade humana. Em todos os campos úteis, o mundo ou está estagnado ou em retrocesso. Os campos são cultivados com arados puxados por cavalos enquanto livros são escritos por máquinas. Mas em questões de importância vital – ou seja, a guerra e a espionagem policial –, a abordagem empírica ainda é encorajada, ou pelo menos tolerada. Os dois objetivos do Partido são conquistar toda a superfície da Terra e extinguir de uma vez por todas a possibilidade de pensamento independente. Há, portanto, dois grandes problemas que o Partido tenta resolver. Um deles é como descobrir, contra a própria vontade, o que outro ser humano está pensando, e o segundo é como matar várias centenas de milhões de pessoas em instantes sem emitir nenhum alerta. À medida que a pesquisa científica continua, estes são seus assuntos principais. O cientista de hoje é uma mistura de psicólogo e inquisidor, estudando com uma minúcia sincera e comum o significado de expressões faciais, gestos e tons de voz, além de testar o efeito de drogas da verdade, terapia de choque, hipnose e tortura física; ou ele é um químico, físico ou biólogo preocupado apenas com as ramificações de sua especialidade conforme elas são relevantes para tirar a vida do próximo. Nos enormes laboratórios do Ministério da Paz e em estações experimentais escondidas em florestas brasileiras, no deserto australiano ou em ilhas perdidas na Antártida, as equipes de especialistas são incansáveis em seu trabalho. Algumas estão preocupadas apenas com o planejamento da logística de guerras futuras; outras planejam mísseis cada vez maiores, explosivos cada vez mais potentes e equipamentos de proteção cada vez mais impenetráveis; outros tentam descobrir gases novos e mais mortais, venenos solúveis capazes de serem produzidos em quantidades suficientes para destruir a vegetação de continentes inteiros ou cepas de doenças imunizadas contra todos os anticorpos possíveis; outros buscam produzir veículos aptos a cavar caminhos sob o solo tal qual um submarino sob a água, ou um avião tão independente de sua base como um navio; outros exploram possibilidades ainda mais remotas, como focar os raios do sol através de lentes suspensas a milhares de quilômetros no espaço ou como produzir terremotos e maremotos artificiais usando como fonte o calor no centro da Terra.

Mas nenhum desses projetos nunca chega perto de ser realizado, e nenhum dos três superestados jamais ganha vantagem significativa sobre os demais. O mais notável é que todos os três poderes já possuem, na bomba atômica, uma arma muito mais poderosa do que qualquer outra que as pesquisas atuais possam descobrir. Embora o Partido, de acordo com seu hábito, clame a invenção delas, as bombas atômicas apareceram no início dos anos 1940, e foram primeiro utilizadas em larga escala cerca de dez anos depois. Naquela época, centenas de bombas foram jogadas em centros industriais, principalmente na parte europeia da Rússia, na Europa Ocidental e na América do Norte. O objetivo era convencer os grupos dominantes de todos os países de que mais algumas bombas atômicas significariam o fim da sociedade organizada e, portanto, de seu próprio poder. Subsequentemente, ainda que nenhum tratado formal tenha sido assinado ou sequer cogitado, nenhuma outra bomba foi jogada. Todos os três poderes continuaram a produzir bombas atômicas e armazená-las para a oportunidade decisiva que acreditavam que viria cedo ou tarde. Enquanto isso, a arte da guerra permaneceu praticamente estacionária por trinta ou quarenta anos. Helicópteros são mais utilizados do que antes, bombardeiros foram largamente substituídos por projéteis autoimpulsionados, e os frágeis couraçados deram lugar à Fortaleza Flutuante, praticamente incapaz de naufragar; mas além disso houve pouco desenvolvimento. O tanque, o submarino, o torpedo, a metralhadora, e até mesmo o fuzil e a granada ainda estão em uso. Apesar dos incontáveis massacres noticiados pela imprensa e nos telemonitores, as batalhas desesperadoras das guerras anteriores, nas quais centenas de milhares ou até milhões de homens eram frequentemente mortos em poucas semanas, nunca se repetiram.

Nenhum dos três superestados tenta qualquer manobra que envolva o risco de uma derrota efetiva. Quando qualquer grande operação acontece, normalmente é um ataque--surpresa contra um aliado. A estratégia que os três poderes seguem, ou fingem estar seguindo, é a mesma. Por meio de uma combinação de luta, barganha e façanhas de traição oportunas, o plano é adquirir um conjunto de bases cercando completamente um ou outro estado rival, e então assinar um pacto de amizade com um inimigo e permanecer em paz por tantos anos quanto forem necessários para deixá-lo relaxar e acalmar as suspeitas. Durante esse tempo, os mísseis carregados com bombas atômicas podem ser montados em todos os pontos estratégicos; por fim, poderão ser disparados simultaneamente com efeitos tão devastadores que tornariam impossível uma retaliação. Assim, será o momento de assinar um pacto de amizade com o poder global restante, em preparação para mais um ataque. Esse esquema, desnecessário mencionar, é apenas um devaneio impossível de ser realizado. Além disso, nenhuma luta acontece, exceto nas áreas disputadas próximas ao Equador e ao Polo Norte. Nenhuma invasão de território inimigo jamais é executada. Isso explica o fato de as fronteiras entre os superestados serem arbitrárias em alguns lugares. A Eurásia, por exemplo, poderia com facilidade conquistar as Ilhas Britânicas, que são geograficamente pertencentes à Europa ou, por outro lado, a Oceania poderia forçar suas fronteiras até o rio Reno ou mesmo até o rio Vístula. Mas fazê-lo violaria o princípio, seguido por todos os lados, ainda que nunca formulado, da integridade cultural. Se a Oceania conquistasse as regiões que um dia foram a França e a Alemanha, seria necessário exterminar seus habitantes, tarefa que impunha grande dificuldade, ou assimilar uma população de cerca de cem milhões de pessoas, que, no que diz respeito ao desenvolvimento técnico, está aproximadamente no nível da Oceania. O problema é o mesmo para todos os três superestados. É absolutamente necessário para suas estruturas que não haja contato com estrangeiros, exceto de uma forma limitada com prisioneiros de guerra e escravos de outras nacionalidades. Até mesmo o aliado oficial do momento é sempre visto com enorme suspeita. Com exceção dos prisioneiros de guerra, o cidadão médio da Oceania nunca vê um cidadão da Eurásia ou da Lestásia, e o aprendizado de idiomas estrangeiros é proibido. Se tal contato fosse permitido, seria descoberto que todos são pessoas similares entre si e que tudo o que foi contado é mentira. O mundo selado onde se vive seria quebrado, e o medo, o ódio e a hipocrisia dos quais a moral depende podem evaporar. Portanto, todos os lados sabem que mesmo que a Pérsia, o Egito, Java ou Ceilão possam trocar de dono, as fronteiras principais não devem ser cruzadas, exceto pelas bombas.

Sob tal estrutura reside um fato que nunca é mencionado em voz alta, mas tacitamente compreendido e posto em prática: isto é, que as condições de vida em todos os três superestados são praticamente as mesmas. Na Oceania, a filosofia prevalecente é conhecida como Socing, na Eurásia é o Neobolchevismo e na Lestásia possui um nome chinês que normalmente é traduzido para Culto à Morte, mas talvez melhor compreendido como Obliteração da Individualidade.

O cidadão da Oceania é proibido de conhecer qualquer coisa acerca dos preceitos das outras duas filosofias, mas é ensinado a abominá-las como ataques bárbaros à moralidade e ao senso comum. Na verdade, as três filosofias são quase indistinguíveis e os sistemas sociais suportados por elas não são nem infimamente distinguíveis. Em todo lugar, a mesma estrutura piramidal prevalece, o mesmo culto a um líder quase divino, a mesma economia que existe por meio da guerra contínua e para ela. Os três superestados não podem apenas conquistar uns aos outros, como também não obteriam vantagem alguma ao fazê-lo. Pelo contrário, enquanto permanecerem em conflito, eles suportam uns aos outros, como três espigas de milho apoiadas. E, como usual, os grupos dominantes dos três poderes estão simultaneamente cientes e ignorantes do que estão fazendo. Suas vidas são dedicadas à conquista global, mas também sabem acerca da necessidade de a guerra continuar para sempre e sem vitória. Enquanto isso, o fato de que NÃO HÁ *risco de conquista torna possível a negação da realidade, que é a característica principal do Socing e das filosofias rivais. Aqui, é necessário repetir o que foi dito anteriormente: ao tornar-se contínua, a guerra mudou fundamentalmente suas características.*

Nos tempos idos, a guerra quase por definição era algo que cedo ou tarde chegava a um fim, normalmente com uma vitória ou derrota inquestionável. No passado, também, a guerra foi um dos instrumentos principais pelos quais as sociedades humanas mantinham contato com a realidade física. Líderes de todas as épocas tentaram impor uma falsa visão do mundo sobre seus seguidores, mas não podiam encorajar nenhuma ilusão que prejudicasse a eficiência militar. Enquanto a derrota significasse a perda da independência, ou outro resultado geralmente considerado indesejável, as precauções contra a derrota deviam ser sérias. Fatos não podiam ser ignorados. Na filosofia, na religião, na ética ou na política, dois mais dois podem somar cinco, mas ao projetar uma arma ou um avião era necessário que o resultado fosse quatro. Nações ineficientes eram conquistadas, mais cedo ou mais tarde, e a luta por eficiência era prejudicial às ilusões. Além disso, para ser eficiente era necessário aprender com o passado, o que significava ter uma ideia razoavelmente precisa do que acontecera no passado. Jornais e livros de História eram, claro, sempre floreados e enviesados, mas falsificações do tipo praticado hoje seriam impossíveis. A guerra era uma salvaguarda da sanidade, e no que dizia respeito às classes dominantes, era provavelmente a mais importante das salvaguardas. Enquanto guerras pudessem ser vencidas ou perdidas, nenhuma classe dominante podia ser completamente irresponsável.

Entretanto, quando a guerra se torna literalmente contínua, ela também deixa de ser perigosa. Quando a guerra é contínua, não existe a necessidade militar. O progresso tecnológico pode cessar e os fatos mais palpáveis podem ser negados ou desconsiderados. Como vimos, pesquisas que podem ser consideradas científicas ainda são feitas para os objetivos da guerra, mas são essencialmente um devaneio, e a falha ao mostrar resultados não é importante. A eficiência, até mesmo a eficiência militar, não é mais necessária. Nada é eficiente na Oceania, exceto a Polícia Ideológica. Como os três superestados são inconquistáveis, cada um deles é um universo separado dentro do qual praticamente qualquer perversão de pensamento pode ser praticada com segurança. A realidade apenas exerce sua pressão através das necessidades cotidianas – de comer e beber, de ter uma moradia e roupas, de não ingerir veneno ou não cair da janela do último andar, e coisas do gênero. Entre a vida e a morte, e entre o prazer e o sofrimento físicos, ainda existe uma distinção, mas isso é tudo. Sem contato com o mundo externo e com o passado, o cidadão da Oceania é como uma pessoa no espaço interestelar, sem saber qual direção é para cima ou para baixo. Os dominantes de tal estado são absolutos como os faraós ou os césares jamais poderiam ser. São obrigados a impedir que seus seguidores morram de fome em números grandes o bastante para se tornar um inconveniente, e são obrigados a permanecer no mesmo nível baixo de técnica militar que seus rivais; mas, uma vez que tal mínimo é atingido, podem moldar a realidade no que desejarem.

A guerra, portanto, se a julgarmos pelos padrões das guerras anteriores, é meramente um artifício. É como as batalhas entre certos animais ruminantes cujos chifres são dispostos em um ângulo que os torna incapazes de machucar um ao outro. Mas, ainda que irreal, ela não é insignificante. Devora o excedente dos bens de consumo e ajuda a preservar a atmosfera mental especial de que uma sociedade hierárquica precisa. A guerra, como será visto, é agora uma questão puramente de assuntos internos. No passado, os grupos dominantes de todos os países, ainda que pudessem reconhecer interesses em comum e limitar a destrutividade da guerra, lutavam uns contra os outros, e o vitorioso sempre saqueava os derrotados. Nos dias de hoje, não estão lutando entre si. A guerra é travada por cada grupo dominante contra os próprios cidadãos, e o objetivo da guerra não é fazer ou impedir a conquista de territórios, mas manter a estrutura da sociedade intacta. A própria palavra "guerra", portanto, tornou-se enganadora. Provavelmente, seria adequado dizer que, ao se tornar contínua, a guerra deixou de existir. A pressão peculiar que ela exercia nos seres humanos entre o Período Neolítico e o início do século XX desapareceu e foi substituída por algo bem diferente. O efeito seria praticamente o mesmo se os três superestados, em vez de lutarem entre si, decidissem viver em uma paz perpétua, invioláveis dentro de suas fronteiras. Nesse caso, cada um deles ainda seria um universo autocontido, livre para sempre da influência séria de perigo externo. Uma paz verdadeiramente permanente seria idêntica a uma guerra permanente. Este – ainda que a vasta maioria do Partido só compreenda de forma mais superficial – é o significado principal do slogan do Partido: GUERRA É PAZ.

Winston parou de ler naquele momento. Em algum lugar distante, uma bomba explodiu. O sentimento agradável de estar sozinho com um livro proibido em um quarto sem telemonitor não passara. Solidão e segurança eram sensações físicas, misturadas de alguma forma com o cansaço de seu corpo, a suavidade da cadeira e o toque da leve brisa que entrava pela janela e soprava em sua bochecha. O livro o fascinava ou, mais exatamente, o tranquilizava. De certa forma, não contava nada de novo, mas aquilo era parte da atração. O livro dizia o que Winston diria, caso fosse possível organizar seus pensamentos confusos. Era o produto de uma mente similar à sua, mas extremamente mais poderosa, mais sistemática, menos abalada pelo medo. *Os melhores livros*, ele pensou, *são os que dizem o que você já sabe*. Acabara de retornar ao Capítulo I quando escutou os passos de Julia na escada, e se levantou da cadeira para recebê-la. Ela pousou a bolsa de ferramentas de lona marrom no chão e se jogou em seus braços. Fazia mais de uma semana que não se viam.

– Estou com O LIVRO – comentou Winston quando se afastaram.

– Ah, está com ele? Que bom – ela disse sem muito interesse, e quase imediatamente se ajoelhou em frente ao fogão a óleo para fazer café.

Não retornaram ao assunto até que já estivessem por meia hora na cama. A noite estava fresca o suficiente para fazê-los se cobrir com a colcha. Lá de baixo, vinha o som familiar de cantoria e o arrastar de botas na laje. A mulher forte de antebraços avermelhados, que Winston vira em sua primeira visita, era quase uma parte fixa do quintal. Não parecia haver nenhuma hora do dia em que não estivesse marchando de um lado para o outro entre o tanque e o varal, alternadamente se calando com pregadores na boca e entoando uma canção vigorosa. Julia deitara de lado e parecia prestes a cair no sono. Winston pegou o livro, que estava no chão, e sentou encostado na cabeceira.

– Devemos lê-lo – disse ele. – Você também. Todos os membros da Irmandade têm que lê-lo.

– Você lê – ela disse, de olhos fechados. – Leia em voz alta. É a melhor forma. Então você me explica conforme lê.

Os ponteiros do relógio marcavam seis, o que significava dezoito horas. Tinham três ou quatro horas. Ele repousou o livro nos joelhos e começou a ler.

Capítulo I
Ignorância é poder

Ao longo da história documentada, e provavelmente desde o fim do Período Neolítico, existiram três tipos de pessoas no mundo. As Altas, as Médias e as Baixas. Elas foram subdivididas de muitas formas e possuíram inúmeras nomenclaturas diferentes. Seus números relativos, bem como sua atitude com relação ao próximo, variaram de era para era, mas a estrutura principal da sociedade nunca foi alterada. Mesmo após grandes revoltas e mudanças aparentemente irrevogáveis, o mesmo padrão sempre se reafirmou, como um giroscópio que sempre volta ao seu estado de equilíbrio, não importando quão longe ou em que direção ele seja empurrado.

– Julia, está acordada? – perguntou Winston.

– Sim, meu amor, estou ouvindo. Continue. É maravilhoso.

Continuou lendo:

Os objetivos desses grupos são totalmente irreconciliáveis. O objetivo das pessoas Altas é permanecer onde estão. O objetivo das Médias é trocar de lugar com as Altas. O objetivo das Baixas, quando elas têm um – já que é uma característica duradoura das Baixas serem sobrecarregadas de trabalho para possuírem algo além de uma consciência intermitente de qualquer assunto fora de seu cotidiano –, é abolir todas as distinções e criar uma sociedade onde todas as pessoas são iguais. Assim, através da História, uma luta idêntica em seus principais contornos acontece repetidamente. Por longos períodos, as Altas parecem estar seguras no poder, mas eventualmente chega um momento quando perdem a crença nelas mesmas, a capacidade de governar eficientemente ou ambas. São, então, derrubadas pelas Médias, que se aliam às Baixas fingindo estar lutando por liberdade e justiça. Tão logo alcançam o objetivo, as Médias empurram as Baixas de volta para a antiga posição de servidão, e as Médias se tornam as novas Altas. Então, um novo grupo de Médias se separa de um dos outros grupos, ou de ambos, e o conflito começa novamente. Dos três grupos, apenas as Baixas nunca obtêm sucesso em seus objetivos, nem mesmo temporariamente. Seria exagero dizer que não houve progresso, em termos materiais, ao longo da História. Até mesmo hoje, em um período de declínio, o ser humano médio possui condições físicas melhores do que há alguns séculos. Mas nenhum avanço em riqueza, nenhum abrandamento de atitudes, nenhuma reforma ou revolução jamais fez com que a igualdade humana estivesse mais próxima de ser atingida. Do ponto de vista das Baixas, nenhuma mudança histórica significou muito mais que uma mudança no nome de seus mestres.

Pelo fim do século XIX, a recorrência de tal padrão se tornou óbvia para muitos observadores. Surgiram, então, escolas de pensamento que interpretavam a História como um processo cíclico e clamavam mostrar que a desigualdade era parte da lei inalterável da vida humana. Essa doutrina, é claro, sempre possuiu seus seguidores, mas havia uma diferença significativa na forma na qual ela passou a ser apresentada. No passado, a necessidade de uma sociedade hierárquica foi doutrina especialmente das Altas. Foi pregada por reis e aristocratas, além de padres, magistrados e todos que parasitavam os outros dois, e normalmente era apaziguada com promessas de recompensa em um mundo imaginário após a morte. As Médias, enquanto estivessem lutando pelo poder, sempre fizeram uso de termos como liberdade, justiça e fraternidade. No entanto, o conceito de uma irmandade humana começou a ser atacado por pessoas que ainda não estavam em posições de comando, mas meramente esperavam estar em breve. No passado, as Médias fizeram revoluções sob o estandarte da igualdade, apenas para estabelecer uma nova tirania tão logo a anterior fosse derrubada. Os novos grupos de Médias efetivados proclamavam sua tirania antecipadamente. O socialismo, teoria que apareceu no início do século XIX e foi o último elo em uma linha de pensamento que se arrastava até as rebeliões de escravos da Antiguidade, ainda estava profundamente infectado com o utopismo das eras passadas. Mas em cada variante do socialismo que apareceu depois de 1900, o objetivo de estabelecer liberdade e igualdade começou a ser abertamente abandonado. Os novos movimentos que apareceram na metade do século, como o Socing na Oceania, o Neobolchevismo na Eurásia e o Culto à Morte, como é comumente denominado, na Lestásia, tinham o objetivo consciente de tornar perpétua a falta de liberdade e a desigualdade. Esses novos movimentos, claro, surgiram dos anteriores e tenderam a manter seus nomes e manifestar concordância com a ideologia. Mas o propósito de todos eles era estagnar o progresso e congelar a História em um momento definido. O conhecido balanço do pêndulo aconteceria uma vez mais, e então pararia. Como de praxe, as Altas seriam derrubadas pelas Médias, que então se tornariam as Altas; mas desta vez, através de uma estratégia deliberada, as Altas seriam capazes de se manter indefinidamente no topo.

As novas doutrinas surgiram, em parte, devido à acumulação de conhecimento histórico e ao aumento da consciência histórica, que mal existia antes do século XIX. O movimento cíclico da História passou a ser compreensível, pelo menos aparentemente; e se era possível entendê-lo, era possível alterá-lo. Mas a causa fundamental foi que, a partir do início do século XX, a igualdade humana passou a ser tecnicamente possível. É verdade que as pessoas não eram iguais quando se considerava seus talentos natos e que certas funções precisavam ser especializadas, de forma que alguns indivíduos eram favorecidos em relação a outros; mas não havia mais nenhuma necessidade real para distinções de classe ou grandes diferenças de riqueza. Nos tempos antigos, as distinções de classe não foram apenas inevitáveis, mas desejáveis. A desigualdade era o preço da civilização. Com o desenvolvimento da produção com máquinas, contudo, isso mudou. Mesmo ainda sendo necessário que seres humanos fizessem diferentes tipos de tarefas, não era mais necessário viver em níveis sociais ou econômicos diferentes. Portanto, do ponto de vista dos novos grupos que estavam prestes a obter o poder, a igualdade humana não era mais um ideal a ser perseguido, mas um perigo a ser evitado. Em tempos mais primitivos, quando uma sociedade justa e pacífica não era possível de fato, era bem fácil acreditar nisso. A ideia de um paraíso terrestre no qual as pessoas viveriam juntas em um estado de irmandade, sem leis e sem trabalho pesado, alimentou a imaginação humana por milhares de anos. E essa visão continuou válida mesmo para grupos que lucravam com as mudanças históricas. Os herdeiros das revoluções Francesa, Inglesa e dos Estados Unidos parcialmente acreditaram em suas próprias frases sobre os direitos das pessoas, liberdade de expressão, igualdade perante a lei, e afins. Até mesmo permitiram que sua conduta fosse influenciada por tais preceitos, até certo ponto. Mas pela quarta década do século XX, todas as principais correntes do pensamento político eram autoritárias. O paraíso terrestre caiu em descrédito no momento exato que se tornou possível. Cada nova teoria política, qualquer que fosse o nome, era um retorno à hierarquia e à arregimentação. E com o endurecimento geral de perspectivas que se instaurou por volta de 1930, práticas abandonadas há muito tempo, em alguns casos por séculos – prisões sem julgamento, uso de prisioneiros de guerra como escravos, execuções públicas, tortura para extrair confissões, uso de reféns e deportação de populações inteiras –, não apenas se tornaram comuns novamente, mas passaram a ser toleradas e até defendidas por pessoas que se consideravam esclarecidas e progressivas.

Apenas após uma década de guerras nacionais, civis, revoluções e contrarrevoluções em todo canto do mundo que o Socing e seus rivais emergiram como teorias políticas inteiramente definidas. Mas elas foram previstas pelos vários sistemas, geralmente chamados de totalitários, que apareceram no início do século, e o contorno geral do mundo que prevaleceria após o caos sempre foi óbvio. Que tipo de pessoas controlariam tal mundo era igualmente óbvio. A nova aristocracia era composta majoritariamente de burocratas, cientistas, técnicos, líderes de sindicato, especialistas em publicidade, sociólogos, professores, jornalistas e políticos profissionais. Essas pessoas, cujas origens eram na classe média assalariada e nas partes mais favorecidas da classe trabalhadora, foram moldadas e unidas pelo mundo improdutivo da indústria de monopólio e do governo centralizado. Se comparados com seus similares nos dias antigos, elas eram menos avarentas, menos tentadas pelo luxo, mais sedentas por poder puro e, acima de tudo, mais conscientes do que estavam fazendo e mais vigorosas em esmagar a oposição. Essa última diferença foi primordial. Comparando com o que existe hoje, todas as tiranias do passado foram hesitantes e ineficientes. Os grupos dominantes eram sempre infectados por ideais liberais, até certo ponto, e se contentavam em deixar pontas soltas em todo lugar, se importando apenas com os atos explícitos, sem se interessarem pelo que seus súditos pensavam. Até mesmo a Igreja Católica durante a Idade Média foi tolerante se comparada com os padrões modernos. Parte do motivo é que no passado nenhum governo tinha o poder para manter seus cidadãos sob constante vigilância. A invenção da imprensa, contudo, tornou mais fácil a manipulação da opinião pública, e o cinema e o rádio levaram o processo ainda mais adiante. Com o desenvolvimento da televisão e os avanços técnicos que tornaram possível receber e transmitir no mesmo instrumento, a vida privada chegou ao fim. Cada cidadão, ou pelo menos cada cidadão suficientemente importante para ser vigiado, podia ser mantido vinte e quatro horas por dia sob os olhos da polícia e ao som da propaganda oficial, com todos os outros canais de comunicação fechados. Existia pela primeira vez a possibilidade de forçar não apenas obediência completa à vontade do Estado, mas uniformidade total de opinião em todos os assuntos.

Após o período revolucionário dos anos 1950 e 1960, a sociedade se reagrupou, como sempre, nas pessoas Altas, Médias e Baixas. Mas o novo grupo das Altas, diferente dos seus predecessores, não agiu por instinto, e sabia o que era necessário para salvaguardar sua posição. Já tinham percebido que a única base segura para a oligarquia era o coletivismo. A riqueza e o privilégio são mais facilmente defendidos quando são possuídos em conjunto. A então chamada "abolição da propriedade privada", que aconteceu na metade do século, significava, na realidade, a concentração de propriedade em bem menos mãos que antes, mas com uma diferença: os novos proprietários eram um grupo em vez de uma massa de pessoas. Individualmente, nenhum membro do Partido possui nada, exceto pertences pessoais básicos. Coletivamente, o Partido possui tudo na Oceania porque ele controla tudo e descarta os produtos conforme julga necessário. Nos anos após a Revolução, ele foi capaz de assegurar essa posição de comando quase sem oposição porque todo o processo era apresentado como um ato de coletivização. Sempre se presumiu que se a classe capitalista fosse expropriada, o socialismo viria em seguida. E, inquestionavelmente, os capitalistas foram expropriados. Fábricas, minas, terras, casas, transporte – tudo foi tomado, e como essas coisas não eram mais propriedade privada, considerou-se que deveriam ser propriedade pública. O Socing, que cresceu do movimento socialista anterior e herdou sua fraseologia, de fato executou o item principal do planejamento socialista; o resultado, previsto e pretendido de antemão, sendo a desigualdade econômica permanente.

Mas os problemas de se perpetuar uma sociedade hierárquica são mais profundos que isso. Há apenas quatro formas que uma classe dominante pode cair do poder: pode ser conquistada de fora; seu governo pode ser tão ineficiente que as massas se revoltam; ela pode permitir que as Médias existam de forma organizada e descontente; ou ela perde a autoconfiança e a vontade de governar. Essas causas não operam em exclusão mútua e, por via de regra, todas as quatro estão presentes até certo ponto. Uma classe dominante que pode se proteger contra todas elas poderia permanecer no poder permanentemente. No fim das contas, o fator determinante é a atitude mental da própria classe dominante.

Após a metade do século atual, o primeiro perigo desapareceu. Cada um dos três poderes que agora dividem o mundo é, de fato, inconquistável, e só pode se tornar conquistável por intermédio de lentas mudanças demográficas que um governo com poderes vastos pode evitar com facilidade. O segundo perigo, também, é apenas teórico. As massas nunca se revoltam por vontade própria, e nunca se revoltam meramente porque são oprimidas. Na verdade, enquanto não se permitir que tenham padrões de comparação, elas nunca se tornam cientes de que são oprimidas. As crises econômicas recorrentes do passado foram totalmente desnecessárias e agora é permitido que elas ocorram, mas outros deslocamentos igualmente grandes podem acontecer – e acontecem – sem desencadear resultados políticos porque não há forma pela qual a insatisfação possa se tornar articulada. Quanto ao problema da superprodução, que era latente em nossa sociedade desde o desenvolvimento das máquinas, este é resolvido pela guerra contínua (ver Capítulo III), que também é útil para ajustar a vontade pública na medida adequada. Do ponto de vista dos nossos líderes atuais, portanto, os únicos perigos genuínos são os da separação de um novo grupo de pessoas ativas, subempregadas e sedentas por poder e o do crescimento de ideias liberais e céticas entre elas. O problema, por assim dizer, é educacional. É uma questão de moldar de modo contínuo a consciência tanto do grupo diretor como do amplo grupo executivo imediatamente abaixo. A consciência das massas precisa apenas ser influenciada de maneira negativa.

Dado esse panorama, é possível inferir, caso não seja imediatamente óbvio, a estrutura geral da sociedade oceânica. No topo da pirâmide está o Grande Irmão. O Grande Irmão é infalível e todo-poderoso. Cada sucesso, conquista, vitória, descoberta científica e todo o conhecimento, sabedoria, felicidade e virtude advém diretamente de sua liderança e inspiração. Ninguém jamais viu o Grande Irmão. Ele é um rosto em cartazes, uma voz no telemonitor. Podemos ter certeza razoável de que ele nunca morrerá, além de uma incerteza considerável de que já existiu algum dia. O Grande Irmão é o disfarce pelo qual o Partido opta por se exibir para o mundo. Sua função é ser um ponto focal de amor, medo e reverência, emoções mais facilmente sentidas com relação a um indivíduo do que por uma organização. Abaixo do Grande Irmão vem o Partido Interno. Seus números são limitados a seis milhões, ou menos de 2% da população da Oceania. Abaixo do Partido Interno vem o Partido Externo, que, se o Partido Interno for considerado o cérebro do Estado, pode ser propriamente comparado às mãos do Estado. Abaixo estão as massas ignorantes habitualmente chamadas de "proletários", consistindo de cerca de 85% da população. Seguindo os termos da classificação anterior, os proletários são as pessoas Baixas, já que a população escrava nas terras equatoriais, que trocam de mãos de tempos em tempos, não são parte permanente ou essencial da estrutura.

Em princípio, pertencer a um desses três grupos não é hereditário. Um filho de pais do Partido Interno, em teoria, não nasceu no Partido Interno. A admissão para cada ramificação do Partido é através de um exame feito aos dezesseis anos. Também não há discriminação racial, ou qualquer outra dominação evidente de uma província sobre outra. É possível encontrar judeus, negros e nativos sul-americanos nas posições mais altas do Partido, e os administradores de qualquer área são sempre selecionados dentre os habitantes daquela área. Em nenhuma parte da Oceania os habitantes sentem que são uma população colonial dominada por uma capital distante. A Oceania não tem capital, e seu líder titular é uma pessoa que ninguém sabe onde está. Com a exceção de o inglês ser a LÍNGUA FRANCA *e o novidioma a língua oficial, a Oceania não é centralizada de nenhuma outra forma. Seus líderes não são unidos por sangue, mas por aderência a uma doutrina em comum. É fato que nossa sociedade é estratificada, e muito rigidamente estratificada, no que a princípio parece uma cadeia hereditária de sucessões. Existe bem menos movimentação entre os diferentes grupos do que acontecia sob o capitalismo ou até mesmo durante os tempos pré-industriais. Entre as duas ramificações do Partido, há certa quantidade de intercâmbio, mas apenas o suficiente para garantir que os fracos sejam excluídos do Partido Interno e membros ambiciosos do Partido Externo sejam inofensivos em uma posição mais elevada. Os proletários, na prática, não podem se filiar ao Partido. Os mais inteligentes entre eles, que possivelmente podem vir a se tornar o núcleo de insatisfações, são simplesmente marcados pela Polícia Ideológica e eliminados. Mas essa situação não é necessariamente permanente nem é uma questão de princípios. O Partido não é uma classe como no sentido antigo da palavra. Ele não objetiva transferir poder para suas próprias crias; e, se não houvesse outro jeito de manter os mais aptos no topo, ele estaria perfeitamente preparado para recrutar uma nova geração inteira em meio aos proletários. Nos anos mais cruciais, o fato de o Partido não ser uma organização hereditária foi bastante útil para neutralizar a oposição. A forma antiga dos socialistas, treinados para lutar contra algo chamado "privilégio de classe", presumiu que o que não era hereditário não poderia ser permanente. Não notaram que a continuidade de uma oligarquia não precisa ser física nem pararam para refletir que aristocracias hereditárias sempre tiveram vida curta, ao passo que organizações capazes de assimilação, como a Igreja Católica, algumas vezes duraram centenas ou milhares de anos. A essência da dominação oligárquica não é a hereditariedade de pai para filho, mas a persistência de certa visão de mundo e uma determinada forma de viver, imposta pelos mortos sobre os vivos. Um grupo dominante é um grupo dominante enquanto conseguir nomear sucessores. O Partido não está preocupado em perpetuar seu sangue, mas em se perpetuar.* QUEM *detém o poder não é importante enquanto a estrutura hierárquica permanecer sempre a mesma.*

Todas as crenças, hábitos, gostos, emoções e mentalidades que caracterizam o nosso tempo são, na verdade, projetados para sustentar a magia do Partido e prevenir que a verdadeira natureza da sociedade presente seja percebida. A rebelião física, ou qualquer movimento preliminar a uma rebelião, atualmente não é possível. Dos proletários, não há o que se temer. Abandonados, eles continuarão, geração após geração, século após século, a trabalhar, procriar e morrer, não apenas sem nenhum impulso para se rebelar, mas sem a capacidade de compreender que o mundo pode ser diferente. Eles apenas se tornariam perigosos se o avanço da indústria necessitar que sejam mais educados; porém, como a rivalidade militar e comercial não são mais importantes, o nível de educação popular está declinando. As opiniões – ou a falta delas – das massas são vistas com indiferença. Podem dispor de liberdade intelectual porque não possuem intelecto. Em um membro do Partido, por outro lado, nem mesmo um pequeno desvio de opinião em um assunto insignificante pode ser tolerado.

Um membro do Partido vive, desde o nascimento até a morte, sob a vigilância da Polícia Ideológica. Mesmo sozinho, não é possível ter certeza de que se está sozinho. Onde quer que esteja, dormindo ou acordado, trabalhando ou descansando, no banho ou na cama, ele pode ser inspecionado sem aviso e sem saber que está sendo vigiado. Nada do que faz é indiferente. Suas amizades, seus momentos de relaxamento, seu comportamento com esposas e filhos, a expressão de seu rosto quando está sozinho, as palavras balbuciadas no sono e até mesmo os movimentos peculiares de seu próprio corpo são zelosamente escrutinados. Não apenas delitos de verdade, mas qualquer excentricidade, mesmo que ínfima, qualquer mudança de hábitos e qualquer tique nervoso que possa indicar um conflito interno com certeza serão detectados. Não existe liberdade de escolha em qualquer direção. Por outro lado, suas ações não são reguladas pela lei ou por qualquer código de conduta formulado. Na Oceania, não há lei. Pensamentos e ações que significam a morte quando detectados não são formalmente proibidos, e os infindáveis expurgos, repressões, torturas, prisões e vaporizações não são infligidos como punições para crimes cometidos, mas meramente para apagar pessoas que poderiam vir a cometer um crime em dado momento no futuro. Um membro do Partido não precisa ter apenas as opiniões corretas, mas os instintos adequados. Muitas das crenças e atitudes requeridas não são claramente explicadas e não podem ser explicadas sem desnudar as contradições inerentes ao Socing. Se a pessoa for naturalmente ortodoxa (em novidioma, um BOMPENSANTE), ela saberá em todas as circunstâncias, sem sequer pensar, no que se deve acreditar ou qual a emoção desejável. De qualquer modo, um treinamento mental elaborado durante a infância, agrupado nas palavras em novidioma CRIMEPREVENIR, PRETOBRANCO e DUPLOPENSAR as faz relutantes e incapazes de pensar muito sobre qualquer assunto.

Espera-se que um membro do Partido não tenha emoções individuais e nenhuma folga em seu entusiasmo. É desejado que viva em um frenesi incessante de ódio para com os inimigos estrangeiros e traidores internos, celebração do triunfo das vitórias e auto-humilhação ante o poder e a sabedoria do Partido. Os descontentamentos gerados pela vida ruim e insatisfatória são deliberadamente extravasados e dissipados mediante artifícios como os Dois Minutos de Ódio. Além disso, as especulações que podem levar a uma atitude cética ou rebelde são frustradas pela própria disciplina interna adquirida previamente. O primeiro e mais simples estágio da disciplina, que pode ser ensinado até para crianças, é chamado, em novidioma, de CRIMEPREVENIR. CRIMEPREVENIR *significa uma aptidão para cortar logo no início, como se instintivamente, qualquer pensamento perigoso. Isso inclui a incapacidade de compreender analogias, a impossibilidade de notar falácias lógicas, falhar em compreender argumentos bem simples, caso sejam hostis ao Socing, e de achar enfadonho ou ser repelido por qualquer linha de raciocínio que possa levar a uma direção herege.* CRIMEPREVENIR, *em poucas palavras, significa estupidez protetora. Mas estupidez não é suficiente. Pelo contrário, a ortodoxia no sentido pleno demanda um controle tão completo sobre os próprios pensamentos que se assemelha àquele que um contorcionista possui sobre o corpo. A sociedade oceânica consiste principalmente na crença de que o Grande Irmão é onipotente e que o Partido é infalível. Mas, como na prática o Grande Irmão não é onipotente e o Partido não é infalível, é preciso uma flexibilidade incansável e constante na forma como os fatos são tratados. A palavra-chave aqui é* PRETOBRANCO. *Como tantas palavras em novidioma, essa palavra tem dois significados contraditórios. Aplicada a um oponente, ela significa o hábito de afirmar descaradamente que o preto é branco, contradizendo os fatos. Aplicada a um membro do Partido, significa uma complacência leal de dizer que o preto é branco quando a disciplina do Partido assim o exigir. Mas também significa a habilidade de* ACREDITAR *que o preto é branco, e mais, de* SABER *que o preto é branco e esquecer que uma vez já se pensou em algo diferente. Isso requer alteração contínua do passado, possível através do sistema de ideias que de fato abarca todo o restante, conhecido em novidioma como* DUPLOPENSAR.

A alteração do passado é necessária por dois motivos, um considerado auxiliar e o outro preventivo, por assim dizer. O motivo auxiliar é que um membro do Partido, assim como os proletários, tolera as condições de vida em parte por não possuir padrões de comparação. Ele deve ser desconectado do passado, assim como deve ser desconectado de outros países, já que é necessário que acredite que sua vida agora é melhor do que a de seus ancestrais e que o nível médio de conforto material está constantemente crescendo. Mas, de longe, a razão mais importante para reajustar o passado é a necessidade de salvaguardar a infalibilidade do Partido. Isso não quer dizer apenas que discursos, estatísticas e documentos de todo tipo devem ser constantemente atualizados para mostrar que as previsões do Partido estavam sempre corretas. Também significa que qualquer mudança na doutrina ou no alinhamento político não pode ser tolerada. Porque mudar a forma de pensar, ou até a forma de agir, é uma confissão de fraqueza. Se, por exemplo, a Eurásia ou a Lestásia (quem quer que seja) for o inimigo hoje, então aquele país deve sempre ter sido o inimigo. E, se os fatos não dizem isso, então devem ser alterados. Dessa forma, a história é continuamente reescrita. A falsificação cotidiana do passado, executada pelo Ministério da Verdade, é tão necessária para a estabilidade do regime como o trabalho de repressão e espionagem desempenhado pelo Ministério do Amor.

A mutabilidade do passado é o dogma principal do Socing. Eventos passados, dizem, não possuem existência objetiva, mas sobrevivem apenas em registros gravados e na memória humana. O passado é o que os registros e a memória concordam entre si. E, como o Partido possui o controle total de todos os registros e um controle igualmente completo das mentes de seus membros, logo, o passado é o que o Partido decide. Também se conclui que, ainda que o passado seja alterável, ele nunca foi alterado em nenhuma instância específica. Porque quando ele foi recriado em algum novo formato necessário para o momento, então essa nova versão É *o passado, e nenhum passado diferente pode ter existido antes. Isso é válido também, como normalmente acontece, quando o mesmo evento precisa ser alterado tantas vezes em um ano até que fique irreconhecível. O Partido detém a posse da verdade absoluta em todos os instantes, e obviamente o que é absoluto não pode ter sido diferente do que é agora. Será visto adiante que o controle do passado depende em especial do treinamento da memória. Fazer com que todos os registros estejam de acordo com a ortodoxia do momento é meramente uma tarefa mecânica. Mas também é necessário* LEMBRAR *que os eventos aconteceram de determinada maneira. E, se é preciso rearrumar as memórias ou fraudar os registros, então é preciso* ESQUECER *que isso aconteceu. O truque pode ser aprendido como qualquer outra técnica mental. É aprendido pela maioria dos membros do Partido e certamente por todos que são tão inteligentes quanto ortodoxos. Em velhidioma, o termo usado é, de forma bem honesta, "controle da realidade". Em novidioma, é chamado de* DUPLOPENSAR, *embora o* DUPLOPENSAR *consista em muito mais do que isso.*

O DUPLOPENSAR *significa a capacidade de conciliar simultaneamente duas crenças contraditórias e aceitar ambas. O intelectual do Partido sabe em qual direção suas memórias devem ser alteradas; sabe, portanto, que está fazendo truques com a realidade, mas, através do exercício do* DUPLOPENSAR, *também fica satisfeito que a realidade não foi violada. O processo deve ser consciente, ou não seria executado com precisão o bastante, mas também deve ser inconsciente, ou traria um sentimento de falsidade e, como consequência, de culpa. O* DUPLOPENSAR *está no centro do Socing, já que o ato principal do Partido é utilizar fraudes conscientes enquanto se mantém a mesma determinação de propósito que acompanha a completa honestidade. Contar mentiras deliberadas e crer nelas de maneira genuína, esquecer qualquer fato que se tornou inconveniente, e então, quando se tornar necessário de novo, puxá-lo do esquecimento pelo tempo que for necessário, negar a existência da realidade objetiva ao mesmo tempo que se mantém a noção de como a realidade está sendo negada – tudo isso é indispensável. Até mesmo ao utilizar a palavra* DUPLOPENSAR *é necessário exercitar o* DUPLOPENSAR*. Porque, ao utilizar a palavra, admite-se estar fraudando a realidade; com um novo ato de* DUPLOPENSAR *apaga-se tal conhecimento; e assim por diante, indefinidamente, com a mentira sempre um passo à frente da verdade. No fim, foi com o* DUPLOPENSAR *que o Partido foi capaz – e pode, até onde sabemos, ser capaz por milhares de anos – de obter controle do fluxo da História.*

Todas as oligarquias passadas perderam o poder porque ficaram engessadas ou por se tornarem brandas. Ou se tornaram estúpidas e arrogantes, falhando em se ajustar a novas circunstâncias e, portanto, foram derrubadas; ou se tornaram liberais e covardes, fazendo concessões quando deveriam usar a força e, mais uma vez, foram derrubadas. Ou seja, caíram através de um processo consciente ou inconsciente. É uma conquista do Partido ter produzido um sistema de ideias em que ambas as condições podem existir simultaneamente. E sobre nenhuma outra base intelectual o domínio do Partido poderia ser permanente. Para dominar e permanecer no poder é preciso deslocar o senso de realidade. O segredo da liderança é combinar a crença na própria infalibilidade com o poder de aprender com os erros do passado.

Não é necessário dizer que os praticantes mais astutos do DUPLOPENSAR *são aqueles que inventaram o* DUPLOPENSAR *e sabem que é um vasto sistema de trapaças mentais. Na nossa sociedade, aqueles que têm o melhor conhecimento do que está acontecendo são também os que estão mais longe de ver o mundo da forma como ele é. Em geral, quanto maior a compreensão, maior a ilusão; quanto maior a inteligência, menor a sanidade. Uma clara ilustração desse processo é o fato de que a euforia da guerra aumenta em intensidade quanto mais alto se ascende na escala social. Aqueles cujas atitudes em relação à guerra são mais próximas da racionalidade são os povos subjugados dos territórios disputados. Para essas pessoas, a guerra é simplesmente uma calamidade contínua que varre seus corpos como um maremoto. Qual lado está vencendo é completamente indiferente para elas. Estão cientes de que uma mudança de liderança significa apenas que farão as mesmas tarefas de antes para novos mestres que as tratam da mesma maneira que os antigos. Os trabalhadores ligeiramente mais favorecidos, que nós chamamos de "proletários", são intermitentemente conscientes sobre guerra. Quando necessário, podem ser movidos a um frenesi de medo e ódio, mas, quando deixados quietos, são capazes de esquecer por longos períodos que a guerra está acontecendo. É dentro do Partido, sobretudo do Partido Interno, que o verdadeiro entusiasmo militar é encontrado. A conquista mundial é uma crença poderosa entre aqueles que sabem que ela é impossível. Esse elo peculiar entre opostos – conhecimento com ignorância, ceticismo com fanatismo – é uma das marcas mais significativas da sociedade oceânica. A ideologia oficial é repleta de contradições, mesmo quando não há motivo real para elas. Assim, o Partido rejeita e vilipendia cada princípio do movimento socialista original, e decide fazê-lo em nome do socialismo. Ele prega um desprezo pela classe trabalhadora que é sem precedentes nos séculos passados, mas veste seus membros com um uniforme que já foi característico de trabalhadores braçais, adotado por tal motivo. Ele sistematicamente enfraquece a união da família, mas chama o próprio líder por um nome que é um apelo direto ao sentimento de lealdade familiar. Mesmo os nomes dos quatro Ministérios pelos quais somos governados exibem certa audácia na forma como deliberadamente subvertem os fatos. O Ministério da Paz lida com a guerra; o Ministério da Verdade, com as mentiras; o Ministério do Amor, com a tortura e o Ministério da Prosperidade, com a miséria. Tais contradições não são acidentais nem resultam de hipocrisia ordinária; são exercícios deliberados de* DUPLOPENSAR. *Porque é apenas através da reconciliação de contradições que o poder pode ser mantido indefinidamente. De nenhuma outra forma o antigo ciclo poderia ser quebrado. Se a igualdade humana deve ser evitada para sempre – se as Altas, como as chamamos, devem permanecer no poder permanentemente –, então a condição mental prevalecente deve ser a da insanidade controlada.*

Mas há uma questão que até este momento ignoramos: POR QUE *a igualdade humana deve ser evitada? Supondo que a mecânica do processo foi corretamente descrita, qual o motivo para um esforço tão grande e preciso para congelar a História em um momento específico do tempo?*

Aqui chegamos ao segredo fundamental. Como vimos, a magia do Partido, e principalmente do Partido Interno, depende do DUPLOPENSAR. *Mas mais profundamente está o motivo original, o instinto nunca questionado que primeiro levou à obtenção do poder e concebeu o* DUPLOPENSAR, *a Polícia Ideológica, a guerra contínua e toda a parafernália necessária. Tal motivo consiste...*

Winston percebeu o silêncio como alguém percebendo um novo barulho. Parecia que Julia estava imóvel há algum tempo. Estava deitada de lado, nua da cintura para cima, com a bochecha apoiada na mão e um cacho escuro caindo sobre os olhos. Seu peito arfava lenta e regularmente.

– Julia?

Sem resposta.

– Julia, está acordada?

Sem resposta. Estava dormindo. Ele fechou o livro e o pousou cuidadosamente no chão. Deitou e puxou a coberta sobre os dois.

Ainda não aprendera o segredo final, pensou. Ele entendia COMO; não entendia POR QUÊ. O Capítulo I, assim como o Capítulo III, não lhe contara nada que ele já não soubesse, apenas sistematizara o conhecimento que possuía. Mas após lê-lo, sabia melhor do que antes que não estava louco. Ser a única pessoa com determinada opinião não fazia dele um louco. Havia a verdade e havia a inverdade, e caso se apegasse à verdade mesmo contra o mundo inteiro, então não havia loucura. Um feixe amarelo do sol poente atravessou a janela e iluminou o travesseiro. Fechou os olhos. O sol em sua face e o corpo macio de Julia que o tocava passavam uma sensação tranquila e sonolenta de segurança. Estava a salvo, tudo estava bem. Caiu no sono murmurando "a sanidade não é estatística" com a sensação de que tal afirmação continha uma sabedoria profunda.

Quando acordou, foi com a sensação de ter dormido por um longo tempo, mas uma olhada no relógio antiquado lhe informou que eram apenas vinte e trinta. Cochilou por mais um tempo, até que a cantoria profunda e corriqueira começou no quintal lá embaixo:

Era só um desejo inocente.
Passou como um dia de outono,
Provocando olhares, cochichos,
e um sonho ardente!
Largaram meu coração sem dono!

A canção sentimental parecia ter mantido a popularidade. Ainda era ouvida em todo canto. Sobrevivera por mais tempo do que a Canção do Ódio. Julia acordou com o barulho, se alongou com prazer e saiu da cama.

– Estou com fome – disse ela. – Vamos fazer mais café. Droga! O fogo apagou e a água tá fria. – Ela pegou o pequeno fogão e o sacudiu. – Acabou o óleo.

– Podemos pegar um pouco com o sr. Charrington, acho.

– O engraçado é que eu verifiquei que estava cheio. Vou me vestir. Parece que o tempo esfriou.

Winston também levantou e se vestiu. A voz incansável prosseguia:

Dizem que o tempo tudo cura,
Dizem que dá para esquecer;
Mas a lágrima e o sorriso
Sem nenhum aviso
Ainda fazem meu coração bater!

Enquanto apertava o cinto do macacão, Winston caminhou até a janela. O sol já devia ter desaparecido atrás das casas porque não batia mais no quintal. A laje estava molhada como se tivessem acabado de lavá-la, e Winston teve a sensação de que o céu fora lavado também, tão límpido e pálido era o azul entre as chaminés. Sem parar, a mulher marchou de um lado a outro, colocando e tirando pregadores da boca, cantando e ficando em silêncio, pendurando mais fraldas, mais e mais, cada vez mais. Ele ponderou se ela ganhava a vida lavando roupas ou se era simplesmente escrava de vinte ou trinta netos. Julia se aproximou pelo lado; juntos, olharam para baixo com certo fascínio pela figura robusta. Enquanto olhava para a mulher com seu jeito característico, braços grandes se estendendo no varal, nádegas musculosas como as de um forte equino, notou pela primeira vez que ela era linda. Nunca havia lhe ocorrido como podia ser belo o corpo de uma mulher de cinquenta anos, inchado a proporções monstruosas devido ao parto, e depois endurecido e encrespado pelo trabalho pesado até ficar grosseiro como um nabo maduro demais. Mas era e, afinal, por que não seria? O corpo maciço e sem curvas como um bloco de granito e a pele avermelhada áspera tinham a mesma relação que o corpo de uma garota jovem tinha com o fruto de uma roseira e as próprias rosas. Por que o fruto deveria ser inferior à flor?

– Ela é linda – ele murmurou.

– Tem um metro de cintura, fácil – disse Julia.

– É o jeito da beleza dela – disse Winston.

Abraçou Julia pela cintura fina, facilmente fechando o braço em volta dela. Do quadril ao joelho, seus lados se encostavam. De seus corpos, nenhum filho jamais viria. Essa era a única coisa que nunca poderiam fazer. Apenas de boca a boca, de mente a mente, poderiam passar adiante o segredo. A mulher lá embaixo não tinha mente, mas tinha braços fortes, um coração caloroso e um ventre fértil. Winston se perguntou quantos filhos já tinha parido. Poderia ter sido facilmente quinze. Devia ter tido um florescimento momentâneo, de um ano talvez, onde possuiu a beleza de uma rosa silvestre e, então, inchou repentinamente como uma fruta fertilizada, tornando-se dura, vermelha e áspera, com a vida se transformando em lavar, esfregar, coser, cozinhar, varrer, lustrar, consertar, esfregar e lavar, primeiro para os filhos, depois para os netos, por mais de trinta anos ininterruptos. E no fim, ainda estava cantando. A reverência mágica que sentia por ela se misturava ao aspecto pálido e sem nuvens do céu, se estendendo por trás das chaminés a uma distância infinita. Era estranho pensar que o céu era o mesmo para todos, na Eurásia, na Lestásia e ali. E as pessoas sob o céu eram praticamente as mesmas – em todo lugar, no mundo inteiro, centenas de milhares de milhões de pessoas exatamente assim, ignorantes da existência umas das outras, separadas por muros de ódio e mentiras e, mesmo assim, quase exatamente iguais –, pessoas que nunca aprenderam a pensar, mas que armazenavam em seus corações e ventres e músculos o poder que um dia transformaria o mundo. Se havia esperança, ela estaria nos proletários! Sem ainda ter lido O LIVRO até o fim, Winston sabia que aquela devia ser a mensagem final de Goldstein. O futuro pertencia aos proletários. E podia ele ter certeza de que, quando o tempo deles chegasse, o mundo que construiriam seria tão hostil para ele, Winston Smith, quanto o mundo do Partido? Sim, porque seria um mundo de sanidade. Onde há igualdade pode haver sanidade. Mais cedo ou mais tarde, aconteceria: a força se transformaria em consciência. Os proletários eram imortais. Não havia dúvidas ao olhar para aquela figura valente no quintal. No fim, o despertar viria. E até acontecer, mesmo que levasse mil anos, eles permaneceriam vivos contra todas as probabilidades, como os pássaros, passando de corpo para corpo a vitalidade que o Partido não possuía e não podia matar.

– Você se lembra – disse Winston – do tordo que cantou para nós naquele primeiro dia na borda do bosque?

– Ele não estava cantando para nós – disse Julia. – Estava cantando para agradar a si mesmo. Nem mesmo isso. Estava só cantando.

Os pássaros cantavam. Os proletários cantavam. O Partido não cantava. Ao redor do mundo, em Londres e em Nova York, na África e no Brasil, nas terras misteriosas e proibidas além das fronteiras, nas ruas de Paris e em Berlim, nas vilas das infindáveis planícies russas, nos bazares da China e do Japão – em todo lugar havia a mesma figura robusta e inconquistável, dilatada pelo trabalho e pelo parto, trabalhando do nascimento até a morte, mas ainda cantando. Daqueles quadris poderosos, uma raça de seres conscientes viria um dia. Os dois eram os mortos e aos proletários pertencia o futuro. Mas era possível compartilhar aquele futuro se a mente permanecesse viva da mesma forma que os proletários mantinham o corpo vivo, e se passasse adiante a doutrina secreta de que dois mais dois somam quatro.

– Nós somos os mortos – disse ele.

– Nós somos os mortos – ecoou Julia, obediente.

– Vocês são os mortos – disse uma voz de ferro atrás deles.

Os dois se afastaram. As entranhas de Winston pareciam ter virado gelo. Conseguia enxergar o branco nos olhos de Julia. Sua face se transformara em um amarelo leitoso. O toque avermelhado em cada bochecha estava fortemente realçado, quase como se fosse desconectado da própria pele.

– Vocês são os mortos – repetiu a voz de ferro.

– Foi atrás do quadro – disse Julia, ofegante.

– Foi atrás do quadro – disse a voz. – Permaneçam onde estão. Não façam movimentos até que lhes seja ordenado.

Estava começando, estava finalmente começando! Não podiam fazer nada a não ser encarar um ao outro. Correr pela própria vida, sair da casa antes que fosse tarde – tais pensamentos não ocorreram aos dois. Era impensável desobedecer à voz de ferro na parede. Houve um estalo como se um trinco tivesse sido solto, e o som de vidro se estilhaçando. O quadro caíra da parede, revelando o telemonitor por trás.

– Agora eles podem nos ver – disse Julia.

– Agora nós podemos ver vocês – disse a voz. – Fiquem no meio do quarto de costas um para o outro. Coloquem as mãos atrás da cabeça. Não se toquem.

Não estavam se tocando, mas parecia que podia sentir o corpo de Julia tremendo. Ou talvez fosse apenas sua própria tremedeira. Winston conseguia prevenir que seus dentes batessem, mas seus joelhos estavam além do controle. O som de botas pesadas soou abaixo, dentro e fora da casa. O quintal parecia repleto de homens. Algo estava sendo arrastado pelas pedras. A cantoria da mulher cessara abruptamente. Um clangor prolongado e contínuo ressoou, como se o tanque tivesse sido arremessado pelo quintal, e então uma confusão de gritos raivosos terminou em um berro de dor.

– A casa está cercada – disse Winston.

– A casa está cercada – repetiu a voz.

Ele ouviu Julia trincar os dentes.

– Acho que podemos dizer adeus – ela disse.

– Vocês podem dizer adeus – disse a voz.

E, em seguida, intrometeu-se uma voz bem diferente, fina e refinada, que Winston tinha a impressão de já ter escutado antes:

– A propósito, já que estamos falando de despedidas: "Na beira da cama acendo uma vela, olha a cabeça que lá vem a serra!".

Algo bateu na cama atrás de Winston. A ponta de uma escada fora empurrada pela janela, raspando no parapeito. Alguém estava subindo pela janela. Uma pisada de botas ressoou pelas escadas. O quarto se encheu de homens corpulentos em uniformes negros com botas revestidas de ferro e tonfas na mão.

Winston não estava mais tremendo. Até seus olhos mal se moviam. Apenas uma coisa importava: ficar quieto, ficar quieto e não dar justificativas para baterem neles! Um homem com uma mandíbula lisa de lutador, na qual a boca era apenas uma fenda, parou à sua frente, girando a tonfa pacientemente entre o polegar e o indicador. Winston o encarou. Era insuportável a sensação de nudez com as mãos atrás da cabeça, e tanto o rosto quanto o corpo completamente expostos. O homem mostrou a ponta de uma língua branca, lambeu onde os lábios deveriam estar e seguiu adiante.

Outra batida. Alguém pegara o peso de papel envidraçado da mesa e o estraçalhara na lareira.

O fragmento de coral, uma ondulação pequenina e rosada, como um biscoitinho de açúcar em um bolo, rolou pelo tapete. *Quão ínfimo*, pensou Winston, *quão pequeno ele sempre foi!* Alguém arfou e houve uma batida seca atrás dele. Recebeu um chute violento no tornozelo que quase o derrubou no chão. Um dos homens esmagara o punho no ventre de Julia, fazendo-a se dobrar como um metro de pedreiro. Ela se debatia no chão, buscando ar. Winston não se atreveu a virar a cabeça sequer um milímetro, mas, às vezes, o rosto lívido e ofegante dela aparecia em seu ângulo de visão. Mesmo aterrorizado, era como se pudesse sentir a dor no próprio corpo, uma dor mortal que ainda assim era menos urgente do que a luta dela para respirar direito. Ele sabia como era; a dor horrível e agonizante que sempre estivera lá, mas não podia ser sofrida ainda porque antes de tudo era preciso ser capaz de respirar. Então, dois dos homens a levantaram pelos joelhos e ombros e a levaram para fora do quarto como um saco de cimento. Winston viu seu rosto de soslaio, de cabeça para baixo, pálido e contorcido, com os olhos fechados, e ainda assim com duas manchas avermelhadas nas bochechas. E foi a última coisa que viu antes de ela sumir.

Winston permaneceu imóvel. Ninguém batera nele ainda. Pensamentos que vinham por conta própria, mas que pareciam totalmente irrelevantes, começaram a pulsar por sua mente. Ele se questionou se haviam levado o sr. Charrington. Questionou-se o que haviam feito com a mulher no quintal. Percebeu que queria muito urinar, e sentiu uma leve surpresa porque o havia feito duas ou três horas antes. Percebeu que o relógio sobre a lareira marcava nove, o que significava vinte e uma horas. Mas a iluminação ainda parecia muito forte. Já não era para a luz estar se enfraquecendo às vinte e uma horas de uma noite de agosto? Ele se perguntou se, no fim das contas, ele e Julia tinham se enganado quanto ao horário. Se os dois dormiram muito além da hora e acharam que eram vinte e trinta quando, na verdade, já eram quase oito e trinta da manhã seguinte. Mas não prosseguiu com o pensamento. Não era relevante.

Novas passadas, mais leves, soaram no corredor que levava ao quarto. O sr. Charrington entrou. A expressão dos homens uniformizados se tornou mais submissa. Algo também estava diferente na aparência do sr. Charrington. Seu olho percorreu os cacos do peso de papel quebrado.

– Cate os pedaços – disse ele, bruscamente.

Um homem se curvou e obedeceu. O sotaque do leste londrino sumira de sua voz. Winston percebeu de repente de quem fora a voz que escutara momentos antes no telemonitor. O sr. Charrington ainda vestia seu casaco velho de veludo, mas seus cabelos, que antes eram quase brancos, estavam negros. Também não usava seus óculos. Deu uma olhada rápida e incisiva para Winston, como se verificando sua identidade, e depois não prestou mais atenção a ele. Ainda era reconhecível, mas não era mais a mesma pessoa. Seu corpo ficara mais reto e parecia maior. Sua face passara apenas por mudanças sutis que, mesmo assim, foram capazes de uma transformação completa. As sobrancelhas negras estavam menos felpudas, as rugas não existiam mais e todos os contornos do rosto pareciam ter se alterado; até o nariz parecia mais curto. Era a expressão vigilante e fria de um homem com cerca de trinta e cinco anos. Winston notou que pela primeira vez na vida estava olhando, com toda a certeza, para um membro da Polícia Ideológica.

PARTE TRÊS

GUERRA É PAZ
GUERRA É PAZ
GUERRA É PAZ
GUERRA É PAZ
GUERRA É PAZ

CAPÍTULO 1

Winston não sabia onde estava. Presumivelmente, no Ministério do Amor, mas não havia como ter certeza. Era uma cela de pé-direito alto, sem janelas e cujas paredes lembravam porcelana branca e brilhante. Lâmpadas ocultas a banhavam numa luz fria, e um zumbido soava baixo e constante, que Winston supunha ter a ver com a circulação de ar. Um banco, ou suporte, apenas largo o suficiente para se sentar, percorria todas as quatro paredes, pausando apenas na porta e em um vaso sanitário de madeira e sem tábua, exatamente do lado oposto. Havia quatro telemonitores, um em cada parede.

Sua barriga doía de forma persistente. Estava assim desde que o amarraram em um furgão e o levaram. Mas também estava com fome, de um tipo torturante e nocivo. Podia ter se passado vinte e quatro horas desde que comera, mas podia ter sido trinta e seis. Ainda não sabia, e provavelmente nunca saberia, se havia sido preso pela manhã ou à noite. Desde que fora levado não se alimentara.

Winston sentava da forma mais quieta possível no banco, com as mãos cruzadas no joelho. Já aprendera a sentar inerte. Se fizesse movimentos inesperados, gritavam no telemonitor. Mas o desejo por comida estava crescendo. O que mais queria era um pedaço de pão. Imaginava que podia haver algumas migalhas no bolso de seu macacão. Era até mesmo possível – pensava assim porque de tempos em tempos algo pinicava em sua perna – que houvesse uma casca considerável. No fim, a tentação de descobrir venceu seu medo. Enfiou a mão no bolso.

– Smith! – gritou uma voz no telemonitor. – W. Smith, número 6079! Não é permitido colocar a mão no bolso dentro da cela!

Ficou quieto de novo, as mãos cruzadas no joelho. Antes de ser colocado na cela, fora levado para outro lugar que devia ser uma prisão comum ou cela temporária usada pelas patrulhas. Não sabia por quanto tempo ficara lá; algumas horas, no mínimo; sem relógios e sem a luz do dia era difícil precisar o tempo. Era um lugar barulhento com um odor maligno. Haviam-no colocado em uma cela similar à que estava agora, mas completamente imunda e atolada com dez ou quinze pessoas. A maioria era de criminosos comuns, mas havia uns poucos prisioneiros políticos entre eles. Winston se sentara em silêncio, encostado na parede, empurrado por corpos sujos, bastante amedrontado e com dor demais na barriga para prestar muita atenção ao redor, mas ainda assim notando a diferença gritante entre a aparência dos prisioneiros do Partido e dos outros. Os prisioneiros do Partido ficavam sempre em silêncio e aterrorizados, enquanto os criminosos comuns pareciam não se importar com nada. Gritavam insultos para os guardas, lutavam com ferocidade quando apreendiam seus pertences, escreviam xingamentos no chão, comiam alimentos ilegais que puxavam de bolsos misteriosos em suas próprias roupas, e até mesmo berravam para o telemonitor quando o equipamento tentava restaurar a ordem. Por outro lado, alguns pareciam estar em bons termos com os guardas, chamando-os por apelidos e tentando barganhar cigarros pelo postigo da cela. Os guardas, também, tratavam os criminosos comuns com certa paciência, mesmo quando tinham de lidar com eles de modo mais grosseiro. Muito se falava sobre os campos de trabalho forçado para onde a maioria dos prisioneiros esperava ser enviada. Ficaria "tudo bem" nos campos, Winston imaginara, enquanto se possuíssem bons contatos e se conhecesse o caminho das pedras. Havia suborno, favoritismo e extorsão de todo tipo, havia homossexualidade e prostituição, e até mesmo álcool ilícito destilado por meio de batatas. As posições de confiança eram dadas apenas aos criminosos comuns, especialmente os gângsteres e assassinos, que formavam uma espécie de aristocracia. Todo o trabalho sujo era feito pelos prisioneiros políticos.

Havia alta rotatividade de prisioneiros de todo tipo: traficantes de drogas, ladrões, batedores de carteira, contrabandistas, bêbados e prostitutas. Alguns bêbados eram tão violentos que os outros prisioneiros tinham de se juntar para contê-los. Uma mulher totalmente acabada, com cerca de sessenta anos, seios grandes e murchos e cachos grossos de cabelos brancos, que se soltaram da cabeça durante a confusão, fora trazida por quatro guardas para a cela, chutando e gritando. Tiveram de cercá-la por todos os cantos. Arrancaram as botas que ela usava para chutar e a arremessaram no colo de Winston, quase quebrando seu quadril. A mulher se erguera, ereta, e correra atrás dos guardas gritando:

– Fodam-se, seus imbecis!

Então, notando que estava sentada em algo desnivelado, saiu dos joelhos de Winston e deslizou para o banco.

– Mil perdões, queridinho – disse ela. – Não ia sentar em você, só que os canalhas me botaram aqui. Não sabem respeitar uma dama, não é? – Ela pausou, ajeitou os seios e arrotou. – Perdão. Não tô no meu melhor dia.

Ela se curvou para a frente e vomitou muito no chão.

– Melhorou – ela disse, esticando-se para trás com os olhos fechados. – Não pode deixar dentro de você, é o que costumo falar. Tipo... tem que soltar enquanto ainda tá surgindo na barriga...

Ela se reavivou e se virou para dar uma olhada em Winston, parecendo imediatamente gostar dele. Passou um braço grande pelo seu ombro e o arrastou para perto, dando baforadas de cerveja e vômito em seu rosto.

– Como tu se chama, queridinho? – perguntou ela.

– Smith – respondeu Winston.

– Smith? – disse a mulher. – Que engraçado. Meu nome é Smith também. Gente! – ela adicionou, sentimental. – Posso ser tua mãe!

Ela podia ser sua mãe, Winston pensou. Tinha a idade aproximada que sua mãe teria e o mesmo físico, e era provável que as pessoas mudassem após vinte anos em um campo de trabalho forçado.

Ninguém mais falara com ele. Surpreendentemente, a maioria dos criminosos comuns ignorava os prisioneiros do Partido. "Os politários", chamavam-nos com desprezo indiferente. Os prisioneiros do Partido pareciam aterrorizados demais para falar com qualquer pessoa, sobretudo com outros prisioneiros políticos. Apenas uma vez, quando dois membros do Partido, duas mulheres, foram empurradas juntas no banco, que Winston escutou, em meio ao falatório, algumas palavras sussurradas apressadamente entre elas; precisamente, uma referência a algo chamado "sala 101", que ele não entendera.

Podia ter sido duas ou três horas antes que o trouxeram para o lugar atual. A dor persistente na barriga não passava, mas, às vezes, melhorava e, outras vezes, piorava, e seu raciocínio se expandia ou contraía de acordo com ela. Quando piorava, só conseguia pensar na dor em si e em seu anseio por comida. Quando melhorava, o pânico o acometia. Havia momentos em que previa o que aconteceria de modo tão palpável que seu coração disparava e sua respiração parava. Sentia as tonfas espancando seus cotovelos e as botas revestidas a ferro pisoteando suas canelas; via-se debatendo no chão, gritando por piedade através de dentes quebrados. Raramente pensava em Julia. Não conseguia se fixar nela. Ele a amava e não a trairia, mas aquilo era apenas um fato, tão conhecido como ele conhecia as regras da aritmética. Não sentia grande afeto por ela e dificilmente se perguntava o que estaria acontecendo com ela. Pensava mais frequentemente em O'Brien com uma esperança vacilante. O'Brien poderia saber que ele fora preso. A Irmandade, ele dissera, nunca tentava salvar seus membros. Mas havia a lâmina de barbear; eles enviariam a lâmina se pudessem. Haveria talvez uns cinco segundos antes de o guarda correr para a cela. A lâmina o penetraria com uma queimação indiferente, e até os dedos que a seguravam seriam cortados até o osso. Tudo se resumia ao seu corpo doente, que se encolhia e tremia ao menor sinal de dor. Não sabia se usaria a lâmina, mesmo se tivesse a oportunidade. Era mais natural existir de momento a momento, aceitando outros dez minutos de vida, mesmo com a certeza de que haveria a tortura no fim de tudo.

Às vezes, Winston tentava calcular o número de azulejos nas paredes da cela. Deveria ser fácil, mas sempre se perdia em algum ponto. Com mais frequência, conjecturava onde estava e que horas seriam. Em determinado momento, teve certeza de que era dia lá fora e, no momento seguinte, estava igualmente certo de que estava tudo escuro. Naquele lugar, ele sabia por instinto, as luzes nunca seriam desligadas. Era o lugar onde não há escuridão. Agora entendia por que O'Brien pareceu reconhecer a alusão. No Ministério do Amor não havia janelas. Sua cela podia ser no meio do prédio ou colada nas paredes mais externas; podia ser dez andares abaixo da terra ou trinta para cima. Moveu-se mentalmente de um lugar a outro e tentou determinar, pela sensação de seu corpo, se estava no alto ou muito abaixo da terra.

Do lado de fora, ressoou o som de botas marchando. A porta de aço se abriu com um tinido. Um oficial jovem entrou com rapidez pela porta, uma figura esguia em um uniforme preto cujo couro polido parecia brilhar por toda parte. O rosto pálido e de feições retilíneas era como uma máscara de cera. Gesticulou para que os guardas do lado de fora trouxessem outro prisioneiro. O poeta Ampleforth cambaleou para dentro da cela. A porta se fechou com um tinido novamente.

Ampleforth se movimentou de lado a lado, incerto, como se considerasse que havia outra porta pela qual escapar, e então começou a caminhar pela cela. Ainda não notara a presença de Winston. Seus olhos perturbados encaravam a parede cerca de um metro acima do nível da cabeça de Winston. Estava descalço, com dedões grandes e sujos saltando para fora das meias esburacadas. Também se barbeava havia dias. Uma barba desgrenhada cobria seu rosto até as bochechas, conferindo-lhe um ar de brutalidade que destoava do aspecto largo e enfraquecido e dos movimentos nervosos.

Winston despertou um pouco de sua letargia. Devia falar com Ampleforth e arriscar o grito do telemonitor. Era até concebível que Ampleforth estivesse carregando a lâmina.

– Ampleforth... – ele disse.

Não houve grito no telemonitor. Ampleforth parou, ligeiramente assustado. Seus olhos focaram gradualmente em Winston.

– Ah, Smith! – ele disse. – Você também!

– Por que você está aqui?

– Pra dizer a verdade... – Ele se sentou desajeitadamente no banco, de frente para Winston. – Só existe um delito, não é?

– E você o cometeu?

– Aparentemente, sim.

Ele colocou uma mão na testa e apertou as têmporas por um instante, como se tentando se lembrar de algo.

– Essas coisas acontecem – ele disse, vagamente. – Consegui lembrar um motivo, um possível motivo. Foi uma indiscrição, sem dúvida. Estávamos produzindo uma edição definitiva dos poemas de Kipling. Deixei a palavra "Deus" permanecer no fim de um verso. Não dava para mudar! – ele acrescentou, quase indignado, levantando o rosto para encarar Winston. – Era impossível mudar o verso. A rima era com "plebeus". Você sabia que existem pouquíssimas rimas com "plebeus" em todo o idioma? Fiquei remoendo por dias. Não HAVIA opção melhor.

Sua expressão mudou. O aborrecimento desapareceu por um instante, e ele pareceu quase satisfeito. Um entusiasmo intelectual brilhou através da barba desleixada e desgrenhada, a alegria do pedante que descobriu um fato inútil.

– Já lhe ocorreu – ele continuou – que toda a história da poesia inglesa foi determinada pelo fato de que a língua inglesa tem poucas rimas?

Não, aquele pensamento nunca ocorrera a Winston. Nem, em nenhuma circunstância, ele o consideraria como muito relevante ou interessante.

– Você sabe que horas são? – perguntou Winston.

Ampleforth pareceu assustado novamente.

– Nem pensei nisso. Me prenderam... talvez há dois dias... talvez três. – Seus olhos percorreram as paredes, como se parte dele esperasse encontrar uma janela em algum lugar. – Não há diferença entre dia e noite neste lugar. Não tenho ideia de como é possível saber a hora.

Conversaram sem qualquer foco por minutos, até que um grito do telemonitor exigiu silêncio sem nenhum motivo aparente. Winston ficou quieto, as mãos cruzadas. Ampleforth, grande demais para se sentar confortavelmente no banco estreito, ficou se remexendo de um lado para o outro, apoiando as mãos magras primeiro em um joelho, depois no outro. O telemonitor gritou para que ele ficasse parado. O tempo passou. Vinte minutos, uma hora... Era difícil ter noção. Mais uma vez, o som de botas ressoou do lado de fora. Winston sentiu um frio na barriga. Logo, muito em breve, talvez em cinco minutos, talvez naquele exato instante, a batida das botas significaria que sua hora chegara.

A porta se abriu. O oficial jovem de semblante grave entrou na cela. Com um movimento brusco da mão, apontou para Ampleforth.

– Sala 101 – disse ele.

Ampleforth cambaleou entre os guardas, a expressão vagamente perturbada, mas ignorante.

O que parecia ser um longo tempo se passou. A dor na barriga de Winston ressurgira. Sua mente dava voltas sem sair do lugar, como uma bola caindo várias vezes no mesmo buraco. Tinha apenas seis pensamentos: a dor na barriga, um pedaço de pão, o sangue e os gritos, O'Brien, Julia e a lâmina de barbear. Sentiu outro espasmo na barriga. As botas pesadas se aproximavam. Conforme a porta abriu, a lufada de ar que entrou carregava um odor intenso de suor frio. Parsons entrou na cela. Estava vestindo uma bermuda cáqui e uma camisa esportiva.

Daquela vez, Winston foi surpreendido e esqueceu tudo o que estava pensando.

– VOCÊ aqui? – disse Winston.

Parsons deu uma olhadela para Winston que não parecia conter nem interesse nem surpresa, somente pena. Começou a andar desastradamente de um lado para o outro, evidentemente incapaz de ficar quieto. Toda vez que ajeitava os joelhos rechonchudos, dava para ver que estava tremendo. Seus olhos exibiam uma expressão ampla e fixa, como se fosse incapaz de não encarar o nada.

– Por que está aqui? – perguntou Winston.

– Crimideológico! – disse Parsons, quase aos prantos. O tom de sua voz implicava, ao mesmo tempo, completa admissão de culpa e horror incrédulo de que tal palavra pudesse ser aplicada a ele.

Parou de frente a Winston e se dirigiu ansiosamente a ele: – Não acha que vão me fuzilar, acha, garotão? Eles não fuzilam se você não fez nada na prática, além de ter tido pensamentos inevitáveis, não é? Sei que fazem um julgamento justo. Ah, confio neles! Eles conhecem meu histórico, não conhecem? VOCÊ sabe que tipo de rapaz eu era. Não tenho nem jeito de um rapaz ruim. Não sou muito inteligente, claro, mas sou dedicado. Tentei fazer o melhor pelo Partido, não tentei? Vou sair com cinco anos, não acha? Ou talvez dez? Um rapaz como eu pode ser bastante útil em um campo de trabalho. Não me fuzilariam por sair dos trilhos uma vez só, não é?

– Você é culpado? – perguntou Winston.

– Óbvio que sou culpado! – Parsons choramingou com um olhar servil ao telemonitor. – Você não acha que o Partido prenderia um inocente, acha? – Sua face de sapo se acalmou e até adquiriu uma expressão ligeiramente hipócrita. Adicionou, sentencioso: – O crimideológico é uma coisa horrenda, garotão. É traiçoeiro. Pode se apossar de você sem que saiba. Você sabe como ele se apossou de mim? Dormindo! Sim, é verdade. Estava lá trabalhando, tentando fazer minha parte... Nunca imaginei que tivesse coisas ruins na cabeça. E então, comecei a falar dormindo. Você sabe o que me ouviram dizendo?

Abaixou a voz como alguém obrigado por razões médicas a falar uma obscenidade.

– "Fora Grande Irmão!" Sim, eu disse isso! Disse várias e várias vezes, pelo visto. Aqui entre nós, garotão, estou feliz que me pegaram antes que isso se prolongasse. Sabe o que vou falar para eles quando estiver diante do tribunal? "Obrigado" é o que vou dizer. "Obrigado por me salvarem antes que fosse tarde."

– Quem o denunciou? – perguntou Winston.

– Foi minha filhinha – disse Parsons com uma espécie de orgulho dolorido. – Ela ouviu pela fechadura. Escutou o que eu estava falando e contou para as patrulhas no dia seguinte. Bem esperta para uma pestinha com sete anos, não? Não guardo nenhum rancor dela por isso. Na verdade, estou orgulhoso. Isso prova que a criei com a mentalidade correta, de qualquer forma.

Ele fez mais alguns movimentos bruscos pela cela, dando olhadelas ansiosas em direção ao vaso sanitário. Então, abaixou a bermuda subitamente.

– Com licença, garotão – ele disse. – Não posso evitar. É a espera.

Ele acomodou seu traseiro enorme na tábua. Winston cobriu o rosto com as mãos.

– Smith! – gritou a voz do telemonitor. – Winston Smith, número 6079! Descubra o rosto. Não é permitido cobrir o rosto nas celas.

Winston descobriu o rosto. Parsons utilizou o vaso sanitário, de forma barulhenta e abundante. A descarga estava defeituosa e a cela fedeu abominavelmente por várias horas.

Parsons foi levado. Mais prisioneiros iam e vinham, misteriosamente. Um deles, uma mulher, foi alocada à "Sala 101" e, Winston notou, parecia ter se contorcido e mudado de cor quando ouviu as palavras. Chegou um momento que já seria de tarde se ele tivesse sido levado pela manhã, ou meia-noite se tivesse sido levado à tarde. Havia seis prisioneiros na cela, homens e mulheres. Todos bem quietos. Em frente a Winston estava sentado um homem dentuço e de queixo fino, parecendo muito um roedor enorme e inofensivo. Suas bochechas gordas e sarapintadas eram tão protuberantes que era difícil não acreditar que possuía pequenos armazenamentos de comida nelas. Seus olhos cinza-pálidos percorriam timidamente os outros rostos e evadiam rapidamente quando alguém o encarava.

A porta abriu, e outro prisioneiro entrou, cuja aparência lançou um calafrio em Winston. Era um homem de aparência banal e agressiva, que poderia ter sido um engenheiro ou um técnico. O surpreendente era a magreza de sua face. Era como uma caveira. Devido à finura, a boca e os olhos pareciam desproporcionalmente grandes, e os olhos pareciam conter um ódio homicida e insaciável contra alguém ou alguma coisa.

O homem sentou no banco a uma certa distância de Winston, que não olhou novamente para ele. Mas o rosto atormentado e esquelético permaneceu vívido em sua mente como se estivesse bem em frente aos seus olhos. De repente, Winston percebeu qual era o problema. O homem estava morrendo de fome. O mesmo pensamento parecia ter ocorrido quase simultaneamente a todos na cela. Houve uma comoção febril por todo o banco. O homem de queixo fino ficou olhando para o homem esquelético e, em seguida, olhando para o outro lado culposamente, para depois ser atraído outra vez como se por um interesse irresistível. Ele começou a se remexer no banco. Finalmente, o homem de queixo fino se levantou, bamboleou desajeitadamente pela cela, enfiou uma das mãos no bolso do macacão e, envergonhado, estendeu um pedaço sujo de pão para o homem esquelético.

Um rugido furioso e ensurdecedor soou do telemonitor. O homem de queixo fino deu um pulo. O homem esquelético rapidamente colocou as mãos para trás, como se demonstrando para o mundo inteiro que recusara o presente.

– Bumstead! – rugiu a voz. – J. Bumstead, número 2713! Solte o pedaço de pão!

O homem de queixo fino deixou o pedaço de pão cair.

– Fique onde está – disse a voz. – Encare a porta. Não faça movimentos.

O homem de queixo fino obedeceu. Suas bochechas gordas tremiam incontrolavelmente. A porta se abriu com um estampido. Conforme o oficial jovem entrou e foi para o lado, um guarda atarracado com braços enormes e ombros largos surgiu de trás dele. Parou de frente para o homem de queixo fino e, então, ao sinal do oficial, deu um soco assustador, com todo o peso de seu corpo, bem no meio da boca do homem de queixo fino. A força do golpe parecia tirar o homem do chão. Seu corpo voou pela cela contra a base do vaso sanitário. Por um instante, ficou parado, como se entorpecido, com um sangue escuro escorrendo da boca e do nariz. Emitia um choro ou ganido muito fraco, que parecia involuntário. Então, rolou pelo chão e se ergueu de quatro, vacilante. Junto a uma golfada de sangue e saliva, as duas metades de sua ponte dental caíram da boca.

Os prisioneiros permaneceram muito quietos, mãos apoiadas nos joelhos. O homem de queixo fino cambaleou de volta ao seu lugar. De um lado do seu rosto, a pele estava escurecendo. Sua boca inchara até se tornar uma maçaroca disforme com cor de cereja e um buraco negro no meio.

De tempos em tempos, sangue pingava no peitoral de seu macacão. Seus olhos cinzentos ainda percorriam as outras faces, com mais culpa que nunca, como se tentasse descobrir o quanto os outros o desprezavam pela humilhação.

A porta abriu. Com um gesto breve, o oficial apontou para o homem esquelético.

– Sala 101 – disse.

Houve um suspiro e uma agitação ao lado de Winston. O homem se jogou de joelhos no chão, com as mãos entrelaçadas.

– Camarada! Oficial! – pranteou. – Você não pode me levar pra esse lugar! Eu já não contei tudo? O que mais precisam saber? Não há nada que eu não confessaria, nada! Só me diga o que é e eu confesso agora. Escreva e eu assino. Qualquer coisa! Mas não a sala 101!

– Sala 101 – repetiu o oficial.

O rosto do homem, já muito pálido, assumiu uma cor que Winston nem achava que fosse possível. Definitivamente e sem dúvidas, adquiriu um tom de verde.

– Façam qualquer coisa comigo! – berrou. – Vocês estão me deixando passar fome por semanas. Acabem logo com isso e me deixem morrer. Atirem em mim. Me enforquem. Me sentenciem a vinte e cinco anos. Há alguém mais que vocês queiram que eu entregue? Só me digam quem é e eu conto o que vocês quiserem. Não me importo quem é ou o que vão fazer com a pessoa. Tenho uma esposa e três filhos. O mais velho não tem nem seis anos. Pode pegar todos e cortar suas gargantas na frente dos meus olhos, e eu juro que vou ficar parado e assistir a tudo. Mas não a sala 101!

– Sala 101 – repetiu o oficial.

O homem olhou nervosamente para os outros prisioneiros, como se tivesse alguma ideia para colocar outra vítima em seu lugar. Seus olhos recaíram sobre o rosto amassado do homem de queixo fino. Ele esticou um braço magrela.

– Ele é que vocês deviam estar levando, não eu! – gritou. – Vocês não ouviram o que ele disse depois que espancaram a cara dele. Me deem uma chance e eu conto cada palavra do que ele disse. ELE é que está contra o Partido, não eu. – Os guardas deram um passo adiante. A voz do homem se transformou em um guincho. – Vocês não o ouviram! – repetiu. – Algo deu errado no telemonitor. É ELE que vocês querem. Levem ele, não eu!

Os dois guardas robustos se curvaram para pegá-lo pelos braços. Mas, naquele momento, ele se arremessou ao chão da cela e agarrou uma das pernas de ferro do banco. Começou a uivar como um animal. Os guardas o seguraram e tentaram soltá-lo, mas ele se agarrou com uma força descomunal. Por uns vinte segundos, os guardas o puxaram. Os prisioneiros permaneceram quietos, mãos nos joelhos, olhando diretamente para a frente. O uivo cessou; o homem não tinha mais ar para nada, exceto se segurar no banco. Então, soou um tipo diferente de grito. Um chute de um dos guardas quebrou os dedos de uma de suas mãos. Arrastaram-no e o colocaram de pé.

– Sala 101 – repetiu o oficial.

O homem foi levado, capengando de cabeça baixa, segurando a mão estraçalhada e sem mais nenhuma vontade de lutar.

Um longo tempo passou. Se o homem esquelético fora levado à meia-noite, então já era de manhã; se fora levado pela manhã, já era de tarde. Winston estava sozinho e estivera sozinho havia horas. A dor de ficar sentado muito tempo no banco estreito era tanta que ele frequentemente se levantava e andava pela cela, imperturbado pelo telemonitor. O pedaço de pão ainda estava onde o homem de queixo fino deixara cair. No início, era preciso um esforço imenso para não olhar para ele, mas a fome abria espaço para a sede. Sua boca estava grudenta e com um gosto maligno. O zumbido e a luz branca constantes induziam uma espécie de esmaecimento, de um sentimento vazio dentro da cabeça. Ele levantava porque a dor nos ossos se tornava insuportável, e depois se sentava novamente porque ficava tonto demais para garantir que seria capaz de ficar de pé. Sempre que suas sensações físicas recobravam um pouco mais o controle, o terror retornava. Às vezes, com uma esperança lânguida, pensava em O'Brien e na lâmina de barbear. Era possível que a lâmina chegasse escondida em sua comida, se fosse alimentado em algum momento. Mais fracamente, pensava em Julia. Em algum lugar, talvez ela estivesse sofrendo muito mais do que ele. Podia estar gritando de dor naquele instante. Pensou: *se eu pudesse salvar Julia dobrando o meu sofrimento, eu faria isso? Sim, eu faria.* Mas aquela era meramente uma decisão intelectual, tomada porque sabia que precisava tomá-la. Não a sentia. Naquele lugar não era possível sentir nada, exceto sofrimento e previsão de mais sofrimento. Além disso, seria possível, por algum motivo, enquanto se estava sofrendo, desejar que a própria dor aumentasse? Mas aquela pergunta ainda não podia ser respondida.

As botas se aproximaram novamente. A porta abriu. O'Brien entrou.

Winston ficou de pé. O choque daquela visão arrancara toda a cautela dele. Pela primeira vez em muitos anos, esqueceu a presença do telemonitor.

– Eles pegaram você também! – Winston vociferou.

– Eles me pegaram há muito tempo – disse O'Brien com uma ironia leve, quase arrependida. Ele foi para o lado. Atrás dele, entrou um guarda de peitoral largo com uma tonfa comprida na mão.

– Você conhece o esquema, Winston – disse O'Brien. – Não se engane. Você já sabia... Você sempre soube.

Sim, agora percebia que sempre soube. Mas não havia tempo para pensar. Tudo que conseguia olhar era a tonfa na mão do guarda. Poderia bater em qualquer parte; no cocuruto, na ponta da orelha, na parte de cima do braço, no cotovelo...

No cotovelo! Winston se prostrou de joelhos, quase paralisado, segurando o cotovelo ferido com a outra mão. Tudo explodira em uma luz amarelada. Era inconcebível, inconcebível que um golpe pudesse causar tanta dor! A luz se dissipou e ele viu os outros dois o encarando. O guarda estava rindo de suas torções. De qualquer forma, uma pergunta foi respondida. Nunca, por qualquer motivo na Terra, seria possível desejar que a dor aumentasse. Com relação a ela, só se podia desejar uma coisa: que parasse. Nada no mundo era tão ruim como a dor física. Diante da dor não há heróis, não há heróis, ele pensou várias e várias vezes enquanto se contorcia no chão, agarrando-se inutilmente ao braço esquerdo incapacitado.

LIBERDADE É ESCRAVIDÃO
LIBERDADE É ESCRAVIDÃO
LIBERDADE É ESCRAVIDÃO
LIBERDADE É ESCRAVIDÃO

CAPÍTULO 2

Winston estava deitado sobre algo que parecia um colchonete de acampamento, exceto que estava bem acima do chão, preso de alguma forma que tornava impossível se mexer. Uma luz que parecia mais forte do que o normal banhava seu rosto. O'Brien estava parado ao seu lado, contemplando-o com interesse. Do outro lado, um homem de jaleco branco segurava uma seringa hipodérmica.

Mesmo após abrir os olhos, assimilou os arredores apenas gradualmente. Tinha a impressão de ter nadado até aquela sala vindo de um mundo bem diferente. Era uma espécie de mundo subaquático muito abaixo de onde viera. Por quanto tempo estava ali, Winston não sabia. Desde o momento que o prenderam, não vira a escuridão da noite ou a luz do dia. Além disso, suas lembranças não eram contínuas. Houvera momentos em que sua consciência, mesmo a consciência que se tem durante o sono, cessara e se reavivara novamente após um intervalo vazio. Mas se os intervalos eram de dias, semanas ou apenas segundos, não havia como saber.

Com aquele primeiro golpe no cotovelo, o pesadelo começara. Mais tarde, percebera que tudo o que até então acontecera era meramente uma preliminar, um interrogatório de rotina pelo qual todos os prisioneiros deveriam passar. Havia um vasto espectro de crimes

– espionagem, terrorismo e afins – que todos deviam confessar rotineiramente. A confissão era uma formalidade, embora a tortura fosse real. Não se recordava quantas vezes fora espancado ou por quanto tempo as surras prosseguiram. Sempre houvera de cinco a seis homens de uniforme negro em cima dele, simultaneamente. Às vezes, eram punhos, outras vezes tonfas e, também, varas de aço ou botas. Havia vezes em que rolava no chão, imprudente como um animal, contorcendo o corpo de um lado para o outro em um esforço incessante e inútil de desviar dos chutes, simplesmente abrindo espaço para mais e mais chutes, nas costelas, na barriga, nos cotovelos, no osso na base de sua coluna. Havia vezes em que isso continuava sem cessar até que a parte mais cruel, perversa e irremissível se tornava a sua própria incapacidade de forçar a perda de consciência, e não mais o fato de que os guardas continuavam a espancá-lo. Havia vezes em que seus nervos o traíam tanto, que ele começava a gritar por clemência mesmo antes de o espancamento começar, quando a mera visão de um punho preparado para socar o fazia gritar confissões de crimes reais e imaginários. Havia outras vezes em que decidia não confessar nada, quando cada palavra precisava ser forçada para fora dele entre arquejos de dor. E, outras vezes, tentava se comprometer, sem vigor algum, dizendo para si mesmo: *vou confessar, mas não ainda. Vou aguentar até que a dor se torne insuportável. Mais três chutes, mais dois chutes e eu conto o que eles querem.* Por vezes, espancavam-no de forma que ele mal conseguia se levantar, então jogavam-no como um saco de batatas no chão de pedra de uma cela para que se recuperasse por algumas horas, apenas para ser levado de novo para outro espancamento. Havia também períodos mais longos de recuperação. Lembrava deles vagamente porque os passava dormindo ou em um estupor. Recordava-se de uma cela com uma cama sem colchão, uma espécie de tablado despontando da parede, um tanque de alumínio e refeições de sopa quente e pão, algumas vezes com café. Lembrava-se de um barbeiro ríspido chegando para raspar sua barba do queixo e aparar seus cabelos, além de homens metódicos e antipáticos em jalecos brancos sentindo seu pulso, testando seus reflexos, virando suas pálpebras, passando dedos ásperos por sua pele em busca de ossos quebrados e enfiando agulhas em seu braço para fazê-lo dormir.

Os espancamentos ficaram menos frequentes e se tornaram mais uma ameaça, um horror pelo qual poderia ter que passar a qualquer momento se suas respostas fossem insatisfatórias. Seus interrogadores deixaram de ser rufiões de uniforme negro e passaram a ser intelectuais do Partido, homenzinhos rechonchudos com movimentos ligeiros e óculos cintilantes que trabalhavam com ele em turnos que duravam – Winston achava, mas não dava para ter certeza – dez ou doze horas de uma só vez. Esses outros interrogadores garantiam que ele estivesse passando por uma dor leve e constante, mas não era majoritariamente da dor que dependiam. Estapeavam sua face, torciam suas orelhas, puxavam seus cabelos, obrigavam-no a ficar de pé com uma só perna, recusavam-se a deixá-lo urinar, emitiam luzes fortes no seu rosto até que seus olhos lacrimejassem; mas o objetivo de tudo aquilo era simplesmente humilhá-lo e destruir sua capacidade de argumentação e raciocínio. A verdadeira arma era o interrogatório impiedoso que se seguia hora após hora, fazendo-o hesitar, colocando armadilhas, distorcendo tudo que dizia, condenando-o por mentir e por se contradizer até que começasse a chorar tanto de vergonha como se de esgotamento mental. Às vezes, chorava umas seis vezes por sessão. Na maior parte do tempo gritavam xingamentos e ameaçavam devolvê-lo aos guardas novamente; mas, às vezes, mudavam o tom, chamavam-no de camarada, apelavam a ele em nome do Socing e do Grande Irmão, e perguntavam tristonhos se até mesmo naquele momento Winston não possuía lealdade suficiente ao Partido que o fizesse desejar desfazer o mal que causara. Quando seus nervos estavam destroçados após horas de interrogatório, até tal súplica podia levá-lo a choramingar. No fim das contas, as vozes enervantes o quebravam ainda mais completamente do que as botas e os punhos dos guardas. Ele se tornava apenas uma boca que proferia, uma mão que assinava, ou qualquer coisa que demandassem dele. Sua única preocupação era descobrir o que queriam que confessasse, e então confessar rapidamente, antes que os maus-tratos recomeçassem. Confessou o assassinato de membros eminentes do Partido, a distribuição de panfletos insurgentes, desvio de verba pública, venda de segredos militares e todo tipo de sabotagem. Confessou que fora um espião pago pelo governo lestasiático desde 1968. Confessou que era um religioso, um admirador do capitalismo e um pervertido sexual. Confessou que assassinara a esposa, embora soubesse, e seus interrogadores deviam saber também, que sua esposa ainda estava viva. Confessou que estivera em contato pessoal com Goldstein por anos e que fora membro de uma organização secreta que incluía praticamente todos os seres humanos que já conhecera. Era mais fácil confessar tudo e incriminar todo mundo. Além disso, era tudo verdade de certa forma. Era verdade que ele fora inimigo do Partido, e nos olhos do Partido não havia distinção entre o pensamento e o ato.

Havia também lembranças de outro tipo. Elas se realçavam em sua mente de forma desconectada, como fotografias cercadas de escuridão.

Estava em uma cela que podia ser clara ou escura, já que não enxergava nada a não ser um par de olhos. Perto, algum tipo de instrumento tiquetaqueava devagar e regularmente. Os olhos cresciam e ficavam mais luzentes. De repente, Winston flutuava de seu assento, mergulhava nos olhos e era engolido.

Estava preso em uma cadeira cercada de mostradores, debaixo de luzes ofuscantes. Um homem de jaleco branco leu os mostradores. A pisada de botas pesadas soou do lado de fora. A porta se abriu com um estampido. O oficial com rosto de cera marchou adiante, seguido por dois guardas.

– Sala 101 – disse o oficial.

O homem de jaleco branco não se virou. Tampouco olhou para Winston; estava fixo apenas nos mostradores.

Fora carregado por um corredor imponente, com um quilômetro de largura, repleto de luzes douradas e magníficas. Gargalhou e gritou confissões a plenos pulmões. Confessou tudo, até mesmo o que conseguira conter durante a tortura. Relatou toda a história da sua vida para uma audiência que já a conhecia. Com ele, estavam os guardas, os outros interrogadores, os homens de jaleco branco, O'Brien, Julia, o sr. Charrington, todos caminhando juntos pelo corredor e gargalhando. Algo aterrorizante que estava firmado no futuro fora evitado e não acontecera. Tudo estava bem, não havia mais dor, o último fato de sua vida fora exposto, compreendido e perdoado.

Estava olhando para cima, deitado em uma cama sem colchão, quase certo de ouvir a voz de O'Brien. Durante o interrogatório, ainda que não o tivesse visto, tivera a sensação de que O'Brien estava perto de seu cotovelo, fora da visão por muito pouco. Era O'Brien quem dirigia tudo. Fora ele quem enviara os guardas atrás de Winston e que os impedira de matá-lo. Fora ele quem decidira quando Winston deveria gritar de dor, descansar, alimentar-se, dormir e quando as drogas deveriam ser aplicadas em seu braço. Era ele quem fazia as perguntas e sugeria as respostas. Era o carrasco, o protetor, o inquisidor, o amigo. E, certa vez – Winston não se lembrava se estava em um sono entorpecido, dormindo normalmente ou desperto –, uma voz murmurara em seu ouvido: "Não se preocupe, Winston; você está sob minha vigília. Por sete anos, eu o observei. Agora o ponto de virada chegou. Salvarei você, eu o deixarei perfeito". Ele não tinha certeza se era a voz de O'Brien; mas era a mesma voz que dissera "Nos encontraremos no lugar onde não há escuridão" naquele outro sonho, sete anos antes.

Winston não se lembrava de um fim do interrogatório. Houve um período de escuridão e, depois, a cela ou o quarto onde estava naquele momento gradualmente se materializando ao seu redor. Estava de costas, quase reto, incapaz de se mover. Seu corpo estava preso em todas as partes cruciais. Até a nuca estava presa de alguma forma. O'Brien o olhava seriamente, com uma certa tristeza. Seu rosto, visto de baixo, parecia abrutalhado e desgastado, com bolsas sob os olhos e rugas cansadas do nariz até o queixo. Era mais velho do que Winston pensara; devia ter uns quarenta e oito anos ou cinquenta. Sob seus dedos havia um dispositivo com uma alavanca no topo e números aparecendo no mostrador.

– Eu lhe falei – disse O'Brien – que, se nos encontrássemos novamente, seria aqui.

– Sim – concordou Winston.

Sem nenhum aviso, à exceção de um ligeiro movimento da mão de O'Brien, uma onda de dor fluiu pelo corpo de Winston. Era uma dor assustadora porque ele não conseguia ver o que estava acontecendo, mas tinha a sensação de que alguma ferida mortal fora causada. Não sabia se aquilo estava mesmo acontecendo ou se o efeito era produzido eletricamente; mas seu corpo estava sendo deformado, as juntas sendo vagarosamente separadas. Ainda que a dor tivesse feito sua testa suar, o pior era o medo de que sua espinha dorsal estivesse prestes a se quebrar. Cerrou os dentes e respirou forte pelo nariz, na tentativa de manter o silêncio o máximo que conseguisse.

– Você está com medo – disse O'Brien, observando seu rosto – de que a qualquer instante algo vá se quebrar. Seu medo principal é que seja a espinha dorsal. Você tem uma imagem mental vívida das vértebras se partindo e o fluido cerebrospinal pingando delas. É isso que está pensando, não é, Winston?

Winston não respondeu. O'Brien puxou a alavanca no dispositivo. A onda de dor foi embora quase tão rapidamente como surgira.

– Este foi quarenta – disse O'Brien. – Você pode ver que os números no dispositivo vão até cem. Peço que se recorde, durante nossa conversa, de que tenho o poder de infligir dor em você a qualquer momento e no grau que eu desejar. Se me contar mentiras ou tentar tergiversar de qualquer maneira, ou até mesmo demonstrar menos inteligência que o seu normal, você vai gritar de dor, instantaneamente. Você entende isso?

– Sim – confirmou Winston.

A expressão de O'Brien ficou menos severa. Ajeitou os óculos pensativamente, e deu um passo ou dois. Quando falou, sua voz era gentil e paciente. Tinha o aspecto de um médico, um professor, até mesmo de um padre, ansioso para explicar e persuadir em vez de punir.

– Estou tendo dificuldades com você, Winston – ele disse – porque por você vale a pena. Você sabe perfeitamente qual é o problema com você. Você sabe disso há anos, embora tenha lutado contra tal conhecimento. Você é mentalmente perturbado. Você sofre de uma memória defeituosa. Você é incapaz de se lembrar de eventos verdadeiros e se convence de outros que nunca aconteceram. Felizmente, é curável. Você nunca se curou disso porque não quis. Era uma pequena força de vontade que não estava pronto para fazer. Até agora, estou ciente, você está se abraçando à sua doença com a impressão de que é uma virtude. Vamos pegar um exemplo. Neste momento, com quem a Oceania está em guerra?

– Quando fui preso, a Oceania estava em guerra com a Lestásia.

– Com a Lestásia. Muito bem. E a Oceania sempre esteve em guerra com a Lestásia, não é?

Winston respirou fundo. Abriu a boca para falar, mas não falou. Não conseguia tirar os olhos do dispositivo.

– A verdade, por favor, Winston. A SUA verdade. Me diga o que você lembra.

– Eu lembro que, até uma semana antes de ser preso, não estávamos em guerra com a Lestásia. Éramos aliados dela. A guerra era contra a Eurásia. Isso durou quatro anos. Antes disso...

O'Brien o interrompeu com um gesto.

– Outro exemplo – disse. – Há alguns anos, você teve um delírio sério. Acreditou que três homens, três ex-membros do Partido chamados Jones, Aaronson e Rutherford, homens que foram executados por traição e terrorismo após fazerem a confissão mais completa possível, não eram culpados pelos crimes pelos quais foram condenados. Acreditou ter visto evidência documental inegável que atestava a falsidade de suas confissões. Havia uma certa fotografia com a qual você alucinava. Acreditou realmente tê-la em mãos. Era uma fotografia mais ou menos assim.

Um pedaço de jornal retangular apareceu entre os dedos de O'Brien. Por talvez cinco segundos, ele ficou dentro do ângulo de visão de Winston. Era uma fotografia e não havia dúvidas de sua existência. Era A fotografia. Outra cópia da foto de Jones, Aaronson e Rutherford trabalhando pelo Partido em Nova York, aquela que Winston tivera em mãos onze anos antes e imediatamente destruíra. Por apenas um instante, ela ficou diante de seus olhos, então sumiu. Mas ele a vira, inquestionavelmente a vira! Fez um esforço desesperado e agonizante para libertar a parte de cima do corpo. Era impossível se mover sequer um centímetro em qualquer direção.

Naquele momento, até se esquecera do dispositivo. Tudo que queria era ter a fotografia em mãos novamente, ou pelo menos vê-la.

– Ela existe! – ele gemeu.

– Não – retrucou O'Brien.

Andou pela sala. Havia uma lacuna de memória na parede oposta. O'Brien levantou a grade. Inalcançável, o frágil pedaço de papel serpenteou na corrente de ar quente, desaparecendo no lampejo de uma chama. O'Brien afastou-se da parede.

– Cinzas – disse. – Nem mesmo cinzas identificáveis. Pó. Não existe. Nunca existiu.

– Mas existiu! Existe! Existe na memória. Eu lembro. Você lembra.

– Eu não lembro – disse O'Brien.

O coração de Winston desmoronou. Aquilo era duplopensar. Teve a sensação de uma impotência mortal. Se tivesse certeza de que O'Brien estava mentindo, mesmo assim não importaria. Mas era perfeitamente possível que O'Brien tivesse realmente esquecido a fotografia. E, se assim fosse, então já teria esquecido sua negação ao fato de recordar, e esquecido o ato de esquecer. Como era possível ter certeza de que aquilo era um simples truque? Talvez o desequilíbrio mental pudesse realmente acontecer: foi o pensamento que derrotou Winston.

O'Brien o encarava, reflexivo. Mais do que nunca, apresentava o ar de um professor sofrendo com uma criança rebelde, mas promissora.

– Há um slogan do Partido que lida com o controle do passado – ele disse. – Repita, por favor.

– "Quem controla o passado controla o futuro, quem controla o presente controla o passado" – Winston repetiu, obediente.

– "Quem controla o presente controla o passado" – disse O'Brien, assentindo vagarosamente. – A sua opinião, Winston, é que o passado possui uma existência real?

Novamente, a sensação de desamparo acometeu Winston. Seus olhos percorreram o dispositivo. Não apenas não sabia se a resposta que o salvaria da dor era "sim" ou "não", mas sequer tinha noção de qual resposta acreditava ser a verdadeira.

O'Brien sorriu debilmente.

– Você não é metafísico, Winston – disse. – Até esta manhã você nunca havia considerado o significado da existência. Vou explicar com mais precisão. O passado existe concretamente, no espaço? Há algum lugar, um mundo de objetos sólidos, onde o passado ainda está acontecendo?

– Não.

– Então onde o passado existe, se ele existe?

– Em registros. Está escrito.

– Em registros. E...?

– Na mente. Na memória humana.

– Na memória. Muito bem, então. Nós, o Partido, controlamos todos os registros, e nós controlamos todas as memórias. Logo, controlamos o passado, não?

– Mas como podem fazer as pessoas pararem de lembrar as coisas? – Winston pranteou novamente, esquecendo o dispositivo. – É involuntário. É algo fora do controle. Como você pode controlar a memória? Você não controlou a minha!

A expressão de O'Brien ficou grave novamente. Colocou a mão no dispositivo.

– Pelo contrário – disse. – você não a controlou. Isso foi o que o trouxe aqui. Está aqui porque falhou na humildade e na autodisciplina. Você não se submeteu, que é o preço da sanidade. Preferiu ser um lunático, a única pessoa com determinada opinião. Apenas a mente disciplinada pode ver a realidade, Winston. Você acha que a realidade é algo objetivo, externo, existindo por si só. Também acredita que a natureza da realidade é autoevidente. Quando se engana ao pensar que enxerga algo, você presume que todo mundo enxerga o mesmo que você. Mas vou lhe dizer, Winston, que a realidade não é externa. A realidade existe na mente humana e mais em lugar nenhum. Não na mente individual, que pode cometer erros, e de qualquer forma logo morre. Apenas na mente do Partido, que é coletiva e imortal. O que o Partido considerar verdade é a verdade. É impossível ver a realidade, a não ser olhando com os olhos do Partido. Este é um fato que você precisa reaprender, Winston. É necessário um ato de autodestruição, uma força de vontade. Deve ser humilde antes de se tornar são.

O'Brien pausou por alguns segundos, como se permitindo que o que acabara de falar penetrasse na mente de Winston.

– Você se lembra – prosseguiu – de escrever no seu diário: "Liberdade é a liberdade de dizer que dois mais dois somam quatro"?

– Sim – respondeu Winston.

O'Brien levantou a mão esquerda, a parte de trás virada para Winston, com o dedão escondido e quatro dedos levantados.

– Quantos dedos tem aqui, Winston?

– Quatro.

– E se o Partido disser que são cinco, não quatro, quantos dedos tem?

– Quatro.

A palavra terminou em uma arfada de dor. O ponteiro do dispositivo subiu para cinquenta e cinco. Todo o corpo de Winston começou a suar. O ar rasgou seus pulmões e saiu em gemidos profundos que ele não conseguia conter mesmo cerrando os dentes. O'Brien o observou, os quatro dedos ainda de pé. Puxou a alavanca de volta. Desta vez, a dor foi apenas ligeiramente aliviada.

– Quantos dedos, Winston?

– Quatro.

O ponteiro subiu para sessenta.

– Quantos dedos, Winston?

– Quatro! Quatro! O que mais posso dizer? Quatro!

O ponteiro devia ter subido de novo, mas ele não olhou. O rosto grave e rijo e os quatro dedos preencheram sua visão. Os dedos se elevavam diante de seus olhos como pilares, enormes, embaçados, parecendo vibrar, mas inegavelmente quatro.

– Quantos dedos, Winston?

– Quatro! Para, para! Como você é capaz disso? Quatro! Quatro!

– Quantos dedos, Winston?

– Cinco! Cinco! Cinco!

– Não, Winston, não serve. Está mentindo. Ainda acha que tem quatro. Quantos dedos, por favor?

– Quatro! Cinco! Quatro! O que quiser. Apenas pare! Pare com a dor!

Subitamente, estava sentado com o braço de O'Brien em volta de seus ombros. Perdera a consciência, talvez por alguns segundos. As presilhas que prendiam seu corpo foram afrouxadas. Sentia muito frio, tremendo incontrolavelmente, os dentes batendo, lágrimas rolando pelas bochechas. Por um momento, agarrou-se a O'Brien como um bebê, estranhamente reconfortado pelo braço pesado ao redor de seus ombros. Tinha a sensação de que O'Brien era seu protetor, de que a dor era algo que vinha de fora, de alguma outra fonte, e de que O'Brien o salvaria dela.

– Você aprende devagar, Winston – disse O'Brien, gentilmente.

– Como posso evitar? – choramingou. – Como posso evitar ver o que está na frente dos meus olhos? Dois mais dois somam quatro.

– Às vezes, Winston. Às vezes somam cinco. Outras vezes, três. Certas vezes, são todos os resultados ao mesmo tempo. Você deve tentar mais. Não é fácil se tornar são.

Ele deitou Winston na cama. Seus membros apertaram novamente, mas a dor se esvanecera e a tremedeira passara, deixando-o apenas fraco e com frio. O'Brien gesticulou com a cabeça para o homem de jaleco branco, que ficara imóvel durante os procedimentos. O homem de jaleco branco curvou-se e perscrutou os olhos de Winston, sentiu seu pulso, pousou um ouvido em seu peito, cutucou alguns lugares, então assentiu para O'Brien.

– De novo – disse O'Brien.

A dor fluiu pelo corpo de Winston. O ponteiro devia estar em setenta ou setenta e cinco. Fechou os olhos desta vez. Sabia que os dedos estavam lá, e que ainda eram quatro. Tudo que importava era permanecer vivo de alguma forma até o espasmo acabar. Deixara de notar se estava chorando ou não. A dor aliviou novamente. Abriu os olhos. O'Brien tinha puxado a alavanca.

– Quantos dedos, Winston?

– Quatro. Suponho que sejam quatro. Eu veria cinco se pudesse. Estou tentando ver cinco.

– O que você prefere: me persuadir que você enxerga cinco ou realmente ver cinco?

– Realmente vê-los.

– De novo – disse O'Brien.

Talvez o ponteiro estivesse em oitenta… noventa. Intermitentemente, Winston não conseguia lembrar por que estava sofrendo aquela dor. Debaixo das pálpebras pressionadas, uma floresta de dedos parecia dançar, entrando e saindo, desaparecendo um atrás do outro e reaparecendo. Estava tentando contá-los, mas não lembrava por quê. Sabia apenas que era impossível contá-los, e que aquilo se devia, de alguma forma, à equivalência misteriosa entre cinco e quatro. A dor dissipou de novo. Quando abriu os olhos, viu que ainda enxergava a mesma coisa. Incontáveis dedos, como árvores se movendo, passando de um lado para o outro, atravessando e voltando. Fechou os olhos novamente.

– Quantos dedos tenho levantados, Winston?

– Não sei. Não sei. Você vai me matar se fizer isso de novo. Quatro, cinco, seis... Eu juro que não sei.

– Melhor – disse O'Brien.

Uma agulha penetrou no braço de Winston. Quase no mesmo instante, um calor confortante e medicinal se espalhou por seu corpo. A dor já estava parcialmente esquecida. Abriu os olhos e encarou O'Brien com gratidão. Ao ver o rosto robusto e enrugado, tão grosseiro e tão inteligente, seu coração pareceu se entregar. Se pudesse se mover, teria esticado uma das mãos e a pousado no braço de O'Brien. Nunca o amara tão profundamente como naquele momento, e não apenas porque ele tinha parado a dor. O antigo sentimento, de que no fundo não importava se O'Brien era amigo ou inimigo, voltara. O'Brien era uma pessoa com quem se podia conversar. Talvez fosse mais importante ser compreendido a ser amado. O'Brien o torturara à beira da loucura e, em pouco tempo, era certo, o enviaria à própria morte. Não fazia diferença. Em algum sentido mais profundo que a amizade, eram íntimos. Havia algum lugar, embora as palavras em si nunca pudessem ser ditas, onde podiam se encontrar e conversar. O'Brien o encarava com uma expressão que sugeria que podia estar pensando o mesmo. Quando falou, foi em um tom agradável e coloquial.

– Você sabe onde está, Winston?

– Não sei. Posso tentar adivinhar. No Ministério do Amor.

– Sabe há quanto tempo está aqui?

– Não sei. Dias, semanas, meses... Acho que meses.

– E por que você acha que trazemos pessoas para este lugar?

– Para fazê-las confessar.

– Não, esse não é o motivo. Tente de novo.

– Para puni-las.

– Não! – exclamou O'Brien. Sua voz mudara extraordinariamente, e seu semblante se tornou austero e vívido. – Não! Não é só para extrair sua confissão, não é para puni-lo. Devo lhe contar por que o trouxemos para cá? Para curá-lo! Fazê-lo são! Você entende, Winston, que ninguém que trazemos aqui jamais vai embora sem estar curado? Não estamos interessados naqueles crimes estúpidos que cometeu. O Partido não está interessado no ato manifesto: só nos importamos com o pensamento. Não destruímos nossos inimigos, simplesmente. Nós os mudamos. Você entende o que quero dizer?

Estava curvado sobre Winston. Sua face parecia gigante devido à proximidade, e horrivelmente feia porque estava sendo vista de baixo. Além disso, estava repleta de uma exaltação, uma intensidade lunática. Novamente, o coração de Winston desmoronou. Se fosse possível, teria se encolhido mais na cama. Tinha certeza de que O'Brien estava prestes a ativar o dispositivo por puro prazer. Naquele momento, contudo, O'Brien se virou. Deu um ou dois passos pela sala. Então continuou, menos veemente:

– A primeira coisa que deve entender é que neste lugar não há martírios. Você leu sobre as perseguições religiosas do passado. Na Idade Média, houve a Inquisição. Foi um fracasso. Ela se estabeleceu para erradicar a heresia e acabou por perpetuá-la. Para cada herege queimado na fogueira, milhares de outros surgiam. Por quê? Porque a Inquisição matou seus inimigos em público, e os matou ainda impenitentes. Na verdade, ela os matou porque se mostravam impenitentes. As pessoas morriam porque não abandonavam suas verdadeiras crenças. Naturalmente, toda a glória pertencia à vítima e todo o vexame ao inquisidor que a queimou. Mais tarde, no século XX, surgiram os totalitários, como eram chamados. Os nazistas na Alemanha e os comunistas na Rússia. Os russos puniram a heresia de forma mais cruel do que a Inquisição. E achavam que tinham aprendido com os erros do passado; sabiam, de qualquer forma, que não se devia criar mártires. Antes de expor suas vítimas ao julgamento público, deliberadamente as preparavam para destruir a própria dignidade. Deixavam-nas destruídas pela tortura e solidão até que se tornassem miseráveis desprezíveis e humilhados, confessando qualquer coisa que colocassem em suas bocas, pessoas cobertas de maus-tratos, se incriminando e se protegendo uma atrás da outra, choramingando por piedade. Ainda assim, depois de apenas alguns anos aconteceu de novo. Os mortos se tornaram mártires e sua degradação fora esquecida. Mais uma vez, por quê? Em primeiro lugar, porque as confissões que fizeram eram obviamente extorsões e insinceras. Nós não cometemos esse tipo de erro. Todas as confissões proferidas são verdadeiras. Nós a fazemos verdadeiras. E, acima de tudo, não permitimos que os mortos se rebelem contra nós. Você deve parar de imaginar que a posteridade vai vingá-lo, Winston. A posteridade nunca saberá quem foi você. Será raspado do fluxo da História. Vamos transformá-lo em gás e soltá-lo na estratosfera. Nada restará de você, nem um nome em um registro nem a memória no cérebro de uma pessoa viva. Será aniquilado tanto no passado como no futuro. Você nunca terá existido.

Então por que se preocupar em me torturar?, pensou Winston, com uma amargura momentânea. O'Brien parou de caminhar como se Winston tivesse falado o pensamento em voz alta. Sua face grande e feia se aproximou, com os olhos ligeiramente cerrados.

– Você está pensando – disse – que, já que nós pretendemos destruí-lo tão completamente, então nada do que fale ou faça faz a menor diferença. Neste caso, por que nos damos ao trabalho de interrogá-lo antes? É o que estava pensando, não era?

– Sim – respondeu Winston.

O'Brien abriu um sorriso tênue.

– Você é uma falha no padrão, Winston. É uma mancha que deve ser limpa. Eu não acabei de dizer que somos diferentes dos inquisidores do passado? Não ficamos contentes com uma obediência negativa, nem mesmo com a submissão mais desprezível. Quando você por fim se render para nós, será por livre e espontânea vontade. Não destruímos o herege porque ele resiste: enquanto ele resistir, nunca o destruímos. Nós o convertemos, capturamos sua mente, nós o remodelamos. Queimamos todo o mal e toda a ilusão dele; nós o trazemos para o nosso lado, não apenas em aparência, mas genuinamente, de coração e alma. Nós o fazemos um de nós antes de matá-lo. É intolerável para nós que um pensamento errôneo possa existir em qualquer lugar do mundo, mesmo que secreto e inofensivo. Mesmo no momento da morte não permitimos nenhum desvio. Nos dias antigos, o herege caminhava até a fogueira ainda sendo herege, proclamando sua heresia, exultando com ela. Mesmo as vítimas dos expurgos russos conseguiam trazer a rebelião dentro da cabeça enquanto caminhavam pela passagem onde aguardariam o fuzilamento. Mas nós fazemos o cérebro perfeito antes de explodi-lo. O comando dos antigos despotismos era "Tu não deves". O comando dos totalitários era "Tu deves". O nosso comando é "TU ÉS". Ninguém que trazemos para cá jamais se volta contra nós. Todo mundo é purificado. Até aqueles três traidores miseráveis em cuja inocência você acreditou – Jones, Aaronson e Rutherford – nós quebramos no fim. Eu mesmo participei do interrogatório deles. Eu os vi gradualmente exaustos, choramingando, se rastejando, aos prantos – e, no fim, não foi de dor ou medo, mas de penitência. Quando terminamos o processo com eles, eram apenas cascas de homens. Não restara nada, exceto tristeza pelo que fizeram e amor ao Grande Irmão. Foi tocante ver como o amavam. Imploraram para serem fuzilados com rapidez, para que pudessem morrer com as mentes ainda límpidas.

A voz de O'Brien ficara quase sonhadora. A exaltação e o entusiasmo lunático ainda permeavam seu semblante. Não estava fingindo, pensou Winston. Ele não é um hipócrita e acredita em cada palavra do que diz. O que mais oprimia Winston era a consciência de sua própria inferioridade intelectual. Observou a forma corpulenta, mas graciosa, caminhando de um lado para o outro, entrando e saindo do campo de visão. O'Brien era um ser maior que ele de todas as formas possíveis. Não havia ideia que pudesse ter, ou que já tivesse tido, que O'Brien já não tenha considerado, examinado e rejeitado havia muito tempo. Sua mente CONTINHA a mente de Winston. Dessa forma, como poderia ser verdade que O'Brien era louco? O louco devia ser Winston. O'Brien parou e o encarou. Sua voz ficou severa mais uma vez.

– Não pense que se salvará, Winston, por mais completamente que se renda perante nós. Ninguém que um dia se extraviou do caminho é jamais poupado. E mesmo se escolhêssemos deixá-lo viver naturalmente a sua vida, ainda assim você nunca escaparia de nós. O que acontece com você aqui é eterno. Entenda isso de antemão. Vamos esmagá-lo a um ponto do qual não haverá retorno. Algumas coisas acontecerão e você não vai conseguir se recuperar, mesmo que vivesse mil anos. Nunca mais você será capaz de ter um sentimento humano comum. Tudo dentro de você estará morto. Você nunca será capaz de experimentar o amor, a amizade, a alegria de viver, a risada, a curiosidade, a coragem ou a integridade. Será oco. Vamos espremê-lo até que fique vazio, e depois vamos enchê-lo com nós mesmos.

Pausou e gesticulou para o homem de jaleco branco. Winston estava ciente de algum equipamento pesado sendo empurrado atrás de sua cabeça. O'Brien sentou-se ao lado da cama, de forma que seu rosto estava quase nivelado com o de Winston.

– Três mil – disse, falando com o homem de jaleco atrás de Winston.

Duas almofadas macias, que estavam ligeiramente úmidas, foram prensadas em suas têmporas. Ele se retraiu. A dor estava vindo, um novo tipo de dor. O'Brien repousou uma mão com um gesto tranquilizador, quase bondoso, na mão de Winston.

– Desta vez não vai doer – disse. – Mantenha os olhos nos meus.

Naquele momento, soou uma explosão devastadora, ou o que parecia ser uma explosão, embora não desse para ter certeza se realmente existiu algum barulho. Sem dúvidas, houve um relampejo ofuscante. Winston não estava com dor, apenas prostrado. Ainda que já estivesse deitado quando o fato acontecera, teve uma sensação estranha de que fora derrubado naquela posição. Um golpe horrível e indolor o achatou. Além disso, algo aconteceu dentro de sua cabeça. Conforme seus olhos recuperavam o foco, lembrou quem ele era, onde estava, e reconheceu a face que o encarava; mas em algum lugar havia um longo pedaço de vazio, como se uma parte tivesse sido arrancada de seu cérebro.

– Não vai demorar – disse O'Brien. – Olhe nos meus olhos. Com qual país a Oceania está em guerra?

Winston pensou. Sabia o que era a Oceania e que ele mesmo era um cidadão da Oceania. Também lembrava da Eurásia e da Lestásia, mas quem estava em guerra com quem ele não sabia. Na verdade, nem sabia que havia uma guerra.

– Não lembro.

– A Oceania está em guerra com a Lestásia. Você se lembra agora?

– Sim.

– A Oceania sempre esteve em guerra com a Lestásia. Desde o início da sua vida, desde o início do Partido, desde o início da História a guerra continua sem pausas, sempre a mesma guerra. Você se lembra disso?

– Sim.

– Há onze anos, você criou uma lenda sobre três homens condenados à morte por traição. Você fingiu que viu um pedaço de papel que provava que eram inocentes. Tal papel nunca existiu. Você o inventou, e depois passou a acreditar nisso. Agora você se lembra do momento exato em que inventou tal mentira. Você se lembra agora?

– Sim.

– Há pouco, levantei os dedos da minha mão para você. Você viu cinco dedos. Lembra-se disso?

– Sim.

O'Brien levantou os dedos de sua mão esquerda, com o dedão escondido.

– Há cinco dedos aqui. Você enxerga cinco dedos?

– Sim.

E ele viu, por um instante, antes de seu panorama mental se alterar. Viu cinco dedos, e não havia deformidade alguma. Então, tudo voltou ao normal, e o antigo medo, o ódio, e a perplexidade voltaram com toda a força. Mas houvera um momento – não sabia quanto tempo, mas talvez trinta segundos – de certeza resplandecente quando cada novo palpite de O'Brien preencheu um pedaço do vazio e se tornou verdade absoluta, onde dois mais dois podiam facilmente resultar em três ou cinco, caso fosse necessário. A sensação sumira logo antes de O'Brien abaixar a mão; mas ainda que não conseguisse recapturar o momento, podia relembrar, da mesma forma que era possível recordar uma experiência vívida de algum período da vida quando se era uma pessoa diferente.

– Agora você vê – disse O'Brien – que é possível, de qualquer forma.

– Sim – concordou Winston.

O'Brien levantou-se com um ar de satisfação. À esquerda, Winston viu o homem de branco abrir uma ampola e puxar o êmbolo de uma seringa. O'Brien se virou para Winston com um sorriso. Quase da maneira antiga, reajustou os óculos no nariz.

– Você se lembra de escrever no seu diário – disse – que não importava se eu era amigo ou inimigo, já que eu era pelo menos uma pessoa que o compreendia e com quem você podia conversar? Você estava certo. Eu gosto de conversar com você. Sua mente me apetece. Lembra a minha, com a exceção de que você é insano. Antes de terminarmos a sessão, você pode me fazer algumas perguntas, se quiser.

– Qualquer pergunta que eu queira?

– Qualquer coisa. – Ele viu que os olhos de Winston estavam no dispositivo. – Está desligado. Qual sua primeira pergunta?

– O que vocês fizeram com Julia? – perguntou Winston.

O'Brien sorriu novamente.

– Ela o traiu, Winston. Imediatamente… Incondicionalmente. Raras vezes vi alguém vir até nós com tanta prontidão. Você dificilmente a reconheceria se a visse. Toda sua rebeldia, sua enganação, sua insensatez, sua mente suja… Tudo foi amputado dela. Foi uma conversão perfeita, um caso de estudo para livros didáticos.

– Vocês a torturaram?

O'Brien não respondeu.

– Próxima pergunta – disse.

– O Grande Irmão existe?

– Claro que existe. O Partido existe. O Grande Irmão é a personificação do Partido.

– Ele existe da mesma forma que eu existo?

– Você não existe – disse O'Brien.

Mais uma vez, a sensação de impotência o acometeu. Ele sabia, ou podia imaginar, os argumentos que provavam sua própria não existência, mas eles não faziam sentido, eram apenas um jogo de palavras. Já não havia uma falácia lógica na própria afirmação "você não existe"? Mas de que adiantava falar? Sua mente murchava só de imaginar os argumentos loucos e irrefutáveis com os quais O'Brien o aniquilaria.

– Acho que eu existo – disse, cansado. – Estou ciente da minha própria identidade. Nasci e vou morrer. Tenho braços e pernas. Ocupo um ponto específico do espaço. Nenhum outro objeto sólido pode ocupar o mesmo espaço que eu ao mesmo tempo. Nesse sentido, o Grande Irmão existe?

– Não tem importância. Ele existe.

– O Grande Irmão vai morrer um dia?

– Claro que não. Como ele morreria? Próxima pergunta.

– A Irmandade existe?

– Isso, Winston, você nunca saberá. Se decidirmos libertá-lo quando acabarmos aqui, e se você viver até os noventa anos, você nunca saberá se a resposta para tal pergunta é sim ou não. Não importa o quanto viva, este será um enigma não resolvido na sua mente.

Winston ficou em silêncio. Seu peito arfava um pouco mais rápido. Ainda não fizera a primeira pergunta que viera à sua mente. Tinha que perguntá-la, mas era como se sua língua não quisesse proferi-la. Havia um esboço de divertimento no rosto de O'Brien. Até seus óculos pareciam ter um brilho irônico. *Ele sabe*, pensou Winston, *ele sabe o que vou perguntar!* Com tal pensamento, as palavras foram expelidas:

– O que tem na Sala 101?

A expressão de O'Brien não mudou. Respondeu, seco:

– Você sabe o que tem na Sala 101, Winston. Todo mundo sabe o que tem na Sala 101.

Ele levantou um dedo para o homem de jaleco. Obviamente, a sessão terminara. Uma agulha estremeceu no braço de Winston. Ele caiu em um sono profundo quase no mesmo instante.

IGNORÂNCIA É PODER
IGNORÂNCIA É PODER
IGNORÂNCIA É PODER

CAPÍTULO 3

– Há três estágios em sua reintegração – disse O'Brien. – O aprendizado, o entendimento e a aceitação. É hora de entrar no segundo estágio.

Como sempre, Winston estava deitado. Mas ultimamente, suas amarras ficavam mais frouxas. Ainda o deixavam preso na cama, mas dava para mexer um pouco os joelhos, e ele conseguia virar a cabeça para os lados e levantar os braços a partir do cotovelo. O dispositivo também deixara de ser um pavor. Podia evitar os tormentos se fosse perspicaz o bastante. Era principalmente quando agia de forma estúpida que O'Brien puxava a alavanca. Às vezes, passava sessões inteiras sem que o dispositivo fosse utilizado. Não lembrava quantas sessões houvera. Todo o processo parecia se arrastar por um tempo longo e indefinido – semanas, possivelmente – e os intervalos entre as sessões às vezes podiam durar dias; outras vezes, uma ou duas horas.

– Enquanto está aí – disse O'Brien – você se pergunta frequentemente, e até mesmo me perguntou, por qual motivo o Ministério do Amor gasta tanto tempo e esforço com você. E quando estava livre, você ficava intrigado com o que era, basicamente, a mesma pergunta. Você podia compreender a mecânica da sociedade onde vive, mas não seus motivos fundamentais. Você se lembra de escrever no diário "Eu entendo COMO: eu não entendo POR QUÊ"? Era quando pensava no PORQUÊ que você duvidava da própria sanidade. Você leu O LIVRO de Goldstein, ou partes dele, pelo menos. Ele dizia algo que você já não soubesse?

– Você o leu? – perguntou Winston.

– Eu o escrevi. Melhor dizendo, eu colaborei no processo de escrita. Nenhum livro é produzido individualmente, como você sabe.

– É verdade o que é dito nele?

– Como descrição, sim. A agenda que ele almeja é absurda. A acumulação secreta de conhecimento, a difusão gradual de esclarecimento, no fim de tudo uma rebelião proletária e a derrocada do Partido. Você mesmo previu que seria isso que estaria nele. É tudo um absurdo. Os proletários nunca se revoltam, nem em mil ou milhões de anos. Eles não podem. Não preciso lhe dizer o motivo, você já sabe. Se já acalentou qualquer sonho de insurreição violenta, deve abandoná-lo. Não há forma pela qual o Partido possa ser derrubado. O domínio do Partido é eterno. Faça desse o ponto de partida dos seus pensamentos.

Ele se aproximou da cama.

– Eterno! – repetiu. – Agora vamos voltar à questão do "como" e do "porquê". Você entende o suficiente sobre COMO o Partido se mantém no poder. Agora me diga POR QUE nós almejamos o poder. Qual é o nosso motivo? Por que devemos querer o poder?

Ele adicionou, já que Winston permaneceu em silêncio:

– Vamos lá, diga.

Mesmo assim, Winston não falou por mais alguns instantes. Uma sensação de exaustão se apossou dele. O brilho leve e louco de entusiasmo retornara ao rosto de O'Brien. Já sabia o que O'Brien falaria. Que o Partido não buscava o poder para alcançar os próprios objetivos, mas apenas pelo bem da maioria. Que buscava poder porque as massas eram frágeis, criaturas covardes que não podiam aguentar a liberdade ou encarar a verdade, e deveriam ser dominadas e sistematicamente enganadas por aqueles que fossem mais fortes. Que a escolha da humanidade era entre liberdade e felicidade, e que, para a maioria dos seres humanos, a felicidade era melhor. Que o Partido era o eterno guardião dos fracos, uma seita dedicada fazendo o mal para que o bem pudesse surgir, sacrificando a própria felicidade pela dos outros. Winston pensou que o mais terrível era que, quando O'Brien falasse isso, ele acreditaria. Dava para ver em sua face. O'Brien sabia tudo. Sabia mil vezes melhor que Winston como o mundo realmente era, o estágio de degradação no qual os seres humanos viviam e por quais mentiras e barbaridades o Partido os mantinha lá. O'Brien entendera tudo, considerara tudo, e não fazia diferença: tudo era justificável pelo propósito final. O que se pode fazer, pensou Winston, contra um lunático que é mais inteligente que você, e que escuta seus argumentos de forma justa, mas simplesmente insiste em sua loucura?

– Vocês nos dominam pelo nosso próprio bem – Winston disse, alquebrado. – Vocês acham que os seres humanos não estão aptos para governar a si próprios, portanto...

Ele começara a falar e quase gritou. Uma rajada de dor percorreu seu corpo. O'Brien puxara a alavanca do dispositivo para o nível trinta e cinco.

– Que estúpido, Winston, estúpido! – disse. – Você deveria saber mais antes de falar algo assim.

Puxou a alavanca de volta e continuou:

– Agora vou lhe dizer a resposta para a minha pergunta. É o seguinte: o Partido busca o poder inteiramente pelo próprio bem dele. Não estamos interessados em fazer o bem para os outros; estamos interessados apenas no poder. Não em riqueza ou luxo ou vida longa ou felicidade, mas apenas poder, poder puro. O que o poder puro significa você entenderá logo. Somos diferentes de todas as oligarquias do passado, o que quer dizer que sabemos o que estamos fazendo. Todas as outras, até aquelas semelhantes a nós, foram covardes e hipócritas. Os nazistas alemães e os comunistas russos chegaram perto em seus métodos, mas nunca tiveram a coragem de reconhecer seus próprios motivos. Fingiam, e talvez até acreditassem, que tomaram o poder com relutância e por tempo limitado, e que logo em seguida viria um paraíso onde os seres humanos fossem livres e iguais. Não somos assim. Sabemos que ninguém jamais toma o poder com a intenção de abandoná-lo. Poder não é um meio, mas um fim. Ninguém estabelece uma ditadura para proteger uma revolução;

faz-se a revolução para se estabelecer uma ditadura. O objetivo da perseguição é a perseguição. O objetivo da tortura é a tortura. O objetivo do poder é o poder. E agora, você começa a compreender?

Winston estava estupefato, como estivera antes, pelo cansaço no rosto de O'Brien. Era forte, carnudo e brutal, cheio de inteligência e de uma espécie de paixão controlada diante da qual Winston se sentia desprotegido; mas estava cansado. Havia bolsas sob seus olhos e a pele pendia sobre as maçãs do rosto. O'Brien curvou-se sobre ele, deliberadamente deixando o rosto fatigado mais próximo.

– Você está pensando – disse ele – que meu rosto é velho e cansado. Está pensando que falo de poder, e mesmo assim não sou capaz de prevenir o decaimento do meu próprio corpo. Você entende, Winston, que o indivíduo é apenas uma célula? O cansaço de uma célula é o vigor do organismo. Você morre quando corta as unhas?

Ele se afastou da cama e começou a caminhar de um lado para o outro, uma das mãos no bolso.

– Somos os sacerdotes do poder – disse. – Deus é poder. Mas, no momento, poder é apenas uma palavra para você. É hora de você ter uma ideia do que o poder significa. A primeira coisa que precisa perceber é que o poder é coletivo. O indivíduo só tem poder quando ele deixa de ser um indivíduo. Você conhece o slogan do Partido: "Liberdade é escravidão". Já lhe ocorreu que ele é reversível? A escravidão é liberdade. Sozinho – livre –, o ser humano é sempre derrotado. Tem que ser assim porque cada ser humano está fadado à morte, que é o maior de todos os fracassos. Mas, se ele puder se submeter completa e absolutamente, se puder escapar da própria identidade, se puder se fundir ao Partido de forma que ele SEJA o Partido, então ele se torna todo-poderoso e imortal. A segunda coisa que você deve entender é que poder significa dispor de poder sobre seres humanos. Sobre o corpo, mas, acima de tudo, sobre a mente. Poder sobre a matéria (a realidade externa, como chamam) não é importante. Nosso controle sobre a matéria já é absoluto.

Por um instante, Winston ignorou o dispositivo. Fez um esforço violento para ficar sentado, mas só conseguiu contorcer dolorosamente o corpo.

– Mas como vocês podem controlar a matéria? – ele proferiu. – Nem mesmo controlam o clima ou a lei da gravidade. Ainda existe doença, sofrimento, morte...

O'Brien o silenciou com um gesto.

– Nós controlamos a matéria porque controlamos a mente. A realidade está dentro do crânio. Você aprenderá aos poucos, Winston. Não há nada que não possamos fazer. Invisibilidade, levitação... Qualquer coisa. Eu poderia flutuar como uma bolha de sabão, se quisesse. Não quero porque o Partido não quer. Você deve se livrar dessas ideias do século XIX sobre leis da natureza. Nós fazemos as leis da natureza.

– Não fazem! Não são nem mestres do planeta. E a Eurásia e a Lestásia? Vocês não a conquistaram ainda.

– Insignificante. Nós as conquistaremos quando quisermos. E se não conseguíssemos, que diferença faria? Podemos apagá-las da existência. A Oceania é o mundo.

– Mas o próprio mundo é apenas um grão de poeira. E o ser humano é minúsculo... Abandonado! Por quanto tempo o ser humano existe? Por milhões de anos a Terra foi inabitada.

– Absurdo. A Terra é tão antiga quanto nós, não mais. Como poderia ser mais velha? Nada existe fora da consciência humana.

– Mas as pedras estão repletas dos ossos de animais extintos... Mamutes, mastodontes e répteis enormes que viveram aqui muito antes do ser humano.

– Você já viu tais ossos, Winston? Claro que não. Os biólogos do século XIX os inventaram. Antes do ser humano, não havia nada. Após o ser humano, se ele fosse finito, não haveria nada. Fora do ser humano não há nada.

– Mas todo o universo está fora de nós. Olhe para as estrelas! Algumas estão a milhões de anos-luz. Estão fora de nosso alcance para sempre.

– O que são as estrelas? – questionou O'Brien, indiferente. – Pedacinhos de fogo a alguns quilômetros de distância. Poderíamos chegar nelas se quiséssemos. Ou podemos apagá-las. A Terra é o centro do universo. O Sol e as estrelas giram ao redor dela.

Winston fez outro movimento convulsivo. Dessa vez, não verbalizou nada. O'Brien continuou como se respondesse a uma objeção:

– Para certos propósitos, claro, isso não é verdade. Quando navegamos pelo oceano ou predizemos um eclipse, é conveniente dizer que a Terra gira ao redor do Sol e que as estrelas estão a milhões e milhões de quilômetros de distância. Mas e daí? Você acha que não conseguiríamos criar um modelo astronômico duplo? As estrelas podem estar perto ou longe, de acordo com o que desejarmos. Acha que nossos matemáticos são indiferentes a isso? Esqueceu-se do duplopensar?

Winston se encolheu na cama. O que quer que falasse, a resposta resoluta o esmagava como uma clava. E, ainda assim, ele SABIA que estava certo. Deveria haver uma forma de provar que a crença de que nada existe fora da própria mente era falsa, não? Isso já não fora exposto havia muito tempo como uma falácia? Havia até mesmo um nome para isso, que ele esquecera. Um sorriso débil estremeceu nos cantos da boca de O'Brien, conforme ele olhou para Winston.

– Eu lhe falei, Winston, que a metafísica não é o seu forte. A palavra que você quer é solipsismo. Mas você está errado. Isso não é solipsismo. Solipsismo coletivo, se preferir. Mas solipsismo é diferente: na verdade, é o oposto. Tudo isso é uma digressão – adicionou em um tom diferente. – O verdadeiro poder, o poder pelo qual temos de lutar dia e noite, não é o poder sobre objetos, mas sobre os humanos.

Ele pausou, e por um instante assumiu novamente o ar de um mentor questionando um pupilo promissor:

– Como uma pessoa afirma seu poder sobre outra, Winston?

Ele pensou.

– Fazendo-a sofrer – disse.

– Exatamente. Fazendo-a sofrer. A obediência não é suficiente. A não ser que esteja sofrendo, como ter certeza de que o indivíduo está obedecendo à nossa vontade e não à sua própria? O poder está em infligir dor e humilhação. O poder está em dilacerar a mente humana em pedaços e os juntar novamente nas formas que quiser. Você começa a enxergar, então, que tipo de mundo estamos criando? É o exato oposto das utopias hedonistas estúpidas que os antigos reformistas imaginavam. Um mundo de medo, traição e tormenta, um mundo para pisotear e ser pisoteado, um mundo que não se tornará menos, mas MAIS cruel conforme se refina. O progresso no nosso mundo será o progresso em direção a mais sofrimento. As antigas civilizações clamavam que eram fundadas em amor e justiça. Nós somos fundados sobre o ódio. Em nosso mundo, não haverá emoções além do medo, da fúria, do triunfalismo e da auto-humilhação. Todo o restante nós vamos destruir... Tudo. Já começamos a quebrar as formas de pensar que sobreviveram de antes da Revolução. Cortamos os elos entre pais e filhos, entre homem e homem e entre homem e mulher. Ninguém se arrisca a confiar mais em uma esposa ou um filho ou um amigo. Mas, no futuro, não existirão esposas ou amigos. As crianças serão levadas de suas mães no nascimento, como se pega os ovos de uma galinha. O instinto sexual será erradicado. A procriação será uma formalidade anual como a renovação de um cartão de quotas. Aboliremos o orgasmo. Nossos neurologistas trabalham nisso neste exato instante. Não haverá lealdade, exceto a lealdade ao Partido. Não haverá amor, exceto amor ao Grande Irmão. Não haverá risada, exceto risadas após triunfar sobre um inimigo derrotado. Não haverá arte, literatura e ciência. Quando formos onipotentes, não teremos mais necessidade da ciência. Não haverá distinção entre o belo e o feio. Não haverá curiosidade ou aproveitamento da vida. Todos os prazeres concorrentes serão destruídos. Mas sempre, não esqueça disto, Winston, sempre haverá a êxtase pelo poder, constantemente aumentando e ficando mais sutil. Sempre, em qualquer instante, haverá a emoção da vitória, a sensação de passar por cima de um inimigo desvalido. Se quiser uma imagem do futuro, imagine uma bota pisando em uma cabeça... para sempre.

Ele pausou como se esperasse Winston falar. Winston tentara se encolher ainda mais na superfície da cama. Não era capaz de falar. Seu coração parecia congelado. O'Brien continuou:

– E lembre-se de que isto é para sempre. A cabeça estará sempre lá para ser pisoteada. O herege e o inimigo da sociedade sempre existirão para que possam ser derrotados e humilhados novamente.

Tudo pelo que passou desde que esteve conosco; tudo isso vai continuar e piorar. A espionagem, as traições, as prisões, as torturas, as execuções e os desaparecimentos nunca cessarão. Será tanto um mundo de terror quanto um mundo de triunfo. Quanto mais o Partido tiver poder, menos tolerante será: quanto mais fraca a oposição, mais forte o despotismo. Goldstein e suas heresias viverão para sempre. Dia após dia, elas serão derrotadas, descreditadas, ridicularizadas e cuspirão sobre elas, mas ainda assim sempre sobreviverão. Este drama pelo qual fiz você passar durante sete anos acontecerá várias e várias vezes, geração após geração, sempre de formas mais sutis. Sempre teremos o herege aqui, à nossa mercê, gritando de dor, quebrado e desprezível; e, no fim, completamente penitente, salvo de si próprio, rastejando-se aos nossos pés por espontânea vontade. Este é o mundo que estamos preparando, Winston. Um mundo de vitória após vitória, triunfo após triunfo após triunfo: uma pressão incessante, apertando e apertando o nervo do poder. Você está começando a perceber, estou vendo, como o mundo será. Mas, no fim, você fará mais que compreender. Você aceitará de bom grado e se tornará parte dele.

Winston se recobrara o bastante para falar.

– Você não pode! – ele disse, fraco.

– O que você quer dizer com tal afirmação, Winston?

– Você não pode criar um mundo como este que descreveu. É uma ilusão. É impossível.

– Por quê?

– É impossível fundar uma civilização no medo, no ódio e na crueldade. Nunca duraria.

– Por que não?

– Não teria vitalidade. Ela se desintegraria. Cometeria suicídio.

– Absurdo. Você está achando que o ódio é mais exaustivo que o amor. Por que seria? E mesmo que fosse, que diferença faria? Suponha que nós decidamos nos exaurir mais rapidamente. Suponha que aceleremos o ritmo da vida humana até que as pessoas fiquem senis aos trinta anos. Ainda assim, que diferença faria? Você não consegue entender que a morte do indivíduo não é a morte? O Partido é imortal.

Como de praxe, a voz desgastou Winston até que se sentisse impotente. Além disso, estava temeroso que se continuasse a discordar O'Brien ativaria o dispositivo novamente. E, mesmo assim, não podia permanecer em silêncio. Fraco, sem argumentos, sem nada para suportá-lo exceto o seu horror inarticulado com relação às palavras de O'Brien, Winston voltou a atacar.

– Eu não sei... Não me importo. De alguma forma vocês falharão. Alguma coisa os derrotará. A vida vai derrotá-los.

– Nós controlamos a vida, Winston, em todos os níveis. Você está achando que existe algo chamado natureza humana que ficará enfurecida com o que fazemos e que vai se voltar contra nós. Mas nós criamos a natureza humana. As pessoas são infinitamente maleáveis. Ou, talvez, tenha voltado à sua ideia antiga de que os proletários ou os escravos vão se rebelar e nos derrubar. Esqueça isso. São todos perdidos como animais. A humanidade é o Partido. Os outros estão fora disso... Insignificantes.

– Não me importo. No fim, eles vão derrotá-los. Mais cedo ou mais tarde, vão enxergar vocês pelo que são, e então os destruirão.

– Você enxerga alguma evidência de que isso está acontecendo? Ou algum motivo pelo qual poderia vir a ocorrer?

– Não. Eu acredito. SEI que fracassarão. Há algo no universo... não sei o quê, mas algum espírito, algum princípio... que vocês nunca vão conquistar.

– Você acredita em Deus, Winston?

– Não.

– Então o que é isso, tal princípio que nos derrotará?

– Não sei. O espírito da Humanidade.

– E você se considera um ser humano?

– Sim.

– Se é um ser humano, Winston, você é o último. Sua espécie está extinta; nós somos os herdeiros. Você entende que está SOZINHO? Você está fora da História, você não existe. – Sua expressão mudou, e ele disse, mais severamente: – E você se considera moralmente superior a nós, com nossas mentiras e crueldades?

– Sim, eu me considero superior.

O'Brien não falou. Duas outras vozes estavam falando. Após um momento, Winston reconheceu uma delas como a sua. Era a gravação de uma conversa que tivera com O'Brien, na noite em que se alistara na Irmandade. Ouviu-se prometendo mentir, roubar, falsificar, assassinar, encorajar o uso de drogas e a prostituição, disseminar doenças venéreas e jogar ácido sulfúrico no rosto de uma criança. O'Brien fez um gesto impaciente, como se para dizer que demonstrar aquilo mal valesse a pena. Então, apertou um interruptor e as vozes pararam.

– Levante-se da cama – ordenou.

As amarras se afrouxaram. Winston pisou no chão e se pôs de pé, vacilante.

– Você é o último ser humano – disse O'Brien. – Você é o guardião do espírito humano. Você deve se ver como realmente é. Tire a roupa.

Winston desfez o nó do barbante que segurava o macacão. O zíper fora arrancado havia muito tempo. Não conseguia lembrar se em algum momento após sua prisão já havia tirado a roupa. Debaixo do macacão, seu corpo estava envolto em trapos imundos e amarelados, mal reconhecíveis como o que restara das roupas de baixo. Enquanto as tirava e as colocava no chão, viu que havia um espelho triplo no lado oposto da sala. Aproximou-se e parou. Desabou em um choro involuntário.

– Vá em frente – disse O'Brien. – Fique entre as abas do espelho. Você deve ter a visão lateral também.

Parou porque estava assustado. Uma coisa esquelética, curvada e cinzenta se aproximava dele. Sua aparência estava assustadora, e não apenas o fato de que sabia que aquilo era ele. Moveu-se para mais perto do espelho. O rosto da criatura parecia ser ainda mais protuberante por causa de sua postura curvada. O rosto abandonado era de um detento com a testa de um fidalgo, juntando-se a um cocuruto calvo, um nariz torto e maçãs do rosto espancadas sobre as quais pairavam olhos impetuosos e vigilantes. As bochechas estavam afundadas, e a boca retraída. Certamente, era seu próprio rosto, mas parecia que mudara mais por fora que por dentro. As emoções que aquele rosto registrava seriam diferentes daquelas que ele sentia.

Ficara parcialmente calvo. Em um primeiro momento, pensara ter ficado grisalho, mas era apenas a pele de sua cabeça que estava cinza. Com a exceção das mãos e da área circular de seu rosto, seu corpo ficara completamente cinzento com uma sujeira antiga e impregnada. Em alguns cantos, sob a sujeira, havia cicatrizes avermelhadas e, perto do tornozelo, a úlcera varicosa era uma massa inflamada com pedaços de pele pendurada. Mas o mais assustador de tudo era a magreza de seu corpo. O contorno das costelas estava tão estreito como o de um esqueleto. As pernas tinham encolhido, de forma que os joelhos estavam mais grossos que as coxas. Notou o que O'Brien quis dizer com a visão lateral. A curvatura de sua coluna era surpreendente. Os ombros emaciados se curvavam para a frente, fazendo do peito uma cavidade, e o pescoço descarnado parecia se envergar sob o peso do crânio. Arriscaria dizer que era o corpo de um homem de sessenta anos sofrendo de alguma doença maligna.

– Você já pensou algumas vezes – disse O'Brien – que meu rosto, o rosto de um membro do Partido Interno, parece envelhecido e cansado. O que acha da sua própria face?

Ele segurou os ombros de Winston e o girou, de forma que o encarasse.

– Olhe a sua condição! – disse. – Olhe para este encardimento em todo o seu corpo. Olhe a sujeira entre seus dedos do pé. Olhe esta ferida nojenta na sua perna. Você sabia que fede como um bode? Provavelmente já nem percebe. Olhe a sua magreza. Você enxerga? Posso fazer meu dedão tocar meu indicador ao redor do seu bíceps. Poderia partir seu pescoço como se fosse uma cenoura. Você sabia que perdeu vinte e cinco quilos desde que está conosco? Até o seu cabelo está caindo aos punhados. Olhe! – Ele passou uma mão na cabeça de Winston e puxou um tufo. – Abra a boca. Nove, dez, onze dentes restando. Quantos você tinha quando chegou aqui? E os poucos que restam estão caindo. Olhe aqui!

Ele segurou forte com o indicador e o dedão um dos poucos dentes frontais que sobrava em Winston. Uma pontada de dor percorreu sua mandíbula. O'Brien arrancara o dente molenga pela raiz. Arremessou-o pela cela.

– Está apodrecendo – disse. – Está caindo aos pedaços. O que você é? Um saco de lixo. Agora vire-se e olhe no espelho novamente. Você vê aquela coisa encarando você? Aquele é o último homem. Se você é humano, aquela é a humanidade. Agora, vista-se novamente.

Winston começou a se vestir com movimentos rígidos e lentos. Até aquele momento, não notara quão magro e fraco estava. Apenas um pensamento se remexia em sua mente: que devia estar naquele lugar havia mais tempo que imaginava. Então, repentinamente, enquanto prendia os trapos puídos em volta do corpo, um sentimento de pena pelo próprio corpo arruinado o acometeu. Antes de entender o que estava fazendo, colapsou em um banquinho ao lado da cama e começou a chorar. Estava ciente de sua feiura, de seu desmazelo, um saco de ossos em roupas de baixo imundas sentado e chorando sob a forte luz branca. Mas não conseguia evitar. O'Brien repousou uma mão em seu ombro, de forma quase bondosa.

– Não vai durar para sempre – disse. – Você pode sair dessa quando quiser. Tudo depende de você.

– Você fez isso! – chorou Winston. – Você me reduziu a este estado.

– Não, Winston, você se reduziu a isso. É o que aceitou quando se rebelou contra o Partido. Estava tudo contido no primeiro ato. Nada do que aconteceu foi algo que você não previu. – Pausou, depois continuou: – Vencemos você, Winston. Quebramos você. Você viu como seu corpo está. Sua mente está no mesmo estado. Não acho que exista muito orgulho sobrando dentro de você. Foi chutado e açoitado e insultado, gritou de dor, rolou no chão sobre o próprio sangue e vômito. Implorou por piedade, traiu a todos e tudo. Pode pensar em uma única degradação que não aconteceu com você?

Winston parara de chorar, ainda que lágrimas continuassem descendo de seus olhos. Olhou para O'Brien.

– Não traí Julia – disse.

O'Brien o encarou, pensativo.

– Não – disse. – Não, isto é a mais pura verdade. Você não traiu Julia.

A reverência peculiar que sentia por O'Brien, que nada parecia ser capaz de destruir, preencheu o coração de Winston mais uma vez.

Como era inteligente, pensou, como era inteligente! Nunca O'Brien deixara de entender o que fora dito. Qualquer outra pessoa na Terra teria respondido prontamente que ele TINHA traído Julia. Afinal, o que não haviam arrancado dele durante a tortura? Contara tudo que sabia sobre ela, seus hábitos, seu caráter, sua vida passada; confessara até o detalhe mais trivial de tudo que acontecera em seus encontros, tudo que dissera para ela e que ela dissera para ele, suas refeições do mercado clandestino, seus adultérios, seus planejamentos vagos contra o Partido – tudo. E, ainda assim, no sentido que ele considerava da palavra, não a traíra. Não deixara de amá-la; seus sentimentos em relação a ela permaneceram os mesmos. O'Brien entendera o que ele dissera sem a necessidade de uma explicação.

– Diga-me – disse Winston –, quanto tempo até me fuzilarem?

– Pode demorar muito – respondeu O'Brien. – Você é um caso complicado. Mas não perca a esperança. Todo mundo é curado mais cedo ou mais tarde. No fim, nós fuzilaremos você.

GUERRA É PAZ
GUERRA É PAZ
GUERRA É PAZ
GUERRA É PAZ
GUERRA É PAZ

CAPÍTULO 4

Ele estava muito melhor. Engordando e ficando mais forte a cada dia, se fosse adequado falar de dias naquele local.

A luz branca e o zumbido eram os mesmos de sempre, mas a cela estava um pouco mais confortável que as outras onde estivera. Havia um travesseiro, um colchão no estrado da cama e um banquinho para se sentar. Haviam lhe dado um banho, e permitiam que se lavasse frequentemente em uma bacia de alumínio. Forneceram até mesmo água morna. Deram-lhe novas roupas de baixo, um macacão limpo e passaram pomada cicatrizante em sua úlcera varicosa. Arrancaram o que restava de seus dentes e lhe entregaram uma dentadura nova.

Semanas ou meses deviam ter passado. Seria possível ter noção da passagem do tempo, se ele tivesse qualquer interesse em fazê-lo, já que estava sendo alimentado no que pareciam ser intervalos regulares. Estimou que estava recebendo três refeições em vinte e quatro horas. Às vezes, quando as recebia, ponderava brevemente se era noite ou dia. A comida era surpreendentemente boa, com carne a cada três refeições. Certa vez, recebeu até mesmo um maço de cigarro. Não tinha fósforos, mas o guarda silencioso que trazia a comida lhe emprestava um isqueiro. A primeira vez que tentou fumar se sentiu mal, mas perseverou e poupou o maço por um longo tempo, fumando meio cigarro após cada refeição.

Deram-lhe uma lousa branca com um pedacinho de lápis preso no canto. Primeiro, não a utilizou. Mesmo acordado, permanecia completamente entorpecido. Frequentemente, ficava quase sem se mexer entre uma refeição e outra, às vezes adormecendo, outras vezes despertando em devaneios confusos nos quais era muito trabalhoso abrir os olhos. Há muito se acostumara a dormir com uma luz forte no rosto. Parecia não fazer diferença, exceto que os sonhos se tornavam mais coerentes. Sonhou bastante durante esse tempo, e sempre sonhos felizes. Estava no Campo Dourado, ou sentado entre ruínas gloriosas banhadas pelo sol, com sua mãe, Julia e O'Brien – sem fazer nada, mas meramente sentados ao sol, conversando sobre assuntos pacíficos. Os pensamentos que tinha quando acordado eram quase sempre sobre seus sonhos. Parecia ter perdido a vontade de fazer esforços mentais, já que o estímulo da dor fora removido. Não estava entediado e não tinha desejo para conversas ou distrações. Era completamente satisfatório ficar meramente sozinho, não ser espancado ou questionado, ter o suficiente para comer e estar limpo.

Aos poucos, começou a passar menos tempo dormindo, mas ainda não sentia ímpeto para sair da cama. Apenas se importava em ficar quieto e sentir a força voltando ao corpo. Passava os dedos pelo corpo, tentando ter certeza de que não era uma ilusão que seus músculos estavam se arredondando e sua pele ficando mais rígida. Finalmente, estabeleceu que estava, sem dúvidas, engordando; suas coxas definitivamente estavam mais grossas do que seus joelhos. Depois disso, embora relutante no início, começou a se exercitar com regularidade. Em pouco tempo, conseguiu andar três quilômetros, os quais media dando voltas na cela, e seus ombros curvados estavam mais eretos. Tentou exercícios mais elaborados, mas se sentiu surpreso e humilhado ao descobrir o que não conseguia fazer. Não era capaz de andar com mais velocidade que a de uma caminhada, não conseguia segurar o banquinho na altura do braço e nem ficar de pé com uma perna sem cair. Agachou-se sobre os calcanhares e descobriu que conseguia, por pouco, se colocar de pé, mesmo com dores agonizantes na coxa e na panturrilha. Deitava com a barriga para baixo e tentava levantar o próprio peso com as mãos. Não adiantava, não conseguia se elevar um centímetro. Mas, após mais alguns dias – após mais algumas refeições –, até mesmo aquilo foi alcançado. Chegou um momento em que conseguia fazer seis vezes consecutivas. Começou a sentir orgulho de seu corpo e nutrir uma crença intermitente de que sua face também estava voltando ao normal. Apenas quando arriscou colocar a mão no topo da cabeça é que se lembrou da face arruinada e afundada que o olhara no espelho.

Sua mente ficou mais ativa. Sentou-se na cama, de costas contra a parede e com a lousa nos joelhos, e iniciou a tarefa de se reeducar por vontade própria.

Ele se rendera, isso era fato. Na realidade, como percebia naquele momento, estivera pronto para se render bem antes de tomar a decisão. Desde o momento em que entrou no Ministério do Amor – e sim, até durante aqueles minutos quando ele e Julia ficaram parados diante da voz de ferro conducente no telemonitor –, Winston compreendera a futilidade e a superficialidade de sua tentativa de se posicionar contra o Partido. Naquele momento, sabia que, por sete anos, a Polícia Ideológica o vigiara como um besouro sob uma lupa. Não houvera nenhum ato ou palavra expressa em voz alta que eles não perceberam, nenhuma linha de raciocínio que não foram capazes de inferir. Mesmo o grão de poeira branca que colocara na capa do diário fora cuidadosamente substituído. Tocaram gravações para ele, mostraram fotos. Algumas eram fotografias dele e de Julia. Sim, até mesmo durante... Não podia mais lutar contra o Partido. Além disso, o Partido estava certo. Devia estar. Como poderia o cérebro coletivo e imortal estar enganado? Com qual padrão externo era possível contrapor suas concepções? A sanidade era estatística. Meramente uma questão de aprender a pensar como eles pensavam. Apenas...

O lápis parecia pesado e desajeitado em seus dedos. Começou a escrever os pensamentos à medida que surgiam em sua cabeça. Escreveu primeiro em letras maiúsculas e grosseiras:

LIBERDADE É ESCRAVIDÃO

Então, quase sem pausar, escreveu embaixo:

DOIS MAIS DOIS SOMAM CINCO

Mas, então, surgiu uma espécie de obstrução. Sua mente, como se fugindo de algo, parecia incapaz de se concentrar. Tinha noção de que sabia o que vinha a seguir, mas naquele momento não conseguia se lembrar. Quando recordou, foi depois de conscientemente deduzir o que deveria ser; a frase não veio por vontade própria. Escreveu:

DEUS É PODER

Aceitava tudo. O passado era alterável. O passado nunca fora alterado. A Oceania estava em guerra com a Lestásia. A Oceania sempre estivera em guerra com a Lestásia. Jones, Aaronson e Rutherford eram culpados dos crimes pelos quais foram acusados. Winston nunca vira a fotografia que refutava a culpa deles. Ela nunca existira; ele a inventara. Recordava-se de se lembrar de fatos contraditórios, mas aquelas lembranças eram falsas, produtos do autoengano. Como era fácil aquilo tudo! Bastava se render, e tudo mais vinha em seguida. Era como nadar contra uma corrente que o empurrava para trás conforme se aumentava o esforço e, então, decidir repentinamente se virar e seguir junto à corrente ao invés de lutar contra ela. Nada mudara, exceto a própria atitude: o que estava predestinado acontecia de um jeito ou de outro. Mal sabia por que um dia se rebelara. Era tudo fácil, exceto…

Qualquer coisa podia ser verdade. As supostas leis da natureza eram absurdas. A lei da gravidade era absurda. "Eu poderia flutuar como uma bolha de sabão se eu quisesse", O'Brien havia dito. Winston desenvolveu a ideia. *Se ele PENSA que pode flutuar, e eu simultaneamente PENSAR que o vejo fazendo isso, então tal fato acontece.* De repente, como um pedaço de destroço submerso aparecendo na superfície da água, o pensamento emergiu em sua mente: *Não acontece de verdade. Nós imaginamos. É alucinação.* A falácia era óbvia. Aquela ideia pressupunha que em algum lugar, fora do próprio ser, havia um mundo "real" onde coisas "reais" aconteciam. Mas como podia haver tal mundo? Que conhecimento temos de qualquer coisa, exceto por intermédio de nossas próprias mentes? Todos os acontecimentos estão na mente. O que acontece em todas as mentes é o que realmente acontece.

Não tivera dificuldade alguma em eliminar a falácia, e não corria risco de sucumbir a ela. Percebeu, de qualquer forma, que ela nunca deveria ter ocorrido a ele. A mente deveria desenvolver um ponto cego sempre que um pensamento perigoso surgisse. O processo deveria ser automático, instintivo. CRIMEPREVENIR era o nome daquilo em novidioma.

Começou a se exercitar em crimeprevenir. Pensou em proposições – "o Partido diz que a Terra é plana", "o Partido diz que o gelo é mais pesado que a água" – e treinou para não enxergar ou não entender os argumentos que as contradiziam. Não era fácil. Necessitava de grande competência de raciocínio e improviso. Os problemas aritméticos levantados, por exemplo, por uma afirmação como "dois mais dois somam cinco" estavam além de sua capacidade intelectual. Também necessitava de uma espécie de ginástica mental, uma habilidade de fazer uso delicado da lógica em determinado momento, mas no outro se tornar inconsciente das falácias mais grosseiras. A estupidez era tão necessária quanto a inteligência, e igualmente difícil de se atingir.

O tempo inteiro, com parte da mente, Winston se perguntava em quanto tempo o fuzilariam. "Tudo depende de você", O'Brien dissera, mas ele sabia que não havia nenhum ato voluntário que pudesse fazer para antecipar tal momento. Podia levar dez minutos ou dez anos. Podiam mantê-lo por anos em confinamento solitário, enviá-lo a um campo de trabalho forçado ou libertá-lo por um tempo, como faziam algumas vezes. Era perfeitamente possível que, antes de ser fuzilado, todo o drama da prisão e do interrogatório fosse decretado de novo. A única certeza era que a morte nunca chegava no momento esperado. A tradição – a tradição não falada: de alguma forma, sabia-se dela, embora nunca fosse possível ouvi-la de alguém – era que eles fuzilavam por trás; sempre na nuca, sem aviso, enquanto se caminhava em um corredor entre uma cela e outra.

Um dia – mas "um dia" não era a expressão correta; bem como provavelmente foi no meio da noite, então: uma vez –, Winston caiu em um devaneio estranho e aprazível. Estava caminhando pelo corredor, aguardando a bala. Sabia que viria a qualquer momento. Tudo estava decidido, tranquilo e harmonioso. Não havia mais dúvidas, argumentos, dor ou medo. Seu corpo estava saudável e forte. Andava com facilidade, com alegria ao se mover e com a sensação de caminhar sob o sol. Não estava mais nos corredores estreitos e brancos do Ministério do Amor, mas em uma enorme passagem ensolarada, com um quilômetro de largura, pela qual parecia andar sob um delírio induzido por drogas. Estava no Campo Dourado, seguindo a trilha pelo pasto batido e abocanhado por coelhos. Podia sentir a relva curta e fofa sob os pés e o brilho deleitável do sol em seu rosto. Na outra ponta do campo estavam os olmos, balançando suavemente, e em algum lugar mais adiante estava o riacho onde os escalos nadavam em charcos verdejantes sob os salgueiros.

De repente, ele se sobressaltou, horrorizado. Suor escorreu pelas suas costas. Escutou-se gritando alto:

– Julia! Julia! Julia, meu amor! Julia!

Por um instante, tivera uma alucinação esmagadora com a presença dela. Parecera não estar apenas com ele, mas dentro de si. Era como se ela tivesse passado pela superfície de sua pele. Naquele instante, ele a amara muito mais do que antes, quando estavam juntos e livres. Também sabia que ela estava em algum lugar, ainda viva e precisando de sua ajuda.

Deitou-se na cama e tentou se recompor. O que fizera? Quantos anos adicionara à sua servidão por causa daquele momento de fraqueza?

Em breve, escutaria as botas pesadas do lado de fora. Não deixariam a crise ficar sem punição. Saberiam naquele momento, se já não sabiam antes, que ele estava quebrando o acordo que fizera. Obedecia ao Partido, mas ainda odiava o Partido. Nos dias antigos, escondera uma mente herege sob uma aparência conformada. Dera um passo atrás naquela hora: na mente, se rendera, mas esperara manter o coração inviolado. Sabia que estava errado, mas preferia estar errado. Entenderiam isso – O'Brien entenderia. Fora tudo confessado naquele único grito idiota.

Teria de recomeçar tudo. Podia levar anos. Passou uma mão pelo rosto, tentando se familiarizar com o novo formato. Havia covas profundas nas bochechas, as maçãs do rosto estavam acentuadas e o nariz achatado. Além disso, desde que se vira no espelho, ganhara um conjunto de dentes novo e completo. Não era fácil manter a inescrutabilidade quando não se sabia como era o próprio rosto. De qualquer forma, um simples controle da expressão não era suficiente. Pela primeira vez, percebera que, para guardar um segredo, era preciso escondê-lo de si mesmo. Devia-se saber o tempo todo que o segredo estava lá, mas, até que fosse necessário, era preciso nunca o deixar emergir para a mente consciente sob qualquer maneira que pudesse ser nomeada. Daquele momento em diante, deveria não apenas pensar direito, mas sentir direito, sonhar direito. E o tempo inteiro manter o ódio trancado dentro de si como a massa de uma substância que era parte sua e, mesmo assim, desconectada do restante, uma espécie de cisto.

Um dia decidiriam fuzilá-lo. Não dava para saber quando aconteceria, mas, com alguns segundos de antecedência, devia ser possível adivinhar. Era sempre de trás, caminhando em um corredor. Dez segundos seriam o suficiente. No momento em questão, o mundo dentro dele se reviraria. Então, repentinamente, sem nenhuma palavra proferida, sem mudar o passo, sem mudar uma linha do próprio rosto – repentinamente a camuflagem sumiria e... *bum!* As baterias de seu ódio se ligariam. O ódio o preencheria como uma chama enorme e estrondosa. E, quase no mesmo instante... *bangue!* Viria a bala, tarde demais ou cedo demais. Estourariam seu cérebro antes que pudessem reclamá-lo. O pensamento herege ficaria sem punição, sem arrependimento, fora do alcance para sempre. Fariam um buraco na própria perfeição. Morrer os odiando: aquilo era a liberdade.

Fechou os olhos. Era mais difícil do que aceitar uma disciplina mental. Era uma questão de se degradar, de se mutilar. Deveria mergulhar no que havia de mais imundo. O que era a coisa mais horrível e repugnante? Pensou no Grande Irmão. A face enorme (como sempre a via em pôsteres, imaginava-a como tendo um metro de largura) pareceu flutuar em sua mente por vontade própria, com o bigode preto e felpudo e os olhos que seguiam para todo lado. Quais eram seus verdadeiros sentimentos com relação ao Grande Irmão?

Uma batida de botas pesadas ressoou pelo corredor. A porta de aço se abriu com um estampido. O'Brien entrou na cela. Atrás dele estavam o policial com rosto de cera e os guardas de uniforme negro.

– Levante-se – disse O'Brien. – Venha aqui.

Winston parou de frente para ele. O'Brien segurou os ombros de Winston com suas mãos fortes e o perscrutou.

– Você teve ideias sobre me enganar – disse. – Foi estúpido. Coluna reta. Olhe-me nos olhos. – Parou e continuou em um tom mais gentil: – Está melhorando. Intelectualmente, há muito pouco errado com você. É apenas emocionalmente que você falhou em progredir. Diga-me, Winston… e lembre-se: sem mentiras. Você sabe que sou sempre capaz de detectar uma mentira. Quais são seus sentimentos com relação ao Grande Irmão?

– Eu o odeio.

– Você o odeia. Muito bem. Então, chegou a hora de dar o último passo. Você deve amar o Grande Irmão. Não é o suficiente obedecê-lo. Deve amá-lo.

Soltou Winston com um leve empurrão em direção aos guardas.

– Sala 101 – disse.

CAPÍTULO 5

A cada estágio de seu aprisionamento, Winston aprendera, ou tinha a impressão de aprender, onde ele estava situado na construção sem janelas. Possivelmente, havia ligeiras diferenças na pressão do ar. As celas onde os guardas o espancaram era abaixo do nível do solo. A sala onde fora interrogado por O'Brien era bem acima, perto do telhado. O lugar atual era a muitos metros sob a terra, o mais profundo que era possível chegar.

Era maior do que a maioria das celas onde estivera. Mas mal notou os arredores. Tudo o que percebeu foi que havia duas mesas pequenas à sua frente, cada qual coberta com baeta verde. Uma delas estava a apenas um ou dois metros dele, e a outra mais distante, perto da porta. Winston estava atado, sentado em uma cadeira, tão apertado que não conseguia mover nada, nem mesmo a cabeça. Um tipo de almofada a segurava por trás, forçando-o a olhar diretamente para a frente.

Por um tempo, ficou sozinho, mas a porta se abriu e O'Brien entrou.

– Você me perguntou certa vez – disse O'Brien – o que havia na Sala 101. Eu disse que você já sabia a resposta. Todo mundo sabe. O que está na Sala 101 é a pior coisa do mundo.

A porta abriu de novo. Um guarda entrou, carregando algo feito de arame, uma caixa ou uma cesta. Colocou o objeto na mesa mais distante. Devido à posição na qual O'Brien estava, Winston não conseguia enxergar o que era.

– A pior coisa do mundo – disse O'Brien – varia de indivíduo para indivíduo. Pode ser sepultamento vivo, morte com fogo, afogamento, empalamento ou mais uns cinquenta tipos de morte. Há casos em que é algo bem trivial, nem mesmo fatal.

O'Brien se moveu ligeiramente para o lado, de forma que Winston conseguisse ver melhor o objeto na mesa. Era uma gaiola comprida de arame com uma alça no topo para carregá-la. Fixado na frente, havia algo que parecia uma máscara de esgrima, com o lado côncavo para fora. Embora estivesse a três ou quatro metros dele, conseguia ver que a gaiola estava dividida longitudinalmente em dois compartimentos, e que havia um tipo de criatura em cada um. Ratos.

– No seu caso – disse O'Brien –, a pior coisa do mundo são os ratos.

Um estremecimento premonitório, um medo incerto, trespassou Winston assim que teve um primeiro vislumbre da gaiola. Mas, naquele momento, compreendeu o significado do acessório em formato de máscara na frente dela. Suas entranhas pareceram virar água.

– Você não pode fazer isso! – chorou com uma voz aguda e rachada. – Não pode, não pode! É impossível.

– Você se lembra – disse O'Brien – do momento de pânico que costumava acontecer nos seus sonhos? Havia um véu de trevas à sua frente, e um som rosnado em seus ouvidos. Havia algo terrível do outro lado do véu. Você estava certo de que sabia o que era, mas não se atrevia a atrair a coisa. Eram ratos do outro lado do véu.

– O'Brien! – exclamou Winston, esforçando-se para controlar a voz. – Você sabe que isto não é necessário. O que você quer que eu faça?

O'Brien não deu resposta direta. Quando falou outra vez, foi da maneira professoral que assumia em certas ocasiões. Olhou pensativo para o nada, como se falando com uma audiência em algum lugar atrás de Winston.

– Por si só – disse –, a dor nem sempre é o bastante. Há ocasiões em que um ser humano resistirá à dor, mesmo ao ponto de morrer. Mas, para todo mundo, há algo intolerável, algo que não pode ser contemplado. Coragem e covardia não estão envolvidas. Se você cai de um lugar alto, não é um ato covarde se segurar em uma corda. Se você emerge do fundo da água, não é covardia encher os pulmões de ar. É meramente um instinto que não pode ser destruído. É a mesma coisa com ratos. Para você, são intoleráveis. São uma forma de pressão que você não pode aguentar, mesmo se quisesse. Você fará o que for pedido.

– Mas o que é? O que é? Como posso fazer se não sei o que é?

O'Brien pegou a gaiola e a trouxe para a mesa mais próxima. Colocou-a cuidadosamente no tecido de baeta. Winston conseguia sentir o sangue silvando em seus ouvidos. Tinha a sensação de estar em completa solidão. Estava no meio de uma planície vazia, um deserto plano ressecado pelo sol através do qual todos os sons chegavam vindo de distâncias muito grandes. Mesmo assim, a gaiola com ratos estava a menos de dois metros dele. Eram ratos enormes. Estavam em uma idade na qual o focinho fica contundente e ferino, e o pelo marrom em vez de cinza.

– O rato – disse O'Brien, ainda se dirigindo à audiência invisível –, ainda que seja um roedor, é um carnívoro. Você está ciente disso. Você já ouviu falar nas coisas que acontecem nos bairros mais pobres desta cidade. Em algumas ruas, uma mãe não pode deixar um bebê sozinho em casa, nem por cinco minutos. Os ratos certamente atacarão. Dentro de poucos instantes, eles rasgarão a criança até os ossos. Também atacam pessoas doentes ou moribundas. Demonstram inteligência surpreendente em reconhecer seres humanos desamparados.

Uma explosão de guinchos soou da gaiola. Parecia chegar a Winston de longe. Os ratos estavam brigando, tentando alcançar uns aos outros através da divisória. Também escutou um gemido profundo de desespero. Aquilo, também, parecia vir de fora dele.

O'Brien pegou a gaiola e, enquanto a levantava, pressionou algo nela. Um estalo agudo soou. Winston fez um esforço frenético para se soltar da cadeira. Era inútil; cada parte dele, mesmo a cabeça, estava imóvel. O'Brien aproximou a gaiola. Estava a menos de um metro do rosto de Winston.

– Puxei a primeira alavanca – disse O'Brien. – Creio que conheça o esquema desta gaiola. A máscara encaixará na sua cabeça, sem deixar folga. Quando eu puxar esta outra alavanca, a porta da gaiola levantará. Estas bestas famintas vão disparar como balas. Já viu um rato pular no ar? Pulam direto no rosto e já mordendo. Às vezes, atacam os olhos primeiro. Outras vezes cavam as bochechas e devoram a língua.

A gaiola estava mais perto; aproximando-se. Winston escutou uma sucessão de guinchos estridentes que pareciam vir de cima da sua cabeça. Mas lutou furiosamente contra o pânico. Precisava pensar, pensar mesmo com um mísero segundo faltando... Pensar era a única esperança. De repente, o odor abominável e cediço das criaturas atingiu suas narinas. Uma intensa convulsão nauseante buliu em seu interior, e ele quase perdeu a consciência. Tudo ficara escuro. Por um instante, Winston se tornou insano, um animal gritando em desespero. Mesmo assim, saiu da escuridão se apegando a uma ideia. Havia um e apenas um jeito de se salvar. Ele deveria interpor outro ser humano, o CORPO de outro ser humano, entre ele e os ratos.

O círculo da máscara era grande o bastante para fazer a visão de todo o restante sumir. A portinhola de arame estava a alguns centímetros de sua face. Os ratos sabiam o que estava por vir. Um deles estava saltitando, o outro, um ancião escamoso, experiente nos esgotos, ficou de pé, com patas rosadas agarradas nas barras, cheirando o ar com voracidade. Winston conseguia ver o bigode e os dentes amarelos. Novamente, o pânico tenebroso o possuiu. Estava cego, desamparado, enlouquecido.

– Era uma punição comum na China Imperial – disse O'Brien, de forma tão didática como sempre.

A máscara se fechava em sua face. O arame raspava em sua bochecha. E, então – não, não era alívio, apenas esperança, um ínfimo fragmento de esperança. Tarde demais, talvez seja tarde demais. Mas entendera de repente que no mundo inteiro havia apenas UMA pessoa para quem podia transferir sua punição – UM corpo que poderia jogar entre ele e os ratos. Gritou alucinadamente, várias e várias vezes.

– Faz com a Julia! Faz isso com a Julia! Não comigo! Julia! Não me importa o que façam com ela. Rasguem o rosto dela, arranquem a pele até os ossos. Não comigo! Com a Julia! Não comigo!

Estava caindo para trás, para uma profundeza imensurável, afastando-se dos ratos. Ainda estava preso na cadeira, mas passara através do chão, através das paredes da construção, da terra, dos oceanos, da atmosfera, em direção ao espaço sideral, às vastidões interestelares – sempre para longe, longe, longe dos ratos. Estava a anos-luz de distância, mas O'Brien continuava ao seu lado. Ainda sentia o toque frio do arame contra a bochecha. Nas trevas que o envolveram, escutou outro clique metálico, e soube que a portinhola fora travada, e não aberta.

LIBERDADE É ESCRAVIDÃO
LIBERDADE É ESCRAVIDÃO
LIBERDADE É ESCRAVIDÃO
LIBERDADE É ESCRAVIDÃO

CAPÍTULO 6

O Café Castanheira estava quase vazio. Um raio de sol penetrava pela janela e iluminava as mesas poeirentas. Eram quinze horas, a hora solitária. Uma música estridente tinia nos telemonitores.

Winston estava sentado no seu canto de praxe, encarando um copo vazio. De vez em quando, mirava um rosto vasto que o encarava da parede oposta. O GRANDE IRMÃO ESTÁ VIGIANDO VOCÊ, a legenda dizia. Sem ser solicitado, um garçom veio e encheu o copo com Gim do Triunfo, salpicando nele algumas gotas de outra garrafa com uma biqueira no gargalo. Era sacarina aromatizada com cravo, a especialidade da cafeteria.

Winston ouvia o telemonitor. No momento, o dispositivo apenas tocava música, mas havia a possibilidade de que, a qualquer instante, houvesse um boletim especial do Ministério da Paz. As novidades do front na África eram perturbadoras ao extremo. A preocupação com a notícia ia e voltava de sua mente. Um exército eurasiático (a Oceania estava em guerra com a Eurásia: a Oceania sempre esteve em guerra com a Eurásia) se movia para o sul a uma velocidade assustadora. O boletim do meio-dia não mencionara nenhuma área em específico, mas era provável que a foz do Congo já fosse um campo de batalha. Brazzaville e Leopoldville estavam em perigo. Não era necessário olhar um mapa para entender o que aquilo significava. Não era meramente uma questão de perder a África Central: pela primeira vez em toda a guerra, o território da própria Oceania estava ameaçado.

Uma emoção violenta, não exatamente medo, mas uma empolgação incerta, se acendeu nele e, em seguida, se apagou. Parou de pensar na guerra. Naqueles dias, não conseguia fixar a mente em qualquer assunto por mais do que instantes. Pegou o copo e tomou tudo em uma golada. Como sempre, o gim o fez estremecer e até sentir uma ligeira ânsia de vômito. Aquilo era horrível. O cravo e a sacarina, que já eram nojentos o bastante à sua maneira, não disfarçavam o cheiro oleoso e uniforme; o pior de tudo era que o odor do gim, que se impregnava nele dia e noite, estava invariavelmente misturado em sua mente com o cheiro daqueles...

Ele nunca os nomeava, nem mesmo em pensamento e, até onde era possível, nem sequer os imaginava. Eram um aspecto inconsciente de sua mente, pairando perto de sua face, um cheiro que se agarrava às narinas. Winston arrotou através de seus lábios arroxeados ao passo que o gim se revolvia dentro dele. Engordara depois que o libertaram, e recuperara sua antiga coloração – na verdade, mais do que isso. Seus traços engrossaram, a pele do nariz e das maçãs do rosto estavam grosseiramente avermelhadas, e até a cabeça calva adquirira um profundo tom rosado. Um garçom, novamente sem ser solicitado, trouxe o tabuleiro de xadrez e a edição atual do *The Times*, com a página virada no desafio de xadrez. Então, vendo que o copo de Winston estava vazio, trouxe a garrafa de gim e o encheu. Não havia necessidade de dar ordens. Conheciam seus hábitos. O tabuleiro estava sempre esperando por ele, sua mesa no canto, sempre reservada; mesmo quando o lugar ficava cheio, Winston ficava com a mesa toda para si, já que ninguém queria ser visto muito próximo a ele. Nunca se importava em contar se bebia muito. Em intervalos irregulares, davam-lhe um pedaço esfarrapado de papel que diziam ser a conta, mas ele tinha a impressão de que sempre cobravam menos. Não faria diferença se fosse o contrário. Tinha sempre muito dinheiro ultimamente. Tinha até mesmo uma profissão, uma sinecura, mais bem paga do que seu antigo emprego.

A música do telemonitor parou e uma voz a substituiu. Winston ergueu a cabeça à procura de ouvir. Nenhum boletim do front, no entanto. Era meramente um anúncio breve do Ministério da Prosperidade. No trimestre anterior, pelo visto, a cota do Décimo Plano Trienal para cadarços fora cumprida 98% acima da meta.

Ele examinou o desafio de xadrez e arrumou as peças. Era uma finalização complicada, envolvendo dois cavalos. "As brancas devem dar xeque-mate em dois movimentos." Winston contemplou a imagem do Grande Irmão. *As brancas sempre chegam ao xeque-mate*, pensou com uma espécie de misticismo sombrio. Sempre, sem exceção, é planejado para que assim seja. Em nenhum desafio de xadrez desde o início do mundo as pretas venceram. Não seria aquilo o símbolo do triunfo eterno e invariável do Bem sobre o Mal? A face enorme o encarava, repleta de um poder sereno. As brancas sempre chegam ao xeque-mate.

A voz no telemonitor parou e adicionou em um tom diferente, muito mais grave:

– Requisitamos que parem para escutar um importante anúncio às quinze e trinta. Quinze e trinta! São notícias da mais alta importância. Não perca. Quinze e trinta! – A música tilintante recomeçou.

O coração de Winston se agitou. Era o boletim do front; o instinto lhe dizia que eram más notícias. O dia inteiro, em pequenas ondas de empolgação, a ideia de uma derrota esmagadora na África foi e voltou de sua cabeça. Parecia mesmo vislumbrar o exército eurasiático infestando a fronteira nunca antes expugnada e se espalhando até a ponta da África como uma coluna de formigas. Por que não fora possível flanqueá-los de alguma forma? O contorno da costa da África Ocidental estava vívido em sua mente. Pegou o cavalo branco e o movimentou pelo tabuleiro. ALI estava a casa adequada. Mesmo enquanto testemunhava a horda negra acelerando em direção ao sul, viu outra potência, misteriosamente organizada e repentinamente plantada na retaguarda dos inimigos, cortando a comunicação por terra e mar. Sentiu que, ao desejar aquilo, fazia com que essa outra potência existisse. Mas era necessário agir rápido. Se pudessem tomar o controle da África inteira, se tivessem campos de pouso e bases submarinas no

Cabo da Boa Esperança, a Oceania seria cortada em duas. Podia significar qualquer coisa: a derrota, o colapso, a redistribuição do mundo, a destruição do Partido! Respirou fundo. Uma mistura extraordinária de sensações se macerou dentro dele – mas não era exatamente uma mistura, mas sucessivas camadas de sensações, das quais era impossível determinar qual estava mais abaixo.

O espasmo passou. Colocou o cavalo branco de volta em seu lugar, mas naquele momento não conseguia se aquietar para estudar com seriedade o desafio de xadrez. Divagou mais uma vez. Quase de modo inconsciente, passou o dedo pela poeira na mesa:

2+2=5

"Não podem entrar em você", ela dissera. Mas podiam, sim. "O que acontece com você aqui é ETERNO", O'Brien dissera. Era verdade. Havia coisas, como os próprios atos, das quais era impossível se recuperar. Algo era assassinado dentro do peito; queimado e cauterizado.

Ele a vira; até mesmo falou com ela. Não havia perigo. Sabia quase instintivamente que eles não tinham mais qualquer interesse no que ele fazia. Podia ter combinado de encontrá-la uma segunda vez, se ambos quisessem. Mas, na verdade, havia sido por acaso que se encontraram. Fora no Parque, em um dia perverso e gélido de março, quando o solo exibia o aspecto de ferro, toda a relva parecia morta e não havia flores germinando em lugar algum, exceto alguns crócus, que se impeliam para cima apenas para serem desmembrados pelo vento. Ele estava se apressando com as mãos congeladas e olhos lacrimejantes quando a viu a menos de dez metros. Percebeu que ela mudara de alguma forma pouco definida. Quase passaram um pelo outro sem falar nada, mas então ele se virou e a seguiu, não muito ávido. Sabia que não havia perigo, ninguém tinha qualquer interesse nele. Ela não falou nada. Andou na diagonal pela relva como se tentando se livrar dele, então pareceu aceitar tê-lo ao seu lado. Naquele momento, estavam em meio a um aglomerado de arbustos descurados e sem folhas, inúteis para se esconder ou para se proteger do vento. Pararam. Estava cruelmente frio. O vento soprava pelos galhos e ocasionalmente sacudia os crócus asquerosos. Passou um braço ao redor da cintura dela.

Não havia telemonitor, mas devia haver microfones ocultos. Além do mais, podiam ser vistos. Não importava, nada importava. Podiam ter até mesmo deitado no solo e feito AQUILO, se quisessem. Ficou horrorizado, e sua pele se arrepiou ao pensar no ato. Ela não reagiu de qualquer maneira ao seu abraço; nem mesmo tentou se desvencilhar. Agora sabia o que mudara nela. Seu rosto estava mais descorado, e havia uma longa cicatriz, parcialmente escondida pelos cabelos, ao longo da testa e das têmporas; mas aquela não era a mudança. Sua cintura ficara mais larga e surpreendentemente mais rígida. Lembrou-se de uma vez em que, após a explosão de um míssil, tentara arrastar um corpo em uma ruína e ficara estupefato não apenas pelo peso enorme, mas pela rigidez e dificuldade de manejá-lo, que o fazia parecer mais pedra do que carne. O corpo de Julia passava tal sensação. Ocorreu-lhe que a textura da pele dela devia ser bem diferente da que fora um dia.

Não tentou beijá-la e não falaram nada. Enquanto andavam pela relva, voltando, ela olhou diretamente para ele pela primeira vez. Foi apenas um olhar momentâneo, repleto de desprezo e aversão. Perguntou-se se era um desgosto que vinha puramente do passado ou se fora inspirado, também, pelo rosto inchado de Winston e pelas lágrimas que o vento continuava arrancando de seus olhos. Sentaram-se em duas cadeiras de ferro, lado a lado, mas não tão próximos. Observou que ela estava prestes a falar. Desajeitadamente, ela moveu o sapato alguns centímetros e esmagou um galho de propósito. Seus pés pareciam mais largos, ele notou.

– Eu o traí – ela disse, brusca.

– Eu a traí – ele disse.

Ela lhe deu outra olhadela de desprezo.

– Às vezes – ela disse –, eles o ameaçam com algo que você não consegue suportar, nem mesmo pensar. E, então, você diz: "Não faça isso comigo, faça com outra pessoa, faça isso com fulano". E talvez você finja, depois, que era apenas um truque para fazê-los parar, e que não quis realmente dizer aquilo. Mas não é verdade. Na hora que acontece, você tem aquela intenção. Você acha que não há outro jeito de se salvar, e está decidido a se salvar daquele jeito. Você QUER que aquilo aconteça com a outra pessoa. Você não se importa que ela sofra. Só se importa consigo mesmo.

– Você só se importa consigo mesmo – ele repetiu.

– Depois disso, você não sente mais o mesmo com relação à outra pessoa.

– Não – ele disse. – Você não sente mais o mesmo.

Não parecia haver mais nada a dizer. O vento cravava os macacões finos contra seus corpos. Quase imediatamente se tornou constrangedor permanecer sentado em silêncio. Além disso, estava frio demais para ficar parado. Ela disse algo sobre pegar o metrô e se levantou a fim de ir embora.

– Vamos nos encontrar de novo – ele disse.

– Sim – ela disse. – Vamos nos encontrar de novo.

Ele seguiu por certa distância a meio passo atrás dela, hesitante. Não se falaram de novo. Ela não tentou realmente despistá-lo, mas andou em uma velocidade para impedi-lo de andar lado a lado com ela. Winston decidira acompanhá-la até a estação de metrô, mas, de repente, o processo de segui-la no frio pareceu desnecessário e insuportável. Foi tomado por um desejo, não tanto de se afastar de Julia, mas de retornar ao Café Castanheira, o qual nunca parecera tão convidativo quanto naquele instante. Tinha uma visão nostálgica de sua mesa no canto, com o jornal, o tabuleiro de xadrez e o gim infinito. Acima de tudo, estaria aquecido lá. No momento seguinte, não totalmente por acidente, deixou que um grupo pequeno de pessoas o afastasse dela. Fez uma tentativa indiferente para alcançá-la, mas diminuiu o passo, se virou e prosseguiu na direção oposta. Após uns cinquenta metros de caminhada, olhou para trás. A rua não estava cheia, mas já não conseguia distingui-la. Qualquer uma da dezena de faces apressadas podia ser a dela. Talvez seu corpo engrossado e enrijecido não fosse mais reconhecível de costas.

"Na hora que acontece", ela dissera, "você tem aquela intenção." Ele tivera. Não meramente dissera aquilo, mas desejara. Desejara que ela, não ele, fosse entregue aos…

Algo mudou na música que vibrava no telemonitor. Uma nota ruidosa e triturada soou, uma nota amarela. E, então – talvez não estivesse acontecendo, talvez fosse apenas uma recordação assumindo a forma de um som –, uma voz cantou:

– Debaixo da castanheira, sob seus ramos
Nós dois nos delatamos...

Seus olhos lacrimejaram. Um garçom que estava passando notou seu copo vazio e voltou com a garrafa de gim.

Ele levantou o copo e o cheirou. Aquela coisa só ficava mais horrível a cada gole sorvido. Mas se tornara o elemento no qual vivia. Era sua vida, sua morte, sua ressurreição. Era o gim que o afundava em um estupor toda noite, e o gim que o revivia a cada manhã. Quando acordava, raramente antes das onze horas, com as pálpebras grudadas, a boca queimando e as costas parecendo quebradas, só era possível se levantar da posição horizontal por causa da garrafa e da xícara de chá colocadas ao lado da cama à noite. Ao longo da manhã, se sentava ouvindo o telemonitor, o rosto vidrado e a garrafa à mão. Das quinze horas até a hora de fechamento, ele se tornava uma mobília no Café Castanheira. Ninguém se importava mais com o que fazia; nenhum apito o acordava, nenhum telemonitor o repreendia. Ocasionalmente, talvez duas vezes por semana, ia até um escritório poeirento e com aspecto negligenciado no Ministério da Verdade e trabalhava um pouco, ou pelo menos fazia o que era considerado trabalho. Fora nomeado para um subcomitê de um subcomitê que brotou de um dos inúmeros comitês que lidavam com dificuldades secundárias que surgiam na compilação da *Décima Primeira Edição do Dicionário de Novidioma*. Estavam comprometidos a produzir algo chamado de Relatório Provisório, mas o que exatamente estavam relatando nunca conseguiram descobrir em definitivo. Tinha a ver com a questão de vírgulas colocadas dentro ou fora dos parênteses. Havia quatro outras pessoas no comitê, todas similares a ele. Havia dias em que se reuniam e logo iam embora, admitindo com sinceridade para os outros que não havia nada a ser feito. Mas havia outros dias quando se empenhavam no trabalho, quase empolgados, fazendo uma exibição tremenda ao registrar as atas e redigir longos memorandos que nunca eram concluídos – era quando o argumento sobre o que supostamente estavam discutindo se tornava extraordinariamente envolvente e confuso, com discussões sutis sobre definições, digressões infindáveis, brigas e até mesmo ameaças de apelar a uma autoridade superior. E, então, a vida se esvaía deles e se sentavam ao redor da mesa encarando um ao outro com olhos extintos, como fantasmas evanescentes ao amanhecer.

O telemonitor ficou em silêncio por um momento. Winston levantou a cabeça novamente. O boletim! Mas não, estavam apenas trocando a música. Ele tinha o mapa da África atrás de suas pálpebras fechadas. O movimento dos exércitos era um diagrama: uma seta preta cortando verticalmente em direção ao sul, e uma seta branca horizontalmente em direção ao leste, passando pela parte de trás da seta preta. Como se por garantia, olhou para a face imperturbável no cartaz. Era concebível que a segunda seta sequer existisse?

Seu interesse minguou de novo. Bebeu outra golada do gim, pegou o cavalo branco e fez um movimento provisório. Xeque. Mas, evidentemente, não era o movimento correto, porque...

Sem ser evocada, uma lembrança flutuou em sua mente. Viu um quarto iluminado a velas com uma grande cama de colcha branca, onde ele, um garoto de nove ou dez anos, estava sentado no chão balançando um copo de dados e rindo, animado. A mãe estava sentada à sua frente, também rindo.

Devia ter sido cerca de um mês antes de ela desaparecer. Era um momento de reconciliação, quando a fome incômoda em sua barriga estava esquecida e seu afeto anterior fora temporariamente revivido. Lembrava-se bem daquele dia, um dia de chuva forte e tempo úmido em que a água escorria pelo vidro da janela e a luz dentro de casa era muito fraca para ler. O tédio das duas crianças no quarto escuro e apertado se tornara insuportável. Winston choramingara e soluçara, fazendo exigências fúteis por mais comida, reclamando sobre o quarto, tirando tudo do lugar e chutando o revestimento da parede até os vizinhos baterem do outro lado ao mesmo tempo que a bebê chorava intermitentemente. No fim, a mãe dissera: "Seja um bom menino e vou lhe comprar um brinquedo. Um brinquedo muito legal... Você vai amar"; e, então, ela saíra na chuva para uma lojinha que ainda abria esporadicamente na vizinhança, voltando com uma caixa de papelão com um tabuleiro do jogo Escadas e Serpentes. Ainda conseguia se lembrar do cheiro do papelão úmido. Era um tabuleiro medíocre. Estava rachado e os dadinhos de madeira eram tão mal-acabados que mal ficavam em pé. Winston olhara para aquela coisa mal-humorado e sem interesse. Mas, então, a mãe acendera um pedaço de vela e eles se sentaram no chão para jogar. Em pouco tempo, estava extremamente empolgado e urrando de rir enquanto os peões subiam as escadas, confiantes, e então deslizavam para baixo pelas cobras de novo, voltando praticamente ao ponto inicial. Jogaram oito partidas, cada um vencendo quatro. Sua irmãzinha, jovem demais para entender sobre o que era o jogo, estava sentada apoiada em uma almofada, rindo porque os outros dois estavam rindo. Por uma tarde inteira, foram felizes juntos, como era no início de sua infância.

Afastou a imagem da mente. Era uma lembraça falsa. Volta e meia, lembranças falsas o perturbavam. Não importavam, desde que se soubesse que eram falsas. Algumas coisas aconteceram, outras não. Voltou-se para o tabuleiro de xadrez e pegou o cavalo branco novamente. Quase que na mesma hora, a peça caiu no tabuleiro com um leve baque. Sobressaltara-se como se um alfinete o atravessasse.

Um toque estridente de clarim cortara o ar. Era o boletim! Vitória! Quando um toque de clarim precedia o noticiário, sempre significava vitória. Uma espécie de vibração elétrica percorreu a cafeteira. Até mesmo os garçons se sobressaltaram e aguçaram os ouvidos.

O clarim produzira uma balbúrdia. Uma voz entusiasmada já falava rapidamente no telemonitor, mas, mesmo antes de ela concluir qualquer coisa, foi quase submersa em meio aos rugidos de comemoração do lado de fora. As novidades percorreram as ruas como se fossem feitiços. Podia escutar apenas o suficiente do que estava sendo transmitido no telemonitor para saber que tudo acontecera do jeito que previra. Uma vasta armada de navios organizara um golpe repentino na retaguarda inimiga, a seta branca cortando a parte de trás da preta. Fragmentos de frases triunfantes se sobressaíram em meio ao alarido: "Ampla manobra estratégica", "coordenação perfeita", "derrota completa", "meio milhão de prisioneiros", "completa desmoralização", "controle de toda a África", "a guerra está perto do fim", "vitória", "maior vitória da história da humanidade", "vitória, vitória, vitória!".

Sob a mesa, os pés de Winston delinearam movimentos enérgicos. Não se mexera no assento, mas em sua cabeça estava correndo, correndo bem rápido junto às multidões do lado de fora, comemorando até ficar surdo. Olhou novamente a imagem do Grande Irmão. O colosso que guiava o mundo! A pedra sobre a qual as hordas da Ásia se chocavam em vão! Pensou em como havia dez minutos – sim, apenas dez minutos – que seu coração estivera equivocado enquanto imaginava se as notícias do front seriam de vitória ou de derrota. Ah, foi mais de um exército eurasiático que perecera! Muito mudara nele desde aquele primeiro dia no Ministério do Amor, mas a mudança final, vital e cicatrizante não acontecera até aquele momento.

A voz do telemonitor ainda cuspia histórias sobre prisioneiros, pilhagem e massacre, mas o grito do lado de fora diminuíra um pouco. Os garçons retornavam ao trabalho. Um deles se aproximou com a garrafa de gim. Winston, parado em um devaneio feliz, não prestou atenção enquanto seu copo era enchido. Não estava mais correndo ou comemorando. Estava de volta ao Ministério do Amor, com tudo perdoado, a alma tão alva como a neve. Estava em praça pública, confessando tudo, acusando todo mundo. Estava caminhando pelo corredor de azulejos brancos com a sensação de caminhar ao sol com um guarda armado atrás de si. A bala tão aguardada penetrava em seu cérebro.

Encarou a face enorme. Levara quarenta anos para aprender que tipo de sorriso estava oculto por trás daquele bigode negro. Ó, desentendimento vil e desnecessário! Ó, teimoso e obstinado exílio do seio materno! Duas lágrimas com cheiro de gim escorreram pelas laterais de seu nariz. Mas estava tudo bem, tudo estava ótimo, a luta terminara. Conquistara a vitória sobre si mesmo. Winston amava o Grande Irmão.

APÊNDICE

Os princípios do novidioma

O novidioma era o idioma oficial da Oceania e fora projetado para atingir as necessidades ideológicas do Socing, ou Socialismo Inglês. No ano de 1984, ainda não havia ninguém que utilizasse o novidioma como o único método de comunicação, seja na fala ou na escrita. Os artigos principais do *The Times* eram escritos em novidioma, mas esta era uma grande proeza que podia ser executada apenas por especialistas. Era esperado que o novidioma suplantasse o velhidioma (ou inglês padrão, como o conhecemos) por volta de 2050. Enquanto isso, ele foi ganhando terreno gradativamente, com todos os membros do Partido tendendo a usar cada vez mais palavras e construções gramaticais em novidioma em suas falas cotidianas. A versão em uso em 1984, e incorporada na nona e na décima edições do *Dicionário de Novidioma*, era provisória, e continha muitas palavras supérfluas e formações arcaicas que deveriam ser suprimidas posteriormente. Neste documento, vamos considerar a versão final e aperfeiçoada, como foi incorporada na *Décima Primeira Edição do Dicionário de Novidioma*.

O propósito do novidioma não era apenas prover uma forma de expressão para a visão de mundo e os hábitos comportamentais dos devotos do Socing, mas fazer todas as outras formas de pensamento impossíveis. Quando o novidioma fosse adotado definitivamente e o velhidioma esquecido, pretendia-se que um pensamento herege – isto é, um pensamento divergente dos princípios do Socing – fosse literalmente impensável, pelo menos até onde o pensamento dependesse das palavras. O vocabulário fora confeccionado para transmitir uma expressão precisa e, com frequência, muito sutil para cada significado que um membro do Partido desejasse expressar, ao mesmo tempo que excluía todos os outros significados e possibilidades de se chegar neles por vias indiretas. Isso fora feito em parte pela invenção de novas palavras, mas principalmente pela eliminação de palavras indesejáveis e pela remoção de significados inortodoxos das palavras que permaneceram e, na medida do possível, de todos os significados secundários. Para dar um exemplo: a palavra LIVRE ainda existia em novidioma, mas podia apenas ser utilizada em declarações como "Este cachorro está livre de pulgas" ou "Este campo está livre de pragas". Não podia ser utilizada com seu sentido antigo de "politicamente livre" ou "intelectualmente livre", já que liberdade política e intelectual não existiam mais, nem mesmo como conceitos e, portanto, eram inomináveis. Bem diferente da supressão de palavras que eram definitivamente hereges, a redução de vocabulário era vista como um objetivo, e não se conservava nenhuma palavra que pudesse ser eliminada. O novidioma não fora projetado para estender, mas para DIMINUIR o alcance do pensamento, e tal propósito era assistido indiretamente pelo corte nas possibilidades de palavras.

O novidioma fora fundado com base no inglês como o conhecemos agora, ainda que muitas frases em novidioma, mesmo quando não continham palavras inventadas, fossem quase ininteligíveis para um falante do inglês dos nossos dias. As palavras em novidioma eram divididas em três classes distintas, conhecidas como Vocabulário A, Vocabulário B (também conhecido como palavras compostas) e Vocabulário C. Será mais simples analisar cada classe separadamente, mas as peculiaridades gramaticais do idioma podem ser examinadas na seção do Vocabulário A, já que as mesmas regras se aplicam às três categorias.

O VOCABULÁRIO A. O Vocabulário A consistia de palavras necessárias para a rotina – por exemplo, comer, beber, trabalhar, vestir-se, subir e descer escadas, dirigir, jardinar, cozinhar e afins. Era composto quase inteiramente por palavras que nós já possuímos como BATER, CORRER, CACHORRO, ÁRVORE, AÇÚCAR, CASA, CAMPO, mas em comparação com o vocabulário do inglês atual, a quantidade de palavras era extremamente pequena e os significados definidos com mais rigidez. Todas as ambiguidades e nuances de significado foram extraídas delas. Até onde era possível, uma palavra em novidioma nesta classe era apenas um breve som expressando UM conceito claramente entendido. Seria quase impossível utilizar o Vocabulário A para propósitos literários ou discussões políticas e filosóficas. Seu objetivo era expressar pensamentos simples e resolutos, em geral envolvendo objetos concretos ou ações físicas.

A gramática do novidioma apresentava duas peculiaridades marcantes. A primeira delas era quase um completo intercâmbio entre diferentes partes do discurso. Qualquer palavra na língua (em princípio, isso se aplicava até mesmo a palavras muito abstratas como SE ou QUANDO) podia ser usada tanto como verbo, substantivo, adjetivo ou advérbio. Entre a forma substantiva e a verbal, quando possuíam a mesma raiz, nunca havia variação. Essa regra, propriamente dita, envolvia a destruição de muitas formas arcaicas. A palavra PENSAMENTO, por exemplo, não existia em novidioma. Ela fora substituída por PENSAR, que exercia a função tanto de substantivo como de verbo. Nenhum princípio etimológico era seguido: às vezes, era o substantivo original o escolhido para a retenção, em outros casos, o verbo. Mesmo quando um substantivo e um verbo de significados parecidos não eram etimologicamente conectados, um ou outro era frequentemente suprimido. Não havia, por exemplo, uma palavra CORTAR, já que seu significado era suficientemente contemplado pelo substantivo-verbo FACA. Adjetivos eram formados ao se adicionar o sufixo -ANTE, -ICIO, -CO, ou alguns outros ao substantivo-verbo, e advérbios ao se adicionar -MENTE. Assim, por exemplo, AGILIDADANTE significava "ágil" e AGILIDADEMENTE significava "agilmente". Certos adjetivos correntes como BOM, FORTE, GRANDE, PRETO, MACIO foram mantidos, mas o número total era muito reduzido. Não havia muita necessidade deles, já que qualquer característica adjetiva poderia ser alcançada ao adicionar um sufixo a um substantivo-verbo. Advérbios que não terminavam em "-mente" não foram mantidos e a terminação em "-mente" permaneceu invariável. A palavra SATISFATORIAMENTE, por exemplo, transformou-se em BOAMENTE.

Além disso, qualquer palavra – novamente aplicado, em princípio, para todas as palavras no idioma – poderia ser negada ao adicionar o afixo "não-" ou fortalecida pelo afixo "mais-", ou, para ainda maior ênfase, "duplomais-". Assim, por exemplo, NÃOFRIO significava "quente", enquanto "MAISFRIO" e "DUPLOMAISFRIO" significavam, respectivamente, "muito frio" e "extremamente frio". Também era possível, como no inglês atual, modificar o significado de quase qualquer palavra com afixos preposicionais como ANTES-, DEPOIS-, CIMA-, BAIXO- etc. Com tais métodos, foi possível executar uma enorme diminuição de vocabulário. Por exemplo, com a existência da palavra BOM, não havia necessidade da palavra RUIM, já que o significado necessário era igualmente bem expresso – na verdade, até melhor – por NÃOBOM. Tudo que era necessário, em qualquer caso onde duas palavras formassem um par natural de opostos, era escolher qual delas suprimir. ESCURO, por exemplo, podia ser substituído por NÃOCLARO, ou CLARO por NÃOESCURO, de acordo com a preferência.

A segunda característica distintiva da gramática do novidioma era sua regularidade. Com algumas exceções, mencionadas abaixo, todas as flexões seguiam as mesmas regras. Assim, em todos os verbos, o pretérito e o particípio eram iguais, terminando em -ADO. O pretérito de ROUBAR era ROUBADO e o de PENSAR era PENSADO, e assim por diante por toda a língua. Formas como NADOU, DEU, TROUXERA, FALEI, TOMOU foram abolidas. Todos os plurais eram criados adicionando-se -S ou -ES conforme o caso. Os plurais de HOMEM, BISÃO e MOTIVAÇÃO eram HOMEMS, BISÃOS e MOTIVAÇÃOS. A comparação de adjetivos era invariavelmente feita adicionando MAIS- e DUPLOMAIS- (BOM, MAISBOM, DUPLOMAISBOM), tendo sido suprimidas outras formas, além do uso do MAIS separadamente e da palavra MELHOR.

As únicas classes de palavras que ainda podiam se flexionar de forma irregular eram pronomes, pronomes relativos, adjetivos demonstrativos e verbo auxiliares. Todos esses seguiam a forma de utilização antiga, exceto O QUAL/A QUAL, que foi considerado desnecessário e descartado. Conjugações verbais que sugeriam possibilidade de futuro foram substituídas por conjugações de futuro indubitável – por exemplo, DEVERIA foi rejeitado e apenas DEVERÁ era considerado. Havia também algumas irregularidades na formação de palavras que surgiram da necessidade de discurso rápido e conciso. Uma palavra difícil de falar ou que podia ser interpretada erroneamente era considerada uma palavra ruim. Ocasionalmente, portanto, por uma questão de eufonia, letras extras eram inseridas em algumas palavras ou suas formas arcaicas eram mantidas. Tal necessidade se mostrou importante principalmente em conexão com o Vocabulário B. O PORQUÊ da importância tão grande da facilidade de pronúncia será esclarecido no restante deste documento.

O VOCABULÁRIO B. O Vocabulário B consistia de palavras deliberadamente construídas para propósitos políticos. Essas palavras não tinham apenas uma implicação política, mas também foram criadas para impor uma mentalidade desejável nas pessoas que as utilizassem. Sem um entendimento completo dos princípios do Socing era difícil utilizar essas palavras corretamente. Em alguns casos, elas podiam ser traduzidas para velhidioma ou até para algumas palavras retiradas do Vocabulário A, mas isso requeria uma longa paráfrase e sempre envolvia perda de determinadas conotações. As palavras do Vocabulário B eram uma espécie de abreviação verbal, normalmente englobando muitas ideias em algumas sílabas e, ao mesmo tempo, mais precisas e convincentes do que a língua normal.

Em todos os casos, as palavras do Vocabulário B eram palavras compostas. (Palavras compostas como FALESCREVA também podiam ser encontradas no Vocabulário A, mas eram meramente abreviações convenientes e não tinham significado ideológico especial.) Elas consistiam de duas ou mais palavras, ou porções de palavras, concatenadas de uma forma facilmente pronunciável. O amálgama resultante era um substantivo-verbo, flexionado de acordo com as regras usuais. Considerando um único exemplo: a palavra BOMPENSAR, que significava, aproximadamente, "ortodoxia", ou, se fosse utilizada como verbo, "pensar de maneira ortodoxa"; o pretérito e o particípio era BOMPENSADO; o gerúndio era BOMPENSANDO; o adjetivo era BOMPENSANTE; o advérbio era BOMPENSARMENTE; o substantivo verbal era BOMPENSADOR.

As palavras do Vocabulário B não eram construídas sobre um plano etimológico. As palavras usadas para as compor podiam integrar qualquer parte do discurso, ser colocadas em qualquer ordem e mutiladas de modo que facilitasse a pronúncia e indicasse sua derivação. Na palavra CRIMEPENSAR (crimideológico), por exemplo, o pensar vinha depois, mas na palavra PENSARPOL (Polícia Ideológica) vinha antes. Além disso, no último exemplo, a palavra POLÍCIA perdera parte de suas letras. Devido à grande dificuldade em se manter a eufonia, formações irregulares eram mais comuns no Vocabulário B do que no Vocabulário A. Por exemplo, as formas adjetivas de MINIFATO, MINIPAZ e MINIAMOR eram, respectivamente, MINIFACTUAL, MINIPACÍFICO e MINIAMÁVEL, simplesmente porque outras alternativas eram ligeiramente ruins de se pronunciar. Em princípio, contudo, todas as palavras do Vocabulário B podiam ser flexionadas, e todas eram flexionadas exatamente da mesma maneira. Algumas palavras do Vocabulário B tinham significados fortemente subutilizados, dificilmente inteligíveis para qualquer pessoa que não fosse especialista no idioma. Considere, por exemplo, uma frase típica de um artigo de capa do *The Times*: "VELHOPENSADORES NÃOPEITOSENTIR SOCING". A tradução mais curta para o velhidioma seria: "Aqueles cujas ideias se formaram antes da Revolução não podem ter um entendimento emocional completo dos princípios do Socialismo Inglês". Mas essa não era uma tradução adequada. Para começar a entender a frase supracitada em novidioma, seria preciso ter uma ideia clara do que é SOCING. Além disso, apenas alguém profundamente fundamentado no Socing poderia apreciar o impacto da palavra PEITOSENTIR, que implicava aceitação cega e entusiasmada, difícil de ser imaginada hoje. Ou da palavra VELHOPENSAR, que era dissociável da ideia de crueldade e decadência. Mas a função especial de determinadas palavras em novidioma, grupo ao qual VELHOPENSAR não pertencia, não era apenas expressar significados, mas destruí-los. Essas palavras, poucas em número, tiveram seus significados estendidos até conterem dentro de si uma ampla gama de outros vocábulos, de modo que estes poderiam ser descartados e esquecidos, já que um único termo abrangente passou a cobrir suficientemente vários significados. A maior dificuldade dos compiladores do *Dicionário de Novidioma* não era inventar novas palavras, mas, após criá-las, ter certeza do que significavam: isto é, ter certeza do espectro de palavras que seriam canceladas em razão da existência da nova.

Como já foi visto no caso da palavra LIVRE, aquelas que um dia possuíram um significado herege eram mantidas em alguns casos por questão de conveniência, mas com os significados indesejáveis extirpados delas. Inúmeras outras palavras como HONRA, JUSTIÇA, MORALIDADE, INTERNACIONALISMO, DEMOCRACIA, CIÊNCIA e RELIGIÃO foram simplesmente erradicadas. Era possível aboli-las porque algumas palavras genéricas satisfaziam seus significados. Todas as palavras agrupadas dentro dos conceitos de liberdade e igualdade, por exemplo, estavam contidas na única palavra CRIMEPENSAR, enquanto todas as palavras agrupadas dentro dos conceitos de objetividade e racionalismo estavam compreendidas na única palavra VELHOPENSAR. Mais precisão teria sido perigoso. O que se desejava em um membro do Partido era uma perspectiva similar à de um antigo hebreu que tinha ciência, sem saber muito mais que isso, de que todas as nações, exceto a sua, veneravam "deuses falsos". Ele não precisava saber que esses deuses eram chamados Baal, Osíris, Moloque, Astarô e afins. Provavelmente, quanto menos soubesse sobre eles, melhor para sua ortodoxia. O antigo hebreu conhecia Jeová e os mandamentos de Jeová. Sabia, portanto, que todos os deuses com outros nomes ou atributos eram falsos. Da mesma maneira, um membro do Partido sabia o que constituía uma conduta correta e, em termos excessivamente vagos e genéricos, sabia quais tipos de subversões eram possíveis. Sua vida sexual, por exemplo, era inteiramente regulada por duas palavras em novidioma: CRIMESEXO (imoralidade sexual) e BOMSEXO (castidade). CRIMESEXO cobria todas as contravenções sexuais, como fornicação, adultério, homossexualidade e outras práticas consideradas pervertidas, além de intercurso sexual comum praticado por prazer. Não havia necessidade de enumerar cada crime em separado, já que todos eram igualmente repreensíveis e, em princípio, puníveis com a morte. No Vocabulário C, que consistia de palavras técnicas e científicas, podia ser necessário dar nomes especializados para certas aberrações sexuais, mas o cidadão comum não tinha necessidade delas. Ele sabia o que significava BOMSEXO – isto é, intercurso sexual entre marido e mulher com o propósito exclusivo de gerar filhos, sem quaisquer prazeres sexuais por parte da mulher. Todo o restante era CRIMESEXO. Em novidioma, raras vezes era possível manter um pensamento herege além da percepção de que ele ERA herege. Além daquele ponto, as palavras necessárias inexistiam.

Nenhuma palavra no Vocabulário B era ideologicamente neutra. Muitas eram eufemismos. Tais palavras, como CAMPALEGRE (campo de trabalho forçado) ou MINIPAZ (Ministério da Paz, isto é, Ministério da Guerra), significavam quase o oposto exato do que davam a entender. Algumas palavras, por outro lado, demonstravam um entendimento franco e desdenhoso da verdadeira natureza da sociedade oceânica. Um exemplo era PROLEFLIX, que significava o entretenimento de má qualidade e as notícias falsas que o Partido divulgava às massas. Outras palavras eram ambivalentes, tendo a conotação de "bom" quando aplicadas ao Partido e de "ruim" quando aplicadas aos inimigos. No mais, havia um grande número de palavras que pareciam meras abreviações e que derivavam sua natureza ideológica não de seu significado, mas de sua estrutura.

Até onde era possível inventar, tudo que tinha ou pudesse ter relevância política de qualquer tipo era encaixado dentro do Vocabulário B. O nome de cada organização, grupo de pessoas, doutrina, país, instituição e edifício público era invariavelmente cortado até ter a forma usual, isto é, uma única palavra facilmente pronunciável com o menor número de sílabas possível, de modo a se preservar sua origem. No Ministério da Verdade, por exemplo, o Departamento de Documentação, onde Winston Smith trabalhava, era conhecido por DEPDOC, o Departamento de Ficção por DEPFIC, o Departamento de Teleprogramas por DEPTEL, e assim por diante. Isso não fora feito apenas com o objetivo de poupar tempo. Mesmo nas primeiras décadas do século XX, palavras e frases reduzidas eram uma das características marcantes da linguagem política; e notava-se uma acentuação da tendência a usar abreviações desse tipo em países e organizações com viés totalitário. Alguns exemplos são NAZI, GESTAPO, COMINTERN, INPRECOR e AGITPROP. No início, a prática fora adotada instintivamente, mas, em novidioma, era usada com ciência de um propósito. Percebeu-se que, ao se abreviar um nome, seu significado era encurtado e ligeiramente alterado, eliminando a maior parte das associações que seriam pertinentes ao nome. As palavras INTERNACIONAL COMUNISTA, por exemplo, invocavam uma imagem combinada de irmandade humana e universal, bandeiras vermelhas, barricadas, Karl Marx e Comuna de Paris. A palavra COMINTERN, por outro lado, sugere simplesmente uma organização fortemente unida e um corpo doutrinário bem definido. Ela se refere a algo que é quase tão facilmente reconhecido, e limitado em seu uso, como uma cadeira ou uma mesa. COMINTERN era uma palavra que pode ser proferida praticamente sem pensar, enquanto INTERNACIONAL COMUNISTA era uma frase que demandava certa ponderação, mesmo que momentânea. Da mesma forma, as associações inferidas de uma palavra como MINIFATO eram em menor quantidade e mais controláveis que aquelas inferidas de MINISTÉRIO DA VERDADE. Isso explicava não apenas o hábito de abreviar sempre que possível, mas também o cuidado quase exagerado de tornar cada palavra facilmente pronunciável.

Em novidioma, a eufonia prevalecia sobre todas as outras considerações, com exceção da exatidão do significado. A regularidade da gramática era sempre sacrificada em favor da eufonia quando necessário. E com razão, já que o que era necessário, sobretudo para propósitos políticos, eram palavras curtas de significado inconfundível que pudessem ser pronunciadas com agilidade e que emitissem o menor eco na mente do falante.

As palavras do Vocabulário B ainda eram fortalecidas pelo fato de que quase todas eram muito parecidas. Quase invariavelmente, essas palavras – BOMPENSAR, MINIPAZ, PROLEFLIX, CRIMESEXO, CAMPALEGRE, SOCING, PEITOSENTIR, PENSARPOL e inúmeras outras – eram palavras com poucas sílabas, com a tonicidade distribuída igualmente pela palavra. Sua utilização encorajava um estilo palrado de discurso, ao mesmo tempo breve e monótono. E esse era exatamente o objetivo. A intenção era tornar o discurso, em especial discursos que envolvessem assuntos que não fossem ideologicamente neutros, o mais independente da consciência quanto fosse possível. Para os propósitos do cotidiano costumava ser necessário pensar antes de falar. Mas um membro do Partido convocado a proferir uma sentença política ou ética deveria conseguir fazê-lo ao emitir as opiniões corretas de forma tão automática como uma metralhadora disparando balas. Seu treinamento o capacitava para tal e a língua o provia de um instrumento semi-infalível. O arranjo das palavras, com sua sonoridade bruta e feiura intencional, que estava de acordo com o espírito do Socing, auxiliava ainda mais o processo.

Um escasso repertório de palavras também ajudava. Comparado ao nosso, o vocabulário do novidioma era ínfimo, e novos modos de reduzi-lo eram constantemente elaborados. O novidioma diferia da maioria dos outros idiomas pelo fato de seu vocabulário diminuir, ao invés de aumentar com o passar dos anos. Cada redução era um ganho, já que, quanto menor as opções de escolha, menores as tentações de pensar. O objetivo esperado era que a fala fosse articulada na laringe sem envolver as funções cerebrais superiores. Esse objetivo era abertamente admitido na palavra em novidioma PATOFALAR, que significava "grasnar como um pato". Como várias outras palavras do Vocabulário B, PATOFALAR era ambivalente. Se as opiniões grasnadas fossem ortodoxas, elas significavam enaltecimento, e quando o *The Times* se referia a um dos oradores do Partido como um DUPLOMAISBOM PATOFALADOR estava fazendo um elogio estimado e caloroso.

O VOCABULÁRIO C. O Vocabulário C era suplementar aos outros e consistia inteiramente de termos técnicos e científicos. Estes eram semelhantes aos termos científicos em uso na atualidade e foram construídos com base na mesma raiz, mas a precaução usual era defini-los com rigidez e extirpá-los de significados indesejáveis. As palavras seguiam as mesmas regras gramaticais dos outros dois vocabulários. Bem poucas palavras do Vocabulário C ocorriam no cotidiano ou em discursos políticos. Qualquer cientista ou técnico poderia encontrar todas as palavras que desejasse na lista dedicada à sua especialidade, mas raramente se tinha mais que um conhecimento superficial das palavras que ocorriam em outras listas. Apenas algumas poucas palavras ocorriam em todas as listas, e não havia vocabulário que expressasse a função da ciência como hábito mental ou método de pensamento, independentemente da especialidade. Não havia, na verdade, uma palavra para "Ciência", e qualquer significado que ela pudesse ter era suficientemente englobado pela palavra SOCING.

No relato a seguir, será visto que expressar inortodoxia em novidioma, exceto em nível muito limitado, era praticamente impossível. Claro que era possível proferir heresias de um tipo muito grosseiro, uma blasfêmia. Seria possível, por exemplo, dizer O GRANDE IRMÃO É NÃOBOM. Mas tal afirmação, que transmitia apenas um completo absurdo para ouvidos ortodoxos, jamais seria sustentada por um argumento fundamentado porque as palavras necessárias não estavam disponíveis. Ideias hostis ao SOCING podiam apenas ser apresentadas de forma vaga e tácita, e podiam apenas ser nomeadas em termos muito genéricos que se aglomeravam e continham vários grupos de heresias, mesmo assim sem defini-las. Apenas era possível usar palavras em novidioma com objetivos inortodoxos traduzindo algumas das palavras ilegitimamente para o velhidioma. Por exemplo, TODOS OS HOMEMS SÃO IGUAIS era uma frase possível em novidioma, mas com a mesma lógica que TODOS OS HOMENS SÃO RUIVOS era uma frase possível em velhidioma. Não continha um erro gramatical, mas expressava uma inverdade palpável – por exemplo, que todos os homens possuem o mesmo tamanho, peso e força. O conceito de igualdade política não existia mais, e o significado secundário da palavra IGUAL fora adequadamente expurgado. Em 1984, quando o velhidioma ainda era a principal forma de comunicação, existia o perigo hipotético de que alguém pudesse se lembrar do significado original de uma palavra ao usar o novidioma. Na prática, não era difícil para alguém bem fundamentado no DUPLOPENSAR evitar fazê-lo, mas, em cerca de duas gerações, mesmo a possibilidade de tal lapso não existiria mais. Uma pessoa que crescesse com o novidioma como idioma primário não teria mais modo de saber que IGUAL um dia tivera o significado secundário de "politicamente igual", ou que LIVRE já significara "intelectualmente livre". Era como se alguém que nunca tivesse ouvido falar de xadrez não soubesse os significados secundários das palavras RAINHA ou TORRE. Uma série de crimes e erros seria impossível de cometer simplesmente porque seriam inominados e, portanto, inimagináveis. Era previsto que, com o passar do tempo, as características distintivas do novidioma ficassem ainda mais pronunciadas – cada vez menos palavras, seus significados ainda mais rígidos e a chance de utilizá-las de forma inapropriada cada vez menor.

Quando o velhidioma fosse suplantado em definitivo, a última ligação com o passado seria rompida. A história já fora reescrita, mas fragmentos da literatura do passado sobreviviam em alguns lugares, censurados de forma imperfeita, e se alguém mantivesse o conhecimento do velhidioma, era possível lê-los. No futuro, tais fragmentos, mesmo que conseguissem sobreviver, seriam ininteligíveis e intraduzíveis. Era impossível traduzir qualquer trecho de velhidioma em novidioma, a não ser que ele se referisse a algum processo técnico, uma ação muito simples do cotidiano ou já possuísse tendência ortodoxa (BOMPENSANTE seria a expressão em novidioma). Na prática, isso significava que nenhum livro escrito antes dos anos 1960 poderia ser traduzido completamente. A literatura pré-revolucionária poderia apenas passar por uma tradução ideológica – isto é, sofrer alteração tanto no sentido como no idioma. Considere, por exemplo, a seguinte passagem da Declaração de Independência dos Estados Unidos:

CONSIDERAMOS ESSAS VERDADES COMO EVIDENTES POR SI PRÓPRIAS: QUE TODOS OS HOMENS SÃO CRIADOS IGUAIS; QUE SÃO

DOTADOS, POR SEU CRIADOR, DE CERTOS DIREITOS INALIENÁVEIS; QUE ENTRE ESTES ESTÃO A VIDA, A LIBERDADE E A BUSCA PELA FELICIDADE. QUE COM O OBJETIVO DE ASSEGURAR TAIS DIREITOS, GOVERNOS SÃO INSTITUÍDOS ENTRE OS HOMENS, AUFERINDO SEUS PODERES DO CONSENSO DAQUELES QUE SÃO GOVERNADOS. QUE QUANDO QUALQUER FORMA DE GOVERNO SE TORNA DESTRUIDORA DESTES OBJETIVOS, É O DIREITO DO POVO SUBSTITUÍ-LA OU ABOLI--LA, E INSTITUIR UM NOVO GOVERNO...

Seria quase impossível traduzir o trecho acima para o novidioma e manter o sentido original do texto. O mais próximo que alguém poderia fazer seria incorporar toda a passagem em uma única palavra: CRIMEPENSAR. Uma tradução completa poderia apenas ser uma tradução ideológica, onde as palavras de Thomas Jefferson se transformariam em um panegírico sobre governos absolutos.

Uma boa porção da literatura do passado já estava, de fato, sendo transformada dessa maneira. Considerações de prestígio tornavam desejável preservar a memória de certas figuras históricas, ao mesmo tempo em que se alinhavam suas conquistas com a filosofia do Socing. Portanto, vários escritores, como Shakespeare, Milton, Swift, Byron, Dickens e alguns outros, estavam em processo de tradução. Quando a tarefa fosse completada, seus escritos originais, com tudo mais que sobrevivia da literatura do passado, seriam destruídos. Essas traduções eram uma tarefa lenta e complicada, e não era esperado que terminassem antes da primeira ou da segunda década do século XXI. Havia também uma quantidade enorme de literatura meramente utilitária – manuais técnicos indispensáveis e documentos do gênero – que precisava ser tratada da mesma forma. Fora para dar tempo ao trabalho preliminar de tradução que a adoção final do novidioma fora fixada para uma data tão tardia, no ano 2050.